季音近影（摄于二〇一九年庆祝新中国成立七十周年之际）

新华社华东总分社部分采编人员合影（左起：康矛召、沈定一、戴邦、邓岗、丁九、庄重、季音）

一九四八年淮海战役期间，季音（右二）采访被俘国民党将领并合影

解放战争时期，季音战地留影

鲁南战役后，人民解放军英雄部队通过庆功门

在外线出击第一战沙土集战役中被我军俘虏的国民党整编第五十七师师长段霖茂
（右一）等高级将官

一九四七年十一月上旬，陇海路两侧数十万军民大破陇海铁路大动脉，斩断了国民党在华北地区联系平汉铁路的唯一东西交通干线（邹建东摄、邹毅提供）

我军占领"内战仓库"许昌后缴获的堆积如山的军用物资和弹药

一九四七年冬，我野战军涉水越过黄泛区（邹建东摄、邹毅提供）

许昌解放后，人民政府随军入城，在城内发放粮食，救济贫苦市民

我军每至一处，便向老乡们讲解新区政策，老乡们则向我军控诉蒋匪帮的罪恶

一九四八年三月洛阳战役，我军某部越过壕沟工事向市内进发

漫长的俘虏行列从"核心阵地"向洛阳市中心走去

我军全歼开封小南门守敌后，后续部队进入城内（邹建东摄）

开封人民齐集街
头，庆祝解放

解放后之龙亭（郝世保摄）

我军宣传员向开封市民讲解
中原局势（杨玲摄）

开封前线解放军入城后为无主的市民住宅贴上封条

开封市各阶层群众踊跃观看解放军的"安民告示"（邹建东摄、邹毅提供）

我解放区学校联合招生办事处——金台旅馆门口，报名者络绎不绝（郝世保摄）

渡江战役前夕，解放军战士宣誓渡江杀敌（邹建东摄、邹毅提供）

渡江战役中，解放军战士登岸的一瞬间（邹建东摄、邹毅提供）

南京人民群众在原国民党总统府门前庆祝胜利（邹建东摄、邹毅提供）

南京解放，人民解放军指战员占领国民党总统府（邹建东摄、邹毅提供）

季音在解放战争时期和新中国初期出版的部分战地报道专集

李音

谨以此书献给
为中国人民的解放事业抛洒热血的英烈们

从这些饱蘸血与火的文字中，一幅改天换地的历史画面扑面而来，一个颠扑不破的历史真谛昭示古今：得民心者得天下。

　　对记者来说，能够亲身见证并记录这历史的一幕是一种幸运；对今人而言，得以重温并记住这历史的昭示是一种责任。

　　回望历史，是为了更好地走向未来。

中国记协主席　何平

季音 著

我把真相告诉世界

一线报道带你重返解放战场

人民日报出版社

北京

图书在版编目（CIP）数据

我把真相告诉世界：一线报道带你重返解放战场 /
季音著 . — 北京：人民日报出版社，2023.6
ISBN 978-7-5115-7732-0

Ⅰ.①我… Ⅱ.①季… Ⅲ.①新闻报道—作品集—中
国—1946-1949 Ⅳ.① I253

中国国家版本馆 CIP 数据核字（2023）第 050567 号

书　　名：我把真相告诉世界：一线报道带你重返解放战场
　　　　　WOBA ZHENXIANG GAOSU SHIJIE：YIXIAN BAODAO DAINI CHONGFAN
　　　　　JIEFANG ZHANCHANG
著　　者：季　音

出 版 人：刘华新
责任编辑：林　薇　梁雪云
装帧设计：观止堂 _ 未泯
版式设计：九章文化

出版发行　人民日报出版社
社　　址：北京金台西路 2 号
邮政编码：100733
发行热线：(010) 65369509　65369527　65369846　65369512
邮购热线：(010) 65369530　65363527
编辑热线：(010) 65369526
网　　址：www.peopledailypress.com
经　　销：新华书店
印　　刷：北京盛通印刷股份有限公司
法律顾问：北京科宇律师事务所　010-83622312

开　　本：710mm×1000mm　1/16
字　　数：270 千字
印　　张：27.25
版　　次：2023 年 9 月第 1 版　　2023 年 9 月第 1 次印刷

书　　号：ISBN 978-7-5115-7732-0
定　　价：88.00 元

编辑说明

一、本书选取作者一九四六年五月至一九四九年十月采写的新闻报道四十余篇，是他作为新华社记者采写的战地报道并发表于解放区各大报纸上的原件。

二、为呈现报道原貌，在不影响理解的前提下，对原文一般不做改动。

三、为便于阅读，对报道原文中明显的错别字、漏字、衍字和错误的标点进行了修改。

四、（ ）内的文字为作者原文所加。

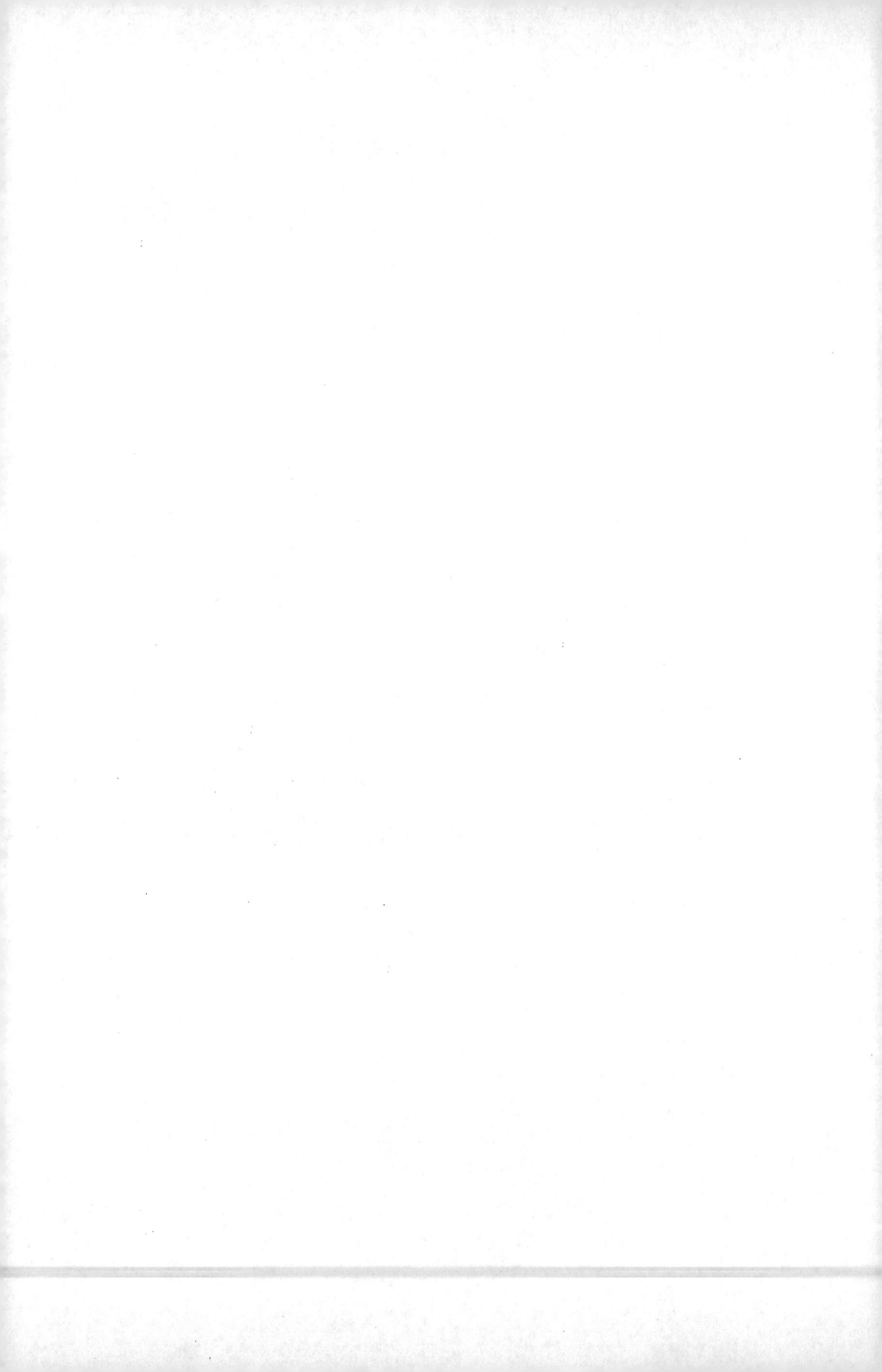

前言

一九四六年六月至一九四九年十月，在人口占世界四分之一、土地占世界十六分之一的中国大地上，发生了一场决定中国乃至人类命运的大决战。以毛泽东同志为首的中国共产党，领导全国人民，仅仅用了三年半的时间，就彻底打败了被美国武装到牙齿的八百万国民党军队，把腐朽的国民党政权赶到了台湾岛上。从此，一个人民当家作主的社会主义的中国屹立在世界的东方。

七十多年后，中华民族实现了第一个百年奋斗目标，彻底消灭了绝对贫困，实现了全面小康，中国成为世界第二大经济体。历史告诉我们，没有那场决定中国命运的大决战的胜利，就不可能有中国屹立于世界民族之林的今天。

本书作者是一位当年亲身经历这场大决战并且写下了一百多篇战地通讯报道的解放军战地记者。当年，这些染着战火硝烟、蘸着血和泪的第一手新闻报道有的通过新华社电讯发往各个解放区，有的发表在战火中大大小小的铅印、油印的报纸上，还有的甚至被打印或手抄出来张贴在战壕里。

这些报道真实地记录了国民党政府如何在华中地区打响内战"第一枪"，华中野战军"七战七捷"如何以少胜多反击国民党军队的猖狂进攻、如何靠"小米加步枪"消灭了不可一世的蒋军机械化"第一快速纵队"；记录了在党中央指挥下华东野战军和中原野战军会师中原，大破陇海铁路，连克许昌、开封、洛阳等军事重镇，打破蒋介石"空城计"的辉煌战绩和经典战例。

作者在采写战火纷飞的正面战场报道的同时，还深入采访了人民解放军英雄连队和战斗英雄，记录了国民党被俘高级将领的窘境、哀怨；特别是在紧张的外线出击中，作者深入采写和揭露了蒋管区国民党军队及基层政权残害老百姓的令人发指的种种罪行，这些报道不仅在当时发挥了鼓舞士气、教育广大群众认清国民党反动统治的性质的积极作用，而且从一个侧面证明和阐释了这场决定中华民族命运的大决战"人民必胜、蒋军必败"的不可更改的历史逻辑。

这些报道的作者季音，是一位一九四〇年四月入党的老同志，早年曾参加范长江领导的国新社工作。一九四一年十一月被国民党特务抓捕关入上饶集中营，一九四二年六月越狱。一九四三年冬到达淮南新四军军部，此后在苏皖解放区从事新闻工作。先后任新华社苏中分社资料员、编辑、记者，新华日报（华中版）前线记者，新华社华东野战军八兵团分社采编部主任，新华社华东野战军总分社前线特派记者。

一九四九年九月，作者作为《新华日报》特派记者参加中国人民政治协商会议第一次代表大会和开国大典报道，记录了开国大典中央人民政府成立的一系列重要活动，这些报道和作者采写的战地报道一起，记录和展示了中国共产党领导人民从"破"到"立"这样一个艰难而又必然的历史进程，至今看起来仍然让人激动不已。

一九八七年，张爱萍将军在为《陈粟大军征战记》一书所作的序言中，称赞活跃在战地第一线的新华社战地记者"是随野战军一起行军和战斗的一支非常战斗化的新闻队伍。既是战争的参与者，又是胜利的宣传者。他们随身带着三件宝：钢笔、手枪、照相机。跋涉在艰苦的行军路上，奔波在枪林弹雨之中"，"他们不畏任何艰险，争相到战斗的第一线去采访。有的同志因此而光荣负伤，有的牺牲在前沿阵地上，献出了自己的青春年华和宝贵生命。由于广大新闻战士的这种同部队共命运，深入火线，为战争的胜利服务的精神，才得以留下这部光辉的历史记录"。

正如一位哲人所说："每当重大历史事件发生的时候，总有一些人在那里记录。"随军战地记者的战地报道，既是记者的亲身经历，更是当年战场真相的真实记录。由于战争残酷环境的限制，在解放战争中，像本书作者这样亲身经历一个大的战区的一系列重要战役，而且留下了那么多的现场战地报道的，还不多见。本书收集的近四十篇报道，都是作者当年通过各种渠道发表过的报道原件。附录收集的作者在上饶集中营里与敌特斗争的几篇回忆录，记录了作者经历的另一种特殊形式的"战争"。可以说，正是这场血雨腥风的生死考验，为作者后来在解放战争中的成长和采访报道打下了坚实的基础。今天，我们随着这份珍贵的历史记录重新经历那场"血与火"的战斗洗礼，可以更深刻地了解到，为了中国人民的解放事业和民族的伟大复兴，革命先烈和前辈们付出了多么大的牺牲和努力。同时，年轻的新闻工作者们也可以从中受到更深的历史启迪，传承老一代新闻工作者的优良作风和传统。

在此，我们谨向老一代革命者和依然健在的作者致以崇高的敬礼！

编　者

目录
CONTENTS

第三章 打过长江去 解放全中国

‖ 第四章　迎接新中国的诞生

‖ 附　录

第一章

奋起反击
蒋匪内战

　　内线自卫反击，是华中野战军和山东野战军三年解放战争中最艰巨的第一阶段。从一九四六年七月开始，蒋介石集中了五十万正规部队向我华东解放区发动进攻，先攻苏皖地区，然后集中兵力向山东腹地进攻，妄图一举把我军消灭或赶出山东。

　　从苏中地区打到鲁南山区，我军在中央军委的战略部署和陈毅、粟裕出神入化的直接指挥下，谱写了以弱胜强、以少胜多的精彩篇章。从苏中七战七捷到鲁南战役、莱芜大捷、孟良崮战役，不仅粉碎了国民党五十万全副美式装备正规军来势汹汹的全面进攻，而且以敢于碰硬、虎口拔牙、"百万军中斩其首"的英勇气概，全歼国民党整编二十六师及第一快速纵队，打掉了国民党五大主力之一的整编第七十四师，国民党朝野为之震动。整个内线自卫反击战，我军共消灭敌正规部队九个整编师（三十二个旅）和一些团营零散部队约三十余万人，连同地方保安警察部队共约四十余万人，取得了重大胜利。

　　苏中战役是作者作为随军记者参加的第一场重大战役。一九四六年七月十三日到八月二十七日，我华中野战军主力三万人，奋起迎击国民党五个整编师十五个旅约十二万人的进攻。在粟裕、谭震林指挥下，我军采取出其不意、攻其不备、集中优势兵力各个歼灭敌人的战法，先后进行了宣泰战斗，如南战斗，李堡战斗，丁堰、林梓、东陵战斗，如黄公路战斗，以及海安、邵伯两次防御战。连续作战七次，歼敌六个旅、五个交通警察大队共五万三千多人，创造了我军以少胜多的奇迹，是我军在解放战争初期取得的重大胜利之一。苏中战役的胜利不仅粉碎了国民党军队"两个星期夷平苏北解放区"的狂妄野心，而且大大鼓舞了人民解放军在全国各个战场上战胜国民党正规军的信心。

作者作为新华社华中分社和《新华日报》（华中版）派往前线的记者，先后参加了苏中七战七捷和鲁南战役，全方位多侧面地采写了大量报道。其中，关于苏中前线的系列报道被华中分社领导签发，全文一万多字，转发延安新华总社；记录鲁南战役的现场报道《"快速纵队"快速覆灭记》，被作为解放战争时期的我军军事报道名篇广泛传播。

告别淮阴，走向前线

一九四六年五月九日

正当淮阴人们喜气洋洋地埋头于和平建设的时候，苏中前线传来了令人气愤的消息。"停战令"后的第三天，国民党匪军侵占了如皋以南的白蒲镇。自此之后，国民党匪军违约进犯的消息，便一个又一个地传到淮阴。这些消息仿佛像乌云似的，一朵又一朵地升起，把晴朗的天空一下又变得阴沉欲雨。好心的曾认为从此可以"和平实现"的人们，开始感到自己是受了那些强盗的骗。到一九四六年五月初，长江边上，内战的阴云越来越密。新华社公布，国民党匪军已调动三十五个军、九十九个师，一百万人投入内战前线。

一切迹象都十分明确地表明，苏皖解放区人民已不可避免地面临着一场内战的大风暴。从一九四五年八月日寇投降，到一九四六年七月蒋介石挑动全国大内战，这十一个月是中国人民由战争走向和平，又由和平走向战争的一段十分曲折复杂和重要的历史时间。我和淮阴的相处，也表明这样一段历史的曲折：

一九四五年九月初，我随着新四军二师离开了原来的军部所在的淮南解放区，在皖东盱眙县境渡过了黄水汹涌的淮河，进入了苏北敌寇重要据点淮阴城。这里的战事刚结束不久，新四军三师在这里经过激烈的战斗歼灭了拒绝投降的伪军潘干臣部。

我在城里走了一转，只见青黑色的城墙，围绕着方圆十余里地的城区。全城出奇地破败与冷落。使我们十分震惊的是市民很多都脸色枯黄，许多陷于停炊，商店也大都关着门。在曾被日寇作为宪兵队部的北门大陆饭店里，我看到了几个极其恐怖的土牢，这些土牢，是淮阴人民苦难日月的标记。土牢的四周都用碗口粗的大木头围着，两旁的高墙使得土牢终年射不进一丝阳光。关在里面的大多是共产党员、新四军工作人员，以及进步的农民、学生等。他们直到新四军解放淮阴时才被放出来。

在运河堤边的土墙上我看到了几行字，写的是：

变天没有晴天长，
淮阴城头出太阳，
要问太阳何处来，
就是救星共产党。

还有几行字是：

百年罪，
满身伤，
从前如在刀山上。
如今，
两淮得解放，
全亏救星共产党。

字迹端正、清楚，都是用黑炭写的。这几行字朴质地写出了两淮劳动人民的衷心喜悦和感激。是的，长远生活在黑暗年月里的淮阴人民，今天终于找到了一个光芒万丈的太阳，她使一切垂毙的生物获得活力，她使这座在帝国主义、封建主义、官僚资本主义压迫统治下弄得"满身伤"的江北城市翻转过身来了。

现在，我又要离开淮阴，走向国民党匪军进攻的枪声日益稠密的苏中前线。我此去的目的是作为新华社华中分社和《新华日报》（华中版）首批奔赴前线的记者，真实地报道当时全国人民所关心的苏中前线的情况。

五月九日清晨，我动身南下。抛开和平安谧的生活，走向战争，这种思想上的转折是痛苦的。我们沿着大街向东门走去，一切熟识的景象都勾起我们无数回忆，对面一幢高高的楼房，就是军调部淮阴执行小组住过的地方。那些美国骗子，在大骗子马歇尔宣布所谓调处失败后已经离去，但是这些骗子们留在人民心中的愤怒记忆是永不会忘记的。我们热爱和平，但我们不会向强盗们去乞讨和平的。我们懂得用什么来回答他们的阴谋和战争。总有一天，这些骗子们将会发觉，被骗的不是我们，而是他们自己。

这时，天色尚早，街道上微微流散着一种早晨清新的气息。走到东门，行人已渐渐多起来。初升的阳光穿过屋脊，落到东门外城墙两旁"团结起来，建设新淮阴"的大标语上，闪着耀眼的光亮。为了防备国民党飞机的再次袭击，东门外的早市已经开始，紧挨着运河边的密密的店铺和摊子前挤满着四乡赶来的农民，人声远听，像是一窝蜂子似的，轰轰地闷响着。停泊在运河上的许多船只，有的正在升起一股股的炊烟，在做饭。船头上插着三角小旗的是开往高邮、宝应等地的航船，站在船尾上的老大，"呜呜"地吹着螺角，在催旅客们快些上船。对岸的十里长街上也拥挤着人群，一片嘈杂声中，夹着"叮叮当当"的打铁声；还可以望见对面河堤旁的公路上，从四乡赶来的骡子、小车、担子的行列，络绎不绝地正向这边走来。

我们沿着运河边走去，看着几个月前贴满道旁的"庆祝和平实现""拥护政协决议"的许多标语，依然高贴在墙上，窥视着路上的行人；但是，今天"和平"已经过去，政协决议早为蒋介石所撕毁，这一切都成了历史的讽刺。

我跳上去宝应的航船，船顺着运河的黄水缓缓南驶，淮阴东城的市声也渐渐微弱了。一转弯后，被古老的青灰色城墙围绕着的淮阴城的轮廓便最后在我们的视线里消失了。

"阴阳界"上

一九四六年五月二十六日

由如皋南下白蒲，一路来都是一望无际的碧绿平原。东南风在公路上卷起一片尘沙，透过这大片腾舞在半空里迎着阳光闪闪发亮的沙砾，可以看见葱绿广阔的平原，正沉醉在和平安静之中。南通如皋一带本是富庶区域，向有"苏北的江南"之称，那时，稻已长得很高，黄豆也已抽枝长叶了。忙碌的农夫，不停转动的水车，蹲在水塘里呼呼喘气的大牯牛……苏中解放区农村的和平安乐图。

二十六日，往白蒲西南一带边沿地区前进。这里已是白蒲的最前线了。这一带地域又称作"阴阳界"。白蒲是"阴"，林梓是"阳"，这里处于"阴""阳"之间，故名"阴阳界"。记得在抗战期间，由大后方来沦陷区，在浙东的宁海和奉化之间，也曾经过叫作"阴阳界"的地区。但那个所谓的"阴阳界"，不但没有一丝恐怖气氛，却是车马往来如织，煞是热闹。原来当时的"阴阳界"，实际是国民党官员在顽军和汪伪军之间与大腹便便的商人串通走私的一个通道而已。但这里的"阴阳界"却真有点"阴阳界"的紧张与恐怖。

离开林梓南行未几里路，到林西乡。突然，西南角上响起一片枪声。远处在田里做活的人都惊惶地扛着农具急促地喊叫着，漫田漫野地往这边逃来，空气紧张万分。我们都站住了，把枪抽了出来，看住前边。几个中年人紧张地从我们身边跑过，看到我们站着，便连连向我们挥手示意："反动派来了！反动派来了！"边说边匆匆地向后边跑远了。

一个青年妇人，脸色灰白，气喘喘地跌撞过来，显然已不胜支持了。一看到我们，就放心地跑到我们身边站住，靠在一枝树干上呼呼地喘个不休。我们问她，她用手抖抖地指着左前方一里多路一片浓密的大树林："反动派！反动派！"同行的武工组高一心同志用望远镜顺着她指的方向望去，没有反动派。只是树林里还有人三三两两地从里边奔出来。

过了一会儿，没有动静，我们便继续前进。我们走的全是羊肠小道，武工组高、曹二同志熟悉地从这条小路走上那条小路、从这条田埂跨过那条田埂，又绕过一个庄子。我们在一间背靠一片大树林，面对一条绿色小河的屋子前停了下来。屋外很是静寂，推门进去，却看见院子里有许多人抱着枪挤坐在那里，布子弹带紧扎在破裤子外面，操着一口难懂的如皋土话，低声地谈论不休。后来我知道，这就是本乡的民兵游击队。晚饭后，一个游击队员跑来通知我准备转移。他告诉我说，他们每晚要转移一次，有情况，说不定一夜要转上三四回。因为白蒲的蒋"自卫队"常常夜间来偷袭。

我们开始准备，大家默默地收拾自己仅有的简单行装，背在身上。房主人一家全拥了出来。房东老太端着一碗茶，颤巍巍地走到东、走到西地说："再喝一点吧，再喝一点吧，哎，你们急什么吵，喝，喝。"转身又倒了一碗，端过来。她的声音里显然存在着惜别时所常有的哽咽。她说："下次什么时候再来呢？下次走过，得绕过来坐。我们也没好吃好喝的，白菜淡饭不缺的。"

房东老头和队长站在台阶上话别，老人净抽着烟，很少说话。从烟雾和微弱的灯光里，他的脸庞埋在离别的哀伤里微微地抽搐。队长安慰他说：

"老人家，你别难过，我们还不是在这里，不会走远的。有事情你来找我好了。有情况，最好避一避。下回我还会来你家住呢……"

"好，好！你来住，来住！那最好也没有。"老人连连说，"你们不走远就好。唉！唉！这种日子……"老人又伤感地抽起烟来。

那晚的情景使我很感动和难过。老头的影子一直记在心里，没有忘去。在"阴阳界"上生活了几天之后，我才深刻地领会到其中的道理。在灾难的日子里，人民和人民军队的命运是更紧地揉捏在一起不可分割了。

走到外边，天已经全黑了，河边有丝丝凉意的风吹来。屋后竹园巨大的黑影在星光里左右摇曳索索作响。没有月亮，但借着星光，还依稀可以看出掩在草丛里的泥路。我们背着背包，紧跟着前面的一个黑影默默地走去。除了青蛙与各种夏虫的鸣叫以外，周遭寂静得难受。在这种场合，人是最容易遐想的。我想起了那房东老头全家站在门口默默相送的情景，我想起了抗日战争时，在苏南一段极短的游击生活，不也是这样的吗？我们每个晚上移动，防鬼子伪军的奔袭，也是在夜晚这样行动的。通过镇句（镇江—句容）路、京杭国道，通过封锁线，从据点边上走过，敌人从炮楼上射击出的子弹在头上呼啸。万万想不到，在抗战胜利与和平以后，我又在这"阴阳界"上重温过去的一页。

走了很久，绕了很多弯子才到目的地。后来一问，离我们原来的住处仍然只隔四五里路，只是在路上故意兜了几个大圈子。老高等出去看地形和布置哨位。回来他们说：这庄子前面是条河，晚上河上的桥就抽了的，只有屋后一条路通到外边。如果有情况，就从这条路走出去，到后边的场子上集合。那晚没有情况。次日清晨，西南角上传来一片轻重机枪与小手炮的爆炸声，一个游击队员匆匆跑来叫我起来，说是敌人又出动了。那天枪声密集地响了一个上午，看样子已经在那里接火了。

在"阴阳界"生活了将近半个月，差不多每天碰上"自卫队"下乡抢劫，时候总在清晨和早饭后，一片机枪步枪的号叫里，"阴军"们押着大群的伕子推着空车子，挑着空担，蜂拥而至。于是在田里劳作的、在家里做活的男女都从屋里奔逃出来。丢掉犁耙，呼老喊子，没命地向后狂奔。一刻儿各庄上顿时鸦雀无声，杳无人迹。"阴军"们便在这无人村中挨户从事清洗，鸡子捉起来，牛牵出来，粮食全扒出来，衣服、被子，一切全装上。这时另一些"自卫队"则再扒在庄上最高的屋顶上，持着枪瞭望着四周有无游击队上来。一发现有游击队向庄上移动，便鸣枪告警，于是正在屋里翻箱倒柜，或大吃大喝的"阴军"闻声，便匆忙从屋里跑出来，没命地打着枪，向庄外涌去。

被抢的东西是无法统计的，因为受害的农民唯恐再招来灾祸，都怕如实说，特别是靠近白蒲的最边沿地区。为了这，我曾和几个武工队员走到边区去了解，和村民们聊天，可是一谈到这些，他们就默然了。有时，我明明看到有一些妇女，由于提到令她痛楚的事情，已是热泪滚滚，但她还强作欢颜！

"没有什么损失，真没什么损失。只是受点小惊吓。"

这种非哭非笑、强为欢颜的表情，看得使人分外难受。吃了苦，又得把这些苦全吞咽在肚里，不敢吐泄，这种悲痛是极难设想的吧！在薛曹乡、兴姚乡一带，许多水车、犁、车篷等农具，都给"自卫队"抢去当柴烧了。"保安三中队"吴坤（原系伪军营长）到兴姚乡来抢劫，索性撑来几条大船，上面放着几百只鸡笼，船一靠岸，便上去捉鸡。这样，靠一庄捉一庄，回去鸡笼全满满的了。在顾家棣一间破败的房子里，我又去看了一位叫刘肚爷的老农，他的儿媳妇告诉我，五月十三日，"国军"百余人下乡，她公公害着大脚疯跑不动，便给"国军"捉到白蒲，硬说他儿子是民兵，把他打得死去活来。我去时刘大爷躺在一个阴湿的墙角边，屋内奇臭扑鼻。原来他的刑创已完全溃烂，他儿媳妇揭开覆在两股上的一块布给我看，只见臀部与大腿间烂成两个一指多深的窟窿，黄脓紫血，惨不忍睹。老头伏在那里，无力地呻吟，神志昏迷地嗫嚅着：

"……我要家去，我要家去……我儿子不是民兵啊……唉，唉，好先生，我什么都不知道，哎哟……"那儿媳妇在旁听着，呜呜地抽泣了起来。

在"阴阳界"，我才痛切地知道了在所谓"停战令"以后，这里的人民仍然在深受着如此的灾难和痛苦，他们从没有"和平"过，也从不相信"和平"与幻想"和平"。解放区人民都有一种倔强的性格，在灾难和痛苦底下，他们产生的不是流泪和胆怯，而是暴怒的强悍的反抗。我在白蒲官扬乡游击队里，碰见官扬乡乡长姜德辉，一个极敦厚老实的农民。他告诉我，他的家全部给"国军""自卫队"揪光了，如今妻离子散，无家可归。但伤心并没有使他泄气。他说："我死了就罢，不死要和他们拼到底！"在极度的悲痛里，他愤然投入官扬乡游击队，不久便成为"国军""自卫队"在白蒲边沿一个可怕的敌人。

扛锄头的兵
——访农民游击队

一九四六年七月

到苏中边沿区以后，我发觉这里的人们和苏皖解放区中心地区的人们有一点显著的不同，这就是他们对于"停战令"后的所谓"和平"保持着十分的清醒；而事实上，他们也从没有和平过，也从不相信"和平"与幻想"和平"；他们在无数身受的深重灾难里学会了一条真理：要向国民党匪帮谋求和平是不可能的，流泪和胆怯只会延长灾难和痛苦。

求取和平的道路是什么呢？这一带边沿区人民是用一句十分习惯和简短的话回答你的："和他揪！"

提到这句话，我不禁想起我在白蒲官扬乡游击队里碰到的一个人来。那是一个极敦厚老实的苏北农民，名叫姜德辉，穿一套粗条子布短衫裤，个子矮而茁壮，不大会说话，有点口吃，但做事认真踏实，只是有点"牛性子"，一看他样子，便知道是从无数穷苦日子中磨过来的；新四军来后因为实行减租减息，生活渐渐有了改善，现在又分得了土地，并且做了官扬乡乡长，农民们都赤诚地拥护他。但我看到这位不大识字的农民乡长，不是在他的乡政府里，而是在官扬乡游击队里。他扛着一杆"汉阳造"，身上缠着条灰布子弹带，和几个木柄榴弹；国民党匪军烧毁了他的房子，抢走了他才获得的耕牛和一切，妻子儿女至今不知下落，但极度的悲痛只是使这个觉悟了的农民分外坚决，当他和我谈到这些时，他愤怒地把"汉阳造"往地上"噔"地一击，眼瞪得大大的：

"我死了就罢，不死就要和他揪！"

在苏中边沿区，我看见了许多像姜德辉一样的农民，他们世世代代在土里滚，土里爬，终年掏不到一口饱饭，穿不上一件好衣，到最后还是一张破席，埋到泥土里，照他们的说法是"太阳永世照不到我侬穷人坟头上的"；但到了他们的一代，太阳终究照到头上来了，穷日子终究翻转过去了。共产党在八年抗战中带领大家实行了减租减息和生产运动，今年五月起又开始实行土地改革；眼看着穷苦农民们喜笑颜开地手牵着大牯牛，走进自己低矮的小茅棚里，眼看着地主们的肥田上插上了写着自己名字的牌子，眼看着那即将收获的庄稼就将一车车地拖进自己的屋里，不再像过去一样拖出去。——谁知一个黑夜里强盗们的枪声在屋外响起了，他们像凶神似的拥进来，拉走了大水牛，抢走了农具和一切，一把大火卷走了屋子和其他……就这样他们像姜德辉一样失去了一切，短促的新生活像做梦似的悲惨地破灭了！难道这是命运？难道就向地主和"还乡团"去叩头求饶恳求强盗们的怜悯？难道这得到的一切就这样送给了他们？难道不能用自己的双手把这些夺回来？于是他们都像姜德辉一样悲痛地醒悟转来，结束了最后的幻想，知道和这些强盗们是不可能"和平共处"一天的。正当的道路只有一条，这就是："和他揪"！在游击队里我访问了不少这些农民游击队员，他们都有着一段各不相同的具体遭遇，但是他们却怀着同一的悲痛和愤怒，走到了这同一条路上，开始勇敢地正面向国民党匪军射击，就这样，保田保家的农民武装游击运动，当时便像野火似的猛烈延烧着，扩大着，成为保护人民自己，打击国民党匪帮的一支十分强大的力量。

在白蒲边沿地带，这种农民游击队当时也都普遍地组织了起来，我最先去访问了其中的橙曹乡游击队。

那天，天气很热，太阳炙热地逼射着浓绿的村庄，路上行人稀疏，我们挥着汗，走过一个个的村子，翻过很多条沟渠和高坡，却总是找不到游击队。

一个庄子的转角上，有一个青年农民朝我们走来，我们就上去问他：

"这一乡的游击队住在哪里？"

"不晓得。"他向我们打量了一眼，摇摇头。

"没事呀！我侪是区公所的。"

"真的，我侪不晓得。"他边说边走了。

这真使人迷惑了，怎么搞的呢？我们出来时明明白白调查清楚，说是在这一带的，现在怎么个个人都说不晓得呢？难道游击队又移动了？难道我们走错了路？望望田野，空无人影，眼看那青年农民也渐渐走远了，不由得使人着急起来。后来还是同行的《如东大众报》记者司徒慧灵机一动，追上去拉住他，从衣袋里摸出一枚证章和区公所的通行证给他看，问他游击队到底在哪里，那农民一看，天真地笑了起来，向东一指说：

"喏！就在东边那大屋里。"

我们又好气，又好笑，急忙循着他指的路走去，转了一个弯，刚跨进另一个庄子，我们被牛车棚前一个执枪的便衣哨兵喝住了：

"是哪里来的？"

枪栓"格勒"一声，很多人拿着枪从屋里跑出来，有的站在土墙后边探望。经了盘问以后，才知道他们就是橙曹乡游击队。

游击队员都好奇地聚了拢来，把枪抓在手里，他们把那些枪像打扮小女孩一样打扮着，枪都擦得乌亮的，枪头上挂着红绿各色须子，机柄上包着花布，榴弹也一样包着。杨队长是个二十多岁热情的青年人，过去当过区基干队。在一株大树荫底下，他告诉我关于他们游击队的情形：他们游击队大部是邻近庄上的庄稼汉，平时在家耕地，有了情况一个通知下去，便一齐扛着枪来了，一个也不缺。他说：有一回一个队员躺在家里生病，听说要出发，用布往头上一扎，提着枪就赶来集合，队长叫他回去。他说："一出发病就会好的。"第二天病果真好了。这两天来因为白蒲"二黄"① 天天下来，游击队一直在紧张的环境中，夜间挺进到白蒲边上，监视敌人，配合主力放军事哨。白天"二黄"出窝时，他们便打麻雀战，牵制这群匪军，保护群众安全地转移。"最近来因为战斗任务太紧张，常常日夜捞不到睡觉，部队搞得很疲劳，但精神都很好。"杨队长说着伸了一个懒腰。外边哨兵又喊了一声，大概又有人来了，他立刻睁开满是红丝的眼睛，警觉地向外探望着，手已习惯地按在膝旁的驳壳枪上。

"我们最苦的是缺乏武器和弹药，咦，我们如果有好武器和充足的弹药，我们的队伍还会大，仗会打得更好，"他抚摸着自己的武器，继续说，"我们只能从反动派和伪军那里得一些弹药，大家都把弹药看得命根子一样宝贵，不肯随便浪费一粒。"他说，有一次，游击队挺到白蒲北一里多路的黄家庄，和匪"保安队"遭遇了，队员陈有庭上去一个手榴弹，没有炸响，又丢出第二个：

"轰！"

一片烟沙卷了上来，匪"保安队"吓得都卧在地上，陈有庭想起

---

① 向苏中边沿区骚扰的国民党匪军很多系伪军改编，人员原封未动，故老百姓也仍以"二黄"呼之。

队长平时常说的"要爱惜弹药"，便不顾一切冲上去把数十米远处的瞎火榴弹捡了回来。这时，敌人大群地从四面八方爬上来了，游击队一个排子枪，打死了敌人的连长，对面顿时大乱，四散奔逃。第二天，匪"保安队"、"自卫队"大举下来报复，双方在陈家庄"接火"了，游击队打了一阵，机动转移，小游击队员鲁生大腿上带了花。他是一个被穷苦和饥饿逼着走进弥陀庵削发为僧的小农民，今年还只十六岁；他翻了一条沟以后跑不动了，躺倒在地上，敌人一下追到了跟前，最先一个人追到小和尚的对河，手里拿着短枪大喊：

"缴枪！"

事情很紧急了，小和尚枪里只剩下三颗子弹，一颗还是瞎火，他望望自己的大腿，血殷红地淌了一地，连枪上也满是血水；虽然仅仅在游击队里十几天，小和尚明白，自己在这最后的一分钟里应该做些什么：他挣扎着从血泊里站起来，抖颤颤地端起了那杆沾血的湖北条子，咬着牙朝对面一枪打去，"呼！"拿短枪的人应声而倒，小和尚也在一阵乱枪中牺牲了。给小和尚打死的是白蒲西北五个蒋匪乡政府的特务指导员。

杨队长说到这里，一个年青的游击队员急急跑来找他，说："大队长，趁现在天热，快派几个人和我一起到南边大河里去捞美国子弹。那庄上人说：'河里子弹多着呢，说不定还有枪。'"

我正在诧异，杨队长回头对我说：这都是当地老百姓来报告的。匪"自卫队"每次下来，只要和游击队一接触，就往后直溜；因为想跑得快些，子弹便沿路丢弃。过后老百姓便来报告游击队，或捡了亲自送来，这是他们获得武器弹药的唯一来源。昨天在南面打了一仗，他们慌慌忙忙把好多箱子弹丢在河里，逃回白蒲，晚上老百姓就来报告了。傍晚，果然那个青年游击队员湿淋淋地扛着一大筐子弹回来了。

杨队长特地拿了一排给我看，那子弹尾上有"美""七九""43"等字样，头上围绕着一圈齿形的东西，拿掉弹头，倒出来全是亮晶晶一粒粒非常细小的铅弹。后来我发觉这种美国子弹在别乡的游击队里也极为普遍，原来美帝国主义也武装了苏北前线为保卫自己与国民党匪军作着战的农民游击队。

在匆促地访问了橙曹乡游击队之后，不久，我又去访问了在白蒲前线妇孺皆知的郭海波游击队。这是边沿区一支最强大的农民游击队，我在那里生活了将近一个星期。

那是七月九日，天空洒着蒙蒙的雨丝，田野泥滑得难以行走，经过了不知多少条曲折的蔓草碎石满铺的小径，直到暮色沉沉，才在泰沿庙西边一个小庄上问到一个老头子。他惊奇地打量了我半天，问了我很多的问题，才亲切地向我说：

"是找郭大队长？好。"

他立刻转身把小板门扣上，回头对我说：

"跟我来吧！……你听，不是他们在唱着歌子？"

我侧耳细听，果然不远处有一阵轻松的歌声传来，还听得出这是如皋每一个小孩都会唱的"乡下人上街"：

> ……
> 格支格支格支格支又一担，
> 大担儿挑，
> 小车儿推，
> 金黄的肥料搬出城外。
> 乡下人把个细篮儿拐，
> 个个都说好买卖呀好买卖，

不是四老爹来，^① 乡下人哪里敢上街……

歌声稍停，又响起一阵哗笑，这证实他们是在附近了。我望望已隐没在一片昏黑的夜色里的村落，透过一口气来，感到一种舒坦的轻快，便跟着那老头走着，走过一条狭窄的田埂，在一片丰茂的参天大树围绕着的庄子里，才找着了郭海波游击队。

在没有找到以前，我一边走，一边想：作为这一支威震白蒲、使敌胆寒的游击队队长郭海波，究竟是一个怎样的人物呢？应该是一个彪悍善战的能手吧？但是我的估计完全错了，站在我面前的郭海波是一个才二十一岁的而且十分文弱的青年人，脸色白板，人很瘦，便装外面系着一条皮带，挂着一支快慢机。他十分快乐地接待了我们。后来他告诉我：他原来是做行政工作和教育工作的，一月十五日（"停战令"后三天）敌人强占白蒲后，才弃文就武。正和他队里很多队员一样，扛枪打仗，这在他还是"大姑娘坐花轿第一遭"。郭说：他们在初搞时是很艰苦的，那时，反动派占了白蒲，天天向四乡捉人拉牛，附近庄上青年人便和郭海波组织起来抵抗。一共只十几个人，七拼八凑弄了十条破步枪，却有六七条打不叫的。十几个人中大部分都没上过阵，但因为这一支与附近农民十分密切地联系着的农民武装，在实际中学会和运用了毛主席游击战争的战术思想；于是，这样一支部队便一仗又一仗地打胜了，很快便成为白蒲携有美国枪炮的国民党匪军的劲敌。当我去时，他们已打了一百余次仗，活捉的国民党匪军三十六人，毙伤三四十人，活捉与击毙的匪"还乡队"、"自卫队"则

---

① 敌伪时期苏中边沿接敌地区老百姓因不便叫新四军，便以"四老爹"呼之，有时就默默地伸出四个手指，暗示为新四军。

数以百计，而游击队只牺牲了一人。"卡宾"也有了，"汤姆"也有了，还有几挺九六机枪。远远近近庄上遭受蒋灾的农民，都跑来找郭海波说：

"郭大队长，你让我在队伍里扛根枪吧！"就这样的，队伍大起来了，人多起来了，现在站起队来就黑压压的一大片。

夜晚，我们在天井里纳凉，这位郭大队长赤着脚和队员们泼水，捉迷藏，扭成一团，笑声震屋宇。一会静了下来，有人提议：每个人唱一个歌或小调，于是又是胡琴，又是口琴，又是"如皋谈媒调"，又是"乡下人上街"，庄上男女老小一大群紧紧围着，直听到半夜还不肯散去。住在那里，我就仿佛住在一个温暖的大家庭里，这家庭里永没有争吵和打骂，平时生活上十分融洽，但工作和战斗时则异常严肃。郭海波说：他们的部队有三大特点：一是情报灵通确实，战前准备充分，因此是每战必胜，不打败仗；二是政治工作巩固了部队高昂的士气，听到打仗个个来劲，从早打到晚不吃饭也没事，平时生病听到打仗病就会好；三是在战场上个个跟郭海波队长一样，勇敢而又机智。在张福荡七次击败了数倍于他们的敌人。

他说：有一次，三十几个匪"自卫队"壮着胆跑到张福荡的南面，他们看见前面有人走动，便问老百姓：

"前面可有郭海波的部队？"

那老百姓说：

"说不定有呢。"

匪"自卫队"一听，掉头就跑。只要国民党匪军跨进张福荡，老百姓便数路奔告游击队，于是他们很快在芦苇丛里布下了天罗地网。有一次，一个姓高的民兵拿了锣跑在最前面，听到国民党匪军的脚步声，便敲着锣大喊大叫起来，国民党匪军一听锣声急忙追来，走入伏击圈里，霎时四面枪声大作，前边的几个"二黄"立刻头破血流地栽倒在草地上，后面的一哄而散，击毙了"保安队"指挥官以下十四名，夺回草数百担。白蒲的国民党匪军中流行着一句话，叫"宁绕九条江，不过张福荡"。意思是说郭海波游击队厉害。

郭海波又笑着说：他们第三个特点是从不被敌人包围；因为他们在数十里内外安下了无数的"眼线"和"耳朵"，这"眼线"和"耳朵"就是白蒲前线的数万老百姓。我对他说："这才道出了你们最大的特点哩。"其实他们里边的游击队员就是本地老百姓，老百姓一打仗也都成了游击队员。我住在那庄上时，常看到游击队里乡民进出不绝：女人跑来看丈夫，宿上一晚，第二天欢欢喜喜地走了；老两口子带了什么糕、鸡蛋、新衣服，来看儿子，晚上叙叙家常，第二天便回去。有的甚至住上几天。想想吧，这样的队伍，敌人怎么包围得住呢？在张福荡，一次敌人在仅有的一条必经路上布置了包围伏击，但游击队还是绕过了。那里的民兵在河上飞速搭起一座浮桥，把队伍带过去。观音夹路战斗，兴姚乡民兵帮助放哨、侦察、打锣。战斗才结束，庄上人拐着满装粽子、面团的篮子，抬着茶饭赶来。打沈平桥时，一大群庄稼汉围着郭海波要求道：

"郭大队长，你发根枪把我偬吧！我偬跟队伍上去揪。"

郭海波对我说："这种事情太多了，记也记不清。"

九月十六日，国民党匪军整编第四十九师大举进犯如皋，郭海波指挥两个排在沈平桥抗击四百余国民党匪军，光荣负伤。他吩咐部队不要宣扬，免得惊动了四乡的老百姓；但当天附近五六个乡的老百姓就轰动起来了，一大群的人跟在担架的后面走进人民医院，医生叫他们不要进去，他们便整日守候在门口，谁也不愿回去。

之后不久，郭海波伤愈出院了。

就在那时，我离开了郭海波游击队，投入了如（皋）南战场。

第一枪

一九四六年七月

既然蒋介石坚决不愿意和平，那么就让他选择战争吧！迟早总要叫他信服历史是按着人民的要求发展，而不是按着中外反动派的要求发展的。

——《解放日报》社论：

《全解放区人民动员起来，粉碎蒋介石的进攻！》

一九四六年七月，苏北平原窒息在初夏的燥热里。天空万里无云，一切都显得闷热异常。

一切都预告着暴风雨的到来！

长江上游军船往返不绝，国民党匪军四十九师、九十九师、一百师、二十五师等七个整编师、七万余人陆续开抵苏北，扬州、泰州、靖江、南通等地都突然大军云集，形势紧张……

六月七日，蒋匪江苏省主席王懋功在省"临参会"上宣布：立刻就要去"收复苏北"。他轻松地说："苏北共军为数不多，正规军不过三万余，连地方武装不过七万余人，收复苏北，易如反掌。"

接着，王匪懋功、谷匪正纲匆忙奔走于扬州、泰州、南通道上，到处召集汉奸土劣组成的所谓"难民"，要他们"立刻准备回乡"。

从来没有听到过的一个什么"苏北十八人民团体"，也忽然向中共代表团提出了"十五天内解决整个办法"的"最后通牒"，否则就要"自动武装还乡"。

国民党匪帮正式提出："共军威胁京沪，须撤出苏北……"

一切征象都说明：国民党匪帮在"停战令"掩护下积极准备了许久的全国规模的大屠杀计划是到了最后摊牌的时候了。

解放区人民一直是清醒地注视着这些的，他们虽然衷心地希望和平，但是，他们并没有被国民党匪帮的那些鬼蜮伎俩所迷惑，他们丝毫也没有松懈自己的警觉性，中国人民几十年斗争的经验唤醒他们，任何对于国民党反革命死党一丝一毫的麻痹均将是极大的错误。这时，粟裕将军所率领的新四军亦已开抵苏中前线，严阵以待，苏中人民亦已整个动员起来，他们随时准备给敢于前来屠杀人民的匪帮以迎头痛击。

那时候，我还在郭海波游击队里。

情况紧张了，大家也就都紧张了起来：每天天将拂晓时，部队便披着寒星冷露，出发到白蒲边界上去活动，监视敌军的动静。每天这时候，我也就照例跟着起来了。大家在暗中摸索着，吃罢"冲锋饭"，背上枪支，一声集合，部队就踏着狭窄的田埂，朝着白蒲方向走去。我看着队伍渐渐地远去，终于连排尾的小鬼也隐没在星光中，回到院子里，院子似乎突然大得空虚起来，寂静得难受。伙夫点着盏油灯在洗菜钵子，我就在灯下看着书，开始了我每天所例行的等待，直等到窗外的曙光射进来驱散了微弱的油灯光，屋里渐渐发白，我就知道队伍快回来了，果然不多久，脚步声在门外响起来了，我急忙赶出去，队伍已走进院子来，照例个个人满脸通红，兴奋地喘着气，帽子和衣服都给露水打湿了，沾满草泥的两脚更像是从水塘里涉过来似的。队伍一解散，我就开始我的采访活动；因为一天中，这时间是获得许多重要情况的好时机，不论队伍出去是"接了火"，抑或没有碰上匪军，队员们总是有许多故事要讲给我听的。

十四日，也是这时候，我正在看着书，门外人声响了，我急忙跑出去，队伍已经拥进院子来，我发觉今天大家神色似乎有点异样。慢慢地走在队伍最后头的是郭海波，他脸色很白，手里提着杆快慢机，身上也像大家一样冒着水汽，他一见我，就跑过来，压低嗓子说：

"打起来了！敌人正式进攻了！"

"打起来了？"我惊愕地问，虽然我早知道国民党匪军进攻苏中已是不可避免的了。

他说：国民党匪军从淮南的来安到泰兴宣家堡，正式开始大规模进攻，白蒲也到了大批国民党匪军，在白蒲外边，就可听到镇上整夜闹声不绝；昨晚已捉了四十条船，还在继续捉，船上装满长竹子，大概是准备架军用电线用的。照这些情况推断，国民党匪军在我们这个方向的进攻亦即将开始。接着，他两眼直瞪瞪地望着我，拳头握得紧紧的，停了一响，他猛地把拳头一击，字字清楚地说：

"如果敌人进攻，我们的任务就是要配合正面主力，在侧翼牵制敌军。"

晚上，月色迷糊，我们都把背包打好了，坐在空场上，等待着这历史的大变化的到来，倾听着国民党匪军进攻的第一枪的响起，一切都还是和前几天一样，呈现着初夏的夜所常有的恬静，夜风吹过一片茂密的修长的玉蜀黍，发出阵阵轻微的声息，村落安静地在繁星满天的夜幕下沉睡着……但是这一切，在今天看来似乎都有点异样。今天，我们仿佛第一次发现，这一片庄子竟是这么可爱，但是现在这一切已面临着战争，随着前面第一声枪响的响起，和平的生活就此宣告结束，说不定在几小时之后，美造炮弹就会"嗖嗖"地飞来，接连落在这里，挟着残忍的破坏力爆炸，轰毁这一切；唉，和平的生活是已无法再继续下去了！悲观吗？哭泣吗？我看看坐在空场上的郭海波游击队的队员们，我发觉他们对于这个十分重要的历史时刻表示很镇静，我看到他们迅捷地打好背包，像平时一样跑到外面，还是老姿态，往院子的地上一坐，把枪夹在自己的大腿中间（枪是早就擦好了的，包在机柄外的花布也早就拿掉了），与前些时出发和"二黄"作战的情形没有两样，有的轻轻地抽着黄烟，快乐地嘘着气；有的就索性拿背包当枕头，一头倒在场子上，安静地闭着眼，在地上睡起觉来；有的在轻轻地擦弄着武器，谁也没有心事重重的样子，因为他们对于这一天的终究要到来，在思想上是早就解决了的。在所谓"停战令"以后，这里从没有停息过国民党匪军进攻的枪声，他们也从没有放下过枪杆子，他们也知道，那时候如果放下了枪杆子，那就是一个天大的错误。他们都是这些历史事实的目击者：匪帮们一面谈"和平"，一面则是成群地打着枪向解放区拥来，拉牛和抢粮食。一只手发出了"停战令"，但另外一只手又同时发出了"剿匪密令"，要他的部下"不时游击，开拓领域"……他们在上述无数次亲身目睹的事实中摸准了强盗们的心肠，用他们一句习惯的说法是：

"向老蒋要和平，哼，那不是叫公鸡生蛋！"

历史证明他们的看法是正确的，今天，蒋介石终于赤裸裸地露出他杀人的本来面目来了。

大家静静地坐在院子里，远处时而传来一两声狗的噪叫。已将半夜了，还没有动静，大家估计今晚不会有大情况，我便去睡了。大约两个钟头之后，西边响起了枪声："啪，啪……"渐渐地愈来愈密，我急忙起来走到外边，月色照得满院通亮，人已全起来了，有的人在那里紧张地包扎东西。他们告诉我：郭大队长已带着部队往西去了，我站到门口，静听着时缓时急的枪声从西边传来，隐隐地还有火光和人声，看样子是真的"接上火"了，是国民党匪军正式进攻了，还是匪"保安队"出来抢粮？望着那火光和枪声愈来愈猛，火光从远处一棵树尖上直蹿了起来。

战争逼近了，我们这支由炊事员、事务人员和病号等组成的留守部队，不得不往后移一移；大家踏着星光路移到了核心桥，这时天边渐渐透白，枪声也由稀疏而停止了。早上，刚吃过早饭，突然就在我们对面的庄上劈劈拍拍打起枪来，子弹"嚯嚯"地尖叫着从头上飞过，迫击炮弹落在湖田里，掀起一片沙泥。情形突然紧张了，怎么办呢？郭大队长又带着部队在西边没有回来，这里只留下了一个排。那时，我看到那个平时最爱唱小调的排长提着驳壳枪，如飞地从屋里奔出来，急促地喊了声：

"快点出来集合！"

三个班的游击队员都急急地从屋里跑出来，由于匆忙，有的子弹带还没有系好，有的把枪和子弹带一起拴在手里，有的一边跑一边拉着机柄，推上"顶膛火"。站在队后一个满脸通红的小游击队员，已紧张地把榴弹抓在手里，——这小鬼是在他父亲被匪"自卫队"杀了以后来参加游击队的，我曾经和他谈过一次，他说他家里已经没有人了。这时我走过去问他：

"小鬼，你怕不怕？"

"怕？哼！"

那小鬼轻蔑地向我笑笑，把枪往肩上一扛，急急地跟队伍奔了出去。队伍在庄外一条高田埂上散了开来，那小鬼全身伏在沟的低处，头和臂膀探出来，两手紧紧地抓着枪把，紧张地注视着前面。这时枪声依然响着，美造"七九"子弹在头顶上"啪啪"地炸响，但没有看到人影。

后来枪声又渐渐稀疏渐渐远去了。晚上传来消息，今天出动的国民党匪军，是向林梓做试探性的进攻，到离林梓三里的雀儿池被击退窜回白蒲，经过这边的是其中一小股敌人，从前庄绕过去了。

大家都感到，这是狂风暴雨前的闪电和雨点。

记得蒋介石发动全面内战前，国民党统治区曾提出了"谁放第一枪"的问题；从字面上解释这个问题是没有意义的，因为自从日寇投降之后，甚至说得更远一些，国民党匪军从未停止过对解放区人民的射击。如果是把"谁放第一枪"解释作"谁发动了全国规模的反人民内战？"，那么，我，一个在苏北前线的人民新闻记者，要在这里提供我一九四六年七月在如皋陈家庄战场上缴获自进犯军国民党整编四十九师二十六旅的一份重要证件：

> 七月十三日九时四十分，四九师第一科周科长给二十六旅参谋处命令：一、略。二、二十六旅七八团两个营为师右纵队，应在明日（十四日）前集结白蒲镇附近完成攻击诸准备，于十五日拂晓沿（南）通如（皋）公路北进，扫荡林梓、丁堰后，即占领丁堰、宋家桥、高长台之线，并准备尔后之攻击。三、第十九旅为师左纵队，应于七月十四日前集结姚家园、杨家园附近，完成攻击诸准备，在七月十五日拂晓，沿通如公路北大道进攻，并即占领郑家桥、南马塘之线，准备尔后之攻击。四、五、略。

这是蒋介石匪帮进攻苏皖解放区苏中如皋的第一道内战命令；这是不顾千百万人民的殷殷热望，从蒋介石杀人犯手里发出来的大屠杀命令；这是蒋介石匪帮发动反人民内战的铁证！

就在蒋介石匪帮发出这道内战命令的第三天，国民党匪军继泰兴之后，终于大举向如皋进攻了。

如果说十二日匪军进攻泰兴是揭开了全面内战的序幕，那么，十六日匪军的大举进攻如皋就正式把反革命内战全面地大规模地展开了。我永远不能忘了那枪炮声轰轰如雷鸣的日子，苏中人民，乃至全中国人民也将把这个日子牢牢记在心里，永不忘却。因为就在那一天，中国人民的死敌蒋介石集中了他百分之八十五的兵力，终于在全国广大地区，发动了数十年来所未有的向人民的大进攻、大屠杀。

国民党匪军整编四十九师由白蒲四路向林梓进攻，十六日陷林梓，十七日占丁堰，是晚直抵离如皋城十五里的宋家桥张八里一线，匪师长王铁汉耀武扬威地说："要三天拿下如皋城。"

这时，我匆匆离开了郭海波游击队，赶到正面临数万国民党匪军进攻的如皋城。

过了将近十一个月和平宁静生活的如皋城，又开始蒙受战争的恐怖；十七日上午起，美制蒋机三五成群，不间歇地在上空盘旋，往返轰炸扫射。抗战期间如皋城没有遭过空袭，老百姓缺乏防空经验，机枪炸弹一响，便都惊慌地四处夺路奔逃，于是坐在飞机上的"勇士"就把机枪炸弹水一样地倾倒下来。在轰轰的爆炸声中，全城火焰冲天。飞机去了，我走到街上，充满硫黄味的黑烟弥漫街道，人们在烟雾里惊慌失色地急走。走到一条巷子里，只见那里人挤了一大堆，一团团的白烟从巷子里喷出来，原来那里边的房子给燃烧弹击中烧起来了。走进里边，好几个新四军战士爬在屋上救火。火已经熄灭了，只是还在冒白烟，房东女人一边哀哭着，一边在灰堆里撩拨东西。几个孩子满脸满身沾着黑灰，呆呆地鼓着两只眼睛，看着他们母亲。

巷子口，一群人围在那里忧戚地议论不休。一个纠察队员告诉我几件惨事：西门陈亚和炸掉半段身子，血迹模糊地嵌在木柱上。城隍庙肉店老板朱呆儿的头和朱保细的大腿炸得无影无踪。迎驾巷黄张氏死去的丈夫连同棺木烧成灰尘。

入晚，暮色中全城余烟弥漫，城外已传来炮声，如皋城陷在悲惨的动乱里，有的人纷纷卷了被铺到乡下去，老太太挽着伢儿跌跌撞撞地走出城门，嘴里喃喃地咒诅着："没得命啦！反动派来啦！"

走过大街，一双双的眼睛朝我望，朝每一个走过的新四军同志望。没有话说，却含着多少深意啊！去年九月，如皋城从敌伪军手底下解脱出来，老百姓就一直和新四军民主政府水乳一般交融着，共同从事着新的生活的建树；眼看如皋正从敌伪军深重的残害中慢慢地站起来，但反动派的大炮终于在城外轰响了，炸弹和机枪在城内炸开了，如皋老百姓预感到已面临灾难的边缘……

我到城西六桥镇政府坐了一会，门口不绝地有女娘、中年商人跑来找指导员。一看见指导员便拉住急急低声问：

"你倸走不走呢？你倸走了，我倸怎弄相呢？"

镇政府一个同志跑来对我说：房东奶奶听说新四军要走，正躲在房里哭着呢。

这时，执行着毛主席运动战战略思想的粟裕将军所部新四军，集中优势兵力在泰兴、宣家堡歼灭了进犯匪军八十三师十九旅之后，复以一夜百里的急行军，又掉头向东插到了如皋以南，切断了只知拼命往如皋前进的匪四十九师的后路，形成了又一个大包围形势。

十七日夜，新四军开始在如南地区展开反击，是晚，我顶着一片星光，离别沉睡着的如皋，随部队走向前线。

如南围歼战

一九四六年七月

　　走出如皋城，天还昏黑得看不清道路，只听见远处枪声不绝。走着走着，天渐渐发白了，枪声也越密、越近。大路上为无数数不清行列的担架队拥塞了，这些农民是那样奋昂，他们把树叶子插在头上，盖满在担架上，用急促的小跑步向打枪的方面涌去。前边大路挤塞了，后边被逼停了下来，于是都性急地嚷叫着：

　　"喂！前面快点让路哇！"

　　"前边怎么弄的啊！快一点！"

　　……

　　一会儿，前边动了，后边无数列的担架立刻跟着动起来，哄哄地像大雨过后山沟里的溪流，急湍地汹涌流去。……

　　离开前线较近了，已有几颗飞子"曬曬"地从头顶飞过。

　　我们在一个庄上歇下来，前边打得很是激烈，机枪声轰隆隆响成一片，山炮弹拖着凄厉的嘘叫，接二连三地从上空"呼呼"地飞过，落在背后，轰然爆炸，卷起一阵烟柱，地面为之摇撼。美制蒋机早就出动了，两架一批，两架一批，在云端里上下翻飞，一会儿，突然侧过来，"昂——"地怪叫着，从玉米田顶上迅速掠过："啪——啪——轰——轰——"机枪子弹打得玉米秆子哗哗地抖个不止，绕了一转，又侧了过来……

蠢笨的王铁汉发觉从西面插过来的新四军已绕到了他的背后，一举而拿下林梓，正在向他的腹背四十九军军部和二十六师师部所在地的丁堰一再推进，他们已掉在口袋深处，再也爬不出去了。

晚上，打得更是激烈，敌人显然是因为发觉自己被围而变得慌乱万状了，他们四面八方地烧起民房来，从工事里望出去，只见前面一片熊熊的大火，熏红了半片天壁，火鸦乱飞，树木、房屋历历在目。新四军战士仍在火光中向前跃进，缩紧包围圈，激烈的战斗一直打到天明，机枪声压倒了步枪榴弹声，大炮声又压倒了机枪声，只见火光一闪一闪，山炮弹野炮弹便连续地炸得天摇地动，屋顶上的草屑都"沙沙"地震落下来。在一片巨大的轰响中，美造冲锋枪清脆尖厉的声音特别刺耳："庚……"子弹便"刺刺"地飞过来，可以清晰地听到它击在石头上、墙上、树枝上所发出的声音。

彻夜的激战，新四军又完成了大包围圈中的几个小包围圈，把匪军切成了几段，紧紧地包围在蒋家庄、陈家庄、鬼头街、丁堰……几个孤立的庄子里。各庄上被围的匪军，日夜狂烧着求援的火堆，烧得数十里战线上烟火弥漫，但是除了上空的几架飞机"呜呜"地打转以外，却是一点信息也没有。

十九日，蒋介石对苏中解放区的第一次大规模进攻继泰兴、宣家堡被歼一个整旅之后，又做了这样的结束：

从背后包围过来的新四军占领了丁堰后，将匪二十六师师部包围在鬼头街、蒋家庄，敌人困守在里面两天没捞到粒饭下肚，饿得头昏眼花，十九日只好想了个鬼"点子"突围了。他们把满装弹药物资的牲口放在最前边，后边是伙夫担子杂务人员组成的"徒手兵"，最后是以组织好强大交射火力的作战部队。他们美妙地设想着：等到新四军中计去缴获弹药捉俘虏的时候，后边的轻重火器便一起发射，给我们一阵突然杀伤，然后杀开一条血路突围出去。——队伍从阵地前沿四面八方地涌来了，日本大洋马扒着前蹄蹦跳着，载着一片灰沙奔腾如飞。新四军架在屋顶上的几十挺机枪一起急叫起来，于是大洋马颠跌在地上，乱扒着四蹄哀鸣着，血汩汩地流下来染红了长鬃毛。整批的人跌翻在地上，后面的人乱窜着向后急逃。还能让他逃吗？你看这时新四军战士一个个刺刀闪闪，呼啦啦地向前追去了，喊声动山岳：

"缴枪呀！"

"缴枪优待你们！"

你看吧，蒋介石的兵是怎样慌乱了：他们拼命地向庄里涌去，但后边子弹追来了！看样子已经进不去，于是只好朝一条河沟急奔，还没到河沟，人又哄地回身就逃，河沟里的一挺机枪一梭子快放朝人堆打来，——唉，往哪里逃呢？于是有的把大帽子扭转过来，把枪掷在地上，弹药枪支霎时散满一地；有的成堆趴在沟渠里，两手抱着头，高叫"饶命"。

二十六旅一个营长带了一连人还想向东突围，新四军三团五连指导员带着两个班上去，一阵榴弹，一连人慌忙都把手举了起来，只剩那营长带着两三个人在前面乱窜着。

这时，匪四十九师师部陈家庄也结束了战斗。漫田漫野的匪"还乡队"、"保安队"都高举双手跪扑在地上缴枪。四十九师参谋长朱启宇跳到河里想逃，后面新四军追上一枪，冒起一阵血水，手乱舞了一阵，浸在水里死了。副师长王克俊重伤躺在地上。穿着不称身的士兵衣服的王铁汉在人群里乱窜着，终于被活捉了。蒋匪如皋流亡县长兼"还乡队"首领王运典肥猪一样的身材，使他难以逃脱，在一阵乱枪中满头是血地栽倒在地上。在三天以前，他带了"如皋县政府""国民党如皋县党部""区公所""乡公所""义民还乡大队""如皋保安队"，上至县长区长，下至伙夫、马夫、监印、收发、门房、勤务……全部人马，跟着王铁汉杀奔前来，满心想王铁汉给他杀出一条到如皋去的血路，他可以牵着他的部下，从这条路上，安然地走进如皋城里去做他的县长。在他的"墓地"陈家庄战场上，我捡到他手订的一厚本进如皋城后，准备屠杀人民的所谓"复原计划书"，那上面洋洋洒洒地写着：如何"派军事小组，侦察匪情，予以剿灭"，如何没收抗币，成立"自新所"……一切反革命计划包罗得十分详尽，可惜这位梦想着当县长的土匪"还乡队"首领未免把事情设想得过于周到，过于美满。在三天之后，他还没来得及看见如皋城的城墙，便扑在陈家庄血污的公路上了。

国民党匪军四十九师师部通讯营军需上士姚震，对我描述当时他们在陈家庄就歼后的情景道："……我们那辰光都趴在屋角边听到外边枪声渐渐稀稀朗朗了，只前庄还在打着枪。不一会儿有几个穿灰衣服围皮子弹带的兵，提着枪，急急地从窗户跑进来，个个身体都很强壮、威武。他们跑进屋看到我们就和气地说："老乡！缴枪优待你们！"我们一听就有人站起来说："好，好，我们叫前面的人也不要打了吧！"立刻跑到前面去喊。庄前的人一听庄后新四军已进来了，便都把枪掷了出来，……我们到了外面场上集合，场子上黑压压的，足足坐了两三千人，一看我们师部的人都在那里。

这时，丁堰纱厂里还包围着敌军最后的两个连，做着绝望的抵抗。新四军为了免使这两个连的士兵徒做无谓牺牲，便停止了轰击，在火线上喊起话来了：

"国民党军弟兄们！你们过来吧，不要给老蒋送命！"

"枪是老蒋的，命是自己的，过来吧！"

"你们抵抗下去只有死路……"

战场上，枪声渐渐疏落。新四军战士的喊话像榴霰弹一样，落在对面敌军阵地上。

死守在沙厂里的是国民党军四十九师二十六旅七八团一连和二连，连长王云龙、叶浩州还想组织突围；但是士兵们头缩在工事里谁也不愿出去，他们看得十分明白，前面阵地上黑压压的不知有多少新四军正在包围上来，要突出去是做梦。

黄昏时，对面新四军喊出：如再不投降，就要开始发起总攻击。就在这时候，忽然从沙厂里走出一个人来，一面高举着双手不停地摇摆，一面大声地喊："我是派来与你们谈投降的。"于是，新四军就停止了一切已经准备好的战斗行动，派副连长罗桂卿同志到他们那个方面去，以后又派了团政治处主任去接洽。一听见新四军派的人去谈判，沙厂里国民党军士兵们都像潮水般地挤了上来，连长阻也阻不住，挡也挡不住，连部的门框差点儿要被挤塌了。国民党军连长说："你们在这里做什么？走！"在平常的时候，在国民党军队里连长的一个字就是命令，有生杀予夺之权的，可是现在已经没有效力了。

新四军受降代表陈主任和罗桂卿副连长在国民党军士兵的簇拥下便开始讲话。他们说明和平民主是共产党一贯政策，现在蒋介石不顾全国人民的要求竟然发动内战，那么新四军接受全国人民的要求，就坚决起来自卫，并以革命战争消灭反革命战争，推翻国民党反动统治，求得中国真正和平民主的实现。国民党军的士兵都是被硬拉来打内战，今天唯一的出路就是投到人民这边来，掉转枪口打老蒋。这些话才说完，门口的士兵们立刻报以轰轰的欢呼——这长久以来没有的欢呼。匪军二连连长叶浩州显然是一个爱面子的人。他说："老实讲，我们的力量还是有的，明天可以突围，主要是我们不愿打，都想回家去，因此，这并不算是城下之盟。"他的样子仍然有些不服气，陈主任真挚地鼓励着他们："向人民放下武器，有什么不好呢？"接着，他又大声说："这种举动是最光荣的。"国民党的两个连长都露出了笑容。

接受武器的时间，双方讲妥是在当晚三点钟，新四军派了四个组共三十个人前去。当他们走近沙厂时，一堆堆的步枪、子弹及武器都好好放着，国民党军的士兵们都横七竖八、舒舒服服地睡起觉来。接受武器的人说："你们好好地睡吧，从此，我们是好兄弟了。"

如皋以南的大围歼战就这样结束了。

补记 战地遇险

苏中战役中，我军与敌军在长江以北、淮河以南狭小的战略空间中穿插、周旋，战场形势复杂多变，城镇阵地攻守转换频繁，有时甚至一日数变。

二十日，一场大围歼战结束了。新四军主力部队迅即撤离了战场。我随着打扫战场的部队，来到战火甫停的如南战区采访。《如东大众报》记者司徒慧与我同行。

战场形势瞬息万变。正当我兴致勃勃地在如南三角地带进行采访的时候，苏中战场发生了新变化。不甘失败的国民党军又派出了增援部队，由南向北进攻。这次他们没有走整编四十九师王铁汉走过的老路，而是绕过了如南战场，沿着西边的公路前进。这时新四军主力部队按照运动战的原则，早已撤出如皋地区，因此这支国民党军，几乎不战就拿下了我后方城市如皋。

我离开了主力部队，信息不灵，还以为如皋仍然在我们手里。

我与司徒慧同志经过两天紧张采访，了解了许多平时很不容易获得的生动材料，决定返回如皋发稿。七月二十三日，我俩兴冲冲地走上了返程之路。走着走着，忽见前面公路上一队队身着黄色军服的队伍在行进，我心里有点疑惑，这是支什么队伍呢？它不会是新四军主力部队，因为新四军穿的全是灰军装。它是前来支援的兄弟部队吗？

也不大像。管他是什么队伍, 我们还是赶我们的路, 于是, 继续向如皋城前行。

我们距如皋南门越来越近, 不免加快了脚步。不料, 城门外有几个士兵在那里站岗, 发现了我们, 立即举枪大喝:

"什么人? 站住!"

我们一看, 不觉吓了一跳, 站在不远处的分明是几个国民党军士兵, 这才恍然大悟, 知道如皋城已被国民党军占领, 我们误入敌阵了。事不宜迟, 我俩掉头就跑, 为了分散目标, 我们拉开距离, 各奔一个方向。几个国民党士兵发现我们跑了, 就死命追了上来, 一边追一边嚷嚷着, 不停地向我们射击, 子弹在我们身边 "嗖嗖" 地飞过。追兵与我们的距离, 不过二十几米, 尽管我们分头插进小路使劲跑, 但距离显然没有拉开多少, 而射击的子弹越来越密……

就在这万分危急的时刻, 意想不到的奇迹发生了: 远处有两架国民党空军战斗机, 很快飞临如皋城南门上空, 突然, 飞机先后俯冲下来, 对着城门口国民党军队阵地猛烈扫射起来, 一片雨点似的机关枪子弹, 打得地堡火烟飞迸。原来, 国民党空军的飞行员也同我们两个人一样, 对如皋战场形势的变化不知底细, 还以为如皋城仍在新四军手里, 冒冒失失地对他们自己人开起火来。一阵猛烈的扫射, 打得那几个追兵晕头转向, 慌忙逃回城门口, 钻进了地堡。

我俩喜出望外, 一起继续飞奔, 钻进了密密的玉米地, 又游过一条小河, 才脱离了险境。我们站在河边, 回头远眺如皋城南门上空, 那两架帮了我们大忙的国民党空军战斗机, 还在那里盘旋呢。

当天晚上, 我们找到在当地坚持敌后斗争的一个区委机关。我抓紧时间, 在那里写了一篇《如南战场目击记》, 不几天, 就在苏中解放区的《江海导报》上以头条位置发表了。

如南战场上的采访，是我三年多战地记者生涯中难忘的经历之一。一个战地记者，经常要面对的是生与死的考验，要不负人民的委托，争取较好地完成自己的使命，不仅应当具有不畏艰苦深入采访的作风，而且要和一个战士一样，树立献身革命、不怕牺牲的精神。类似上面所说的惊险场面，后来我又以不同的形式经历了多次，而和我一起脱险的《如东大众报》记者司徒慧同志，后来却在另一场战斗的前线采访中英勇牺牲了。

（此文原载《风雨伴我行——一个老记者的回忆》，季音著，一九九七年河南人民出版社出版）

天罗地网

一九四六年七月

这时，在如皋南面的三角地带，还残留着一些匪军二十六旅被打垮的散兵，他们像一群被追捕的黄鼠狼，三三两两地在修长的玉米秆和阔叶子中间窜到东窜到西，亡命地奔撞着。有的白天蛰伏在草丛里、水沟里，黑夜里跑出来，像一只饿狗一样扑进附近老百姓的家里，用枪对准他们的脑袋，威逼着替他做饭，把一切好吃的东西，都抓着送进嘴巴里，然后冲出来，慌慌忙忙地想择路逃回白蒲去。

我走过鬼头街附近的一个庄子，天已昏黑了，庄上一个中年人，一把把我留住，他告诉我，天黑了，一个人在这里走是很危险的，晚上公路上，常常有三三两两拿枪的反动派散兵沿大路往南走，看到你一个人，不是把你揪死，就是捉住你带路；他们有时还跑到庄上来，捉人抢东西吃。前几天一个徒手的散兵，冲进庄上一家人家里，拿起菜刀要杀人，女人叫喊起来，庄里人闻声赶来，才把他捉住了。他说现在庄上民兵已经组织起来，晚上埋伏在青纱帐里，专门抓这些散兵，这两天庄上也就太平得多了。那晚我听到庄外公路上时有枪声传来，大概就是附近民兵在捉散兵吧？

次日，我随军经过苏家嘴，路上有一个农民突然向我们大喊："啊哟，同志，快过来呀！这里躲着反动派呀！"说罢立刻转身朝玉米田里大喝道："你们快点跑出来，我俫新四军不难为你！"果然，青纱帐里，窸窸窣窣一阵响，几个穿黄衣服的国民党军士兵，浑身泥浆地低垂着头，从里边走了出来。

那时，整个如皋以南的群众都卷入捕捉反动派散兵的热潮里了，劫后归来的农民们，一队队地出发到附近的草堆里、高粱丛里、大水沟里去搜索，只要哪里一发现黄色的人影，立刻响起一片锣声，成群的农民，便扛了锄头，拿了铁耙、土枪、木棍，连女人小孩儿都愤怒地奔出来，向锣声的方向涌去。有一次，如（皋）东汤园区博山乡民兵中队长带了几个民兵到丁堰去，走到宗刘乡刘家洼，突然，对面小路上三个拿枪的黄衣服国民党匪军慌慌忙忙奔了过来，他立刻打了一枪，大喊："站住，交枪！"匪军转身便逃，几个万港乡民兵也正过来，听说是抓三个散兵，立刻借了火油箱，四处大打大叫了起来：

"噔……捉反动派呀，只三个人，大家来捉呀！噔……"

火油箱声到处，人从每个屋里急奔出来，民兵分队长孟洪成带了二十几个民兵执着红缨枪、铁叉大叫：

"你们把枪丢在稻田里，不丢打死你们！"

匪军仍然是拼命地拔脚飞逃，在路上捉了个老百姓带路。后面看前面不停便急追了上去。半路上碰到汤园区赵区长，他脚上害疮，也一拐一拐地参加追，大家要他下去，他不肯，于是哄哄地追着，一块田过去了，一个庄子过去了，又是一条河过去了，汗大颗地在每个人的额上滚动，但谁也不去抹它，大家的眼睛只盯着前面三个跌跌撞撞的人影。

"十二里路追下来了，追不到心不死！"大家气喘喘地喊。

火油箱不停地大声敲着："噔……"人不绝地涌来，追的行列逐渐扩大了，在田里做活的扛着大锹来追，七八十岁的驼背老头也气喘喘地跟在后边追，十几岁的小孩和屋里奔出来的女人也跟在后边助威。几百个愤怒的人喊着一条声音：

"捉住他！捉住他！烧我俫的房子，抢我俫东西的就是这批狗养的！"

就在那时，那个被捉带路的老百姓猛然转身，向后面追赶的队伍大叫一声："你们快上来，他枪里没有子弹，没事呀！"

愤怒的人群一下子猛扑上去。三个匪军颠跌在地上，铁叉、红缨枪刺了过去，赵区长急忙上去制止，说明新四军是不准杀害俘虏的，这些国民党军士兵也大都是被蒋介石抽壮丁出来送到火线上来的，不要过于为难他们。这时，三个匪军把枪丢在一旁，趴扑在地上，面无人色地浑身抖索着。当晚，他们被送往区公所。

那时候，如南农民长久压抑着的哀痛，化成怒火，在他们心头燃烧了！遇到捉匪兵，他们忘掉了拿枪的敌人会射击他们，他们忘掉了整日奔波的饥饿和疲劳，怒恨地挥舞着铁耙、木棍，跟着锣声和喊声奔涌上去。陈家庄四个妇女用铁耙打死一个胡作乱为的匪军，骏南乡高凌村村长张万和徒手捉到八个俘虏缴到一座电台。骏南乡民兵一看到对河有匪军，便"扑通扑通"跳下河游过去捉，三个不会游水的也跳到河里，沉在河心喝了几口水，还是爬上岸，捉了几个俘虏，他们共俘虏了国民党匪军一百一十三人。

就是这样，如南农民以他们无比的愤恨，用他们千千万万双眼睛、千千万万的锄头、铁耙、菜刀、土枪，撒下了巨大的天罗地网，使国民党匪军的散兵插翅也难逃逸。这种场面是极令人感动的。我沿着公路南下，只见成群的农民扛着新缴的枪，腰里还挂着绿色的美造榴弹，兴奋地往来奔跑不绝，腥风不时送来尖厉的枪声。在这样的情形下，曾骄横一世的国民党匪军竟是如此的懦怯无能了。当时曾有这样的情形：躲在草堆里的匪军散兵，只要看到一个新四军同志走来，便猛然跑出来，跪在地上哀求收留他。他说：如果碰到老百姓，他就会遭到他们痛打或者弄死的。——显然，这只是他们做贼心虚，过分的怯懦所产生的恐怖而已。在陈家庄，新四军的伤员和牺牲同志都飞速给抬走了，但谁也不肯抬国民党军的伤兵和遗尸。部队同志再三说明，要打内战的只是国民党少数反动分子，当兵的也是被逼来的，我们要同情他们，等等。这样说上半天才给抬走了。当时在战地上，说服担架队员们去抬国民党军伤兵和掩埋匪军遗尸，是一件最需要耐心的艰苦说服工作。走过鬼头街公路上时，一个躺在汽车底下已负伤的国民党军机炮连长连声向我喊"救命"，他说他这次被骗来打内战，他事先确实不知道，他哀求着要我把他带走，"否则我一定会给老百姓打死的……"说罢，声泪俱下。我叫了一副担架要他们把他抬到丁堰俘虏收容所去，四个担架队员死也不肯，好久才把他抬走了。我走了将近二百米，突然听到后面一声惨叫，我知道不妙，赶忙跑回去，那连长已给他们掀出在地上，扑在那里哀号不已。好容易我又搞了副担架，才把他抬走了。

唉！是什么东西使得善良的中国农民这样痛恨国民党匪军呢？我在遍历了如南十八里灾区以后，深深体会了这个道理。你去看看鬼头街，去看看陈家庄，去看看无数为蒋介石毁灭的村庄吧，他们是遭受了一种怎样的灾难啊！他们是在怎样深沉的哀痛底下才愤怒地抬起头来的，他们的这种报复完全是可以理解的。

"御林军"的败北

一九四六年十月

撤出两淮后，部队在淮阴东北渡过淤黄河，到了涟水一带。敌人也沿着公路跟进，占领了淤黄河南岸。淤黄河成了敌我相持的分界线。

淤黄河从西边流过来，在这里向北绕一个弧形，又折回向东流去，那弧形的尖顶上就是涟水城。

国民党匪军侵陷了运河线之后，涟水就成了苏中解放区和苏北解放区联系的孔道。狂妄的自以为"天下无敌"的匪首张灵甫决定要渡河侵占涟水，然后再下阜宁，想把苏中、苏北隔成两段。而当时为了继续保持苏皖解放区的南北联系，同时给正气焰万丈的国民党匪军以一个沉重打击，挫折其凶焰，新四军也决定在淤黄河上与这支国民党匪帮的"御林军"（注）进行一次实力决赛。这样的阵地战，对于一向打惯运动战的新四军，自然是一个新的尝试，也是一次真正的战斗力的考验。于是，从十月二十一日起到二十八日的一个星期中，这平静的淤黄河边展开了当时在华中解放战争中尚属首次的空前恶战。

国民党匪军七十四师从二十一日开始了渡河。在渡河前先用排炮轰击对岸新四军的阵地，把对岸打得烟火弥漫，抬不起头来，然后掩护登陆艇登陆，但第一次被新四军击退了。第二天，除地面上的炮轰以外，又用飞机狂炸掩护。天刚拂晓，两架一批两架一批的"空中堡垒"已飞临新四军阵地上空，一连串的重磅炸弹的炸裂，剧烈地摇撼着沙堤，同时，对岸敌军的大炮也开火了。淤黄河边都是沙地，工事做不结实。在炸弹炮弹的剧烈炸裂里工事震塌了，人枪一起被埋在沙堆里，枪筒灌满了沙，再也打不叫。但新四军战士大家相互帮助着从沙土里爬出来，揉掉眼上的沙土，枪打不叫，就用榴弹，用刺刀，又把登陆的敌军逐了回去。

可是这一天，在另一个阵地上，被敌军突破了。登陆的敌军穿着黄雨衣，小船船身上涂满沙土，钢盔上也涂满沙土；他们趁着其他阵地上剧战正酣的时候，偷偷驶进一个小港，然后便沿着土沟、荒草匍匐前进，等到新四军战士发觉时，已经爬到了跟前。就这样，第一道防线被突破了，敌军后续部队便源源登陆，当晚上便迅速在河上搭起了浮桥，在沙滩上挖工事，建立桥头阵地，他们想以此为立足点，继续向前进攻。

真正的恶战不是在渡河的时候，而是在敌人渡过淤黄河后展开的。渡河的敌人在沙滩上建立起了滩头阵地和占据了第一道圩堤，新四军固守着第二道圩埂；这两条圩埂之间的数百米地面是满种着花生、山芋的沙地，就在这一片沙地上展开了反复的恶战。匪军们钢盔上涂着沙土，窸窸窣窣、一群又一群地从棉花田里，从花生田里，从沟渠里爬过来，爬到半途上；圩埂上新四军战士的一阵子机枪、榴弹打得棉花田里烟火直冒，便将敌人赶了回去。后来敌人便开始挖交通沟，敌人沿着曲曲折折的交通沟爬过来，榴弹又雨似的落在交通沟里爆炸；新四军战士跟着跃进交通沟，进行无数次的白刃战，又将敌人赶回去。匪军们急了，便不顾一切，发起了连续的冲锋。督战队的重机枪出现在敌军阵地的后面，匪军军官们用盒子枪猛敲着士兵的头臭骂着："妈的个屄，往前冲！不冲打死你！"于是敌军一群又一群地冲了上来，没命地叫喊着，敌人的大炮也开始轰击。圩堤上的新四军战士最先是用机枪、榴弹，被猛烈爆炸的烟火迷住了眼睛，敌人已冲上圩堤了，于是插上三角刺刀，跃出了工事，又把敌人逐了回去。……就这样反复拉锯了两天，"御林军"的尸体躺满了淤黄河沙滩，毫无进展。

这时，我随着另一部新四军（编者注：一纵一师），从沭阳以北以一夜一百二十里的急行军，星夜赶赴涟水前线。这支部队自从苏中七战七捷之后，就没有作过战。为着寻找战机，迷惑敌人，伺机歼灭敌人，部队便不停地运动着，已几乎足足走了两个月，鞋子跑烂了，赤着脚走；脚上泡好了又烂，烂了又好。战士们经过了七战七捷的具体教育之后，已初步领会了运动战的道理，知道"胜利是靠两脚跑出来的"，以后凡是遇上连续的大行军，大家满心欢喜，在下边叽叽咕咕地"参谋"起来："大概又要打歼灭战了。""这一下大概要吃'新五军'了。"新战士对跑路害怕，大家便会向他去打通思想："走吧，走吧，毛主席、朱总司令肚里有文章，到后头你会知道走路的好处的。"但是如果遇上行军时间过久，长时期捞不到缴枪捉俘虏，战士们总是觉得有点不大舒服，于是"怪话"也就慢慢地来了。这两个月来我们的部队也就是这样的情况。现在部队急急地行进在赶赴涟水前线的大路上，眼见涟水已经不远，远处一片冲天火光里响着爆豆花似的枪声也愈来愈近，战士们自然是个个高兴，大家又知道敌人是曾经警卫匪巢南京的国民党头等精锐七十四师，大家是早就想"敲"它一下，现在机会来了。

赶到涟水前线的晚上，部队立刻就接到了任务，向淤黄河边挺进。这时敌人二十八师一九二旅也已经赶来增援。从那没有一秒钟间隙的一片密集的轰击声中，可以知道战事正十分激烈。这两天来，威风一时的蒋匪"御林军"被新四军压缩在这东西三里长的背河狭长沙滩上，进退维谷，死伤累累，今天到了援兵，大概在向我军发起反扑。

部队急急地向淤黄河边走去，炮队都拥塞在庄口上了，敌人的夜航机在乌黑的天空上隆隆地响，不时地丢下照明弹来，一闪一闪的照明弹的白光把地面照得十分清亮。但是照明弹对于部队，是只有"照明"作用而没有其他的，部队依然是急急地行进着，战士们照例是边走边眯着眼仰着头笑喊："好亮哇，谢谢你替咱们挂盏大路灯。"这时美造榴弹炮也不时"呼呼"地飞来，落在附近轰然爆炸。河边上一片飞舞的美国磷光子弹就仿佛是元宵夜里的花炮，拖着彩色的尾巴，在黑色的夜空里穿来穿去的，画出了无数道弧线。

一夜激战之后，到拂晓枪声又疏落了，"御林军"依然被压在三里长沙滩的壕沟里，抬不起头来。

清晨，我们向着前沿阵地走去。我们的前沿阵地就是一条大圩堤，战士们把这条圩堤筑成了一条保卫涟水人民的铜墙铁壁，从里面一眼望去，都是一个挨一个的单人掩体和地堡，上面盖着厚土，插着绿树枝；从外面不经意地望去，就仿佛是个完好的圩堤。敌人的子弹"嚁嚁"地叫着，不断从高空飞过，但我们在圩堤里边都可以挺着腰走，因为低的子弹都给圩埂的坚硬的胸膛挡住了；战士们更不理睬这些，他们有的躺在地堡里铺着的麦秸软草上，有的在吃着伙房送来的馒头。这些地堡和掩体等各式工事里，都给战士们收拾得很是舒齐，四周的泥壁上打了一个个的洞，那里放碗筷，那里放榴弹枪油等，都有条不紊，分工十分明确；有的地堡里还贴着快报和挑战书。从工事的枪眼里瞅去，就可见数百米外的敌军阵地，一个个的"地乌龟"（指地堡），垂头丧气地缩在山芋藤里，外面围着一长条的鹿寨和铁丝网，在那里飞过来零零落落的枪声。阵地前沿是一片已经被砍光了的荒草地，四散着破皮鞋、大帽子、钢盔、皮带、绑腿……和一些断头折足的国民党匪军的尸体。

我们正在眺望时，几架重轰炸机又迎面急奔过来，厉声怪叫着从头上飞过，一阵阵天摇地动的巨响从后面传来，掩体上的泥块都震落下来，回头只见涟水城上空满天乌黑，炸的又是涟水城区。这些天来，这座苏北淤黄河边的小土城，不知已收下了多少美国炮弹和炸弹。

我们又回到了原来的庄子上，俘虏一批批地从前面下来，来到庄子上。这些俘虏大部是赶落到黄河里再捞起来的，个个像一只落汤鸡，美式咔叽军服湿淋淋地紧贴着四肢，皮肤死白，头沉重地低垂着坐在一堆草上。偶然畏怯地抬起头来，向周围看守的新四军战士看一眼，又低下头去。由于寒冷和畏惧，个个都在抖索不止。新四军战士问他们：

"你们为什么要打到涟水来呢？"

他们头垂得更低了，哆嗦着没有作声。其中一个裹着条大棉被的没说话就叹一口长气："唉！"他说："上头的命令嘛，哪个龟孙要打仗。"

炊事员把饭拿来了，他们好像从梦里醒来似的，个个从草堆上一跃而起。那个围着条被子的，把棉被摔到边上，露出一条紧包着屁股的湿短裤，光着胳膊就吃起饭来。据他们说困在河滩上已两天捞不到吃的了，个个如狼似虎，惹得边上人都哄笑了起来。三五个人一刹那把一箩筐饭吃个干净，饭一下肚，抹抹嘴巴，神采奕奕的，话就多了。他们和周围的人攀谈起来。他们说那边当官的怎样不讲理；张跛子（张灵甫）怎样横蛮；他们都不愿打仗，师部派了"督战队"把几挺机枪架在浮桥边，谁要没命令退下来逃过浮桥去，机枪就扫。二十三日，一九二旅的一个团，自动退到浮桥边，给七十四师五十七旅"督战队"用机枪打死几百人。有几个轻声地向旁边新四军战士问："我在你们这里干，你们可收？"

俘虏中有个七十四师五十七旅一七一团二营营长胡力奋，头部用纱布包着，负了伤，他是二十四日晚上在河边和他全营士兵一起被俘过来的。那晚他头部中弹后因流血过多晕倒在地上，他们的看护军医早已溜之大吉，后来一个新四军营长过来发觉地下躺着一个国民党军伤兵，头部正流血不止，急忙上前止血包扎，把他救了过来。胡营长是南洋马来亚霹雳州的华侨，这个青年人黄皮骨瘦，神情沮丧。他说："我们华侨对蒋介石真是恨透了，这种仗有什么打头？我营的副营长周伯成，司令部二科科长项立夫，参三科的上尉参谋都借请假逃脱。上头通缉他们，但这有什么用呢？在宿迁时少校朱参谋、杨副营长和一个副团都临阵脱逃。人人不愿打仗啊！"他叹了口气，又说："我们这次在路上进驻你们刚撤离的一个庄子，看见老百姓园子里满树梨子，清香扑鼻，足见你们秋毫无犯；可是我们军队住了一天，梨树便光了。"他恳求新四军首长给他一个学习改造的机会，以后希望回南洋去。不久之后，新四军真把他释放了。二十六、二十七日，新四军继续向河北岸的残敌紧压。

敌人缩在沿河一带的战壕里，他们在河边的荒草里曲曲折折地挖了很多交通壕，四通八达，我们这边一打，他们就溜到那边。又在浮桥边上筑了一道单列的"桥头堡垒"，堡垒外边是密密的鹿寨，鹿寨外边是外壕，里边还是交通壕、单人掩体、地室，构成交射火力网。再里边就是"桥头堡垒"的核心：一个砖头堆成的，四边密布枪眼的圆形碉堡，枪眼高的可以打得很远，低的和地面相齐；就在这里匪军七十四师五十七旅一七零团一个营死死守着，他们想拼死守住这用几百人的代价搭起来的浮桥，以作卷土重来的道路。

二十六日晚，星月依稀，新四军一师三团奉命去拔掉这个桥头堡垒，把残敌逐下淤黄河。部队沿交通沟爬行上去。敌人知道晚上不好过，已缩集在一起，在前面烧起火堆，照得青草、树木、工事都历历可见；隔一会子，便打一阵子机枪，稍有动静，机枪大炮便响成一片。新四军战士默默地摸了过去，跃过外壕，砍开鹿寨，这时敌人发觉了，钻在工事里的国民党匪军都惶乱地喊叫起来，火点得更大了，更亮了，只见火花齐飞，机枪从地室枪眼里一条声地叫起来；战斗展开了，新四军的迫击炮、六〇炮、枪榴弹，直打得桥头堡垒边上的"地乌龟"火光四射。战士们砍开鹿寨，一阵风似的从开阔地上疾卷过去，汤姆冲锋枪对准了地室里的枪眼一梭子"搅"，敌人在地底下惨叫着，手脚快的急忙从各个洞口爬出来，向后窜逃，新四军战士们的三角刺刀在火光里闪闪有光，已一个个追过去。……这时，天快亮了，已是二十七日的开始，淤黄河的水与天边的云块一起渐渐发白，"桥头堡垒"边上的残烟已如它的命运一样濒于熄灭。战士们向最后的一个碉堡冲去，敌人从枪眼里不断打出机枪，五连战士李得胜瞄准枪眼"啪"一枪过去，里面重浊的一声响，机枪哑了；他几个箭步窜进去，一个国民党匪军躺在地上，子弹打在头边，地上有一挺机枪和一门六〇炮。

这时其余的国民党匪军已一窝蜂地向河边扑逃，战斗英雄五班长鞠家福带了一班人最先冲到河边；河水"哗哗"地一阵响，敌人扑河泅逃了，于是冲锋枪对准浮在水上的人打起来，鞠家福带一班人赶下水去，把浮在水边的几个匪军一一抓了过来，其余的都随着一团团的血水卷到河底去了。

浮桥边的敌人也已完全慌乱了，新从对岸增援过来的一营国民党匪军刚踏上岸就迎头碰上垮下来的败兵，大家紊乱地挤塞在交通沟里。这时新四军战士已沿着圩埂直追上来，榴弹不断落在交通沟的人堆里爆炸；于是有的满头鲜血地栽倒，增援的也就和败兵一起，回头轰轰地向河边逃去，逃到接近小树林的一个茅棚旁边，突然迎面一声喝叫：

"不准退！哪个退就枪毙哪个！"

一个匪军军官气急败坏地扣着快慢机，还想堵塞一下崩决的堤岸，但是溃退的匪军官兵已像一篮子倒在斜坡上的鸭蛋一样四处乱滚，再也挡不住。这时新四军战士已一口气追到浮桥边，数百敌军慌乱地丢下了一切，没命地朝浮桥上逃去，有的被挤下了淤黄河；挤上了浮桥的，因为浮桥上人太多，一下沉到膝盖深，于是你推我拉的，喊着，叫着，都"扑通扑通"地掉到水里去了……

到二十八日止，淤黄河北岸敌人全部肃清，新四军胜利地结束了这个考验；这证明，人民军队不但能打运动战，在需要的时候，它也能打阵地战，而且同样地能取得胜利。涟水战役对于当时的华中解放斗争是十分重要的；它沉重地打击了当时国民党匪军的凶焰，教育了某些在敌人大踏步前进下，因而过高估计敌人力量的人。关于涟水之捷，以后民间流行了很多小调，描述蒋匪"御林军"之败，四处欢唱：

> 七十四师拼命奔，
> 奔到涟水城脚跟。
> 城脚跟，发了昏，
> 吓得目呆口又瞪。
> 机关枪，咯咯咯；
> 手榴弹，哽哽哽；
> 抱头拔脚想逃生。
> 想逃生，刺刀上了身，
> 鲜血不住往外喷，

七千官兵尽丧生，
城隍老爷做媒人，
阎王小姐成了婚。

另一则小调是：

九曲弯弯黄河道，
蒋贼想来涟水闹；
我军迎头把它打，
七千豺狼全死掉。

（注：国民党匪军整编七十四师，为匪军所谓的五大主力中的劲旅，全副美式装备，战斗力甚强，过去曾警卫匪都南京，故叫"御林军"。一九四七年在山东鲁中孟良崮被我军全部歼灭。）

第一次涟水保卫战

补记

涟水保卫战是解放战争初期，华中野战军与国民党精锐部队正面交锋的一场恶仗。一九四六年十月十九日，国民党军以整编七十四师和二十八师一九二旅共四个旅的兵力，由淮阴出动，向涟水县城发起进攻。当时守卫涟水城的是华野谢祥军十纵、成钧的淮南军区五旅。涟水城位于淮阴东北。国民党整编七十四师偷袭占领淮阴后，骄横异常，在飞机掩护下，从淮阴出发，向涟水、茭菱一线进攻。当时，华野主力尚未赶到，十纵虽节节阻击，仍未能挡住敌军进攻。二十二日，七十四师强渡淤黄河，打到涟水城下。十纵和五旅奋起迎击。在危急关头，王必成率六师一部赶到，我军士气大振，合力反击。双方多次围绕淤黄河大堤展开反复争夺，战斗激烈。二十四日，华野主力一师、六师、皮定均旅全部赶到，与国民党整编七十四师和二十八师一部展开激战。敌军已显疲态，攻击力明显减弱。

二十六日晚，华野主力分三路反击，七十四师陷入三面被围的被动局面。张灵甫为避免被消灭，指挥部队撤回淮阴，第一次涟水保卫战以我军的胜利而结束。我军歼灭俘虏敌军八千余人，七十四师的五十一旅、五十七旅遭受沉重打击。我军也付出六千余人伤亡的代价。

涟水保卫战从形式上看，是我军的被动防御，但对稳定华中战局有积极的意义。首先是华野与七十四师打了一场真正的硬仗，给不可一世的七十四师以沉重打击，迫使国民党军暂时停止了进攻；为我军争取了一个多月的时间，保证苏中、两淮的机关、群众和后方物资向山东转移。在战斗中，我军表现出英勇顽强的战斗作风，特别是五旅守城部队。以劣势装备与优势之敌，在狭小正面上，反复争夺大堤阵地，始终掌握了战场的主动权。事后，粟裕对涟水战役评价道：涟水战役后，估计七十四师暂时不敢轻动。我军已开始争取局部主动。

《"御林军"的败北》一文即作者对第一次涟水保卫战的报道。

夜渡淤黄河

一九四六年十一月

（一）

十月二十九日午夜，淤黄河边沉静如旧。上半夜天色本来不好，扯起了一天的云头，把星和亮月子一股脑儿埋在乌黑的云里面。突然"嗖嗖"地刮起风来，天色才渐渐开朗了，庞大的河堤的身影微微显现出来，带着咸味的水吹拍着，在星月下闪烁不息。

从河北岸南望，便可望见飘在钦工、茭菱等上空远远近近一簇簇敌人的照明火光。月亮一埋进云里，火似乎燃烧得格外炽猛了，看来也分外清晰，好像移近了许多。只见一团团的老鸦从地上猛然地飞窜上来，在半空里打着旋，一会儿便跌落到火堆里，有的飞落到很远的暗角，变成细碎的火星。这样下去又上来，上来又下去地飞舞着，远远望去，就像撒开着一张金色的火网。有时——这时大概一个国民党士兵又奉命点燃了另一间草房，或者甩进去了一些桌椅之类的好燃料，——火头突然地上升，直冲半空，把天上的云块一下都映得通红……

我们的大军正在渡过淤黄河，说这种场面是沉静的，宁说是紧张的：骡马不再嘶鸣，只是昂着头，两眼闪闪有光，凝视着苍白的河面，自然大家也不再像平时行军那样大声喧哗了，只是默默地紧紧跟着部队。山炮和野炮轻声地从沙地上拖过去，奔向浮桥；人马踏在数十条大船上架了木板连成的浮桥上，木板"吱吱"地哼叫起来，浮桥也左右摇晃着。整个河滩给乌黑的人堆挤满了，虽然有三座浮桥同时过渡，可是浮桥上的人马好像老站在上面不动似的。有人在浮桥边争吵起来，但立刻被边上喝止了，于是又只听到浮桥在重压底下发出来的单调的呻唤。

一过浮桥，部队便急急地跑步向前奔去。火仍然在我们右侧的远处燃烧着，淤黄河南岸依然是沉寂的。这里的沙滩也和北岸一样地油滑和柔软，但是，我们是有着如何的激动呵！我们毕竟又回到黄河南岸来了！如果这里的老百姓知道今夜新四军已渡过黄河，不久就要出现在他们的庄头，他们将怎样地高兴呵！如果老百姓知道新四军已绕到河南敌人的侧翼，不久他们就要出其不意地把这一线的敌人全部消灭，他们又将怎样地高兴呵！……我们急急地跑着。

往往是这样的：当一个人在心情愉快和激奋的时候，步伐也就松快起来，而且不觉其疲劳。

三十日白天，部队默默地继续向东靠拢，参谋处是最忙的了，侦察的出发了，看地形的出发了，地图上画出了三个红色箭头，射向大小茭菱、大小孙庄、高家荡。傍晚，野地上到处是队伍，无数的纵队向东疾走，骡马驮着迫击炮筒，驮着沉甸甸的弹药箱，拖着山炮、野炮，在泥地上颠簸着，吁吁地喘息，担架队也不绝地涌上去了，前边的每个庄子全挤满了人。

半夜，指挥员都进入阵地，部队同时向茭菱镇、大小孙庄、高家荡挺进。黑黝黝的高家荡就蹲在前面。这里的地形白天是早看清的，——敌人把东西二里长的屋宇都变成了碉堡，庄里通到外边的大路上堆了三道鹿寨，前面是一片浅深不一的长满芦草的水荡，唯一通过水荡的桥给挖掉了，那缺口上塞满鹿寨，背后是两个地堡，监视着大路，村前面的一个大广场全成了高高低低的泥堆，虽然望远镜望不清究竟，不用说，这底下全是堑壕和工事了。——但现在夜幕把这些全覆盖在底下，糊黑黑的一切看不清，只有庄头冒着一堆"照明柴"的残烟，模糊地映出一个庄角的形影，四周死寂无声。部队悄悄地拉开了，找好了位置，担任主攻的九连七班班长叶忠秋带着三个组慢慢摸上去了，一分钟，一分钟。……前面仍然没有动静，只能够听到细微的水荡里芦草摇擦的声音。经过战斗的人谁都体验过：如果说打仗是紧张可怖的，那么紧张可怖的就是这几分钟。如果把打仗譬如作赌博，那么现在正是把骰子"咯咯"地摇了一阵放在桌上欲启未启的时候。多么难受的时间呀！千百双耳朵都紧张地谛听着前面，到底村子里有多少敌人呢？前面会不会发生意外的障碍？敌人的火力配备怎样呢？……

七班长叶忠秋带着三个组拉成三角形慢慢地沿着芦草、猪圈、草堆、破墙，像鬼一样无声地摸上去，抬头望望水荡对面的高家荡依然静寂无声，于是继续爬到荡边，"快挖工事！"叶忠秋拉住边上人的耳朵，低声说，一会儿"咣"地飞过来一个炮弹，敌人发觉了，接着：叽……叶忠秋知道这是命中炮，赶忙喊："隐蔽好，隐蔽好！""咣！咣！咣！咣！"接连四炮，打得每个人身上都是泥，庄上火突然猛燃起来，我们的炮火也开始还击。……

另一个箭头指向茭菱。

茭菱是紧靠着黄河南岸的一个小镇，淮阴到涟水的公路从黄庄下来就到了这里。它是南岸敌人右翼的基点，七十四师后撤后由二十八师一九二旅五七五团守在这里。镇南有条小河，东北二面紧靠着黄河大堤。这堤成为卫护茭菱的屏障，上边挖了散兵坑，地堡，鹿寨，铁丝网。这时我军一个班就向堤前摸去。细滑的沙土像铺着一条毯子，走在上面一点声息也没有。抬头一望，茭菱上空敌人扯起了两个红色的信号灯，在微风里晃摇不停。但堤上依然很沉寂，到鹿寨边上，伸手去拔鹿寨，敌人才发现了！

"哪一个？"

说时迟，那时快，九班长死劲拉开鹿寨，纵身上去，对准碉堡的枪眼塞进去两个榴弹。碉堡里"轰轰"地响了两声，人都从碉堡后屁股钻出来没命地向后逃去。王金标上去拖住一挺机枪，一刹那枪声四起，新四军一窝蜂似的卷上了大堤。信号灯慌忙地抖个不息，依稀可以看到一堆堆的人影在密密的枪声里滚下堤去。茭菱完全慌乱了，敌人的"照明柴"霎时四面燃烧起来，火焰卷着浓烈的煤油气直冲天空。火越烧越烈，越烧越猛，茭菱镇在火光里赤裸裸地显露出来。在火光里，西边一堆堆的敌人开始畏缩地爬过来，一面嘶喊着，把机枪和六○炮骤雨似的朝堤上打着，显然他们想趁我们立足未稳把我们赶下去。堤上给枪弹打得灰沙蔽天，树叶给打得弹片似的乱舞。眼里、衣服上全是泥沙，机枪筒子里被灰沙塞满，打不叫了。于是急忙脱下雨衣大衣，垫在枪脚下再打。有的人急中生智，打不到水，就撒一泡尿，把灰沙洒湿了，灰扬不起来。可是这时敌人的榴弹已摔到跟前，战士们插上三八刺刀，刀身在火光里闪闪地瞧住爬上堤来的敌人。机枪手王金标猛地站起来，左手执着撑脚，枪口朝下，枪托朝上，紧扭住扳机："哗啦啦哗啦啦……"刚爬上来的敌人随着泥片一起滚落下去。

新四军继续向茭菱的市街挺进。巷战开始了。

照明弹在半空中拖着长长的尾巴，照得地上一片雪亮，敌人老远地用浸了洋油的棉花，点燃了丢到鹿寨上、房屋上，周围的鹿寨全烧了起来，火越烧越大了。枪榴弹、六○炮、冲锋枪水似的泼过来……敌人显然是在用尽一切办法，想阻止新四军的前进，后来被俘的蒋军七连连长罗赞熊对我说："那时我们只想把你们堵住，一到天明我们就有办法了。我们一定有人来增援，飞机也可以出动，我们估计你们一到天明就会退的。"不久，天空真明了，淤黄河上白涂涂的朝雾迷漫，一切和往常一样，在总攻击的号声中新四军所有的机枪大炮在圩上、屋顶上、工事上一齐发射，巨大的美国炮火天塌似的压过去，把茭菱镇整个地压在底下，动弹不得，战士们从四面八方喊起来：

"缴枪呀！"

"缴枪优待你们呀！"

战斗这样结束了：逃跑的被后面的子弹追上了，不逃跑的都举起手来，当我问举手投降的五十五团三营七连连长罗赞熊，要他述说战斗经过时，他神色沮丧，头挂到胸前，一言不发，好半天这个湖南佬才沉重地抬起头来：

"这有什么好说呢？我们五十五团就是我七连最能打，班排长士兵都已跟了我三年多，这回全打光了，一个也没有跑得掉。唉！全完了！"

他声音越说越低沉，几乎要哭出声来，我知道这个行伍出身的老连长是陷在怎样剧烈的创痛里。以后他又说：

"当时营长要我死守，但你们实在冲得太厉害了，我们几次反冲锋都给你们打垮，眼看弟兄一个个全挂彩的挂彩，打死的打死，地上躺了一地，我的勤务兵也给打死了。我看看伤心极了，唉！这个仗还能打吗？"

（二）

大小孙庄的敌人连夜偃旗息鼓地偷偷逃走了。

高家荡的敌人经了一晚的激战，被赶到庄的西头，紧紧围着。指挥所正在开会，布置总攻击。飞机来了，不一会，阵地上突然枪声大作，人嘈杂地喊着："突围了，突围了。""追呀！追呀！"通讯员飞奔进来报告说："敌人突围了！"大家顿时捡了枪涌出去。果然敌人正在几百米外亡命地向东狂奔。走一段，又回头打几枪，战士们也像风似的追卷上去了。冲锋枪的子弹追得更快，把后边的敌人都击倒在地上。追呀！追呀！追呀！眼看着后边的敌人不济了。有的绊倒在地上，手足乱舞，"哦哦"地哀叫。有的已经由跑变成走了，脚后跟像拖着一块大石头，一拖一拖地俯着身，终于一绊跌倒在地上。有一群人爽性就自己坐到路边，把枪举到头顶上，喊着"别打了！别打了！"

子弹依然"呼呼"地追上去，它自然比人跑得快，眼看着一个个都趴倒下来，只有几个人一拐一拐地"突"远了。

我随着部队走向高家荡。行抵距高家荡一二里中的地方，就觉焦臭扑鼻，及至庄头，只见全庄火烟弥漫，几乎睁不开眼来，有几大堆粮食还在吐着火舌头燃烧。这时跟着我们回来的妇女涕泪交流地争着向家里奔去。一看自己的家屋已成了一片焦土，顿时顿足捶胸地放声号哭起来，这个一哭，旁的也就哭了，霎时哭声盈耳，有的一边号哭，一边用木棒在余火中撩拨着。一个叫高寿仁的母亲告诉记者：仅庄东头因新四军来得快，烧去的已有高照熊、高培福、高照福、高照亮等十余家，庄西则已全成一片焦土。

庄上弹痕累累，三五步内就看到几个迫击炮弹和六〇炮弹洞，还有很多未炸的六〇炮弹散布四处。由此可见战事剧烈的程度了。庄上工事狼藉，蒋军把老百姓家所有的箱子、桌子、床、箩筐，甚至马桶石磙都搬出来做了工事。最惨的是因做工事而把上好的大牛车拆成散片，其中自然推箱子和马桶为最方便了，只要把里面的东西倒出来，再装上泥土，六只到八只箱子，或者六七个马桶，环成一个半圆形，便成了一个工事了。南面的场子已完成挖空，地底下全是弯弯曲曲的三角形壕沟，壕与壕连，沟与沟通，这边打垮了可以退到那边壕再打。每条壕的转折角上便是个坚牢的机枪阵地，盖了三四尺的厚泥，外边的小炮弹打不进来，而他可以把子弹沿着地平面横扫过去，打断敌人的脚踝，——这就是他们所吹牛说的"新四军无法对付"的"原子工事"了。但就在那个"原子工事"里面，我看到无谓牺牲的蒋军士兵尸体横七竖八地躺满在沟渠里，有的抛肠裂肚，有的血流满头，显然他们都是躲在"原子工事"里面被巧妙的炮弹击中的。我清楚记得其中有一个班长模样的人，若有所思地坐在工事里，头垂到胸前，身上没有血迹和伤痕，我上去一看，喝道："谁！跑出来！"他不作声，我再喊一声，仍没回答，我上去仔细一看，才发觉他后脑中了一粒子弹，他大概是从壕里站起来时，刚一转身，一粒子弹飞进脑袋，他便扑地坐到壕沿，等他还没有来得及改变他的位置，便死去了。

此时阜东县的一个后勤中队跟着新四军一师三团的部队进庄进行掩埋与打扫战场。时已黄昏，才回家的老百姓都把带来的锅搭起炉灶做起饭来，有的已围着一张小桌子吃饭了。高培福的女人，捧着饭碗边吃边对记者说：

"已几顿捞不到吃的了，躲在外头心也吓碎啦！"说着瞥了一下屋子，"同志你看，什么都给中央军抢光了，那些没好死的什么都要，衣裳、被子、粮食都全光了，一片布片也不剩呐！"

她望望余火未熄的火烧场，呆了半晌，说不出话来。此时一弯冷月，悬在高空，静静地照着这劫后村庄，倍觉凄凉万分。

在高家荡的残墙破壁上，蒋军的政工人员涂满了"拥护蒋主席"之类的标语。在这样的场合、这样的情景下，实在是太高明不过的自我讽刺了；高家荡、大小孙庄以及淤黄河两岸原都是老解放区，这里已实行了土地改革，每人分得了三亩地。几千年来压在封建势力下的苏北农村正在逐渐地摆开贫穷，但现在的高家荡却是连这点仅有的贫穷家私都毁灭殆尽了。拖粮食、肥料的大车拆开做了工事，稭头、黄豆狼藉满地，农民们挥泪背井离乡，四处逃亡。高家荡是在战争里毁灭了。是谁毁灭了高家荡？是谁毁灭得高家荡如此凄惨绝顶？唉，不正是你"蒋主席"吗？这点老百姓是最清楚的：

> 提起高家荡，是个大村庄，
> 前后三百户，东西二里长。
> 蒋军住半月，十样有九光：
> 树木被砍光，粮食被吃光，
> 鸡子被打光，猪子被杀光，
> 桌子被劈光，马桶被拆光，
> 用去筑碉墙，一片光淌淌；
> 锅子没有底，屋子没有墙。
> "遭殃"被打走，哭声震四方，
> 问他为何哭？哭声更悲伤：
> 前村数十户，关在一黑房，
> 不准提水喝，不准给口粮，
> 小孩饿得叫，不准把声张。
> 高三老妈妈，眼泪已哭光：
> "讨饭没有碗，春来没种粮。"
> 全家有五口，瘦得猢狲样。
> 一手指着天，一手指心房：
> "凭心说句话，鬼子没这样！"

高得意妈妈，扶着大拐杖，

抓住我们手，死也不肯放：

"要求同志的，安住这地方，

你们在这里，讨饭心也放。"

这首诗的作者是新四军三团的宣教股长徐一丰同志，那时候我们在一起，他回来在一种悲愤的情绪里写了这首诗，登在三团的团报"火线报"上。以后他在莱芜战役里牺牲了。在这里我应离题提一下这位优秀的共产党员和优秀的宣教工作者徐一丰同志，在鲁南消灭整二十六师与快速纵队之役，他跟着一个连在第一线活动，由于他的机智，未发一弹，用喊话活捉蒋军一个多营，俘虏一三一团团长丁复。在枣庄歼灭五十一师战斗的最后，他单身冲上中兴公司大楼，用喊话争取数百蒋军放下武器。徐一丰同志在三团战士中有很高的威信，在战场上及时进行工作，勇敢大胆，以自己的坚决勇敢鼓舞战士情绪。战士们都说："只要有徐股长在，我们打仗就来劲。"在莱芜战役里他不幸牺牲了！为着纪念他对人民事业的贡献，为着纪念我们的友谊，让我们为这个优秀的宣教工作者的牺牲致以哀悼吧！

"走廊"上的歼灭战

一九四六年十二月十日

盐城战斗的第一道阻击线是在东台以北的丁溪河，丁溪河横越过串场河，恰好交叉成一个"十"字形。二十六日上午十时，敌人一个团开始想在这里渡河，他们在被击沉了几艘装甲汽艇，用了无数发炮弹，付出几百人的伤亡，和花了五天四夜时间之后，才渡过了这条小河；其实守在河北岸的只是我军一个连。三十日渡过了丁溪河以后，他们便一直向着这条狭长的"走廊"通榆公路直奔进来，沿路意外的"平坦"与"顺利"，使他们完全忘了这条狭窄的"走廊"的右边是又阔又深的串场河，左边也是河道纵横的沼泽地。愚蠢的庸将李默庵被"胜利"冲昏头脑，把这些全然丢在脑后，就以为可以这样囊中取物似的直下盐城而无虞了；于是大军浩浩荡荡，沿通榆公路直奔而来。到七日止，前哨已纵深直入离东台一百二十里的伍佑前线。

前面炮声隆隆，显然打得很是激烈。这时，我们的大军已悄悄地由盐城东的南洋岸插过去，拉到伍佑以东，准备猛不防地插断敌人的后路，在"走廊"上来一个歼灭战。七战七捷以来，在这样的地形上打大仗还是第一次碰到，没有问题，一定会十分精彩。部队已接受了任务，分头进入阵地，我被派到担任主要任务的三团去。天渐渐透白了，我急急地穿过一个个的庄子去找寻三团。在火线上找部队是很急人的，前面枪炮声响成一片，庄上又到处都是人，到处都是战马、大炮，人喊马嘶地奔走不绝。我走到一株树底下，约有一个连静静地坐在那里在做战前动员。那讲话的人讲完了这次战役的意义和大体的部署之后，最后大声问边上：

"一排长，我们连里现在还要几杆汤姆？"

"再三杆就好。"

"喂！同志们，"那人转过头大声喊了，"大家说，我们连里还少三杆汤姆怎么办？"

"我们去缴呀！"战士们欢乐地呼叫着。

"去缴？可没那样容易，不要说了做不到。"

"一定做得到！"又是乱糟糟地喊叫。

"好，我们去缴，去缴。"指导员连连挥手，"那么，同志们，咱们连里还缺少啥呀？"

战士们立刻又一个跟一个地站起来提意见：

"指导员，把一排的机枪换一换新的吧！"

"我的二排再搞挺加拿大轻机枪！"

"⋯⋯⋯⋯⋯"

"好！好！就这样吧，"指导员说，"我们多不要，这次只要三杆汤姆，两挺加拿大机枪。"

不一会，他们便出发了，战士们早把枪衣褪了下来，顶了火，把枪往肩上一扛，神色紧张地急急向前奔去。前面枪炮声依然很稠密，大路上有很多老百姓，挑的挑、担的担，往里面走来，有的还牵了黄牛。两个中年人扬着树条子，嘴里"嗬啰，嗬啰"地呼唤，赶着一大群猪往里边走，看到部队过来，便亲切地站到路边，注视着我们，让我们从他身边过去，好像在说："同志们，你们快点上去，别让反动派溜跑了。"

我们在一间草屋里找到了三团，枪炮声响得更密更近了，可以听得出来，这是马克沁重机枪，这是三八机枪，这是"歪把子"，"呼——嘎"，山炮来了："咣"的一声，一颗炮弹在屋右侧开花。这时匪机早就出动，"小流氓"两架一批来了三批，在上空来往翻飞，又一架架地扑飞下来。大头子弹"呼呼"地直钻到泥里有两寸深。战士们已趴在屋顶上搭起机枪阵地，屋主人全家还在紧张地包的包、扎的扎，准备避一避。一个战士帮他在屋后挖地窖子，女主人是完全被逼近来的枪炮声吓慌乱了，手里拿着一大卷破布片、破鞋子，走到这里放一放，那里搁一搁，不知如何是好。男人满头大汗地把一箩箩的粮食来回捧到地窖子里埋藏。一见他女人脸孔死白地光在那里打转，不禁暴怒地骂起来，我们上去劝住他。好久之后，他才挑了一副箩筐，那个女人紧紧跟着，慌慌忙忙朝后面奔去。大路上已流弹乱飞，战士们指点他们从低洼地里走过去。

陈政委告诉我们：这里是进攻伍佑敌人的右翼，现在他们想抢渡过我们前面的一条小河，然后向伍佑压过去，在我们遭受严重侧翼威胁下，被迫撤出，现在我们准备将计就计，把他放过河来，在河边一家伙"吃"掉他。

到傍晚，枪声反而疏落了，后来才知道正面与侧翼的敌人发觉我们的包围态势，已迅速后缩。部队必须立刻追击，把敌人拖住，争取时间好让部队迅速完成包围圈。天昏暗了下来，部队分三路背着凛冽的西北风搜索前进。好冷呵，黑乎乎的不小心踏在结冰的水潭上，几乎把人滑倒。走过一个个的庄子，庄子也在冷流里凝冻了，死寂得一点没有声息；有的地方余烟未熄地燃着一堆残火，朦胧地照出场上一些破碎的工事与家具。我们走到一片荒地上，意外地听到前面庄上传来哨音和人声，爬到屋顶上一望，才发觉有敌人一个连还在那里集合，人乌黑地站了一大堆；喜讯立刻传开了，机枪班喜得直往屋顶上爬，最先爬上屋脊的两挺加拿大机枪一梭子快放朝人堆里扫去，正如一勺冷水倒在热油锅里，人哗地一下乱开了，有的倒在地上号叫，有的四处乱钻。一个连长模样的人惶急地喊："散开，散开。"可是散开已经迟了，我们屋顶上的机枪全开火了，炮营营长已把几门八二迫击炮拖了上来，朝庄后的大路口打去。进庄要过一条小河，战士们飞快地把干草往河里一抛，一个跟一个地踏着薄冰冲进庄去，敌人在路边的几间草房里放了几把大火，逃走了。我们走进庄里，火还在猛燃不熄，火烟里夹着浓烈的棉织物燃烧的焦臭，有几个老妇人伏在那里哀泣不已。

部队仍急急前进，这一带的庄子是遭受了国民党匪军的严重残害，他们四处纵火，想阻止我们的追击，烧焦的断木瓦砾拦住了一切大小道路。敌人逃跑时拉走了所有的年轻人，我们走过每一个庄子，庄上的老百姓便涕泪交流地拥上来把我们围住，要求我们赶快追上去，把他们的亲人抢下来。我们在一个叫杨家棵的庄上休息，一个妇人一边啼哭，一边吃力地在河里提水救火。水少火大，眼看火在延烧开来。部队正好休息，几个战士便上去帮她担水，接着又有好几个上去，拖草的拖草，泼水的泼水，大家救起火来。那妇人见景，猛地跑到我们跟前，跪到地上，两手合掌地拜着叫："啊呀！活菩萨，啊呀！活菩萨……"眼泪滚滚地直淌。

我们在夜色中急急前进……走过一个叫陈家槽的大庄子，那里已几乎全部给烧尽了，一堆残火，把全村映照得通红。村口有几个女人趴在几具男尸上，痛哭不已。后来才知道其中一个女人姓陈，她丈夫陈水照是国民党匪军临走拉夫反抗被打死的。走出庄子，天冷得更厉害了，夜已很深，淡淡的星光底下也分辨不出野地上白涂涂的是一片浓霜呢还是光亮。寒风从背后抽打过来，那群女人哀哀的哭声也一直伴着我们，回头望望，那大庄上残留的几间屋宇和塌墙焦木，沉默而愤怒地蹲着，好像要从火光里猛然站立起来，又好像在那里哭泣着向我们呼喊：同志们，你们要为我复仇呵！

我们急急前进。八日，新四军七团追到了卞仓。参谋长上去侦察，在望远镜里发觉敌人黑压压地在卞仓外边场上集合讲话，公路上也全是敌人，无数纵队沿着"走廊"向南拥去；于是，立刻下命令："打呀！"盐城战斗最精彩的一幕展开了：敌人一发觉后就像一群鸭子似的，轰地沿着公路逃了，机枪弹骤雨似的落到公路上，后边的人惨叫着跌倒，没跌倒的屈着身往前面人堆里直攻。逃呀，逃呀，……"走廊"完全给人马挤塞了，子弹还是从后边追上来，把前边的人马都血流满脸地掀翻在地上；于是一大群人又轰地拥下公路，踏着河沿逃，有的一下子掉到深水潭里，"咕咕"地直卷到串场河底去了。人踩到水里，腿肚就发软，更跑不快，没走几步，滑倒在烂泥里了。追击的我军战士提起枪托，枪口朝下，向着河边上打去，人一个接一个鲜血直喷地滚到水里。这里公路上另一群窜到右边的野地里，可是右边我军也追上来了，子弹从头顶、耳边、肋下，扑喇喇地飞过来，眼看再也逃不出去，后边有的人在喊"缴枪"了。霎时，人满田满野地跑了下来，把帽舌子拉到后脑壳，枪顶在头顶上，丢在地上，喊着："别打啦，别打啦，缴枪啦！"于是，战士们飞快地跑过来把俘虏集合站队押送到后边去。俘虏中有个八十三师十九旅五十七团团长钟雄飞，穿了一身士兵衣服，在人群里惊惶地窜来窜去，恰巧给过去解放过来的五十七团一个马夫看见了，便喊他：

"团长，团长，你也来了！"

钟雄飞一听，脸色灰白，连连摇手："我不是团长，我不是团长！"

那马夫仍是拖长着声音安慰他：

"咳，团长你别怕，到这里没事，新四军对俘虏讲宽大的！"

急得钟雄飞慌慌张张往人堆里直钻，旁边的俘虏喊了起来，于是他只得停住了把头低垂下来。

这时前面的敌人还是在亡命地逃着，在后面急追的是新四军七团的战士。这一带就是河道多，还没奔多远，又是一条河，河边结着层层薄冰，看看后边追来了，只好跳下去；爬上来还没走几步，湿衣裤裹着屁股，直冷到骨髓里，两脚发酥，再也跑不动，一看新四军又呼呼啦啦地追了上来，赶紧跑呀，跑到前边，又是一条河；有的爽性扒在河边，"哦哦"地伏地哀叫。

追呀，追呀……新四军七团三连三排副殷学文和八班长郭友顺六个人追敌人一个连，游过一道河，二道河，三道河……最后敌人逃到一条大河边，一百多人湿衣湿裤早在路上丢了，赤条条地站在岸边，个个蜷缩着冻得面无人色，望望这一片白洋洋的大水，再也没法走了。殷学文拿了汤姆在后边喊：

"老乡，缴枪优待你们！"

那连长叹了一口气，命令全部放下武器，计四挺轻机，两挺汤姆，一个掷弹筒，六十一支步枪，集合了"队伍"，自己上去向殷学文敬了一个礼，便跟着走了回来。这时候，新四军七团三班长陈云带了全班还在紧紧追赶敌人。敌人一面逃，一面把法币、关金票、钢笔、表……丢到路上，但这些东西都留不住后边的追兵；等到他们举起手来，把枪全丢到地上，才把战士们留住了。在这次追击战里，各式各样的趣剧真是无奇不有。

这就是华中解放战争中最有趣的卞仓追击战。

八日的黄昏，串场河边暮色苍茫，卞仓街上敌人临走放的火还在熊熊燃烧，把一条街照得通红。有时从火堆里突然爆响榴弹、子弹炸裂的声音……公路上像摆着旧货滩，没有拆的电线、棉花、衣服、背包、鞋子以及一个接一个的尸身。有几个老妇人和小孩迎着寒风，在那里转来转去的，把棉花、衣服……一件件地撤到自己的破篮子里。

我们在镇头歇下来做饭，这一家姓卞，主人叫卞文亮。国民党匪军在他家住过几天，屋里弄得一团糟。留下了几大张猪皮和一堆鸡头鸡脚。伙夫从屋里找出了一大挂剥了皮的猪肉，高兴地大喊："啊哈，国民党还给我们留了不少猪肉呢！"大家围上去看。边上一个战士说了："同志，还是别吃它吧！国民党吃的肉还不是从老百姓那里抢来的，送回去吧！"于是伙夫把肉送到原处，买了黄豆。饭后，部队继续追击前进。天好冷呵，走到门外就像掉在冷水里，公路上风更大了，呼噜，呼噜，从背后抽打着脊梁骨。冷啊，冷啊，一歇下来，谁先烧起路边的荒草来，不几分钟，四处都烧起来了；人都挤往火堆边，呵着气，把脚手伸到火头上，个个似乎恨不得连人也扑上去地向前挤着，挤着。你看那个火吧！东一簇，西一簇，红红地直冲夜空，把天，把串场河水也映得通红。我走到一间小屋里去烤火。里边没有人，但显然是刚有人在这里烤过火的样子，地上还散乱着一些鞋子和湿衣裤。我走到旁边灰堆上去小便，尿一撒到上面，那灰堆竟微微地动了起来，还有低微的"哼，哼"的声息。"什么东西？"我惊诧地问，那灰堆晃得更厉害了，哼声也更大了，一会突地从灰堆里探出个漆黑的东西来，一家伙扑到我跟前，号哭着：

"官长，官长，别打死我，唉，官长饶命，呜……"

这是个怎么样的人呀！赤条条的一丝不挂，满头满身都是黑灰，趴在地上全身抖战着，"呜呜"地哭个不休。我叫他起来不要哭，他却哭得更凶了；我说了好久，把火烧大了，要他快把灰揩干净来烤火，那家伙才光身爬了过来。也许是太冷的缘故，浑身仍然哆嗦不止，好一会他才断断续续地告诉我，他是国民党军八十三师的士兵，一班人打得只剩下了他一个，躲在这小屋里。他是安徽人，在家做学徒给抽丁出来的。"我老娘还望我回家哩，我……呜……"说着又悲泣起来。

半夜里，部队进抵卞仓以南的大小白米外围。前面有敌人的一挺重机枪，歇一阵，打一阵的，子弹便"曜曜"地飞过来。部队仍然默默走着……机枪打得紧了，子弹低了，部队伏到公路边上。"噗噗"公路上中了几十发。"当"的一声，背后的马跳了一下，一粒子弹打在马踏镫上。前面过不去，于是部队又转回从左侧绕过去，继续前进。我将忘不了这个严寒的夜，风简直就是皮鞭和刀子。战士们是老法子：把棉被整个裹在身上，连头也在里面，只露出眼和鼻子。只要部队在庄上一停，人就往草堆里钻，纵横不断的河道给我们带来最大的困难，浓霜在木桥上涂着一层油，很多马掉到冰河里去了。队伍走在上面："扑通"谁掉下去了，"扑通"又是一个……河面上的冰碎了，从河里爬起来的马毛上全结成了冰条，剧烈地抖着，于是赶紧烧起火来烤。……就在这样的寒夜，我们一百多里的急行军绕到了刘庄后面，十几挺机枪架到公路上，完成了包围圈，把"大门"堵塞起来了；国民党匪军李默庵的六千官兵全部被关入这条"走廊"里，再也走不出去。记得苏中如（皋）南战斗，王铁汉的四十九师二十六旅被歼的地方叫作鬼头街，那么这条六十里长的通榆线就是李默庵六千官兵的"阎王路"了。

这就是苏皖解放战争十战十捷、盐城战斗的经过。

快速纵队快速覆灭记

一九四七年一月

（一）

一九四七年的元旦，在山东临沂西南一个叫马家庄的村庄上，人声喧哗，喝酒猜拳的，唱大戏的，吵架的，大叫大喊的，各种各样的喧嚣声，混成一团。喝得醉醺醺的国民党军官，满村子里乱窜。在这个村庄的四周，却充满着战争的气氛。许多士兵在村庄外站着岗，村庄的四周，堆着密密层层的才砍伐下来的枣树、桃树和各种树木，像一道篱笆似的围着庄子（军用术语叫作"鹿寨"）。在鹿寨里边还有一个个才搭盖起来的掩体。这些掩体的材料是大大小小的门板、窗子、桌子、箱子、木床、水桶……在这些工事背后的场上，停放着一辆辆草绿色的坦克。这些坦克一看就知道是美国货，不过车身上漆着暗晦的国民党党徽，另外还有崭新的吉普卡和装甲车。村子中间的树杈上、屋角上系着一道道像蜘蛛网似的电话线，这些电话线从周围各个村庄里拉过来，汇集到这个村庄，最后都缠接在一起，通到那间正被各种疯狂的叫喊声闹得简直像要崩塌似的屋子里。这幢屋子里，住着国民党军第一快速纵队和二十六师的前进指挥所。这支部队是在十二月十三日从津浦路西的峄县一路打过来的，蒋介石给他们的任务是要他们配合进攻苏皖解放区的国民党军共同前进，攻占当时山东解放区的中心临沂城。这是一项不平凡的使命，"拿下了临沂，苏北和山东可以解决，接着就可以扫荡黄河以北了……"这是蒋介石的战略设想，他决定把第一快速纵队和二十六师这支心腹部队投入这一盘赌局里来。

这确实是一笔非同小可的投资。第一快速纵队是一支彻头彻尾美国装备的摩托化部队。它的全部武器装备——包括坦克车、装甲车、榴弹炮，其他各种轻重武器和弹药——是美国提供的，部队是由美国人训练的，编制是美国式的，连服装也从头到脚通通是"美国式"。这支部队的核心——战车第一团，开始干脆由美国人白伦上校担任团长，后来由蒋介石的儿子蒋纬国继任。可以说，这实际上是一支地道的美国雇佣军。这样的王牌，蒋介石只有两张，一张放在东北战场，一张就在这里。蒋介石不大放心，特地派了嫡系军队二十六师跟随它共同前进。

快速纵队和二十六师从峄县向东进攻后，一路上相当顺利。这鲁南平原正是坦克、装甲车等机械化部队的用武之地。他们开足了马力，得意地在平原上驰骋着，一个个的村庄，一道道的河流，一簇簇的树林迅速地被抛在后边。几天以后就先后拿下了向村、卞庄等许多村镇。到年底时，已经到了马家庄一线，这里已是临沂县境了。前进指挥官中将马励武眼看临沂城已指日可下，于是下令三军就在马家庄一线暂停一天。搜罗附近村庄上所有的猪、牛、羊，又派卡车前往附近的兰陵，装运大批兰陵美酒，举行盛大会餐，欢度元旦，同时预祝胜利。——这就是马家庄以及附近各庄上一片喧闹声的来由。

会餐之后，喝得醉醺醺的马励武又命令副官要他们召集附近的老乡开"军民联欢大会"。被兰陵酒灌昏了头的马励武，已忘掉了这些庄子上的人早就逃光，留下的只是那些耳聋眼瞎的看家老年人和几个地主分子。副官们和传令兵们跑断了腿，才硬赶了几个人来，附近的国民党部队也召集拢来，于是就在村子的广场上举行了预祝胜利的"军民联欢大会"。

"老乡们，兄弟们，我们国军就要向临沂进攻了！"马励武在临时搭成的台上酒气扑人地得意地嘶喊着，挥舞着双手，"再过三天，老乡们，我可以打赌，国军一定能进临沂城，进不去，砍我姓马的脑袋！山东战事就要结束，共产党、八路军只好朝黄河北逃……不行！不行！弟兄们！我们不能让他们逃跑，我们要拦住他，消灭他！"说到这里，他高高地举起手，接着使劲地往下一砍，好像这一砍，八路军就真的被这只手堵住了。

场子上，黑压压的人群都瞪着眼看着他，仿佛看一个疯子在台上演戏一般。

（二）

一月二日的深夜，朦胧的月色照到寒冷的鲁南平原，附近各村、镇上还是很热闹，国民党军的士兵和军官，有的围在火堆边，有的钻在地堡里，还在那里一堆堆地热烈地赌博。堆满在面前的银大头、金圆券，刺激得这些赌徒完全忘掉了周围的一切：地堡、鹿寨、战争和死亡。

"轰！轰！"不知哪里传来两声霹雳似的爆炸声，房子、地堡都震得簌簌发抖。赌徒们一手揪着纸牌和金圆券，都惊惶地抬起头来。当他们还没有弄清楚这声音到底是怎么一回事，村庄外面又响起了激烈的枪声，随着炮弹也雨点似的打了进来，炸得村庄四处烟雾腾腾。他们慌忙窜进工事里进行抵抗，但村外八路军已经从四面八方攻了上来……

　　敌人指挥机关周围的石城崮、青山、凤凰山、平山、塔山等村镇，当天晚上都发生了猛烈的战斗。原来我们的部队当敌人得意扬扬东进的时候，已经悄悄地绕到了他们的背后。雷鸣似的炮火声震动着鲁南平原，数十里战场上到处火光冲天。部队一路路地按照预定的目标迅速地直插进去，把敌人的这些外围据点一个个地包围了起来……

　　战斗进行到次日黎明，部队先后占领了这些外围的制高点，完成了对快速纵队和二十六师的大包围。

　　一月三日下午，鲁南战场上展开了围歼战最精彩的一幕。

　　快速纵队的几百辆坦克、装甲车、卡车都开动了，卞庄到兰陵的公路上响起了震耳的马达声。天公不作美，从清晨开始，天就板起了灰沉沉的面孔，铅色的云层愈堆愈厚。到中午就稀稀拉拉地下起雨来，而且看样子还一下子不会停。美造十轮大卡的沉重车轮和无数双惊慌的脚，把道路踩得像烂泥浆一样。突围队伍的卡车最先跟在坦克后边，一辆接一辆地走着。后来两旁射来了稀疏的子弹，开车的心一慌，都加足油门，死命揿喇叭，争先从两旁超上去。当然，别的车子也不甘落后，于是一排变成两排，两排变成四排，后来就变成无数排，几百辆各式车子就像一群疯牛似的在烂泥地上往前乱闯。开阔地两旁的枪声密集了，炮弹前前后后地落在车队里爆炸。有的车被炸翻了，有的人从车上跳下来盲目地奔跑，有的车就从撞倒的人身上开了过去。前面的坦克被雨点似的炮弹锁住了，大群的卡车停了下来，成群的人从车上跳下来，满田满野没命地乱拱。子弹在头上呼啸，炮弹在人群里爆炸，陷在烂泥里的脚简直有几百斤重，怎么也跑不动。于是，只好先丢掉包袱，丢掉枪支，再脱掉棉衣。到头来几乎人人都赤着脚、光着头淋着雨，像一群疯子似的在泥地里用最后的一点气力一步一步地挣扎着……

人民解放军从四面八方围拢来，有的打坦克，有的打装甲车，有的捉俘虏，到处形成了混战。有一辆坦克在烂泥地上转转，解放军战士梅加裕、张学安等六个人冲上去，把它包围起来，六个战士都把身子紧贴着坦克，坦克拼命地开着炮，打着枪，但炮弹和子弹都打不到他们。坦克急得拼命朝前拱，战士梅加裕爬上坦克，又滑了下来；第二次上去，又滚了下来；第三次，他从坦克的屁股后面爬到了炮塔边上，这时张学安一眼瞥见这钢铁的小楼顶上有几条缝（即坦克的呼吸孔），立即把三八枪口插了进去，"砰、砰"地连打了几枪。坦克不动了，顶板却微微晃动起来，原来里面的人举着手，从车里探出身来，敌人投降了。

六个战士爬上了坦克，命令坦克手："伙计，快把车子往东开！"坦克"隆隆"地一转向，就慢慢爬动起来，驯服地朝着战士们所指的方向开去。

（三）

三日晚上，新四军一师三团收复了敌人腹背的据点洪山、兰陵，完全歼灭了这两个据点的敌人。接着队伍就不顾疲劳，继续沿着临（沂）台（儿庄）公路，北上堵击敌人。天色已很晚了，只见东边方向火光闪闪，枪炮声像爆豆花似的响着，炮击声却稀了一些。一粒粒的流弹"哔、哔"地从队伍头上飞过，似乎越来越密。队伍走不多久，碰上了兄弟部队的通讯员气急吼吼地送来了紧急消息："包围圈里的敌人，开始混乱突围，你们路上要注意警戒，警惕突围的敌人。"这个消息，使指战员们感到又欢喜又紧张。欢喜的是：按照我们的经验，敌人一突围，离开了工事据点，就好似鱼儿跳上了岸，保险可以把它歼灭。紧张的是，这一万多突围的敌人现在不知在哪里？不知向哪里突围？是不是会从我们边上漏过去？

三营七连的两个排担任前卫，走在部队的前面，搜索前进。突然，他们看到前面公路上幢幢的人影在向这边移动。战士们立即问：

"哪一部分？"

"一三一团！"

前面的人影里发出了模糊的回答声。

战士们一听，以为是哪一个兄弟部队，正准备继续向前走去。这时，团部的宣教股长徐一丰正好也在前卫，他一听对方回答得不对，急忙上去拉住了前面的战士，低声说："一三一团的番号不对，对面恐怕就是突围的敌人，大家准备战斗。不要动！"说罢，他自己走到前面。大声喊道：

"不要误会了。都是自己人！你们快派两个人过来联络！"

黑影里果然过来了两个人，拖着沉重的脚步，提着冲锋枪。等到这两个没精打采的、疲惫万分的敌人还没有来得及看清对面的"自己人"。徐一丰同志和几个战士从暗处像老鹰抓小鸡似的一起猛扑过去，把枪口对准了他们的胸膛，立即缴下了他们的冲锋枪。徐一丰从他们口中知道，对面果然是约莫两个营的突围敌人，便对他们解释新四军优待俘虏的政策，要他们把对面的敌人都叫过来。这两个疲惫万分的国民党军士兵都点头答应了。

"都是自己人，快过来呀！"这两个人用双手合成喇叭，一起向黑影喊着。果然，远处的人群慢慢地又移动了，朝这边儿拥了过来。等到黑影渐渐移近，看得清楚些了，三营七连两个排的同志端着枪，突然出现在这一大群敌人的面前。这群突围敌人要举枪射击已经来不及，前面的人只得把枪掷在地上。后面的敌人发现情形不妙，打了几枪。徐一丰便命令刚才放下武器的国民党军士兵们一起再喊：

"不要打啊！大家过来吧！"

"我们对你们很客气，你们可不要不客气！"徐一丰和战士们也喊。部队一边喊，一边端着冲锋枪向敌人接近。前面的敌人看势头不妙，便"啪嗒、啪嗒"地把枪掷在地上，自己走到了放下武器者的队伍里。霎时田野里便四处响起一片"啪嗒、啪嗒"的声音，各式各样的枪支弹药在地上愈堆愈高。这一大群丧魂落魄突围未成的国民党军官兵在丢掉枪支以后仿佛变得轻松愉快，他们迅速地在一块空地上集合起来。从集合队伍里走出了一个国民党军官，虽然他早已做了意外的准备，撕掉了一切军官的标志，但士兵们还是认出了他，于是，他只好自己出来介绍说："我就是一三一团团长丁复。"

徐一丰走过去，和这个放下武器的国民党军团长握了一下手。接着，部队就把不发一弹俘虏的两个营的国民党军官兵，押送到俘虏管理机关。部队当晚奉命在刘庄附近的阵地上，继续戒备突围的敌人。

第二天，天边还白涂涂的，正是黑夜与白天的交接点。从三团驻防的刘庄到北面青山脚下的太子堂，是一片足足有十里路的开阔地，朝雾笼罩在这块辽阔的野地上，远处响着时断时续的枪声，仿佛战斗已经快要结束。这时，奔波了一夜的战士们正在村里休息，谁也不解背包，不解衣服，抱住枪倒在地上"呼呼"地睡着了。只有八连一排的二十几个战士担任警戒，用极大的力量克制着连日来的战斗的疲困，依然在野地里警惕地巡视着，他们拉开了距离，从这头走到那头，不断地走动着。迎面不断吹来的朝雾，把脸上身上都浸得湿漉漉的。

"有敌情，大家注意前面。"谁低声地喊了一声，把大家惊了一下。接着，人们立即发现前面有一大堆黑黢黢的人影，正由东往西移动，人影黑黑的一大串，拉得很长，看样子至少有几百人。原来突围的敌人想利用天色未明的黎明时刻，冲出包围圈去。

怎样处理面前的紧急情况呢？

"伏下来打枪吧，打死他一个算一个。"

"不行，打枪阻止不住敌人。我们要鸣枪报告，同时，大家立即冲上去，先割断他们的突围队伍！"

"陶勇司令不是说过吗，敌人向后逃的时候，战斗力一定很弱。我们不要怕，得冲上去！""对，赶快冲，我们几十人，比他们几百人厉害得多！"

"同志们，快冲上去！"

一排长蔡德高一声喊，几十个人就飞似的向数倍于他们的敌人冲了上去，一阵猛烈的射击，突如其来地穿进了正在向西溃退的敌人窝中，正像夏天夜晚的乌鸦群似的，一声枪响，它们就"哇哇"地喊着散开了。一长串敌人立即被切成了两段，一段往原路逃回去了，一段被截在西边乱成一团，在野地上到处奔窜。这时，部队就停止射击。大家齐声喊：

"快快缴枪，解放军宽待俘虏！"

声音传到了前面被切断了的人群里，又是一阵骚动，前头有人举着手走了过来，接着一对跟着一对。前一个喊着后一个，都举着手过来了，枪支弹药丢得满地都是。

被切断跑回去的另一股敌人，又黑压压地扑过来了，后面还传来了"隆隆"声，原来还有坦克与装甲车。在坦克、装甲车旁边与后面，足足有数千步兵像潮水似的跟随着，他们坚持要向西突围。

"不怕不怕，方的多，圆的少。方的是卡车，圆的是坦克！"

"大家来打坦克，打汽车，打掉他们的坦克汽车，步兵就溜不掉！"

阵地上大家兴奋地喊着，八二炮、六〇炮、重机枪钢芯弹像疾风骤雨似的朝着坦克与卡车扫过去，开阔地上立即出现了一座村子。原来，一阵射击之后，卡车被迫停下，拥塞在一起，看去就好像是一个村子，有几部卡车冒出火烟，更像是村庄里失了火。车上的国民党军官兵都争先恐后地从车上跳下来，漫田漫野地四处逃命。

"敌人害怕了！逃了！"

"快打呀！把敌人拦住！"

战士们发现有一股敌人向刘庄西南突围，正在三团指挥作战的副旅长立即带了几个战士呼啦啦地冲了上去，地上泥滑难行，有些战士跑不动了，旁边的战士们喊：

"副旅长都上去了，大家快冲啊！"

"快追上去捉俘虏！"

追得快的战士已冲进敌人群中，大声喊着："缴枪！"他们又组织了一批已放下武器的国民党军官兵跟着喊，一群群的国民党军官兵举起了手来。

有几个快速纵队的军官，还举着快慢机，对着士兵的头，要他们反冲锋，但是当兵的都趴在地上，光喊不动。在我们部队里，一个昨晚才解放过来的国民党军士兵看到这情形，立即举起枪来，瞄准了那个军官，"砰"的一枪，把军官撂倒，接着他站起来大喊：

"我们是刚过来的，新四军优待俘虏，大家过来吧！"

他这一喊，连刚才过来的人也都一片声地喊了起来：

"新四军很客气，你们快过来，没有关系！"

部队在这一片比射击还有效的呼叫声中迅速地逼近敌人，迫使敌人都举起手来。

开阔地上的战斗还没有结束。下午三点钟光景，阵地上又响起了一片震耳的"隆隆"声，一大群突围的坦克和装甲卡车又向三营阵地冲来。三营八连的战士沉着地集中了所有的枪和炮，瞄准着一起打去。卡车燃烧起来了，有的坦克冒着烟倒在泥沟里，有的坦克掉转头逃走，装甲车也跟着想逃。但战士们冲了上去，大喊："停下！停下！不停下打穿你！""突突突"，一阵响，卡车全部停了下来，数一数，一共有四十几辆。

"我们也能成立快速纵队啦！"战士们看着这一大堆绿油油的、包着硬壳子的家伙，不禁都笑得合不拢嘴。

（四）

四日下午，战斗全部胜利结束。我随着部队向最后歼灭国民党第一快速纵队的战场走去。也许是下雨的缘故，天很早就黑了下来，半空里飘着牛毛细雨，凉冰冰地打在脸上，好像雨里还夹着雪花。村庄里四处都有人在奔走，人们大声谈论着，奔告胜利的消息。虽然道路泥滑得厉害，路上的行人却很多，许多人都向庄外涌去，谁都想赶去亲眼看一看埋葬了国民党第一机械化部队的战场，究竟是怎样的一幅情景。

一离开庄子，只见远处大路上一片雪亮，使人眼花缭乱。"隆隆"的马达声震动着四郊，许多黑影子在公路上移动，这是新缴的汽车队伍正离开战场，向后方驶去。汽车都打开了大灯，把宽阔的公路照得异常清亮。在一掠而过的白色的灯光里，可以看到一路路的漫长的部队行列，也正在撤离战场。还有许多显然是俘虏行列，拥挤在一起，光着脑袋，披着毯子，背着小包袱，真是形形色色，他们也和部队一样在往东走去，这是去临沂的方向。

还有一队队的担架队和民兵，有的从战场上下来，有的是赶到战场上去的。来的队伍，去的队伍，在大路上熙熙攘攘，愈往前走，路上就愈挤。

挤过了拥挤不堪的人群，我们来到了刘庄战场。这里原是一望无际的平原，现在就仿佛成了个热闹的村镇，到处人声沸腾，灯光和火光照得远远近近都很明亮，火光中一眼望去，野地上布满着一座座黑色的"小屋子"，走近了看，原来这些黑影子都是一辆辆的十轮大卡车，远远近近至少有四五十辆。这些卡车上的帆布车篷还紧紧盖着，车里有的装着大米，有的装着美国罐头、饼干、糖果之类。有的卡车后边牵引着高大的野炮和榴弹炮，有的炮身被簇新的炮衣包着，看来还没有放过一炮。有些卡车上装着满车的子弹和炮弹。这些卡车上都用白漆写着"炮五团"等快速纵队的番号。

"村子"的另一角，集中着许多辆坦克，有的还在那里熊熊地燃烧。我钻进了一辆坦克，在驾驶员的座位上坐了一会儿，狭小的车身里，充满着使人要呕吐的汽油味，边上还放着成排未用的炮弹。从瞭望孔里望出去，可以清楚地看见停在周围的形形色色的它的伙伴们。鲁南平原本是这些钢铁怪物最理想的战场，我们的部队当时又十分缺乏打坦克的武器和经验，照理它们是完全可以冲出周围的，但现在它们却全部留了下来，有许多坦克简直没有丝毫的损毁。

我们又继续走过去。有一处地方，正集中着一群人，在拖引几辆陷进了水坑的汽车，还有几个国民党军队的坦克兵在那里修理三辆轻微受伤的中型坦克。

这几个坦克手都很年轻，穿着美国式的服装，浑身都是泥浆。一个叫陈凯一的坦克驾驶兵对我说："我们战车第一团第一营是全国唯一的完全美国装备的坦克营。无论从哪一方面说，比如在速度上、技术上都是第一流的最精锐的机械化兵团。我们第一营是在一九四二年时成立的，那时候国民党大后方发动知识青年从军，我们以为是去抗日打鬼子的，许多同学都报了名。但我们却被飞机装到了印度新德里，进了那里的一个美国人开办的'中国战车训练队'，以后就编成了第一营……"

"那个时候，我们是被拉去给美国人打仗，美国人自己打不过日本鬼子，把我们训练好以后，就给我们坦克，给他打冲锋。不过我们那时候都恨日本鬼子，打仗都还是很勇敢的。"

"内战开始，蒋介石下令把我们调到徐州，准备随时接应苏北或者山东的战争——你们都知道苏北和山东是我们进攻的重点。——但一直下不了决心，不是战事不顺利，就是地形等条件不好。一直拖到去年年底，国民党决计进攻临沂，与山东的八路军决战。鲁南又是一片平原地带，正是机械化部队最理想的战场，我们便第一次出发作战了，哪里想到这第一次作战就成了我们最后一次的作战。真是万万想不到……"

"你们真是万万没有想到吗？"我问这青年坦克手。

"我们的部队这样不经打，八路军、新四军作战这样勇猛，这些确实都是想不到的。我也听说八路军、新四军作战如何勇敢，但总以为那是步兵对步兵，哪晓得你们打机械化部队也是这样，沉着、勇敢！我们坐在坦克里往前冲，不但没有吓倒你们，反而把我们吓倒了，我们一看外边，人四面打将过来，有的抱着炸药就往车底下钻，有的爬到了我们车子上，真叫人心惊胆战。我们有的坦克，车子没有打坏，人就走出来投降了，在坦克里面再也沉不住气。"

"我们部队这样不经打，士气这样低，也是想不到的事。我们长官以为过去打败仗的是步兵，第一快速纵队从前在印缅战场上出过风头，这次上阵要和你们好好交一交手，显显威风，哪里晓得竟败得这样惨！当我们被包围的时候，他妈的，大家连方向也摸不清，简直都被吓昏了，车上都爬满了逃兵，坦克撞翻了汽车，汽车碾死了人，谁都想逃到峄县城去。我们坦克队拼命冲出了你们的几道包围圈，冲到这里时，你们的部队一个冲锋。就把我们拦住……"

这个青年坦克兵一面说，一面起劲地用手比画着，说明他们是怎样最后在这里被我们全部歼灭的。边上还有几个国民党的青年坦克手不断地插嘴补充，等陈凯一的话停下时，另一个坦克兵愤愤地咒骂了一声：

"这次败仗打得太丢脸，完全要由快纵指挥部负责，汤恩伯手下用的人全是傻瓜！"

"我看这个败仗还得要蒋介石来负责，蒋介石就是个头号的大笨蛋！"一个站在旁边听的新四军同志，插上去说了一句。几个国民党的坦克兵朝他看了一看，咧开嘴笑了。

"村子"的另一角，火烧得很猛，"哗哗剥剥"地炸响着。走过去看时，这里又是一番情景。这里的烂泥地上除了一些枪械以外，遍地都是各种日用品，美国毯子、衣衫、药品、罐头、香烟、饼干、巧克力糖、"玻璃雨衣"、"玻璃牙刷"……还有小镜子、梳子、化妆品等，简直是一个无所不有的大杂货铺。在这些杂货堆中，散乱着许许多多的书信、照片、美国画报以及蒋介石的像。在这个内战罪魁的脸上、身上，也沾满了污泥和血渍，它和那些枉死的国民党官兵一起，被留在鲁南战场上。

（五）

国民党进攻临沂的指挥官二十六师师长马励武，在临沂西南的马家庄举行了预祝胜利的"军民联欢大会"以后，就回到了峄县过年，给他逃过了鲁南平原上的大歼灭战。不久，部队解放峄县仍然俘虏了这个国民党中将。在他的住所里，部队缴获了他的一本日记，在这本日记里马励武记下了鲁南会战前后的一些情景。这个内战将军在日记上的坦率叙述，从另一个方面为我们提供了一份耐人寻味的材料。

马励武这几天的日记是这样写的：

元月一日

在临沂县属之马家庄防地指挥所度过（民国）三十六年元旦，并举行庆祝及军民联欢大会，上午与各部队长会餐，晚饭后乃整装赴峄县后方师部。

元月二日

匪开始向我防地外围据点全面实行包围圈，并攻击我外围各据点，激战竟日夜，我卞庄据点被包围，尚岩据点被包围攻占，凤凰山、青山、石城崮、平山寺等要点均被攻破。

元月三日

我因阵势不利，乃命五〇六团卞庄据点放弃，突围而出，迄晚六团始突出。即加入马家庄之战斗矣。是夜，匪即猛攻内围我各据点甚烈，且突入我师部所在之马家庄矣！

元月四日

奉命突围向博山以西打出，天忽大雨，道路泥滑，人马车辆均陷泥淖，行动倍增困难，匪沿公路数十里阻塞我军行进，且战且退，以致成为混战状态，我死伤损失特别大。迄晚我大部官兵死伤或被俘，仅曹副师长、郑参谋长受伤已回，牛副参谋长、田参谋长及邹指挥官、战车营赵营长等冲出重围，其余如蒋旅长负伤，死于太子堂附近，谢旅长清华、丁副旅长，以及葛副旅长、于副旅长、丁团长复、王团长景星、马团长尚英、刘团长醒亚等要员均死伤未归。此外，团副、营长、下级干部等尚不计其数也！而快速纵队所属八十旅之两个团长亦未归，炮五团李团长亦未见归来，至于车辆炮车均损失殆尽，此诚空前之大损失也，能不令人痛心！

推其原因：（一）为我战略上之错误，不该令我师久暴于无依托之地位，所谓孤军深入匪区，无缘无依，乃兵家之大忌。（二）我师既不能进，即可退回以保实力，后继无援，应于情况不利前自动退至有利地带，以待战机之到来。（三）匪对我孤军深入一切明了后，乃下定一完善之作战计划，将我全面包围。所谓陷入重围，成为被动！第二日更各个实行包围，以致成为死地消耗战，以如此精良之武器而卒陷于各个被击破之惨境，岂不可痛？（四）苦战两昼夜，损失甚大。乃令突围，而天候又下大雨，加之干部死伤甚多，战力已消耗太大，致突围时无强大力量抵御匪之包围攻击，逐成覆败之局，亦云惨痛而空前矣！

元月五日

奉命至峄县担任指挥城防并收容整理各部队，乃移入城内即收容整理各部队，但损失过大，几成为全军之覆矣，实开作战期间我之空前惨烈牺牲与损失也！呜呼！孰为为之？此天候于匪、于我，均有不利之处，致对本身有损失也！为之何哉？

　　孤军深入已属犯兵家之大忌，而况孤军久立不退亦不进，致为匪所乘！况奸匪恨我最深，畏我最切（记者按：这是马励武在自吹自擂）。自峄枣克复后累（屡）欲乘我，仅苦无机会，此次我孤军久暴，既不进又不退，前后左右皆空。此诚军语所谓挂形也。加之突围之日又逢天雨，所谓既陷重围，孤军苦战三昼夜，无援无弹无油，又逢天雨，岂能不吃亏乎？吁！天意如此岂欲助长奸匪乎？何苦我之深而甚也？！

　　向城之役，此诚余带兵以来对外对内作战损失最惨最痛之一战也！不仅是个人之不幸，实国家（记者按：这个"国家"应当解释为蒋、宋、孔、陈四大家族的"国家"！）之大不幸也！悔之莫及！今后用兵更当注意，上峰用兵在战略上指导更应顾虑及之，且（切）勿再蹈覆辙。此役我快速纵队之八十旅两个团长均阵亡，部队损失殆尽！……何其惨而痛者！追怀当日情形，及今思之，使余心悸悸然，时感不安耳！

　　悲痛的悔之莫及的马励武，在日记中一再警告自己"今后用兵更当注意"，"在战略上指导更应顾虑及之"，"且（切）勿再蹈覆辙"。但就在记这篇日记后的第五天，马励武又迅速地"蹈"了"覆辙"，剩下的七千官兵连同他自己，全部在峄县被歼灭和俘虏。

补记 在残酷的战斗中掌握战胜敌人的本领

马励武率领的国民党整编二十六师和第一快速纵队是一支机械化程度高又十分凶残的主力部队。在向山东解放区首府临沂进攻时，与华野主力一纵相遇，凭借着大量的坦克，给我军造成了相当大的损失。

十一月初，峄县国民党军二十六师、七十七师向东进犯，占领向城，企图直接进攻山东解放区首府临沂。一纵受命阻击二十六师。十一日，马励武命令二十六师附属第一快速纵队的一个坦克连共八辆坦克，在一个步兵营配合下，为被我军包围的七十七师解围。我军一纵三旅顽强阻击。但因为缺乏打坦克经验，也没有相应的爆破器材，无法阻挡敌军坦克的前进。叶飞命令二旅四团出击，坚决阻击敌军前进。这时马励武又派出二十多辆坦克冲过来，想拦腰切断我军。二旅四团在一片开阔地上，与敌军坦克奋勇拼杀，战士们拿着手榴弹、炸药包，爬上行进中的坦克，以血肉之躯进攻武装到牙齿的敌人。我军尽管完成了阻击任务，但不少战士在战斗中被坦克碾死轧伤，四团受到重大伤亡。马励武被我俘虏后回忆，当时看到"在峄县东二十余里的圈钩镇，沿铁道线附近，新四军叶飞将军所部死伤千余人，死者断臂残腿，尸体累累。感到目击心伤，惨不忍睹。下令尽快掩埋尸体"。

战斗结束后，一纵指战员认真总结经验，研究了打坦克的战术，同时增加了必要的炮火装备。仅仅时隔一个多月，就在鲁南战役中，"干脆、彻底、迅速"歼灭了这支不可一世的"第一快速纵队"。陈毅同志在视察歼灭敌人的战场时，曾即兴赋诗一首："快速纵队走如飞，印缅归来自鼓吹。鲁南泥泞行不得，坦克都成废铁堆。"

从一个连队看人民必胜

一九四六年十二月

战争的胜负，决定于主力保存或丧失。存人失地，地终可得；存地失人，必将人地皆失。

——刘伯承将军

至叶挺城十战十捷止，华中已歼蒋军九万人。

但是从苏中自卫战以来，我们的野战军又是在怎样地变化着呢？我怀着这样的疑问，在涟水大捷后不久曾去访问了三团五连。

当时五连满足地解答了我这个问题。我觉得今天我仍有意义在这里把这个答案告诉读者。

五连自苏中大规模内战爆发以来，参加了八次战斗。这就是使蒋军丧师六万余人的苏中七战七捷和涟水大捷①。在如（皋）南围歼战中，当时连杂务人员在内只有一百四十三人的五连，俘虏蒋军三百五十一人，约等于当时的两个半五连，缴六〇炮二门，轻机六挺，掷弹筒三个，步枪五十一支。当时五连二个班二十二人击溃蒋军二十六旅完整的一个连，俘一百一十六人，平均每人俘五个半。在分界战斗，五连俘蒋军九十九旅少将副旅长刘光国以下二百三十人，约

---

① 此材料仅至涟水战役止，时间三个半月。

等于五连人数的两倍，而当时在战场上因无法带下要其自动来后面的数百名俘虏尚不算在内。缴轻重机枪十二挺，一门八二炮。当时五连一个班以伤亡一人的代价缴蒋军一个连的武器。在涟水战斗的最后一天，五连主攻，敲开敌人在橡皮浮桥边上的"桥头堡垒"，接着乘胜南渡，反击高家荡，击溃二十八师一九二旅一个营。至此为止，自七月中旬至十月底三个半月，五连共俘虏蒋军六百四十人，缴八二炮一门，六〇炮五门，轻重机枪二十二挺，加拿大冲锋机枪一挺，汤姆式机枪五挺，掷弹筒四个，步枪数百支。以俘虏人数计，等于四个半的五连。以武器说，即以每连九挺机枪的最高装备标准计算，可以装备两个半步兵连。在五连战士枪弹底下无谓死伤的蒋军有多少呢？大家知道这个在战场上是很难算计的，五连张政指对我说："在鬼头街蒋军突围时，我们把全部机枪架在屋顶上向下扫，你看那个人呀，马呀，整批整批地往下倒……"当时鬼头街的情景，我也是目睹的，那幅蒋军二十六旅全军覆没的图画，至今犹历历在目。只见人尸马尸遍野，尸臭远播四五里，负伤的蒋军士兵满坑满地地躺在汽车肚下、沟渠里，悽惨地呼喊，怎样去统计这些无谓死伤蒋军的人数呢？但这个数字无疑将大于俘虏数字，这是可以肯定的。我们退而假定：死伤数目和俘虏数目相等，那么结论是：五连在三个半月的自卫战中消灭了和他同样大的蒋军九个连。

五连何以会不断取得如此胜利？这里我应该敬重地提出我们五连的人民英雄。无疑地，他们是取得胜利的重要因素。在每次战斗里，英雄们都挺身而出，以自己的生命扑向炮火，把死亡交给敌人，把胜利夺回来。

举例说五连的二排长余永庆吧，他在一九四四年秋入伍后，立即参加了江南自卫战，单身缴枪五支，敌人武装了我们的英雄余永庆——他缴获了一挺汤姆式机枪，从此如虎添翼，成为一个出色的汤姆射击手。每次战斗只要二排长的汤姆枪打在前面，全排战士便勇气百倍，跟着冲锋陷阵。在观音山自卫战，一个人和七个蒋军拼榴弹，一杆汤姆枪解决了一个闭塞碉堡。在鬼头街带两个班，俘虏蒋军一百一十六人。分界战斗，他二排伤亡一人，俘虏蒋军一个连。余如战斗英雄张天佑，在打高邮时爬在高塔上，向塔内敌人投弹，吓得敌人咂舌。另一个出色的汤姆射手一排长殷国泰，在分界战斗中用一根汤姆枪缴获一挺重机枪、三挺轻机枪，三十余支步枪。每次战斗，五连便涌现出新的英雄模范。涟水战斗后，他们又选举了陈志荣、张贵福、梅如山、蒋雅东等英雄模范三十人。有这些英雄们作为灵魂，使五连和一切新四军连队一样，保持着一种勇敢与打胜仗的传统。在打鬼头街的时候，五连和友邻部队配合打二十六旅旅部所在地的蒋家庄。当时被围的蒋军已挨饿了三天。但他们仍借猛烈的炮火来堵住五连的冲锋。这时张指导员（他还是第一次上火线）和二排长等三四个人涉河绕到蒋军侧翼，用几个榴弹将蒋军击溃，于是正面部队便冲了上去。分界战斗，由连长带头，冲入几倍的蒋军队伍中间，使其首尾大乱，便缴俘两倍于五连的俘虏与武器。

在三个半月的残酷战斗中，五连也曾付出过必要的代价：牺牲了四十一人，人数相当于被他们歼灭的蒋军三十分之一。假如以俘虏数字来计算，那么五连牺牲一个，蒋军就赔了十五个活的；如果连伤亡算在内，那么，蒋军至少以三十余人才换取了五连的一个战士。这些少数的必要的伤亡磨不倒五连。相反，五连却是越加壮大了，因为大批的翻身农民涌入了五连，他们大多是久经战斗锻炼的民兵基干队。即使有少数还没"接过火"，但对土地的热爱，使他们作战勇猛。淮阴参军的蒋雅东和淮北参军的李德胜等数人，在涟水战役后都当选为战斗英雄。他们自动参加突击小组。蒋雅东冲在最前面打手榴弹，打完了再回来拿，如此在火线上往返四次，打得对面蒋军浓烟弥漫，死伤累累。他缴获了两支美式步枪。李德胜在冲锋时以一个榴弹缴获六〇炮一门。我当时曾访问了苏中参军来的五连新战士——掘港人王德泰。他对我说："一次，老中央抽丁到我家，问我王德泰在不在家？我回说他出去了，给我骗过了一次。又一次给他捉住了，我还是扑过几条河逃掉。但这回我自己愿意参军。我王家祖上几辈没置过田，这回我分到了十亩多地……"另一个新参军来的掘港人民兵中队长夏学群，他在乡参军大会上第一个上台报名，接着四五十个农民报名参军。夏学群家几辈是手艺工人，这回，他分到了二十一亩田。……正是他们，支持了五连的强悍与壮大，愈战愈强。

蒋介石也给五连补充了一批可贵的力量，那就是解放过来的蒋军士兵。这些人原都是抽丁出去的贫苦农民，在国民党军队里受尽了磨难。一旦来到新四军，真是"拨开云雾见青天"。在鬼头街蒋军二十六旅俘虏过来的看护兵袁希圣，在李堡战斗动员会上说："现在一切都弄清了，想想过去的日子，真是又气又恨，现在是翻身报仇的时候了！"他立刻参加战斗，因冲得太快，前边陷入了蒋军火力网，机枪手牺牲了，眼看机枪就要给敌人夺去，他一急，奋身冒弹雨冲上去拖下了机枪，身上被打伤了几处。李堡新七旅解放过来的张金辉，他只十九岁，过去当勤务兵没打过仗，分界战斗，他和连长冲在最前头，一人缴获两挺机枪、一支驳壳枪。在蒋军二十六师当电话兵在鬼头街过来的彭标，在分界战斗带头冲锋，一人缴步枪四支，班里缴了机枪大炮。这些新同志不但学会了新四军的勇敢，也学会了新四军的爱护人民。鬼头街来的五班王友保，天天借伙房的水桶给老百姓挑水。他住到哪家，哪家便不会断水。他们过去在蒋军里都厌战反战，例如，彭标就是在鬼头街带了十余人拖枪过来的，但一旦到了新四军，便成为坚决的革命战士。

三个半月的自卫战，蒋介石已把五连装备成了一个半美械化连队。现在他们有六〇炮、美造机枪、加拿大机枪、汤姆式机枪、美国枪榴弹和美国步枪，以及很多美造子弹，我一一观摩了这些远涉重洋而来的"礼物"，战士们是那样爱护它，把它擦得油滑滑的，又小心翼翼地在机柄的地方包上一层布，不让沾一点灰尘。他们告诉我加拿大机枪应该怎样打，美国机枪应该怎样打，怎样连发，怎样点射……我提了提一挺一九四四年造的美国轻机枪说：

"这枪太笨重了。"

"笨重？嗨，你不知道，"那个机枪手立刻纠正我，"打起来才稳呢，不出一点毛病。"

美国步枪可多了，也重得很，约有八九斤。据他们说：它的好处是打得准，容易瞄准，只要把枪准心和标尺上的小孔对成直线，对准目标，一定打中。子弹比普通步枪压得多，可以压七八发，枪托底下还可以装擦枪油和擦枪布。一个战士又掏出几粒红头子红屁股子弹说道：这就是打涟水缴的燐光子弹，夜里打会飞出一粒红火。五连有好几个打美国步枪的神枪手。据说有一个战士四枪打倒四个蒋军。他们幽默地指着枪对记者说："它们的思想也经过改造了呀！"惹得周围腾起了一阵哗笑。

一九四六年的十二月无疑将是蒋介石所毕生难忘的。南线叶挺城兵败之后，北线在徐州绥署副司令吴奇伟拙劣的指挥下以七个旅向沭阳、新安进攻，竟开创了当时打败仗的纪录。三万官兵全军覆没于运沭河边的马陵山畔，只剩下七十四师悽悽怆怆地窜进了涟水城。

宿北大捷后，新四军撤离沭阳，华中人民的爱国自卫战争转入了一个新阶段。

　　内战爆发至今，已一年零两个月了。今天华中人民的悲壮斗争已在走向胜利，当我执笔至此时，正逢华中捷报频传：攻克临城，歼敌一师，解放通榆路二百里……记得蒋介石的"参谋总长"陈诚早在去年七月就曾说过"两个星期解决苏北问题"的，如今一年多了，蒋介石除了送掉一百三十万兵马以外，他解决了什么"问题"没有呢？

第二章
外线出击
逐鹿中原

华东野战军在孟良崮全歼国民党整编七十四师后，国民党蒋介石统治集团一方面惊恐万状，另一方面，恼羞成怒，改变战略部署和作战方针，重点进攻的企图并未缩减。蒋介石提出"并进不如重叠，分进不如合进"的战略；在莱芜至蒙阴不足一百华里的正面，摆了九个整编师，抱成一团，向山东鲁中山区集团推进，逼我军与其决战。由于敌人更加密集靠拢，战机更难捕捉，内线作战的困难明显增大。

党中央和毛主席对战争形势的发展及时作了科学和精辟的分析，作出了将战争引向国民党占领区的英明战略方针，即不和国民党重兵集团在山东老解放区作战，而是趁敌人的重兵集团陷在鲁中地区不能自拔的时候，跳出外线作战，像孙悟空一样，打到"铁扇公主"的肚子即中原国民党管辖区里去大闹一场。

在党中央、中央军委的战略指挥下，我刘邓大军首先胜利渡黄河，在鲁西南歼灭九个半旅国民党军后千里跃进大别山，威逼长江；陈赓、谢富治兵团十个旅，东渡黄河向陇海线出击，在洛阳以西牵制打击敌人；陈毅、粟裕率领华东野战军一、三、四、八、十纵队组成西进兵团，先西渡京杭大运河进入鲁西南地区，后再渡黄河，转战豫东。人民解放军两大野战军三支主力部队成品字形前进，直下中原地区。蒋介石几十万军队，完全陷入了被动挨打的境地，而我军则集中优势兵力，逐次、有选择地各个歼灭敌人。自一九四七年六月下旬至一九四八年七月上旬一年间，在中原野战军的配合和参与下，华东野战军外线出击兵团先后发起了沙土集、金刚寺战役，攻克了许昌、洛阳、开封等国民党重兵把守的战略要地，最后与国民党主力决战豫东睢杞地区。先后全歼国民党军第五、第七两个兵团部，整编第五十七师、第三师、第六十六师、第七十五师，青年军第二〇六师、暂编第二十一旅。积累了攻打大城市和大平原作战的经验，实现了中国人民解放军在华东和中原战局从战略防御转为战略反攻的重大转折。

再会，沂蒙山！

一九四七年七月

我们暂时要和沂蒙山告别了。我们暂时要和沂蒙山上的人民告别了。每一个在沂蒙山上度过了半年战斗生活的人民解放军的指战员，在这即将离开的一分钟里，不能不感到临别依依。

沂蒙山上的半年苦战是叫人永远难忘的，这半年中使我们深深懂得了人民战争的真实意义，使我们具体地感受到了"人民"这个字眼里所包含的是一种怎样巨大的无可匹敌的力量。

我们第一次进入沂蒙山区是在一九四七年二月间。我们在鲁南大平原上歼灭了进犯临沂的国民党匪军第一快速纵队和整编二十六师、整编五十一师之后，不久便冒着严寒，掉头北上，直奔胶济线，就在莱芜城下歼灭了国民党匪军七十三军和四十六军，取得了华东战场上的空前大捷，从此我们就在沂蒙山区战斗着，到今天已度过了半年的时间。半年来我们日夜爬越在冈峦起伏的丛山上，把匪帮们一批批地拖进沂蒙山区，然后又把他们一批批地打死在山脚下、山顶上、河谷里。半年来我们在那一间间用大石块做墙的低矮屋子里，接受着沂蒙山人民对我们热情的接待，接受着人民对我们可贵的教育。

半年来沂蒙山人民是以一种巨大的热情来支持我们的，他们愉快地捧出了最好的小米煎饼给我们吃，自己则嚼着粗糙的红高粱，甚至吃榆树叶子。他们挑着最好的细粮，挑着烙好的煎饼，一担一担爬山越岭地挑到我们庄上。当他们知道晚上队伍就要来到他们庄上的时候，全庄就忙得好像办大喜事一样，识字班的小大姐、老大娘、儿童团，整个儿动员起来了，有的捧着一把把的好麦草，把它铺好在每家的堂屋里，有的烧起了大锅的热水，有的筹措粮食和柴草，老大娘扭着小脚，挨家挨户地搜罗鸡蛋，一切都安排停当，半夜里，人们又提着灯赶往路口等候着。当我们深夜里疲乏地走进这个庄子的时候，这一切，不能不使我们受着最大的感动，想想吧，当我们把走痛了的双脚惬意地浸到热水盆里的时候，当我们端起一碗碗的热山芋汤，从饥渴的嘴里大口地吞咽下去的时候，当疲倦的身躯舒适地躺在软麦秸上的时候，这时候，充满在我们心头的又是一种怎样的感情呢？有时候，在十二月的寒天，老乡们甚至光着身子从热被窝里爬出来，抱着一卷破棉絮，睡到小灶间里，把暖热的炕床让给我们。半年来，这样的故事每天不知有多少在沂蒙山上出现着，流传在我们部队中间，成为教育我们指战员最好的活课本。沂蒙山的人民与我们的这种关系，不是主人和客人的关系，也已经不是在一般情况下的军队和人民之间的关系，而是在面对着残暴的敌人共同进行着生死决斗中所产生的一种特殊的关系，这也就是俗语所说的"同生死，共患难"，人民的命运和人民军队的命运是更紧地捏在一起，不可分割了。

只要去看一看战斗的沂蒙山之夜，人们就会明白，沂蒙山人民曾经是怎样和我们一起战斗过来的。每当黑夜降临，沂蒙山便紧张起来了，每一条公路，每一道河沟，都动起来了，黑黝黝的队伍像暴风雨之后的洪水一样，泛滥在一条条的大路上，哗哗地奔涌着。与无穷尽的部队行列同时出现的，是成千成万辆大车、小车、担架，成千成万的骡马、牲口、挑子所组成的一支同样漫长的支前行列。战士们一边跑一边喊着："后面跟上，后面跟上。"边上支前的老乡们的队伍也在一边跑，一边喊着："后面跟上，后面跟上。"这两支黑黝黝的齐头并进着的队伍，在这黑夜的沂蒙山的大公路上，已完全结合成了一支队伍，它冲破夜色，一齐朝着枪炮声如雷鸣的方向奔去。部队到了那里，沂蒙山人民的支前队伍也就到了那里。什么时候战斗开始了，什么时候弹药也赶到了。粮食也赶到了，担架也赶到了。半年来，沂蒙山人民是这样地使我们领会了人民战争的具体意义，因而我们之间也就渐渐地发生了一种特别深切的感情，它把我们与沂蒙山更紧地联系在一起，它鼓舞着我们为保卫沂蒙山、歼灭敌人而勇敢作战。

现在我们要离开沂蒙山了。正是为着沂蒙山上的人民和全国人民早日结束战争的灾难，我们要离开沂蒙山了。我们要根据着毛主席将战争引向国民党统治区的英明战略方针，跃出沂蒙山，把敌人一起带向国民党统治着的中原，再在那里把他们一个个地消灭。当离开沂蒙山的几分钟里，每一个华东野战军的指战员回忆起沂蒙山上半年来的战斗生活，不禁怀着最深切的感情，从心里喊出了这样的声音：再会！善良可亲的老大娘和老大爷们；再会！热情而勇敢的识字班的姐妹们，儿童团的小弟弟们；再会！曾经和我们一起度过多少个战斗的晚上的青年兄弟们，我们将永远记住你们的盼望和叮嘱，我们将永远回味着沂蒙山上小米煎饼的香味和麦秸的温暖，我们将永远珍视你们给予我们的宝贵教育，像我们记住在沂蒙山上半年艰苦战斗的年月一样。

再会，沂蒙山！

无数路的部队沿着沂蒙山上崎岖的山道，在向北移动着，仿佛沂蒙山上急湍的漂流漫山漫谷地在向北流去，山头上，庄子上，到处是人喊马啸，"嘟嘟"的进军号声震荡着山谷。

这时候，沂蒙山已开始了每年例有的雨季时节，灰色的沉浊的雨云层层地披罩着山头，雨像永远下不完似的，一阵又一阵地倾泻下来。

水四面八方地从山上冲到了平地，于是，平时穿了布鞋就可以通过的干涸的小山沟，登时就成了一条山水哗哗的大河，平地上也水深数尺。沂蒙山特有的一个个高耸入云的石崮，像一排排站在路边上送别我们的沂蒙山人民，站在白蒙蒙的雨丝里，远远地在向着北走的队伍挥手告别着："同志们，再会啦，再会啦，早点胜利转来！"

> 人人那个都说呀，
> 沂蒙山好，
> 沂蒙那个山上呀，
> 好风光……
> 青山那个绿水呀，
> 真好看，
> 风吹那个草低呀，
> 见牛羊……

队伍里，有谁唱起了熟悉的《沂蒙山》，不一会儿，很多人跟着哼了起来，歌声驱散了淅淅沥沥的雨声，响亮地传到了两边的山坡和河谷里，沂蒙山仿佛也在那里低低地应和着。

雨依然下个不歇，一阵大，一阵小。风雨声盖不住后面传来的密集的枪炮轰击声。

部队沿着阵雨冲打着的山道前进着，小车、担架队、炮队……挤塞着已踏得像烂泥塘似的道路，拉炮车的骡马，雨水沿着脖子上的鬃毛淌下来，气喘吁吁地扒着四蹄，艰难地拖着炮车前进，泥浆哗哗地往两边飞溅，把炮手们个个弄得像泥猴子。跟随着部队行进的还有一队队的鲁中地方乡村干部和民兵，牵着小驴子的，挑着简陋的家具担子的，扛着美国武器的，后面还跟着女人、小孩，形形色色的一队又一队地跟随着部队向北走去。

恶劣的气候使我们处在更大的艰难中，雨水冲湿了弹药武器，以及所有的被服，当我们浑身透湿湿，疲惫地走到庄上歇宿的时候，我们只好用几根潮湿的柴火烧着取暖，蜷曲着打着瞌睡度过夜晚，第二天，背起潮湿的行囊，又继续前进。当我们来到了弥河边上——在往日，我们是只要卷起裤脚，就可以大踏步地过去的，但是现在，泰沂山脉上冲下来的雨水把河道灌满了，百十米宽的一片大水拦住了我们的去路，水急骤地卷旋着，卷着一团团的水泡和从山上冲下来的草叶，飞速流去。我们脱光了全身的衣服，一踏到水里，就好像大水里有两双手在有力地摇着小腿，怎么也站不稳；几个女同志脚才踏到水里，立刻脸色灰白地缩了回来；有的同志死命拉住了马尾巴，在水里随着马蹚了过去；有的是几个健壮会游水的同志夹着一个身体弱的同志拖了过去。

背后，枪炮声仍然稠密地轰响着。敌机冒着大雨一批又一批地盯着我们向北行进的部队，在雨里穿来穿去，射击着渡河的人群，并沿着大路疾飞扫射。"五个头"的大轰炸机则轰炸着沿路的集镇和大村庄。就这样，我们克服了重重困难越过了胶济路，抵达了高苑、青城附近。白天，部队隐蔽在附近的村落里，天一黑，又下起了大雨，乌黑得伸手不见掌，我们只好在背上或脖子上围一条白毛巾，紧紧望着前面这点模糊的白影子，急急地向河边上跑去。滚踏过无数炮车、牲口、队伍的泥地上，像涂了油似的滑得难走。为了防空，一点火光也没有。一会儿，但听见前面传来一片哗哗的水声和浪声，愈近愈响，到走近时，才知道已经到了黄河边上，在河水反射出来的微弱亮光里，隐约可见沿河岸上全是乌黑黑候渡的队伍，许多条大船在水上往来不绝地渡着，除了水上一些打篙划桨的声音之外，一切都是在十分静寂中进行的。

一会儿，我们被分配着踏上一条可容数十人的大木船。

"开船！"

指挥我们渡河的同志点清人数后，喊了一声，船老大拖起跳板，篙子朝岸上一撑，船晃了几阵，就迅速地离开了南岸。浪哗哗地响着，一浪一浪地推着船身，船便很快地走动了。在我们的左右，也正有许多个庞大的黑影飞速地在向着北岸驶去。

这时雨已经停歇了，南面隆隆的炮声不时传到河面上。

就在这个难忘的夜晚，当匪帮的中央社正日夜狂吹着"山东剿匪大捷"的时候，我们安然渡过了黄河。让愚蠢的匪徒们自我陶醉于他们的"胜利"中去吧，让土匪们日夜胡吹他们"沂蒙山共匪消灭殆尽""山东剿匪空前大捷"的神话吧，不要很久，他们的调子就会变的。不要很久，他们就会恼怒地发觉，人民解放军跃出沂蒙山，不是别的，却是蒋匪帮倒霉的开始。

"活证件"
——黄河岸边访败军之将

一九四七年九月

我们的一路部队在胶济路以北的青城附近渡过黄河，便沿着黄河北岸越过津浦路，穿过鲁西北平原，又折向西南方向前进，绕了一个大半圆形；一个多月的连续行军之后，抵达了黄河北岸的聊城、阳谷、寿张一带。这一带也正是三个月前刘邓大军渡河南下的地方，现在刘邓大军在黄河南岸二十天歼灭了敌人九个半旅六万余人之后，牵着大群的国民党匪军，已经直下大别山去了。在一个月前的八月二十三日，陈赓将军统率的部队也已在西边向洛阳、陕县南渡黄河，进入了豫西。

战争的形势已经大变。

匪帮们"胜利"的幻梦开始破灭了，他们发觉形势对于他们已经十分不利。黄河边上，敌机整日惶急地打着转，巡卫着它这条已经支离破碎的所谓"抵得过四十万兵马"的黄河天险，狂暴地射击着河边上的船只，到晚上就不绝地抛下照明弹，远远望去，就像在河面上挂着一盏盏的汽油灯，一会儿三个一排，一会儿五个一排，在上空随风摇来摇去。中央社也不绝地狂叫着："堵住黄河渡口。"匪帮们密布南岸的数万河防部队也挡不住南渡的刘邓大军，今天却想依靠这几架飞机和沿河少数据点中的地方土顽堵住我们的南渡，匪帮们是显得何等的昏聩和慌乱！

九月初的一个黑夜，部队在聊城以南阿城附近渡过了黄河南下。

这时跃出沂蒙山区的另一支部队克服了雨季的严重困难，越过津浦路也进入了鲁西南。以国民党匪帮的所谓"王牌"第五军为首的大批匪军也跟着他们到了这一带。于是，在这两个多月前曾是刘邓大军连续歼敌九个半旅的名战场上，我们又与敌人展开了"推磨战"。狂妄的匪五军邱清泉以为我们在长途行军之后，部队一定十分疲累，"不堪一击"，便想在郓城、菏泽地区歼灭我们。而我们则决定选择鲁西南这个一片大平原的好战场，继刘邓大军之后，打响南下第一炮，于是十几万部队就在这块三角地带相互地"推"起"磨"来，推到九月七日，国民党五十七师终于在郓城东南的沙土集落到我们的口袋里了。

我被留在黄河北岸的俘虏管理处里，准备接收从黄河南岸送来的俘虏。我们听着南岸隆隆的炮声，像闷雷似的，在南岸的天边滚动着，知道前面已经打起来了，计算着再过几天，大概俘虏就会送到。果然不几天，庄上人声喧哗，贴出了九月八日在郓城东南的沙土集全歼敌军整编五十七师的捷报。第三天晚上，胜利的"活证件"也一批批地送到了。

这是外线出击以来的第一批俘虏。俘虏们全是一式的美国装束，戴着船型便帽，穿着美式的咔叽军装，这副打扮使得这些人物愈加显得可憎和滑稽。我在黄河边上一间小草屋里，看到了蒋匪五十七师师长段霖茂 ① 和师的新闻处长李梯青、一一七旅旅长罗觉元、副旅长张毓彬、预四旅副旅长王理直等，五十七师的首脑人物差不多都在这里了。这五位满身泥浆、疲惫地垂着头坐在前面的匪军将军，如果不是

_____

① 段霖茂，沙土集战役被俘时任国民党整编第五十七师师长。一九四一年皖南事变中曾率国民党第七十九师阻击突围的新四军。一九四五年六月，率第七十九师并指挥突击总队一部在浙北天目山地区进攻新四军苏浙军区，被粟裕指挥新四军击败。沙土集战役被俘后潜逃回南京，未再得到重用。一九七五年八月在台北病故。

下面送来的俘虏履历表上写得清楚，是难以相信，这五个就是几天前正指挥着数万国民党匪军，声势汹汹地向我们追击的挂着红底金杠的"将军"。段霖茂肥头肥脑像是一个暴发商人。王理直和张毓彬脸上的大胡子像爬墙草一样，爬满了一脸，像个乡下的土恶霸。我发现像我们在山东战场时所见到的许多高级匪官一样，这五个俘虏官的身上，也都保留着企图在战场上逃命的狼狈痕迹：他们都穿着匆忙从战场上抢到的不称身的士兵衣服，身上染满了污泥，王理直脚上还扎了绷带、纱布，走起路来一翘一拐的，虽然他并没有负什么了不起的伤。但这一切并未救了他们。在战场上，这些国民党匪军战俘的"洋相"，往往成为大家的谈笑资料，传播也最快。押解段霖茂下来的同志告诉我，当八日晚上我们的部队从北门最后突入沙土集的时候，段霖茂知道大势已去，便巧妙地施了一个"金蝉脱壳计"：他匆忙地写了两张条子，一张叫传令兵送给在前面抵抗的部队，命令他们："必须坚决抵抗守至最后的一兵一卒亦不准后退，退缩者杀。"另一张是叫电台拍给国民党陆军总部的电报："粮尽弹绝，惟全体牺牲，以报党国而已。"

妙计安排完毕，这位聪明的国民党匪军的中将师长，便急忙地换上他早就准备好了的勤务员黄家奏的衣服，背起黄家奏的小布包袱，转身奔出大门逃命而去。这位"将军"总以为这样该是天衣无缝、万无一失的了，谁知事情并未如这位"将军"所设想的那么圆满，他最后还是被搜索的战士从沙土集东南郊的一片豆田里一把抓了出来。现在，这位肥头肥脑的、曾在苏北海州发过一票接收大财的"将军"臃肿地包着一件士兵衣服，神色沮丧地坐在我的面前，右手托着肥硕的脑袋，苦恼地沉思着。

和他并坐的是满脸胡子的预四旅副旅长王理直。他的被俘更是十分有趣：当战争将近结束的时候，他敏捷地躲进沙土集里面的一条小巷子里，一会儿，巷子里的手电筒的白光一亮，亮光里，一个解放军战士拿着枪搜索过来了，王理直借着一闪的电筒光定神地向战士一看，不禁喜出望外，原来那解放军战士不是别人，正是他以前在浙西孝丰任国民党突击总队副司令时的勤务兵小李，他想，这真是绝处逢生，可得救了，当小李走进来时，他习惯地赶忙从口袋里掏出大把的钞票塞给小李，要小李把他送出去。给过分高兴撞昏头脑的王理直竟不问这个过去在国民党军队里受尽迫害的小勤务兵，今天已是人民解放军的副排长了。李坤庄重地把手一推，说：

"你不要怕，我们对俘虏一律宽大。"

就这样，无言以对的王理直也乖乖地到了这里。在他身边的矮个子是一一七旅旅长罗觉元，他曾经依靠这套破污不堪的士兵衣服做掩护，在士兵队里多混了几天，后来一个在段霖茂司令部小厨房做伙夫的俘虏，气冲冲地跑到他面前，指着他的鼻子，说：

"你今天装孬种啦！你枪毙我兄弟的威风怎么不拿出来呀！哼，看你这副熊样！罗觉元，你瞒得过别人，你可瞒不过我！"

于是，罗觉元从士兵队里走了出来，也被转送到了这里。

五个人中只有新闻处长李梯青还有意见，他一到俘虏管理处就哭丧着脸再三向我们申明，送来的俘虏登记表上是填错了，他不是新闻处长，他说，部队被歼灭以前，他已被调任为师副参谋长，要求我们给他"更正"。但是事实证明，李梯青的要求"更正"只是企图摆脱新闻处长这个不光彩的特务工作名号，我们缴到五十七师的一切特务工作文件中，都证明他仍然是新闻处长，自然我们不能给他"更正"。李梯青整日懊恼地长吁短叹："天知道，天知道！我哪会干这一行！我顶不喜欢卖狗皮膏药！……"

我和他们开始漫谈着在山东作战时的一些问题。也许是因为这些问题激发起他们许多切身的感触来了，这几位十分颓丧的"将军"开始振作起来，谈了很多，从他们自苏北海州出发，谈到投入山东的"重点进攻"，以及又如何被华东人民解放军牵着鼻子拖出了沂蒙山区，来到了鲁西南，我们几乎整整地谈了半天，大家都很满意。

这一次谈话让我很有收获，使我了解了一些外线出击以来敌人方面的情况，帮助我较全面地看到了当时战争的实际，因而使我澄清了一些对于战争形势的糊涂看法。

在革命战争形势发生巨大变化或者开始巨大变化的时候，我们有些同志常常会发生这种"思想掉队"的情况。这就是：客观形势变了，可是主观认识没有跟着变，还是用老眼光看新事物，看不到新的变化，时常会被一些表面的现象弄得眼花缭乱，不能透过这些现象发现已经发生了的新东西。当我们跃出沂蒙山，南渡黄河，由于我们的外线出击，粉碎了敌人的"重点进攻"，使得我军从此取得了战争的主动权，敌人从此陷于不能翻身的被动挨打，这是当时战局的根本变化，但我们有些同志起初没有看到这一点，他们看到的是：自从我们在敌人的"重点进攻"下跃出沂蒙山，开始大行军之后，敌人的飞机大炮也始终紧紧盯着我们，我们到了鲁西南，敌人也紧紧跟到了鲁西南，于是在鲁西南大平原上开始了"舞龙灯"①，部队没日没夜地打着转，我们十二点钟离开这个庄子，一点钟，敌人的尖兵就赶到了庄上"号房子"；我们走到一个庄上，敌人丢弃满地的鸡脚肉骨头还在冒着热气；有一次，我们住在庄东，敌人也赶到了庄西，两边都吹起了"开饭号"，战士们端着饭碗错跑到了庄西，一看跑来跑去在打饭的都是戴着"牛

---

① 解放战争中，我军为寻找战机，求得在运动中歼灭敌人，部队便经常做大规模的运动，与敌人周旋，战士们把部队的这种运动，叫作"舞龙灯"。

皮帽"①的家伙，才知道是和敌人住到一个庄上来了。——简直就像做梦似的在鲁西南转着圈子，就仿佛是敌人在追赶着我们，又仿佛是我们在捕捉着敌人，这真是使人糊涂呀！

由于部队处在这种紧张的、长期不间歇的战斗行军中，个个都疲累万分，背包一天天的因为背不动而自动"精简"了，有的同志因为长久地蹚水，双脚发肿溃烂了，有的同志因为疲劳过度，一阵大水便被呼呼地卷走了。个个人都憔悴了，消瘦了，过去部队行军中笑笑闹闹的情形也不多见了。自然，我们知道紧紧地拖在我们后边的敌人也是够狼狈的，可是，他们究竟是怎样的一个狼狈法呢？我们不知道，我们看不见，我们每天接触的、每天看见的是自己的严重困难。"这哪像是什么战略反攻呢？这不明明是敌人在追赶我们吗？""反攻反攻，反到山东，两脚跑肿，肚皮空空。"……我们某些同志怀疑起胜利的形势来了，"怪话"也陆续地出现。部队转到九月八日，终于在沙土集歼灭了一直追赶我们的敌军整编五十七师，粟裕副司令发表谈话说：

"我军全歼蒋匪整编五十七师的胜利，说明蒋匪在山东一再挣扎的'重点攻势'最后宣告破产，蒋匪从此转入被动，我军从此转入主动。"

我们许多同志是开始恍然大悟了，但有少数同志的脑筋还不能完全转过来，思想掉了队，还是跟不上形势。

究竟是我们"流窜"，敌人"追剿"呢，还是我们的战略反攻和敌人的"重点进攻"的破产？究竟是我们的胜利呢，还是我们的失败？现在，我听到这几个曾经率领了一师之众、"追赶"了我们两个

---

① 我们的战士称蒋匪军戴的船形帽为牛皮帽。

多月的敌军高级将领回答我这些问题，他们说：

"我们的指挥完全错误，耳聋眼瞎，不明情况，完全陷于被动。贵军好像在指挥我们一样，我们当然必败无疑！"

"你们不是追赶了我们两个多月吗？"

"不，不，那不能算是追击。"段霖茂更正我的说法，"战争史上哪见过这样的追击？贵军掌握了主动，我们就好像被你们牵着鼻子走一样。"他又说：七月间解放军撤出沂蒙山区之后，他也就奉命和其他部队一起，急忙离开沂蒙山区，自蒙阴出发，"追赶"西进的华东野战军，从鲁中追到鲁西，八月中旬由兖州跟到商丘，二十二日，又从陇海路上的朱集北扑曹县，在曹县跟着解放军绕了十二天圈子，又据五军邱清泉说解放军集结在郓城，又急扑郓城，刚到郓城，陆军总部又来了电报，说解放军仍在曹县，又回头马不停蹄地赶回曹县来，足足跑了两个月。这两个月来，一直就被解放军牵着到处乱钻，钻得头昏眼花。今天想来，简直就像做了一场噩梦。

"共产党不但会指挥自己的部队作战，"秃顶大头、满嘴短髭的——七旅副旅长张毓彬站起来，插上来说，"有人说它还能指挥敌人，我看这话真不假，我举个例子，"他转身对着我，"你们把我们引到胶济路，又突然南下，又转而向西，真是神出鬼没，我们不得不就一直跟你们走，天天走，夜夜走，结果我们不打仗就已被拖垮了。本师战斗力原是很能打的，这两个月实在是被拖惨了，队伍实在不像样子了，要不是这样，这回绝不可能两天就把我们解决的。……"

"唉！走路实在是比赛不过解放军，"段霖茂大概是因为回忆到鲁西南冒雨追击的狼狈情形而感到烦恼了，他叹了一口气说，"其所以比赛不过解放军，是因为情况不明，眼瞎耳聋，害怕解放军的突然奇袭包围，因此第一，我们行军不能太早走，也不能太晚宿；第二，到宿营地不管部队疲劳到什么程度，都要构筑工事，士兵们辛辛苦苦筑了一晚，没睡几个钟头，天一亮又得爬起走了；第三是怕部队分散了被各个包围歼灭，因此宿营部队都要集中一起，往往很多部队挤在一个庄子上，因此'追击'以来，很多士兵从没有在房子里睡过觉，经常因为人过于拥挤而没有饭吃，没有水喝，生活的困苦使部队更加疲劳，运动更加迟缓，国防部命令我们必须日行八十里，结果我们勉强做到打了个对折，一天只走了四十里。"

"到后来我们就愈掉愈远，愈掉愈远，"段霖茂继续说，"以后就是老远地跟着你们拖，路上又碰到了大水，好多人和笨重武器给大水冲走，我们一一七旅新闻室主任欧亚钦也在邹县途上被大水淹死，部队真像是要垮了，我们到朱集的晚上，一夜间就有一千多人开了小差……都是一班一排的带着枪跑，派去抓的人也一起跟着开了小差。……唉！部队实在是太苦了，简直不是人所能忍受的，从军几十年，没有遇到过像在鲁西南跟贵军作战那样的困苦过。……"

"你们的部队那时都这样苦吗？"

"当时许多追击部队都是这样的情形。"坐在角落里半天不吭声的一一七旅旅长罗觉元回答了我。

当段霖茂率领着他的一万余部队，和其他的国民党匪军一起，天天拖泥带水地狼狈奔逐于鲁西南战场上，被解放军捉弄得头昏眼花的时候，他接到了顾祝同转达蒋介石申斥他"作战不力"的一份电令：

奉主席蒋申冬×（九月二日）畏牯电：查段霖茂师长作战行动十分迟缓，屡误战机，可见该师长精神萎靡，此种怕匪心理，实非革命精神，如再萎缩不前，将以纵匪论罪，希加倍努力，以观后效，并限该师长奉到本电后，一小时径报，呈复为要。等因，希即遵照。

别的俘虏告诉我，段霖茂接到这个电报后，很是伤心，曾哭过几次，当时他复了个电报：

职今后当励督所部，奋发努力，以报钧座。

于是他立刻将留守曹县的兵员全部集中起来，振作精神，再向郓城追进，谁知，正当这位内战"将军"想"奋发努力，以报钧座"的时候，在南奔曹县的途上终于在沙土集掉进了解放军布下的口袋里全军覆没了，蒋介石的"以观后效"，就是这样一个下场。

当我问到这些情形的时候，显然是触到了这位"将军"的痛处了，肥硕的脑袋伤心地低垂了下来。屋子里沉默了，五个"将军"都伤心地喘着粗气。一会儿，段霖茂又抬起头来。

"国防部是陈诚一手遮天，暗无天日，"他带着十分的愤慨说，"下面假报胜利，上面也高兴听，所以个个都在梦中，根本不明情况，例如这回说曹县贵军只有三四千人，限我八月底清剿完毕，真是白日说梦话，我报上去的情况他们不相信，反责我畏缩不前，"粗脖子里沉浊地叹了一声，"上下昏聩到如此程度，岂有不败之理……唉，现在是败局已定，没法挽回了。……"

一会儿，我离开了押着这几个俘官的小草屋，穿过黄河堤边的一片枣树林，回到我住的庄上去。我一面走着，一面回忆着这两天来和五十七师俘虏们接触的一些情景，我想到：从这部队南下出击以来的第一批俘虏的谈话和接触中看，和过去的俘虏相比，显然已发生了一种十分显著的变化。在沂蒙山区的时候，我们也曾捉过好多俘虏，但是他们很多都态度骄傲横蛮，目中无人，他们傲然说："我们这次吃亏是偶然的。""这次是中了你们的诡计。""最后胜利是我们的。"……他们把失败的原因归结于一些偶然的因素上，他们总有很多的理由为他们的失败作解释，他们不认输，他们依然过高地估计着自己的力量，过低地估计着我们的力量。但是，这次俘虏管理处的同志个个喜笑颜开，众口一词地都说这次的俘虏好带，从河南到河北，没有人开小差，俘虏们个个心安理得，十分坦然，都要求立刻离开鲁西南，把他们送到黄河北去吃小米饭；俘虏们的调子也变了：他们认输了，他们开始看到自己必败的前途……这种俘虏情绪的显著变化，不正是最真实地反映着战局的根本变化吗？这南下的第一批俘虏，不正是毛主席外线作战战略胜利最好的"活证件"吗？在我们经历了严重的困难和苦斗之后，胜利是决定地来到了，人民解放战争形势是开始从根本上扭转过来了，不管人们有没有发觉，不管你承认不承认，它却是肯定的了，想到这些，我不禁心头充满了兴奋。

　　我走出枣树林来到黄河边上，下望宽广的黄河水面上起伏不停的黄色浊浪在快乐地翻卷着，一浪赶着一浪在飞速地向前赶去，发出"哗啦哗啦"的声音，远听黄河南岸隐隐地又传来了连续不断的炮声，轰轰不绝地在遥远的天边滚动着。——这是胜利的炮声，正如粟副司令的谈话中所说，"鲁西的胜利正在发展中"，人民革命战争的胜利正在发展中。我愉快地迈着大步向庄上走去，俘虏们正在集合着学唱歌：

　　　东方红，太阳升，
　　　中国出了个毛泽东……

　　歌声响亮地从枣树林里冲出来，震响在黄河堤上。

燃烧的陇海线

一九四七年十一月十八日

陇海路，像一条黑色的巨蟒，东西横躺在鲁西南平原上，挡住了向中原进军的人民解放军的去路。

一九四七年十一月初，部队奉命进行了一次特殊的战斗——破击陇海路，砍断这条"巨蟒"。鲁西南人民都卷入这场特殊的大战役里来了，许多庄子上的农民，扛着镢头、铁钎前来参战，一眼望去，大小道路上一队队的农民破路大军，都在向铁路线走去。部队首先控制了徐州到商丘、民权、兰封的三百里铁路线，包围了沿线各据点，不让敌人出来。十五万农民队伍便像潮水似的涌到了陇海路上。

在中国人民革命战争中，不论是敌后抗日战争时期或者是人民解放战争时期，都有个完全相同的情况，这就是，当反革命军队掌握着优势的人力与物力，而人民军队不得不依托广大农村从事革命战争的时候，铁路交通线就成为反革命军队进攻屠杀人民的重要工具之一，他们以此包围分割和封锁人民革命根据地，给我们造成极大的困难，以便于他们进行屠杀；在抗日战争时期如此，在解放战争初期，这种情况也没有改变：平汉、津浦、陇海三条铁路干线，成为蒋介石在华中战场上三条内战主要输血管，源源不绝的国民党进犯军由此输送到了内战战场。当我们只能用两条腿跑路，只能用小毛驴、独轮小车、扁担和绳子等简单工具，运送庞大战争物资的时候，成千上万的敌人一个黑夜就从几百里外来到了我们眼前；我们艰苦地走了一个月的路程，敌人三两天就赶到了我们的面前。这种情况就给我们造成了很大的困难，使我们损失了许多歼灭敌人有生力量的机会。因此，像在抗日战争时期一样，破坏敌人这种优势，宰割敌人输血管的铁路破击战，就成为人民解放战争中重要的内容之一。这种破击战的胜利，往往对于当时的战争形势会产生某种决定性的作用。对于敌人的打击甚至比歼灭他一个部队还来得大。在陇海路边缘地区的人民，给破击铁路取了一个恰当的代名词——"挖蒋根"，"砸蒋腿"，这真是最恰当不过的比喻了。

十二日晚上，我来到了陇海路小杨集刘隄圈车站。此刻，路侧的村庄已沉入在夜色中。我穿过一个个的村庄，向铁路边走去，渐渐地，周围的道路和村庄越来越亮，越来越亮，四周的树木和房屋都被照得十分清晰。还未走到铁路上，就望见远处一片火光，从东边的天边扯到西边的天角，红色的火焰直冲半空，把天烧得通红，火光里炸响着，滚沸着各种各样的爆裂声，还不时地传出"轰隆，轰隆"的巨响。当我走出村庄，爬上高坡，走到铁路线上的时候，只见眼前一片炫目的红光，使人兴奋得眼花心跳。我定神仔细看去，铁路上，远远近近，人山人海，铁锹撞击石块、钢轨的声音震响四野，沿路一个个国民党军的碉堡，都成了一座座在燃烧着的小火山，火舌从四周的枪眼里蹿出来，又绞成一把大火直冲上空。砖石在火光中不时"哗哗"地崩落，有时"轰"的一声，一个碉堡在一阵火花乱飞中倒塌下来。枕木被堆了起来，上面压上钢轨也在那里猛烧着，钢轨已经被烧得像一根油条似的弯垂下来。一座座铁路桥梁也在大火中"哗哗剥剥"地炸响。仿佛三百里陇海路，整个地连地面都在燃烧着，都在爆裂着、炸响着……

此刻，已是凛冽的初冬时分，但这里丝毫也没有寒意，反而热得闷人。我兴奋地穿过乱舞的火花，沿铁路走去。路上几乎很少空隙，人们肩挨肩地拥挤着，一直延伸到敌人据守着的火车站边上。有的地方因为人过多挤不下，就轮流干。有一个地方，很多人拥挤在一起，大声地嘶喊着，显得十分紧张。我走过去一看，这是一个令人咂舌的场面，只见人们用无数根杠子和绳子，竟把几百米长的钢轨连同枕木，像栅栏似的抬了起来，粗大的绳子一根又一根地突然崩断。于是边上又立刻系上一根，压在人们肩上的粗棍子和木杠都压成半圆形，杠子底下的人个个涨紫了脸，汗像水一般顺着脸上、耳朵根直淌。边上的人紧张地鼓动着：

"加油呀，再加一把劲呀！"

"拔掉蒋根齐翻身呀！"

"熬过最后一分钟呀！"

这真是一场紧张万分的战斗。钢轨有时被抬起来，有时因为人们扛不住过于巨大的重量，又往下沉了，于是上百人组成的战斗集体又一起大吼起来，随着钢轨又被微微抬了上去。一会儿，只听见震天动地的一声巨响：

"轰隆——"

几百米钉在枕木上的钢轨，像一排大树一般轰然掀倒在路基边上，路面剧烈地震动着，路基上的石头随着"哗哗"地滚下坡去。

我向着碉堡边上的一堆火堆走去，碉堡的大石块已经被枕木的烈火烤得松脆了，只要轻轻往上面一击，石块便像粉屑似的落下来。碉堡边上有一大群轮换下来的破路农民在烤着火休息。我走过去和他们聊起天来，才知道其中有一些正好是我们在鲁西南休整的城武县二区的人，带头的是二区大张楼的农会会长，名叫张庆家。他告诉我，这次破路他们区里共出来一千人，原来人还要多，大家听说是去"砸老蒋的狗腿子"，都争着要来，后来再三说服，才挑了一千多个青年小伙子。

"要翻身保田，就要先破掉这个铁路，让龟孙们跑路，咱队伍好消灭它。"张庆家满脸笑容地对着我，"同志，这回咱分到的八亩地该是拿稳了吧？"这一问，旁边的一群人都齐声笑了起来。这个农会会长以及从黄河南岸赶来的许多在土地改革中分得了土地、农具的翻身农民，都把破路与保卫自己已得的土地和房屋联系起来。但是，家在铁路边的人，却是另外一种说法。有一个农民插嘴说：

"这回破了路，咱可再不要向车站上送给养马料了吧！"

"咱们的粮可再不会给龟孙们用火车装走啦！"另一个说。

"说一千道一万，铁路给国民党霸着总没好事。"一个柳河集车站的杨老头子开口了，"铁路南北均地分粮，穷人翻身，苦的是咱铁路边上的人，成天让那些蒋孬种整得提心吊胆。"

"那些婊子儿在这里，我一个小买卖也做不成，买了东西不付钱，你抢他夺的，俺们只好挨饿，"一个小贩恨恨地插嘴说，"砸了他的腿，看他再来不！"

人们围着火堆议论不休。

铁路不是近代文明的成果吗？为什么要毁坏它？最近几个月，国民党一些反动报纸成天咒骂"共产党破坏交通"，不少糊涂人也跟着摇头叹气。但是，这里的农民却比那些糊涂人高明得多。我在柳河集车站上碰到一个前来破路的青年人柳仁，他对我说："铁路是个祸根子，受它的罪真说不清，咱们一听见鬼叫声，就知道马上要拖来一批凶神恶鬼。恶鬼们一来不是抓人就是要粮，车站好比是个鬼门关，不出两天就得死人。路南路北（指陇海路）都翻身分了田，俺们这边就受这个龟孙铁路的罪，唉，同志，俺们谁不想早破坏了它……"

不论是来自黄河北岸和南岸的，还是来自铁路两侧的人，总之，这十几万赶来破路的农民，他们都把破路与自己的切身利益紧紧联系在一起，他们整晚流着汗，手掌上磨出了血泡，肩膀压破了——他们是干得如此劳累，但是他们很愉快，就仿佛在自己的土地上耕作一样。

参加破路的数万名解放军战士也充满着喜悦，他们一面包围着据点里的敌人，一面用炸药炸断钢轨和桥梁，用铁锹破路基。他们指着被围的据点说：

"过去咱们跑路，你们坐火车，嗨，现在一起来用两条腿比赛比赛，看谁能吧！"

被围困在商丘、民权、朱集等陇海路沿路各据点的，是国民党的"王牌"第五军。自从陈粟大军南下，进抵鲁西南，蒋介石便把这张"王牌"摆在陇海路上当"护路队"，一会儿拉到东，一会儿拉到西，企图抵挡解放军的前进。这两天它困在各据点里寸步难行，眼望着陇海路上日夜人山人海，火光烛天，吓得它赶忙逃出民权、柳河等据点，躲进了深沟高垒的商丘城。

首次陇海路大破击战，到十八日胜利结束，三百八十里铁路，整个地翻了身。我们的部队踏过残破的铁路线，源源地进入了豫皖苏大平原。

黄泛区冤魂的控蒋书

一九四七年十一月

挺进平汉路边的一个晚上，我们歇宿在黄泛区中心通许县西南的一个地方。

这个地方在地图上被画着一个小圆圈，边上写着"蒲口集"三个字，但当向导把我们带到这里的时候，我们才发觉像黄泛区无数集镇和村落一样，这个地图上的小圆圈也早就成为历史上的遗迹了。现在说它还是个"庄子"，大概因为它较之光荡荡的一无所有的泛区大沙地，则还留着一副庄子的形骸：高低不平的沙坡上，有的冒出些干枯的树丫；有的露出个屋脊，屋脊上长满着荒草，远看很像是个坟包；有的则是一大片倒塌的墙和屋子。我们好容易在村头上找到了一间异常矮小的房子住宿下来。——后来，我们才知道这是一间下半截已全部被埋入了土的楼房，我们低着头进出的"大门"，原来是这间楼房的窗户，怪不得屋子低矮得出奇。

那晚上风很大，大概是因为黄泛区上没有房子和树木阻挡的缘故，"呼噜——呼噜——"，像万马奔腾似的在野地上呼啸着，连小屋子也被摇得吱吱作响。我们担心着部队不知道是不是还在继续行动，走在这黑夜的黄泛区，前不见庄，后不落店，真是够苦的了。我们又谈着进入黄泛区以来所见的种种凄惨印象，实在说，我们有些同志过去对于蒋介石匪帮卖国残民的罪恶，认识也还不是太深刻具体的，进入黄泛区以后的所见所闻，即使连最糊涂的同志也禁不住愤怒起来，……我们正谈着，一个同志从一只破书箱里翻出了一本书来，翻了几页，转身向我们喊道："喂，你们来看，这里有一本好书！"

我们走过去，看见拿在他手里的是一本十分破旧的用黄纸订成的簿子，盖满了灰尘的封面上端端正正地写着"芸窗积异"四个正楷大字。我们围着蜡烛，一页页地翻读起来，只见全篇都是用毛笔写成的三个字一句的短句，读着读着，才知道这本册子的作者叫戴鸿安，是千万身历黄泛区大悲剧中的一个，这本《芸窗积异》上就记载着黄河决堤的前后经过：在决堤以前，国民党匪帮如何在这一带为非作歹，鱼肉人民，花园口决堤之后，他全家如何被黄水冲走，只他一个人爬上了一只救命小船逃了出来，以后又如何单身流落在外乡，以教书糊口。这本书就是他流落在皖北亳县教书时写成的。这是一本黄泛区历史大悲剧的真实记录，也是一本充满了千仇万恨的黄泛区人民对于蒋介石匪帮的血泪控诉状！

我们一页页地诵读着。

这本控诉状首先是从黄河决堤之前，这一带人民如何遭受国民党暴政的灾难说起的，戴鸿安这样写道：

	老农民	第一冤	出苛税	纳杂捐	出柴草	共米面	天天
要	地亩款	民敢怒	不敢言	庄户人	如油煎	款纳尽	地卖
完	居家人	乞丐餐	嚼草叶	充饥肠	喝口水	撑三天	今日
要	明日捐	剥民脂	若梳棉	公事来	心痛烂	或柴草	地亩
款	米面柴	尽出完	地荒芜	顾不管	爹娘哭	妻子怨……	

豫东人民竭其全力地支持了抗日战争，但是蒋贼消极抗战，指挥

无能的情景，又使人民深深失望，戴鸿安悲愤地继续写道：

日本侵　起争战　蒋家兵　如绵羊　只败仗　如山倒　打破
笼　飞出鸟　敌人追　急急逃　损百姓　失地盘　亡州县　记不
全　从东北　到西南　起天津　至潼关　伤同胞　数千万　血成
河　尸如山　思想起　可悲惨　自开火　没上年　中原土　失大
半　委员长（指蒋贼）　瞎手段　自忖量　乱思念　观兵法　必
偷闲　战略书　缺经验　论武战　力不全　讲文争　计谋浅　文
武力　都不全　什么计　尽用完　挖河堤　把民淹　众黎民　受
熬煎……

豫东人民万万没有想到，残忍无能的蒋贼竟命汤恩伯炸断黄河堤，以豫东数百万人的生命财产作牺牲，来掩护他向西南逃命。当黄河堤边数声震天的巨响之后，黄水便像千万匹野兽一样冲向肥沃的豫东平原，无数美丽的村庄和幸福的家庭转眼间便化为乌有，当时的惨景真是无法想象的，请看看戴鸿安笔下黄河决堤时的情景吧：

河堤断　黄水流　百里宽　全成河　黄水长　一千多　从芒
山　开了口　入沙河　才到头　房淹塌　树卷走　居家人　哭号
咷　娘叫儿　小呼老　襁负子　四方逃　黄水决　跑不了　转眼
间　尽卷掉　娘与儿　离别了　分手泪　顺眼抛　离情苦　说不
了　抱头哭　各人逃　大和小　一船漂　呜呼噫嘻　父子不相见
兄弟妻子散　夫何使我至于此极耶　可哀哉　时耶命耶　徒呼苍
天……

作者写到这里，字迹潦草，深沉的悲愤跃然纸上，令人不忍卒读。

戴鸿安写道：他流落外乡数年，无时不想念着那遭受了浩劫以后的故乡，"树高千丈，叶落归根"，当黄泛区水退了时，他便返回家来探看究竟。当他回到家乡之后，谁知家乡在官匪汤恩伯统治下，却是：

　　　　游击队　星满天　无法律　闹民间　到各村　户管餐　买枪
支　军队编　称名号　自卫团　不抵北　不抗南　在乡里　插菅
盘　多招待　好一点　心不乐　耍野蛮　暗走私　明派官　见点
麦　就要完　老弱的　转沟壑　年壮人　去讨饭……

汤灾之外，又加上水旱灾：

　　　　运不至　罪不满　恨天爷　不睁眼　去年淹　今年旱　下秋
苗　旱死完　没有吃　没有餐……

真是"河南四荒，水旱蝗汤"，在重重的天灾与人灾之下，无数像蒲口集这样的庄子，以及生活在这些庄上的善良人民就这样被杀害了。后来庄上的居民告诉我们，这个塾师戴鸿安也已于年前在贫病交迫下死去，只留了这本对于蒋介石万恶统治的控诉状，被遗留在他的破书箱里，而今天竟然辗转到了我们的手里。

屋外，风还在呼呼地刮着，像被埋在黄泛区的千万冤魂在怒声呼号，轰轰地从远处吹来，又大声地从屋边奔过去，向着远处滚去。今天黄泛区已经不再沉默了，我们知道这时候我们的部队正在紧张地向西疾进，跟随着部队的黄泛区人民的担架队运输队伍也正在向西疾进，黄泛区人民向蒋介石匪帮清算血债的一天是来到了。

次日，我们离开了蒲口集，继续向西前进。

由东向西的陈粟反攻大军，一路又一路地穿过黄汛区一望无际的大沙地，向着平汉路挺进着。就在一九四七年十二月十二日这个难忘的严寒的晚上，我们涉过淤黄河，第一次越过了黄泛区。这个蒋介石匪帮一手制成的黄泛区地狱的惨景，已给走过黄泛区的每一个陈粟反攻大军的指挥员上了难忘的一课，黄泛区的一草一木，都如此强烈地告诉着我们蒋介石对于中国人民的血海深仇，那一座座露出在沙地上的长满荒草的屋脊，那一片高低不平的无垠沙坡，那一簇簇细小的倒败的树木，仿佛都在向我们呼喊着，叮嘱着我们要勇敢地去为消灭人民的死敌国民党匪帮而作战。当时陈粟大军中许多连队战士悲愤地提出了"誓为泛区人民报仇雪恨"的口号，有的战士还订出了复仇立功的计划，要在下次战役里兑现。

就这样，我们怀着复仇的心情，穿过黄泛区，插到了平汉路上，展开了进入中原以来的首次大会战。

夺取"内战仓库"——许昌

一九四七年十二月

　　许昌是平汉路中段一个较大的城市，是当时敌人在平汉路上的重要屯兵站，敌人许多部队的留守处、兵站、后方训练机关、仓库、医院等，都集中在这里。蒋介石把这个内战仓库放在这座远离内战前线的城市里，满以为这样是万无一失的，谁知道我们外线出击的部队渡过黄河，一直钻进了敌人的心脏地带，像孙悟空似的突然在他们的肚子里舞起了金箍棒，把他们的五脏六腑捣得稀烂，把他们的后方一下变成了前线，当我们进攻的枪声骤然在城外响起的时候，许昌城里的匪徒们才发觉解放军已经兵临城下了。

　　枪炮声在东边稠密地响着，远望许昌城已经烧起大火来，一团团的黑烟愈来愈浓，愈聚愈多，遮黑了半边天。我们这个小小的邱庄也跟着忙起来了，好多人忙着扎担架套大车，准备出发。老乡们又成群地拥到路口上去探望，指手画脚地议论着，有的说起火的是西关，有的说也许是火车站，有的说听枪声愈打愈远，恐怕解放军已经攻到城里去了；他们都以一种欢悦的口吻叙说着。这一带的老乡对于我们攻打许昌，都表露了老大的欢喜，这是什么原因呢？我想道理很简单，因为这里和国民党匪帮统治着的其他地区一样，城市和农村世世代代是仇恨地对立着的，而许昌就是压在这平汉路边百十里地农民心上的一块大石头，当时住在许昌城里的除了蒋匪主力之外，还有"河南第五专署""许昌县政府""鲁山县政府""许昌自卫队""鲁山县保安队"……这些不同的名称，却都是一票的货色，都一样是附近一带土匪恶霸的集团，都是各庄上庄户人的死对头，因此我们去解放许昌，他们完全懂得与自己是一个怎样的利害关系。

十四日晚，我们赶到离城不到五里的前线指挥所。这里已经在敌人炮火的射击圈里，枪炮声已响得十分震耳，敌人打纵深的炮弹不时地落在附近轰然爆炸，因此庄上一点火光都没有。陆续不断的队伍正穿过庄子，在向城里走去，在黑暗里，只听见庄前大路上杂沓的脚步声不绝，人群中急促地低喊着："后边跟上！""不要掉队！"……饲养员嘴里"嘘嘘"作响，鞭子不停地打着骡马。走不尽的部队、骡马，"踢踢跶跶，踢踢跶跶"，队伍的黑影子从路上幢幢地闪过去。……许昌城边一股股冲天的火光照红了半边天，把这几里路外的田野和道路都照得很亮，可以看见在运动的部队像一条黑带子似的蠕动着，一直伸向许昌城边上。

当晚十一点钟我们开始了总攻。这是我们外线出击以来的第一次攻坚战。这个曾是曹孟德称雄一时的都城，有着牢固的城墙和宽深的护城河，众多的敌人在城内外筑下了无数坚固工事，是一个易守难攻的地方。整个指挥所都为这个艰巨的攻坚任务而紧张工作着。前面枪声像滚沸的油锅似的响个不止，我们的炮火也在开始集中轰击，掩护突击部队向城里突进，炮火一闪又一闪地照亮着阵地，在一闪即逝的火光里，许昌城的轮廓便在远处显现一下，接着便是"轰隆——""轰隆——"炮弹在对面的敌军阵地上爆炸了，地面在抖动着。指挥所里的许多同志都拥到门口，望着远处的火光，听着枪声，在猜度着战斗的发展情况。横挂着冲锋枪的通讯员不断地来来去去。只要发现从前面下来一个通讯员，人们便连忙拥上去低声询问："前面打得怎样？""进去了没有？"被问的通讯员都以急促和紧张的神色简短地回答了几句，立刻又匆忙地走了。指挥室里的电话一阵一阵地响，首长们用很大的声音在和前面讲着话，一切都表明前面的情况正在万分紧张中。

我们躺在一间小屋子的草堆里休息，准备待部队突破后就跟进城去。人是奇怪的，愈是在这种紧张情况下，愈不容易克制疲劳，我们迷迷糊糊地在草堆里睡着了，不知过了好久，猛听得一声巨响，小屋子随着突地一震，把我们惊醒过来，转身往窗外一看，只见远处火光猛然上升，枪炮声竟忽地停歇了一会儿，但，不到一分钟，"咯咯咯，庚庚庚……"像六月间稻田里的青蛙似的枪声又一片声地叫嚣起来，火也愈烧愈大，直冲半空。

"炸开了，炸开了！"外面有人在喊着。

又听见屋子里的人往外跑，一边喊着："是不是突破了？是不是突破了？"

枪声似乎渐渐地远去了。

这时候，电话铃大响，消息被证实了：部队已从西关突进城里，战事正急速向城中发展中。……

情况被证实后，我们便离开指挥所，急急向城边走去。这时正是午夜时分，乌黑的天上冷冷地闪着一粒粒细碎的星光，风虽小，吹在脸上却冷得直刺肌肤，半夜里下过雨的泥路现在已都冻得像坚硬的乱石子路一样，走在上面"擦擦"地响。这时敌人的山炮不绝地从城里打出来，"哐，哐"地落在附近爆炸，流弹在地面上"比比"地尖叫着，为着躲避流弹的射击，我们便沿着一条低洼的河沟继续前进，河沟里的水已经在严寒里冻成厚冰，好像走在地面上一样。这时城里仍打得异常激烈，各种爆炸声轰成一片，因为当时我们还只突破了一个西门，敌人死命地向这里反扑着，想把我们从西门再挤出去。

我们走到西关，敌人从城墙两边射下来的子弹在街上乱飞，只能紧贴着街道两边的房子前进，在走过一条巷子口和桥上的时候，需要以异常迅速的跑步冲过去，因为城墙两边的敌人用火力封锁着这些交通口，阻拦着我们部队的运动，跑得不凑巧或者动作迟缓一些，就会给敌人击倒。后续部队的战士们陆续不断地从这里拥过去，他们弓着腰，冲过石桥，冲过巷子，一个个踏着突破口前面满地的石块、泥土、尸体和炸裂的沙袋，爬上几小时前用炸药炸开的这个西城门，向着城里扑去。城里面枪声、榴弹声、炮弹声像雷暴雨似的在倾泻着，呼啸着，从每一个同志毫无表情的脸上和紧张迅速的动作上也可以看出，战事正处在决定性的关头：或者是我们击退敌人的反扑，胜利结束战斗；或者是我们被敌人从突破口逐出来。

这时候，西关是战争的第二线，子弹不停地在街心炸裂着，炮弹也不时"呼呼"地从城里飞出来，落在屋顶上爆炸，一切活动都只能沿着墙根进行，担架队沿着墙根把受伤的战士一个个抬下来，街道两边的小屋都充作了战地包扎所。俘虏也惊慌地从城门突破口挤出来，一队队地沿着墙根被押到西关一幢大洋房里。当时做俘虏工作的人手不够，弄得俘虏没人收，于是我便临时做收容俘虏工作。这一收不打紧，谁知后面愈来愈多，一个大厅挤得满满的，连门也关不住了，而后边俘虏还是一群群押进来，大家在天井里乱挤着，喊着："官长，我们朝哪儿站队呀？""官长……"这些俘虏军官大多是匪军的后方留守人员，有的是编余的军官总队队员，后方医院、仓库人员，有的是留守处的副官之类，有的背着大背包，有的扛着大皮箱，有许多都带着他们蓬头垢面的太太，真是形形色色，无奇不有，这些人物一向是被国民党匪军前方部队骂作是"放在保险箱里"万无一失的，可是我们外线出击，突然插进敌人的腹地平汉路上之后，使得蒋介石这些贮存内战赌本的"保险箱"，都一只只被我们打开了，这些从未亲临过战场的人物也终于被战士们从"保险箱"里拖了出来。当我们攻到这些仓库门口的时候，我们发觉有些门口已挂起了一块小白布，主人们坐在早就包扎好了的行李铺盖上面，惊恐地在等待着我们的到来。当战士一出现在门口，他们便乖乖地跟了出来。

这时，机枪猛烈地在不远处叫着，子弹"比比"地不断打进我们的院子里，"啪啦啪啦"地击在石板上，爆飞起火星。炮弹也不时落在附近爆炸。这群在"保险箱"里过惯安乐生活的人物，都吓得面无人色，他们在屋子里惊惶不安地乱窜乱挤着，有的趴在墙脚边上，嘴里喃喃地祈祷着，一些眼快的已经把一个防空洞塞得满满的。只要附近落下一个炮弹，屋里的俘虏也登时一阵大乱。没地方躲的人不断地跑来哀求我们：

"官长，求求你快把我们送到乡下去吧，我们解放啦，再打死了那才是冤枉哩。……"

看着这些人物，真叫人好气又好笑，他们是完全被炮弹吓昏了，事实上他们也是看到的，就在对面几十米远的大街上，即使是炮弹轰得多么凶猛的时候，却没有一分钟断过队伍，送饭的炊事员挑着担子急急往城里走，臂上缠着红布、横挂着"司登式"的通讯员来来去去，担架队更没有停过。在他们脸上所能看到的，只是胜利的愉快和忙碌，他们仿佛没有听到炮弹正在附近爆炸，也好像子弹不会伤害他们一样，大步地向城里走去。

天大亮了，俘虏们更慌乱起来，因为他们知道天一亮飞机就要光临，这个突破口上当然是挨炸弹的地方。可是那天天色阴沉，还飘下了少许雪花，飞机来不成，而战事却胜利地向城东南角推进了。

我离开了临时"俘虏收容所"走到街上。街上更热闹了，许多老百姓在帮着我们抬子弹，扛武器，从城里拥出来；成群的俘虏也都扛着一捆捆已下掉了机柄的步枪；许多大骡马拉着美式山炮，从街上"隆隆"而过。

走到火车站上，一长列的火车上，月台上，新的棉大衣、棉军装、棉鞋以及各种的军用物资堆得像座小山。现在正是十二月的严寒天，我们的部队穿上棉衣已经好久了，可是国民党军士兵们的冬装至今却还被高搁在这些匪帮们的仓库里。现在，这些冬装都由我们接收了，许多国民党军官士兵在被解放到了我们这里之后，才从我们的手里领到了这套新棉衣。在许昌城我们打开了许多这样的仓库，每个仓库都堆得满满的，整包整捆的药物，各式的军需物资，还有一箱箱的加拿大手枪、美国步枪、没有装好的美国机枪，以及一包包各式武器的零件；枪都一式地用油纸包着，枪口上涂满着油脂，都是从太平洋彼岸运来的货色。子弹、炮弹一堆堆的更是数不清。蒋介石匪帮刮尽了中国人民的血汗，从美国爸爸那里换来这些屠杀中国人民的凶器，存放在他们的内战仓库里，而现在，这些仓库都让我们一个个地打开了，战士们穿上了新棉衣、胶底新棉鞋，帽上套一个风镜，背起新缴的"司登式"冲锋枪，不禁高兴得眉飞色舞，迈开大步，唱起了：

　　运输队长蒋介石，忙忙碌碌多紧张，送了棉衣带棉鞋，又送大炮又送枪，他的工作要表扬……

许昌战斗到十二月十五日下午三时结束了，共歼敌八千余人。

二十二日，我们离开了许昌沿平汉路南下，当晚到了平汉路上的漯河。

　　自从我们插进了敌人的腹地平汉路，蒋介石的"空城计"彻底地破产了，那时平汉路南至确山，北抵郑州，已全部解放。在这敌人兵力如此空虚的平汉路上，我们的大军所至，真是摧枯拉朽，势如破竹，漯河老百姓对当时这种形势有句很有趣的说法，叫作"西平一号，漯河一炮"，他们说：解放军打漯河只放了一炮，敌人就全部就擒。解放军半夜进西平时敌人已闻风而逃，部队略事搜索后即吹号集合，全城人民只听见一声军号，次日清早开门一看，满街上已都是解放军了。一号一炮，就解放了一县一镇，这就是我们插进平汉路以后，当时形势的主要特点之一。

金刚寺会师

一九四七年十二月

在河南西平以南，有一个小小的村寨，名叫金刚寺。这个不著名的村庄，在一九四七年冬天，成了人民解放军进军中原的两支兄弟部队——陈毅、粟裕同志率领的华东野战军和刘伯承、邓小平同志率领的中原野战军陈赓兵团胜利会师的战场。

当华东野战军陈粟大军悄悄地插到平汉路上的时候，八月间在洛阳、陕西间渡过黄河进入豫西作战的陈赓将军率领的部队，也插到了平汉路上的漯河、西平、遂平一线。这时郾城有一部分国民党军被我们包围着。十二月二十三日，国民党军第五兵团李铁军部奉命解郾城之围，由确山北上。陈赓将军把暴跳如雷的敌人引进了人民解放军给他们安排好了的口袋里——西平以南二十五里的金刚寺、祝王寨一线。于是两路大军，一个由南向北，一个由北向南，像一把铁钳，一下把蒋军第五兵团整三师夹在中间。

从南面传来的兄弟部队包围整三师的炮声，催促着我们的部队日夜兼程向西平推进。战士们听着隆隆炮声，都心头欢喜，知道两支兄弟部队即将会师。二十四日，我们到了西平以南。前头部队已经配合陈赓大军完成了对整三师的包围。我们在北面堵住了敌人的出口，陈赓部队在南面切断了敌人的退路。我们部队正面的敌人是整三师二十旅，已被围于金刚寺。

二十五日夜，部队要发起最后的总攻。我从指挥所急忙赶到前面去，兴奋地去参加这首次与刘邓兄弟部队协同作战的战斗。天不断地下着雨，天气变得更冷了。前面的部队在完成包围以后，已停止了攻击，开始做总攻击的准备。被围的敌人也挖工事，盖地堡，准备死守，等待援军。阵地上异样地沉寂下来。此刻，在战场的后面却十分紧张，大路上，田野里，拥挤着各色前进的队伍，炮车、担架、骡马，以及战斗部队的各式行列，像无数水流似的在向前汹涌流去。看着这情景，就知道一场恶战即将爆发，前面零落的枪声，反而显得空气紧张。我与部队一起踏着满地的泥水，艰难地行进，所有的道路、田埂，都已被数不清的脚踩得像一大缸烂酱，一踏下去，泥浆和被踏碎的薄冰就淹没了脚背，每个人的小腿都成了两根泥棍子，一停下来，两脚就冰得刺骨。

天渐渐暗下来，枪声几乎停止了，只看见不远处升起一片淡淡的红光，那就是包围着敌人一个旅的金刚寺战场，从红光里微微勾出金刚寺外圩子的轮廓。走向金刚寺的沿途村庄上一片寂静，没有一星火光，也很少听到人声，简直使人怀疑这是一个正集中着十几万部队的大战场。走进这些庄子之后，我才发觉这些庄子都处在十分紧张中，庄内外都挤满了部队，人们在黑暗中悄悄地奔走，低声儿紧张地讲着话。窗子上蒙着黑布的小屋子里，点着一盏盏油灯，指战员们在屋子里最后一次检查着各种战前准备工作，检查武器，检查弹药，检查炸药包和各式器材。战士们坐在漆黑的墙根前在开会，在这些会上，他们最后宣布了自己的决心和立功计划，研究着几小时后即将开始的作战方案。担任金刚寺突破任务的是华东野战军战斗英雄"郭继胜连"。突击队和爆破组的勇士，为着寻觅一条敌人子弹不易射到的突击道路，由副营长郭继胜带着，已经许多次爬到轻咳一声敌人就会听到的地方，去查看金刚寺边上的地形和道路。经过了多次的侦察之后，他们决定选择金刚寺的围子北门为突破口，用炸药炸开北门外的鹿寨地堡等重重障碍物，打出一条突击道路。

附近所有的庄子，都在黑暗的沉默中忙碌着。

师部传来消息，知道西边的陈赓部队已派人来联络，他们也都已一切准备就绪，就等着一声爆炸的信号，两军一齐动作突进金刚寺。

战场上依然异常寂静，简直叫人打瞌睡，只是金刚寺里的火烧得更大了。被围的敌人害怕我们黑夜突然攻击他们，点燃民房当火把，把金刚寺四周照得一片通亮。到半夜光景，天下起雪来，渐渐地越下越大，从火光里可以清楚地看到一团团的雪花，在火光里闪烁着，迷迷茫茫地飘下来，无声地落在地上。地面上雪渐渐越积越厚，不多久，一切都变成白茫茫的一片，地堡、掩体盖没了，道路盖没了，鹿寨上也披满雪花，野地上更加亮堂起来。

凌晨三点钟左右，在我们的阵地上，身上挂满榴弹，背着一式冲锋枪的突击队以及爆破组的战士，悄悄地向金刚寺方向爬了过去。爆破组两个人一组，共计七组，拉成一条长线，每组距离数十公尺。第一组一直爬到了鹿寨边上才趴了下来。其余各组都保持着一定的距离，在自己的位置上伏下，把炸药包安置到坑里，然后自己趴在炸药包上面，这样万一敌人发觉了，子弹也只会打在人身上，不会打响了炸药。趴在爆破组后面的是六班十三个突击队员，他们是准备爆破完成以后，首先冲进金刚寺去的。大家趴在雪地上微仰着头，紧张地注视着前面正烧着一簇残火的金刚寺。敌军阵地上仍然没有动静，惊恐地守候了一夜的敌人大概以为天快要亮了，危险也许已经过去。他们没有料到，就在这时候，鹿寨边第一个爆破小组的爆破手已抱起炸药，悄悄地往鹿寨旁摸去，一只手把炸药往鹿寨根上一按，一只手拉动导火索，接着两个人迅速地从雪地上滚了下来。就在他们才滚开不远，一声巨响：

"轰隆——"

沉寂的战场一下被这个爆炸声惊醒了，鹿寨、雪花和泥土的碎片在半空中乱舞。在这些碎片还没有落到地面上的几秒钟里，第二个爆破小组早已飞也似的冲进炸开的鹿寨，向着鹿寨后边的一排地堡群扑去。被震昏的敌人还没有来得及从泥土里爬起来，端起自己的机枪，地堡被又一声巨响掀翻了，地堡里的敌人和地堡的石块一样，被炸得四分五裂，掀到半空里。接着，第三声又爆炸了，地堡后边的工事又被炸开。爆炸声一声又一声地向敌人的阵地延伸，当吓慌了的敌人正准备还手的时候，炸药已在他们的眼前爆炸。只有纵深的敌人开始向外边还击，迫击炮弹不停地从圩子里打出来。

在连续炸到第五响的时候，在后边等候着的十三个突击队战士猛然从雪地上爬起来，一条腿跪着，紧抓住冲锋枪，仿佛是一排参加赛跑的运动员，等待着起跑的枪声。个个昂着头，眼睛睁得大大的，看着前面冲起的一团团的浓烟和连续不断的爆炸声。突击班长，战斗模范李清洁把帽子往额角边一拉，向左右低喊：

"准备好！"

前面第七声炸响了，传来金刚寺圩门哗啦哗啦炸塌的声音，在阵阵的浓烟里，一个爆破员飞也似的蹿了出来，挥着手向后面招呼："门已炸开了，快上来呀！"仿佛就像按了一下电钮似的，十三个突击队员从地上一跃而起，拔脚就朝烟雾里冲了上去。

圩子上下被一片爆炸的浓烟淹没，李清洁带着一组，战斗模范副排长丁玉吉带着二组都爬上了圩子，冲锋枪和榴弹一起向着圩子里面的地堡打去。被猛烈的爆炸震昏了的敌人，又被一阵突然的火力压倒，慌忙钻出地堡向后逃去。这时后续部队不断地踏过突破口上满地的石块、鹿寨，向着金刚寺圩子的两侧打过去。

此刻在金刚寺西边的陈赓部队张姚营，也开始猛烈攻入西边二里的孙庄，把敌人一个营挤进五个大院子里。

敌人点燃了一排排的房屋，企图用烈火阻挡我们前进，金刚寺上空火焰冲天，炮轰已经停止，呼呼卷旋着的浓烟烈火里，响着一片密集的射击声和榴弹的炸裂声。战士们已和敌人进行着一个地堡、一间屋子的争夺。敌人哇哇地叫喊着，一群群地从屋子里扑出来，发狂地掷着榴弹，向我们进行反冲锋。我们的战士等到敌人冲到几十公尺的时候，便一阵猛烈射击，跑在前面的人像被割的庄稼，一批批地栽倒在地上，后边的见势不妙，便慌忙窜回屋子。一次又一次的反扑，都这样被击退。突围已经无望，没有多时，屋子里的人把枪从门里掷出来，许多人在屋里乱糟糟地喊着：

"别打啦，别打啦，咱们缴枪！……"

在地堡里的，在屋子里的成群的国民党军官兵，有的高举着双手，有的拍着巴掌走出来投降。有一大群残敌，乱纷纷地爬出了圩子，朝西面逃去。我们的战士哪里肯放，也一股劲儿地翻出圩子，朝西面急急地追了上去。

金刚寺西面是陈赓部队的阵地。陈赓部队张姚营在孙庄街歼灭了敌人一个营以后，早就把部队拉到庄外的工事里，准备拦截突围出来的敌人。一会儿，前面响起一片杂沓的脚步声，雪地上黑黝黝的一大片人影在朝这里移动，后面追来了雨点似的子弹，直落在工事跟前，转眼间，人群已快跑到庄子跟前。就在这时候，庄外工事里一阵密集的子弹迎头射了出去，顿时把突围的敌军打乱了，跟着陈赓部队的战士跃出工事，冲进敌人群里，喊着：

"缴枪不杀，缴枪不杀！……"

仿佛一棍子捣进了蜂窝里，突围群已完全溃乱，许多人乱纷纷地把枪掷到雪地上，举手投降，有一个国民党军士兵扛了挺机枪慌慌忙忙逃过来，五连长范继芳迎头一喊，他便连人带枪扑倒在地上。这时候，后面的追兵也已赶来，远远地喊着"缴枪，缴枪"，一面不停地向这边射击，模模糊糊的夜色里，他们还没有看清兄弟部队已经拦住了突围的国民党军。

"华东部队的同志，你们过来啊，敌人被俺们解决啦！"

"华东同志过来吧，俺们是陈赓部队……"

陈赓部队的指战员们都兴奋地向东边跑来的华东野战军战士挥着手大喊着。

这一喊，对面也传来了兴奋的喊声：

"好哇，陈赓部队的同志，我们是华东部队……"

"啊哈，我们两支部队在这儿碰头啦！……"

从远远的雪地上，华东部队的战士一边喊着，一边提着枪跑了过来。这群来自山东、苏北的人民子弟兵和来自太行山、中条山的子弟兵，欢乐地在金刚寺西边的雪地上会合了。这时，战斗已经结束，陈粟部队、陈赓部队的战士们披着满身雪花，陆陆续续地从四处赶拢来，一堆堆地聚在一起，有的在雪地上架起了火，烤着在雪地上冻了一夜的身体。大家围着聊起天来。在一处人群里，一个华东部队的战士在大声说：

"你们说巧不巧？去年年底我们苏北新四军转移到山东，在鲁南和山东野战军会师，第一仗就歼灭了敌人的整编二十六师和第一快速纵队。今年我们和你们在这里会合，眼见得又歼灭了整三师。我们两支兄弟部队一碰头，就要打一个漂亮仗做个见面礼。"

陈赓部队的战士们都好奇地争相询问华东野战军莱芜大捷和孟良崮大捷的情形。在另外一处，陈赓部队的五连指导员杜英，在兴奋地讲述英勇强渡黄河天险的事迹，边上一群华野战士望着他听得出神，嘴里不断地说：

"真不简单，真要向你们学习啦！"

"你们华东野战军才不简单哩！"边上一个陈赓部队的战士插上说，"我们才要向你们学习哩！"

打扫战场、整理物资的战士们，这时都相互客气地推让着战利品。陈赓部队的五连长范继芳一定要把刚才缴的一挺机枪送给追上来的华东部队的同志，他说，他不过是迎头把敌人拦了一下，实际上功劳应该是华野同志的。他还要把二十余个俘虏也一起送给他们。华东部队的同志一定要把一大堆武器送给陈赓部队同志。正在大家互相推让的时候，陈赓部队的教导员姚子廉牵着一匹才缴到的战马远远走来。他要一个负伤的华野部队的同志骑着回去。

天渐渐大亮了，金刚寺上空的火焰已渐熄灭，初升朝阳的红光压倒了整夜不熄的大火，把金刚寺四周的雪野照得更加光芒耀眼。两支部队的战士们披着满身的光亮，在雪地上忙碌地奔走着。一群群的大洋马、大骡子拉着美造山炮、化学迫击炮，以及堆满枪支、弹药的大车，践踏着满地的积雪，从昨夜炸开的圩门里拥出来。走在前面的是漫长的俘虏行列。

在胜利的欢乐中，战士们照例要举起新缴的各式枪支朝天试放它几枪。四周里"噼噼啪啪"的枪声，像春节之夜的鞭炮声，庆贺着两军的胜利会师。

访问太行子弟兵

一九四七年十二月

十二月二十八日。

连日的雨雪停歇了，几天来被风雪严寒封锁得十分灰暗的天空，今天被满天的太阳冲涤得万里无云，金色的阳光照射在余雪未融的平汉路边辽阔的野地上，闪射出一片耀眼的光芒，整个天地间充满着喜人的清亮和生气。这时候，金刚寺、祝王寨聚歼敌军第五兵团整三师的战斗已经于二十六日胜利结束了，撤离战场的部队正愉快地一路路地踏着雪地在移动着，炮队、骡马夹杂在步兵行列里，践踏着雪块和泥水缓缓前进，行进的行列在洁白晶莹的雪地上踏出了一道道漫长的黑色泥路，仿佛在一大块漂白的被单上，印上了许多纵横交错的黑色线条；这黑色线条从金刚寺、祝王寨战场上伸出来，四面八方地向着平汉路边一个个的村庄上伸去。

这时我和二十四团团部的两个通讯员骑了三匹马，也随着部队沿着一条泥路急急行走着，我们是要越过平汉路去访问陈谢部队。想去见一见这支来自太行山的兄弟部队，这在两军会师平汉路上之后，在我们部队中已成为大家一种共同的愿望。在过去艰难的日月里，我们相互被阻隔在黄河南北，共同在太行山麓和沂蒙丛山、江淮平原上从事着艰苦的战斗，虽然我们是在同一条战线上和同一个敌人作战，但是敌人的分割封锁使我们不能相聚，而现在，随着人民解放战争大反攻形势的到来，我们终于冲破了敌人的封锁阻挡，越过了黄河、丛山，在平汉路上胜利地会合了，我们深深懂得，这是历史的胜利的聚会，这是人民解放战争形势伟大转折的一个重要的标志，当金刚寺、祝王寨战场上守军的炮火一齐猛烈地向着敌人集中轰击的时候，当两军的指战员们一齐并肩地向敌人冲锋突击的时候，当我们胜利地在金刚寺战场上会师，狂热地握手言欢，相互推让战利品的时候，当两路部队像两条大河汇成一股巨流，以不可阻挡的声势并肩在平汉路上胜利进军的时候，我们是何等深刻地感受着这种会合的伟大力量。

向兄弟部队学习，这在当时部队中已不是一句抽象的口号，而已成为一个巨大的群众性的实际行动了，金刚寺、祝王寨战场上还是炮火连天的时候，两支兄弟部队最最亲密的友谊的交往便开始了，陈谢部队小规模的参观团冒着风雪来到了我们这里，我们的同志也一队队地冒着雨雪严寒，赶往他们那里去参观学习，谁也不愿意轻轻放过任何一个可以相互学习了解的机会，在火线上和战壕里，在南来北往的交通线上，到处都可见到两军的战士相聚时那种欢洽的情景，每一个出现在我们庄上的陈谢部队的战士，都会无例外地受到我们战士的热情招待。当我离开二十四团临走的时候，大家都围着给我任务：副营长郭继胜要我去学习一些陈谢部队土工作业和夜间接敌的经验，教导员要我去了解他们土地改革学习和巩固新解放战士的问题。当我将离开庄子的时候，宣教股长还从背后急吼吼地追上来，再三叮嘱我注意搜集一些兄弟部队的材料，要我回来给报纸写点稿子，因为报上急需一些介绍陈谢部队的稿件。我就这样载负着同志们的这些殷殷热望和嘱咐，向陈谢部队的驻地出发了。参谋处不放心我一个人在这战地上乱闯，派了两个骑兵通讯员和我一起出发，因为当时我们只知道陈谢部队驻地的大概方向，但不知道他们实际驻在什么地方。

我们一面走，一面一个庄子一个庄子地打听着，在这一带新区，部队行动秘密，群众对部队还心怀疑惧，因此找寻部队很费了些周折，后来在西平附近一个叫松竹林的庄上问一个中年农民，才问到了点眉目。

"同志可是问那帮穿灰粗布褂子，帽上缀颗星儿的队伍？"那中年农民赞叹着，"真是一支少见的好队伍！"一面说着一面带我们走出庄子，指着前面一片浓密的大树林，说，"队伍是昨天开到这里的，今天清早还听见在吹号，想必还没有开走，你们就到前庄上去找找瞧吧。"

我们顺着他指的路急急奔去，刚走进树林，猛听得前面有人短促地喊：

"哪里来的？"

我们勒住缰绳一看，原来前面一个小石亭子前站着几个穿灰衣服的哨兵，帽子上都有一颗红星，正举枪望住我们。这不就是陈谢部队战士么？我们不禁喜出望外，便急忙下马说明来意，一个战士便带着我们向树林里走去。走不多远，只见里面一个场子上正挤满着灰色的人群，以及众多的车辆、马匹，队伍正在集合准备出发。我们的到来迅速引起了他们热情的注意，原来他们就是在金刚寺战场上与我们共同歼灭敌人的陈谢部队九纵二十二旅六十六团，说起来就更熟悉，"华野的同志"，"华野的同志"，战士们在我们的旁边走来走去，低声地传说着，于是更多热情的亲切的注视向我们包围拢来，政治处的同志更是忙碌，因为部队就要出发，他们给我们买来了许多饼备做干粮。他们热情的接待，使我迅速消失了走入一个新环境的生疏和不安，我们都好像是一些熟识的故友久别重逢一样，既热诚而又没有拘束，谁也不会想到需要什么客套。

队伍开始出发了，是向西平、确山南进。灰色的人流开始离开树林向大路上流去。我们一面走着，一面留神察看着周围。这支来自太行山兄弟部队的形形色色，都引起我们莫大的兴趣。正像我们的部队里一样，行军对于他们好像已成为一件颇为快乐的事情了，行进着的行列里充满着愉快的气氛，许多干部都用一根短竹竿背着自己简单的行囊，有的就像乡里人似的把衣被打成一个布包袱横挂在肩上，一边走一边热闹地交谈着，小鬼们顽皮地拉着牲口尾巴，一边走一边哼着曲子。和外线作战的所有部队一样，陈谢部队同志的生活是艰苦的，但是他们是愉快的。随行的政治处的一个同志告诉我：他们这支部队是八月十五日才从河北沁阳出发渡河南征的，他们的部队上升为野战军的时间很短，有一部分是才调来的太行山的地方武装，最初的时候他们缺乏大规模作战的经验，也没有什么新式武器，但是四个多月来的作战，"你看，"这个同志愉快地笑笑，他指着前面一个背着加拿大冲锋枪的战士，"我们也慢慢美国化了，美国机枪、化学迫击炮，……嗳，你们华野大概是不稀罕这些了吧？你们准比我们多得多吧？"

"是的，我们要比你们多一些，"我说，"我们最早也是没有的，后来慢慢地愈打就送来的愈多，你们渐渐地也会多起来的。"我回答他说，接着我要他说一说他们部队怎样抢渡黄河的故事。

"你要了解抢渡黄河的情形，我可以带你去找二营营长谈一谈，二营是最先抢渡过去的，他们的故事最生动。"他说。

于是，我们便向着二营的队伍走去。走了一会儿，看见前面队伍里有一匹高头大马在队伍中间行走着，团部同志告诉我那就是二营营长张铎。张营长听见有人在背后叫他，一骨碌从日本大洋马上跳了下来，迅捷地奔过来和我们握手。这个兄弟部队的营长个子矮小而精悍，两眼炯炯有神，一望而知是一个战场上的出色人物，当我们说明了来意之后，他热烈地表示欢迎，于是我们随着水流似的队伍，一面走，一面谈了起来。这位兄弟部队的英雄营长，是一个谦虚、勇敢而豪爽的人物，他是东北辽宁人，作战中曾负过四次伤，抢渡黄河天险的惊险战斗中他是突击连的领队，是突破陕县、灵宝间敌人黄河防线的第一个指挥员。我要他详细告诉我抢渡黄河的经过。

"抢渡黄河顺利成功，主要还是上级分析情况和指挥得正确，要不是事先情况估计得正确，抢渡点选择得宜，要这样顺利地抢渡过去也是不可能的。"张营长开始向我叙述抢渡黄河的经过，"我们的部队八月十五日在沁阳举行了南征誓师大会之后，便离开太行山向黄河边挺进了，守卫河防的敌人闻讯，早已加强了沿河的防卫，于是我们决定选择在陕县、灵宝间的茅津渡抢渡过去。八月二十二日晚上，我带着最先抢渡的四连来到黄河渡口上，那时已是秋天，又加前两天接连下雨，天气就更冷了，战士们都光着上身，穿着一条短裤，背着一条枪，腰里系满着榴弹，站在黄河边上，虽然在出发前大家喝了点酒取暖，可是一阵阵的风吹来，仍然冷得刺骨。这时河水暴涨，乌黑的四周只听见一阵阵轰轰的浪声，打在岸上，连续不断地发出巨响，遥望黄河对岸敌人烧着一堆堆的照明柴，隐约地勾出了黄河堤岸庞大的黑影，敌人是时时刻刻都在提防着我们抢渡过去的。敌人烧毁了和驱逐了沿河的船只，实行封锁，给我们造成很大的困难，我们找不到渡河的船只，于是我们制造了十只土造汽艇来作为渡河的工具。"

"是什么样的土造汽艇？"

我这一问，张营长笑了起来，他告诉我：所谓"土造汽艇"，就是用油布包了棉花、麦草缝成的"大浮包"，浸在水里不会下沉，人趴在上面用木板划着就能飞快地前进，就好像一只小汽艇。四连的战士们在和岸上的首长们告别之后，便走下河岸，爬上十几个土造汽艇，用小木桨划着，一会儿便顺着黄河大流，向河中间驶去了。土造汽艇将驶到河中间时，浪大了，又刮着风，后浪推前浪地压将过来，渐渐地把十只土造汽艇的"队伍"冲散了。

"这时候我们的情形十分危急，虽然还没有碰上敌人，但是黄水比敌人凶恶得多，这时我们就与黄水展开了恶战。那时因雨后河水暴涨，到河中间时浪愈来愈大，一浪打来，有的就连人带'汽艇'一齐被卷到水底，一会儿'汽艇'浮了上来，人却被浪冲走了；有的人死抓住'汽艇'不放，随着浪头一上一下地打着旋；有的'汽艇'被浪冲得无影无踪，任你怎样大声喊叫，再也联络不上了。这时只见天上和水面乌黑一片，风卷着浪'呼啦，呼啦'地响。渡河勇士们就这样紧抓着十几个'汽艇'，在大浪里浮沉着，艰苦地搏斗着，等到渡过黄河中流时，许多战士已经英勇地葬身河底了。"

"当我们渡过河中间，到了离河岸还有二三百米远的时候，河防上的敌人就发觉了我们。当时岸上敌人死命地喊着，四周的照明火也烧大了，敌人的机枪弹像雨点似的打来。我们继续沉住气向岸边急驶着，到离岸不远时也开始了还击，但是敌人是居高临下占着绝对优势，于是在猛烈的射击下，又有几艘'汽艇'给打翻了，战士们又一批牺牲了，可是余下的同志还是一面还击，一面冒着弹雨，加速往岸边驶去。"

"快到岸边时，最后的困难来了。原来茅津渡对面的黄河岸全是数丈高的悬崖峭壁，人是绝对无法攀缘上去的，只有一条多年给岸上流下来的水冲成的细水沟，人还勉强可以爬行，但就在这条河沟的上头，就有敌人的机枪死守着。"

"我们是非从这条水沟冲上去不行的，牺牲到最后一个也得从这里冲上去！"张营长说着，两眼炯炯地望着我，仿佛正在指挥着这重大的关系着中原战争形势的生死争夺，他接着说，"每个战士都懂得这个意义：现在必须冲上岸去，占领阵地，就是要死也得死到岸上去，而不能死在水里。我们的首长和全军的同志，以及太行山的父老姐妹们，他们都在紧张地注视着这个关系着整个战局的你死我活的争夺，都在热烈地希望着我们夺取这个光荣。……这时候，我们几乎只打剩下一半人了，快到岸边时，战士们便纷纷跳到水里，向着子弹打得水泡齐飞的岸边上游去，岸上的敌人惊慌地叫喊着：'快上来啦！''打呀，快打呀！'……于是子弹和榴弹像水似的倒下来，四连十一班班长李友华游到岸边，大喊一声，全班便首先飞速沿着这条河沟仰冲了上去。战士们这个勇敢的冲击把敌人吓坏了，冲到半途，敌人已像一群受惊的野兔似的往后逃走了，于是四连战士们便一个个湿淋淋地沿着河沟，一齐冲上了堤岸。接着第二梯队也赶上了，便迅速占领了茅津渡到马家河十五里的河防，他们又乘胜猛攻高地回兴镇，逐走守敌青年军一个营。陈谢大军便这样随着刘邓大军之后，渡过黄河，进入豫西，展开了人民解放军外线出击的战略大反攻。"

张营长接着又告诉我渡河强攻回兴镇战斗中的一个小插曲。原来他们在抢渡过黄河以后，又连续战斗，毫无休息，部队的样子十分狼狈，很多战士都光头赤脚，穿着短裤，浑身泥水，有鞋子衣服的也大多都磨破了，战士们只顾缴枪捉俘房，也顾不得这些，一鼓劲冲进了回兴镇。回兴镇的守军"少爷兵"青年军逃走了，慌慌张张的，衣服、被单丢弃满地，战士们拾起枪支、弹药，便光着脚继续搜索前进。这时十一班有个新战士许祺秀，他看到自己的短裤已裂了个大口，光着腚实在难看，便在地上拾起了一个短裤，走了一会儿，看看别人都没有拿东西，我怎么能拿呢？又重新丢在地上，随着大家追了上去，可是他一面跑，一面看看自己的破短裤张着一个大口，真太丢人了，回头又把短裤拾起来塞在怀里，可是没有走几步，他觉得同志们的眼睛似乎都在望着他，好像在说："许祺秀，你破坏纪律发洋财呀！"这时他塞在怀里的一条短裤，像是一块重沉沉的石头，最后他还是下决心远远地丢开了。战斗结束，全连集合，战士们个个还是光头赤脚，没有增加一样东西。

"我们的部队在回兴镇住下后，连队里立刻就自动恢复了满缸运动。"旁边那个政治处的同志插上说。"满缸运动"是陈谢部队执行群众纪律的行动口号之一，即部队住到哪里，便要保证哪里老乡们的水缸常满。可是在茅津渡等地要执行"满缸运动"，却是十分不容易，这一带吃水极困难，黄河水咸不能喝，因为岸高，需要从几十丈深的井里打起水来，打一桶水要很多时间。战士们为了保证老乡们的"满缸"，着实花了点气力，因而也给老乡们很大感动。连队在龙门口花子寨的时候，一个叫王青山的老乡写了段快板，贴在连部的"门板报"上：

解放军　真正好
闲了与民把水挑
高寿臣常与我挑水
有时还把地来扫
这种军队真稀少
可见教育精神好
恩情莫名特登报

王青山谨启

我们沿途这样说说谈谈，部队到宿营地时已是半夜时分，张营长等布置了各军宿营的地方，便回到屋子里，一会儿，电话铃响了，团部传来了解放晋南运城的消息，当张营长把电话筒一放大声宣布这个喜讯时，屋子里的这些晋南子弟兵登时喜得手舞足蹈，几个通讯员立刻飞奔出门报喜去了。

一会儿，电话铃又响了，张营长接起电话，听了一阵，突然紧张起来，圆睁两眼大声对听筒喊着：

"团长，这回可得给我们任务，不，一定得给我们任务！"说罢，把听筒一放，转身大叫道："哈，又是好消息，敌人的二十军在确山被我们包围了！"屋子里登时又喜开了，大家都说："这次一定得要求上级给我们任务。"虽然已是深夜，营部里仍是闹哄哄的，各连都跑到营部来打听消息，要求给他们战斗任务，营部里人进进出出的，整夜没有停。

次日晚上，部队继续南向确山前进。这是两军胜利会合的一个晚上，陈谢部队和华野部队两路大军的行列挤满在宽阔的公路上，漫长不断的十轮大卡、吉普车的无数道灯光交射着，辉耀着，穿过黑夜，把周围的田野照得很明亮，从灯光里可以看见两路部队组成了一股黑黝黝的望不到头的巨流，冲破了黑夜，在向南伸进着，伸进着……队伍里不时传出两军会合的欢呼，汽车马达声，车轮的滚动声，人群的呼喝声……交杂着，震动着四野，这平汉路边上的村庄都被我们这历史的脚步声惊醒了，仿佛黑夜已经过去，白天就要来到。野地上四处烧起了一堆堆的篝火，因为部队过多，路边上村庄稀少，两军的战士互相推让着宿营地，都不肯去睡房子，于是大家便烧起一堆堆的野火，在十二月寒冷的野外露营，地上有霜不能睡，战士们就背靠背地抱着枪睡觉。由于互相推让的结果，许多庄子上竟空着无人宿营，部队都密密地露宿在村子外面。等到天亮之后，部队又继续前进，远望南面黑色延绵起伏的桐柏山已渐渐地向我们移近了。

就在我们两军胜利会师平汉路上、迎接一九四八年的时候，我们听到了毛主席胜利的号召：

中国人民的革命战争，现在已经达到了一个转折点。……中国人民解放军已经在中国这一块土地上扭转了美国帝国主义及蒋介石匪帮的反革命车轮，使之走向覆灭的道路，推进了自己的革命车轮，使之走向胜利的道路。这是一个历史的转折点。这是蒋介石二十年反革命统治由发展到消灭的转折点，这是一百多年以来帝国主义在中国的统治由发展到消灭的转折点。……曙光就在前面，我们应当努力。

中原战场上的两支人民解放军以胜利会师回答了毛主席的号召，我们的两路部队，迎着满天的太阳，踏着宽阔的公路，源源不绝地向南前进着。

击碎蒋家大牢狱

一九四七年十二月

　　自从部队外线出击进入了中原地区之后，我们走过了被蒋介石杀死过无数人的鲁西南，走过了数百万生灵冤沉海底的黄泛区，而后又到了一年中曾饿死过数十万人的平汉路边上。我们走过的每一个庄子，每一寸土地，都浸透着中国劳动人民的鲜血。走到许多庄子上，老乡们涕泪交流地拥上来，向我们倾诉他们一连串说不尽的悲惨故事，要求替他们申冤复仇。我们好像是踏进了一个黑暗无比、血腥冲天的大牢狱，在这个大牢狱里，千百万人民成年累月地被宰割着，被杀戮着，度着难以设想的黑暗年月。在这个大牢狱里，也充满着千百万劳动人民英勇的反抗和斗争。在中原的一年作战中，我们深深感到，河南这个地区，十分集中地表现着国民党血腥暴政的一切罪恶，也充分表现着中国人民英勇顽强的斗争传统。我们的外线出击，神速插进了中原地区，仿佛是举着一把大火炬，突然冲进大牢门，一下照亮了这个阴暗了多少年的蒋家大牢狱，匪帮们罪恶的黑幕被我们无情地撕碎了，牢狱里一切血迹斑斑的景象都在逼人的亮光里、无法掩蔽地在我们的眼前毕露了。

　　是不是有谁还不相信国民党匪帮统治下的中原地区，曾经是这样一个黑暗无比的大牢狱？我想这样的人是可能有的，这是因为过去蒋家匪帮的一切罪恶勾当，都是掩藏在一张相当严密的帷幕里进行的，人们不大容易窥见真相（这张帷幕在我军外线出击后被戳破了），因此，我愿在这里记下我在中原战场上耳闻目击的几个事实。

河南大灾荒一角

平汉路战役结束后，我们的部队到了许昌以南的临颍城附近开始战役休整。

临颍是个小县城，与平汉路边的许多地区一样，附近都是一片肥沃的大平原，灰黑色的古老城墙围着一个周围不到十里地的市面萧条的城区，城外也都显得冷落荒凉。原来这里就是一九四三年河南大灾荒的灾区之一，这个巨大灾难的深重伤害，使得这一带农村虽然在五年之后的今天，却依然没有恢复元气，许多庄子仍然人迹稀少，倒塌的屋子里长满着野草，无人收拾，老乡们回忆起当年的惨事，还不禁伤心地抽泣不已。河南大灾荒是天灾结合着国民党匪帮的暴政而造成的大惨案之一，当时灾情之惨极人寰，非笔墨所能描述。这个大悲剧的真相当时由于国民党匪帮的封锁，一直被蒙蔽着，没有可能使外界知道全部的真情实况，所传到外面的，也只是偶尔漏出的其中的一些片段情况，特别是国民党匪帮直接促成这个大灾荒的滔天罪恶，则更是人们过去所没法知道的。

当人民解放军进入中原之后，中原人民才找到可以倾诉自己痛苦的亲人了。在临颍城西关一间幽暗的草房里，我第一次听到几个衣衫褴褛的老年人叹息着谈到当年临颍大灾荒的惨状。之后，我又陆续听到另一些老乡谈起了这些事情，他们都是在一种不堪回忆的伤痛情绪中，慢慢道出这些故事来的，有好几次，说着说着，几个老人老泪纵横地啜泣了起来。

抗日战争初期，河南一直处在一个奇怪的情况里，当时日寇攻占武汉以后，便继续向着湖南长沙方面追击国民党溃兵去了，把河南丢到了背后，而河南的国民党"第十三集团军总司令"汤恩伯虽然拥兵数十万，也不与日寇作战，两下里和平共处，相安无事。但不与日寇作战的汤恩伯匪部及各级国民党官吏们，却向河南人民进行着凶恶的进攻，国民党匪军公然成了一批杀人越货的匪盗，在河南四处横行，当时汤恩伯匪军总部所在地的叶县成了一个鬼门关，许多商人途经此地时，便被匪军抓住杀死，抢走了财物，后来人们在叶县某处国民党匪军一个岗楼后面的大泥坑里，挖出了数百具被活埋的死尸，这些人多是经过岗楼时被匪军拦下的，货物和钱夺下来，人被推入坑里活埋。而当时国民党"河南省政府"各种各样的苛捐杂税，也像座山似的压得人民喘不过气来，河南人民处在这个黑暗生活中痛苦万状，当时在群众中曾流传了许多民谣，描述河南人民的痛苦及对于国民党暴政的愤怒和反抗，例如襄县人民有这样一首民谣：

易水出一虎
路断八十五
河南成豆腐
路人遭刀屠

这民谣的"易水"相拼即成"汤"字，即指汤恩伯，意思就是说：国民党匪军八十五军公然在路上拦劫行凶，把路上行走的人杀死，把财物抢走，整个河南在汤恩伯这只吃人猛虎的利爪下，已像一块豆腐似的被国民党匪部蹂躏得不像样子了。

在国民党匪帮这种长期的凶暴的剥削榨取之下，河南人民是一天天地贫困下来了，河南人民生活的源泉是一天天地干枯了，到后来就造成了凄惨绝顶的河南大灾荒。河南大灾荒是天灾和国民党暴政结合而成的，但是其基本原因，则是国民党匪帮长期榨取造成人民生活的贫困，以及灾象初现时继续横征暴敛所促成，这是河南人民最清楚不过的事实。

当时临颍大灾荒的情形是这样的：一九四二年和一九四三年，这一带连遭旱灾和蝗灾，田里的农作物歉收。但起初灾荒还并不太严重，庄户人多少都还存有些"荒年粮"，再想些其他办法，还是可以勉强度过灾荒的。但是国民党匪帮及其爪牙们有条祖传的老例，这就是：凡是遇到荒年，就是他们发财致富的良机。于是，与天灾双管齐下的，便是国民党匪帮们火上加油的横征暴敛，为了抢走灾民们最后一颗粮食，国民党"河南省政府"的催粮令一道又一道急如星火，"省政府"专派了个姓郭的催粮大员，从"省府"赶到了临颍，坐在县府里督令临颍匪县长阎受典加紧征粮收款。匪县长又催促乡镇长日夜加紧催缴。于是，国民党匪军和匪乡镇保甲爪牙组成的"催粮队"，有的扛着布袋，有的拿着脚镣手铐，一队又一队地走到正遭遇着连年灾荒的临颍各个村庄里。当时征军粮每亩地最低额十四斤，因为是灾荒年头，十四斤粮值当时的国民党币二百七十四元，而一亩地价当时只值一百六十元，这就是说一亩地的军粮要卖掉了将近两亩地才够缴，庄户们勉强缴了一次，可是不久又是第二次、第三次，又是其他的各种捐款，到后来真是米糠里榨油，实在榨不出来了，催粮的把镣铐往地下一掷，威吓道：

"不缴粮的就戴上这个！"

自然，吓仍然是吓不出钱和粮食来的，就这样，临颍四乡的穷苦庄户一串串、一串串地被绑着带到各个乡公所、镇公所和临颍城里，所有乡镇公所里都被这批缴不出军粮的"案犯"挤满了，临颍城里县政府的监牢也不得不因此而临时扩充了几个。这些农民被捆绑毒打之后关在里边，一天喝一碗稀汤，于是大批地饿死在牢里，每天都有许多僵硬的尸体从牢里拖出来，被丢到城北两个大坑里，几个月中据邻近的居民估计，先后被丢入这两个大坑里的不幸者，大约将近千人，夏天坑里的恶臭周围数里地都可闻到。

但是，这只是地狱的一角，在地狱的另一角却有着这样的情形：就在同一个时候，汤恩伯豪兴大发，要在他的总部所在地叶县兴建戏院、大厦，命令附近数百里的各县城向叶县运送建筑所需的砖瓦木头，规定每保一次要送八寸头的大圆木三根到五根，以及砖瓦若干，用大车拉到叶县。在灾荒正在严重地发展着的当时，这一纸命令无异是一道"催命符"，成百成千的灾民只好忍饥挨饿，想尽办法，把木头砖瓦送了去。有的灾民因饥饿所迫，早把牲口杀掉充饥了，于是只好几十个人勉力地拉着一辆大车，慢慢地向叶县进发。很多灾民死命地拖着拖着，走在半路上就猝然跌倒死去了。

前往叶县的大路上，发生了无数悲惨绝顶的故事，这些故事被后代的人们悲痛地讲述着，流传着，下面就是其中的一个：漯河有个闻名的"橡树坟"，坟地四周栽着的数百棵大橡树，是建房造屋的好材料，汤恩伯知道这一情况后，便下令要征伐这几百棵大橡树，并责令当地人民要迅速把这几百棵大木头送到一百五十里外的叶县去。在平常的情况下，完成这么一件差使，还没有什么困难，可是在当时赤地千里的灾区，这就成为一件难以设想的艰巨工程，人们都已饿得奄奄待毙，哪还有气力去砍伐这些大树？哪还有气力把它运送到一百五十里外去？但是汤恩伯的命令是不能"违抗"的，这数百棵大橡树还是由无数灾民历尽了千辛万苦，支付了无数代价，才送到了叶县。在这一百五十里的漫长路途上，饿死压死了近百灾民，这数百棵被架在汤恩伯官府里的大橡木上，涂满了漯河人民的鲜血。这一"橡树坟"的故事，是当时河南大灾荒这个大悲剧中的血泪插曲之一，人们怨愤交集，把它编成了一首叫作"橡树坟"的歌谣，描述着河南人民对于国民党血腥暴政的千仇万恨，传遍了这一带的农村。这"橡树坟"事件只是当时河南国民党暴政下所发生的故事之一，其余各样的凄惨故事，又何止万千，特别是叶县一带，这种故事就更多，到处都可以听到，河南人民对国民党匪帮的血海深仇，是永世不忘的。

临颍西关的一个老头张凤民和我说到这些故事的时候，他长叹了一声，说：

"唉，同志，那年头不像是人的世界啊，中央（指蒋匪）对俺庄户家是芝麻秆里也要榨四两油出来的，俺庄户人有啥法子想啊！"

以往的中国历史上都有这样的一条规律：伴随着大荒年而来的，必然是一次土地的大并吞和大集中，灾荒愈严重，这种土地吞并的程度也就愈厉害，愈惊人。因为每逢这样的大荒年，一般的劳动农民除了卖田地、卖儿女之外，就别无他法，为求活命，只好出卖赖以为生的土地，度过荒年，于是官僚、地主、豪绅们也就趁机摆出一副悲天悯人的大善人面孔，从农民手里掠夺了大批土地。在河南大灾荒中也没有例外地出现了这样的情形，农民们为了缴款纳粮，以及换取一些度荒的粮食，只好"顾住了今天再说"，忍痛以极其低微的代价出卖自己的土地，制造了河南大灾荒的蒋匪官员、土豪劣绅，甚至连乡镇保长的爪牙们，无不都在灾荒中发了大财。当时临颍的地价曾卖到一亩二升麦子，地价压低到如此无理的程度，而贪得无厌的地主、豪绅们还要装模作样地不肯收买，以便再压低价钱，逼得无路可走的灾民们有时只好跪在蒋匪官员、地主的面前苦苦哀求："求求官长、老太爷，高抬贵手，把这块地收下了吧，凭大爷随便布施一点就是啦。"
在这种情况下，地价就没了准数，地主们往往随便给几个馒头，就取
得了几亩好地。

那时候，不仅是附近的地主、豪绅们大量地收购土地，连远在灾
区以外的蒋匪官僚、地主们也都纷纷远道赶到灾区，趁这个千载难逢
的大好机会，大家都赶来捞一票横财，据临颖的老乡告诉我，当时国
民党匪军五十五军二十五师师长荣广兴曾派专人星夜赶到临颖，廉价
收买了十几顷好地。汤恩伯也派人在漯河买了数十顷地。地主姚翰清
从安阳赶到临颖，买了十二顷良田。国民党匪帮乡镇保长、狗腿爪牙
们个个都摇身一变，成了大地主，临颖城西大郭寨的收税员郭荣州由
二十亩地一下激增到二顷多地。蒋匪繁城镇队长李福兴一次就买下了
三顷多地。连临颖城北二家柳替保长当勤务跑跑腿的刘书其也置下了
二顷多地和半个庄子的房屋地皮，这个跟随着匪帮们作威作福的狗腿
子也平地升天，成了二家柳的大财主，由此可见当时土地的并吞掠夺，
已到了何等惊人的程度！

没有多久，土地就这样大批大批地从劳动人民的手里，被写到地
主、豪绅们的财产簿子上去了。仅仅一年前后的时间，河南的土地关
系起了十分巨大的变化。

为着换取一些救死粮度过灾荒，临颖一些无地可卖的贫苦农民也
只好如凤阳花鼓里所唱的"小户人家卖儿郎"，痛苦地标卖自己的亲
骨肉，这更是悲剧中的悲剧了。当时各地许多人贩子赶到了灾区，专
做贩卖人口的生意。这也是一票一本万利的好买卖，在灾区几升麦子
就可买一个大闺女，送到灾区以外，至少也可获利数十倍。村庄上到
处可闻生离死别的哭声，有父母舍不得卖儿女，而儿女央求父母卖掉
自己的，因为这样既可使父母得到点救死粮，自己也可免于饿死；也

有父母卖掉自己，把粮食留给儿女吃的。一串串的农家女儿、青年妇女，痛哭连天地与自己的父母家人告别，被人贩子押着离开了村庄，走向不可知的黑暗命运，在中间，不知上演了多少的人间悲剧啊！

当国民党匪帮抢走了农民们最后的一颗粮食，掠夺了他们的土地和一切之后，灾荒便迅速地发展到了无可救药的地步，最先灾民还能剥树皮，吃茯苓草，吃观音土，到后来就完全陷入了绝境，妇女、老人们只能挣扎着爬到庄外野地里去扒一些草叶剥一些树皮充饥。当时在周家口据说曾发生了这样的一件惨事：有一天，几百个饥民拥向地主的家里抢粮食，国民党匪县长闻讯，一面急忙派兵弹压，同时编了个谣言，说"中央"派人来救济了，要大家到周家口大庙里去领救济粮，灾民们被骗进了大庙之后，国民党匪徒便转身偷偷锁住大门，灾民们没有气力越墙出来，结果全部饿死在里边。那时候，壮年人撑着根木棍，一拐一拐地摇晃到外边去觅食，走到半路上，眼一花，一头栽到地上便死去了。庄子上再也听不到鸡啼狗吠声，到处都可见倒毙的尸体曝晒在烈日下，周身爬满蛆子，散发着奇臭。

好吃的，一切都吃光了；除了地主富户的仓库，一切都是空空的，在这样的情况下，人吃人的事情是完全可以理解的了。

老人们又叹息着告诉我灾荒中这样一些人吃人的故事：

临颍城西韩庄有一家地主，这家地主一天突然发现他家里养着的一条狗不见了，于是他急忙派人四处找寻，找了很久仍没有找到，后来有人报告他说：庄头姓韩的穷户一家人大白天关着门，有人看到好像偷偷地在吃肉，恐怕就是他家的狗子被偷去杀掉吃了。地主闻讯后，便怒冲冲地带了人走到庄头去找，走到那韩姓农民的门口，便猛地推门进去，一把抓住那姓韩的，一定要他赔狗，那姓韩的全家人跪在地上苦苦哀求，对天发誓，说实在没有偷他的狗，地主仍然不相信，那姓韩的农民看看无计可施，迟疑了一阵，便失神地从地上爬起来，跌跌撞撞地走进后屋，一会儿他脸如死灰，两眼直瞪瞪地流着泪，双手捧着一堆血淋淋的东西走了出来，走到室外，就跌倒在地上，号哭着：

"唉！唉！俺反正是没有脸啦，大爷，俺哪敢吃你家的狗子，俺是哑巴吃黄连，苦在心里，说不出口，见不得人哪，俺吃的是自家小孩……"

说罢全家放声号哭，一堆血淋淋的小孩手脚，从他的手里滚落到了地上。

老人又告诉我这样一件事情：

临颍城西关有一个叫刘顺富的，家里什么东西都卖光吃光了（当时临颍城里从河沟里捞起来的水草也要卖四元钱一斤），于是每天晚上便像鬼一样地偷偷爬到乱坟堆里，把白天才埋的饿死的尸体从土里扒出来，割一挂臭肉回来，回到家里便偷偷地煮着，给老婆、小孩和自己吃。吃了六七个尸体之后，刘顺富发疯了，他两眼猩红，浑身肿胀，整日在街上跌撞着，两手死命地捶打着肚子，捶打着全身，哭一阵，叫一阵：

"肚皮里火烧呀，肚皮里火烧呀，乡亲们救救命呀，给我点水喝呀，啊唷……"

左邻右舍看着难过，有的人就端给他一点水喝，刘顺富不管什么脏水，捧起来就咕咕地喝个干净，喝了之后，还是连声叫渴。他又拼命地捶打着自己，眼睛打肿了，流血了，脸也打肿了，浑身血迹模糊，不像个人样。几天之后，刘顺富一家三口像三只膨胀的蛤蟆，趴在地上死去了。

回忆到这些惨事时，临颍城西关那几个浩劫余生的善良老人声音低哑了，身子微微地打着战，再也说不下去了。有几个老年人用袖子掩着脸，竟呜呜地悲泣了起来。围在旁边的一群人也都个个沉重地垂下头来，大家擦着眼睛，默默无言，只听见微风叹息似的吹着小草棚的树枝和麦草，沙沙作响。听着这些难以令人相信，然而毕竟是事实的事实，我是无法再记下去了，眼睛里，胸腔里，仿佛在烧着火，无法忍耐。唉，想想吧，这是什么样的世界啊！中国劳动人民在国民党匪帮血腥统治的苦海里，曾经是经历了这样的苦难道路啊！难道还有比这更凄惨绝顶的所谓"人间地狱"吗？难道这样的活地狱还有一丝一毫的理由让它继续存在，让它继续吞噬我们，不该立刻把它击个粉碎吗？

　　老乡们告诉我：河南人民也曾经进行了许多反抗国民党血腥暴政的斗争。当灾荒过去后，临颍四乡的农民们便爆发了"要地斗争"，向灾荒中掠夺了他们土地的地主、豪绅们索还土地，国民党政府闻讯后，便急忙派员到四乡实行武装弹压，捉拿带头要地的农民领袖。但是这样做的结果，各地的"要地斗争"却愈演愈烈，匪帮们也开始感到光采用镇压的办法，对于农民的正义运动是"火上加油"，愈闹愈大，为了缓和四乡农民们的"要地斗争"，于是河南国民党政府便演了一出"退地"的把戏，贴出布告，声称灾荒中卖地的农民可以原价收回土地。当然庄户人都知道，像国民党政府的许多冠冕堂皇的布告一样，这也仍脱不了是一张满纸骗人的谎言，但也有部分农民受其欺骗的，还以为"政府"或许能帮他们把地收回来，结果便打官司，从此临颍蒋匪乡、镇公所和县政府都大忙特忙起来，县府五个法官每天开堂，城内菜馆酒肆也因打官司请客而兴隆起来。法警下乡一次要"路费"五万元，开堂要钱，写状纸要钱，递状纸要钱，还要各种的贿赂，蒋匪大小官员趁机又发了一票大财，临颍匪县府法官孙文裕即因此而成了豪富。临颍农民因"退地"而弄得倾家荡产的不知有多少，许多农民不仅没有收回土地，反而连余下的土地家产也因此被弄个干净。老乡们告诉我：临颍城西谷庄的一个贫农谷法科，他为了收回在灾荒时被地主掠夺去的三亩地，和地主打官司，官司打了许久，结果不但过去的三亩地没有收回，反而又把余下的三亩地也在打官司中卖掉了，而且背了一身债。又如临颍城北小王庄的一个农民王水汪，因为"退地"打官司而弄得家贫如洗，后来眼看官司再也没钱打下去了，便要求作罢，可是法警赶来说："官司已经打开了，可不能由你了。"结果又被敲诈去数十万元。我们部队到城西谷庄的那天，还有一个法警匆忙地跑来找庄上的贫农谷土成，索取打官司时欠他的贿赂金。"退地"的把戏把临颍农民弄得更加山穷水尽，而土地却仍然在蒋匪官员和地主、豪绅们的手里。

我随部队进入临颍城的时候，在国民党县政府的办公厅里还见到临颍四乡农民要求退地的状纸狼藉满地，很多状纸在这里高搁了一年余，纸上盖满尘土，可见匪帮的官员们连翻都没有翻过一下，而现在，他们慌乱地丢下了一切，夹着尾巴逃走了。

在临颍西关小草棚里，当我和几个老乡谈着当年大灾荒情形的时候，突然，旁边一个人放声大哭了起来，大家侧过头去，才发现是一个小孩子双手掩着脸，在那里悲伤地恸哭着，人们劝了好半天，他才停止了哭声。旁边老乡告诉我：这孩子名叫胡珠，今年十四岁，就是这条街上的人，在灾荒里一家五口饿死了四个，只留下了这个小孩，至今六亲无靠，在街坊上讨点饭吃过日子。我看那个小孩又瘦又小，看起来只有十一二岁，脸色枯黄，好像一棵还没有成长就已经萎缩了的小草，披着一件破烂不堪的衣服，满脸的眼泪，样子实在可怜。我对他说：我可以帮他去领一些救济粮。小孩含着一泡眼泪，感激地望望我，点点头，一会儿，也许是触动他又回忆起了父母的惨死和自己的悲苦身世来了，他又悲苦地抽噎了起来。

"那时候如果俺队伍来了，俺爹娘就不会饿死了。……"胡珠呜咽着说。

旁边的人也都摇头叹息着：

"唉，那时候要是八路军来了，那就好办啦。"

听了这些，作为人民解放军一员的我，不能不深深受到感动，在苦难中的中国人民，对于我们是寄付着何等巨大的期望啊，他们是如何焦急地盼望着我们的到来。对于人民的这种殷切期望，我们是应该如何努力地争取，让他们的希望早日得到实现。

襄城血案

在平汉路边做了短期的战后休整之后，我们便开始向豫西进军。

豫西是当时陈谢部队的主要战场。陈谢部队南渡黄河以后，便一直在这一带地区与国民党匪军及其地方土匪部队作战。同时他们又执行了工作队的任务，在新区发动与组织群众，反匪反霸，支援解放战争。饱受蒋灾之苦的豫西人民在与人民解放军的接触中，以及与国民党匪帮血腥暴政的鲜明对照中，懂得了共产党和人民解放军真正是自己的救星，自己解放翻身的一天终于来到了，于是他们便协同陈谢部队一起勇敢战斗了起来。人民解放军与豫西人民的这一结合，就使得当时豫西的形势发生了重大的变化：原为国民党统治区的豫西开始渐渐成为豫西人民的解放区，而国民党匪帮反而成了一撮无处依托的游魂，人民先后离开了他们。

当时实际上已成为一群到处行劫为生的流寇国民党匪帮，他们对于自己的这个失败，采取了可耻的办法，这就是更加残暴地屠杀和镇压，他们像疯狗似的四处乱窜乱咬着，想以此吓倒人民，于是，当时的豫西便不断地发生着国民党匪帮残酷屠杀人民的大血案。

二月一日，我们到了豫西闻名的烟叶集散地襄城。这是豫西较大的县城之一，破落的城垣四周修筑了很多完好无损的工事碉堡，但是这些碉堡工事的构筑者国民党匪帮，当我们还在来襄城途上的时候，便趁星夜溜走了。匪帮们在逃离襄城前不久，做了一次惨无人性的大屠杀。

我曾以一天的时间对这个大屠杀的经过作了个简略的调查，事情是这样的：原来陈谢部队首次解放了襄城之后，在城里住了十几天，惩办了一些罪大恶极的恶霸，并拨了一部分粮食救济了城里陷于饥困的贫苦市民，之后，为着继续找寻战机，歼灭敌人有生力量，便离开了襄城。部队撤出后，国民党襄城匪县长廉明伦、匪保安团长英琦珊、匪自卫团长崔东魁即率匪部窜回城里。回到城里之后，他们立刻发觉解放军在襄城的十几天时间，已使襄城人民在思想上发生了很大的变化，人民对于匪帮们已表示了更大的厌憎，甚至明显地表示了对匪帮们的敌视，这不能不使匪帮们感到惊恐万分，于是，廉明伦等几个匪徒便决定在全城实行大屠杀，以此来"镇压"人民的反抗与不满。白天里，他们派人四出鸣锣，要"领到八路军救济粮的人都把粮食交出来"。半夜里，凶手们便一批批地出发了，他们有的踢破大门，把人从被窝里拖出来；有的翻墙进去，把人抓出来；在路上走的人也被拖了就走。衙前街的小贩刘天顺正在睡梦中，听见院子里墙头上有人声，一会儿猛地一下三个凶徒踢开小门冲了进来，不问情由地掀开棉被，拖起刘天顺就走，女人、小孩哭着追上去，被土匪回身踢倒地上。匪徒们走到外面，正好碰上卖油馍的小贩黄乾宝披着衣服摸出来撒尿，也被一把拖走。匪徒们就这样神出鬼没地捕捉了市民百余人，那晚上，襄城街头巷尾，到处响着一片寻儿找父的呼喊声，一直继续到天明，但是谁也没有找到自己的儿子和丈夫，人们开始恐怖地预感到事情的严重了。

不几天，北关的市民们发觉北关寨外的壕沟里发出一阵阵难闻的臭味，人们前去扒开泥土一看，原来埋在土底下的是数十具死尸，身上都被绳子紧绑着，嘴巴里塞满着土块和棉花，虽然脸上血迹模糊，但仔细一看，发觉正是那晚上突然失踪的人们。接着，人们在北关的大枯井里也闻到了臭味，一打捞，原来井底里也都是尸体，于是血案的真相大白了：一百多无辜的襄城人民被国民党匪帮全数活埋了！这个悲惨的消息像巨雷一样震动了襄城，虽然城内外到处布满着匪帮们的特务狗腿，但仍然迅速地传遍了全城，人们内心的悲愤是难以形容的。之后，被难家属又陆续在城内威风塔边、北关泰山庙后、五里铺、独炉等地寻到了埋人的地方。几个地方数天中共扒出了八十余具尸体，家属们一批批地赶来认领自己的亲人，趴在血迹模糊的尸体上痛哭失声，凄厉的哭号声日夜不绝，像刀子一样割痛着全城人民的心。

"唉，同志，铁石心肠听了也要心酸啊！你想想，这还像是人干的事情吗？"一个卖烟叶的中年商人和我谈到这些时，不禁悲愤交集，"那帮土匪是半点人性都没有的了，难道老百姓有什么罪？难道老百姓肚子饿领几斤粮食吃就该杀头？唉，他们以为老百姓没刀没枪，杀几个还不是像杀鸡杀狗一样，还能拿他怎样？他们可是想错了。"他接着告诉我：城里的人谁都等着解放军早日回来。在我军入城前廉明伦等几个主犯知道不妙，便先逃走了，城里有一些市民连忙秘密地把几个尚未逃走的杀人凶犯监视了起来，他们逃跑时便偷偷地跟踪，于是当我们一月十七日进城时，市民们便立刻带了进城的民主政府人员把蒋匪襄城自卫总队长张贯江等杀人犯捉住了。凶犯们供认了杀人的事实，于是政府接受人民的控告，依法判处了他们的死刑。当处决的一天，人群像潮水似的涌去，把刑场周围围得水泄不通。在快要执行的时候，从人堆里挤上来一个老头子，手里执着一把剪刀，气吼吼地向旁边大声问：

"大伙说，这些狗养的死了亏不亏呀？"

"不亏呀！"人群里愤怒地应和着。

老头子闻声，便猛地举起剪子，往凶犯身上扑了过去。人民政府的干部见状，连忙把他劝止，向他说明罪大恶极的匪徒分子政府自会接受人民请求，依法处以极刑的。这位老头子经说明后，怏怏地走回人群里。不一会儿，刑场上响起一阵枪声，几个凶犯喷着血像狗一样地歪倒在地上了。

事后不久，我曾和襄城人民政府的干部一起去慰问被害的家属。我们最先到了衙前街，这条小街上被害的人最多，在一个很小的院子里我们找到了被害小贩刘天顺的家——一间站直了就要碰到头皮的小屋，他的女人热忱地接待了我们，并详细地叙述了一遍她丈夫被害的经过。她又愤愤地说：

"你看那批棺材里伸手死要钱的强盗，抓住了人，还要贼头狗脑地四处乱翻，你要说一句，他就抢你两拳，我们这种穷人家里有什么东西好拿呢？他们翻了大半天，都看不上眼，就把他爹新买的一顶礼帽往头上一套，又把才借来的三十万票子（蒋币）往腰里一塞，唉，东西拿去就算了吧，还要把人带走，可怜我跪下来求也不行，把我当胸一脚踢倒，那些强盗……"这个女人抖颤颤地用手指着她的胸口，哀哭了起来。

这时左邻右舍闻声都赶来了，在门口站了一大群，嚷嚷不休地议论着，有的说廉明伦这批杀人不眨眼的土匪，将来也总要报应到他们头上的；有的愤愤说："老百姓要杀就杀得尽啦，你愈杀，老百姓就愈要反，看你们咋办？"我们便趁机对老乡们说："国民党这批孬种今天乱杀人，正好比是狗急要跳墙，因为他们在咱豫西站不住脚了，老百姓都反对他们，正是'乡里人挑大粪，前后都是死（屎）'啦，于是就到处乱糟蹋人，这批孬种好比一条快被打死的长虫，蹦几蹦也就断气了。"

"同志的话对，正是这个样。"

"可不是，咱老百姓反对他，他就没活路。"

"这批土匪挨过初一，总挨不过十五，解放军迟早总要制他。"

老乡们嚷嚷着都表示同意我们的意见。

而老乡们的话也到底说中了，部队在第四次解放许昌城的时候，我们在一大群俘虏中终于找到了襄城血案的主犯匪县长廉明伦，后来便送往襄城，让那里的人民政府去处理。被害的襄城人民终于吐了一口怨气。

"阎王县长"

四月十日的半夜里，天哗哗地下起了大雨，但同时也传来了立即行动的命令，要我们进驻敌人已逃窜的禹县城。

我们的队伍悄悄地离开了禹县以南三十五里的一个小庄子，向禹县前进。也许天已经亮了，但四周是黑沉沉的，雨霏霏地下着，把庄子、树木等一切都蒙罩了起来，风卷着雨在田野上飞舞。

在雨中整整走了一天，一直到天色昏暗下来，才远远望见了黑黢黢的一个城墙的轮廓，模糊地显露在远处的雨中，向导告诉我们：前面已是豫西闻名的药材集散地禹县城了。

踏进禹县南关，不禁使我们惊奇起来，在我们眼前的哪里像是一座什么县城？整个城关就仿佛一座古庙一样死寂无声，除了雨点淅淅沥沥地打在街道上以外，连一声狗叫也听不到。街两边的房屋，像一堆堆的秫秸似的沉默地互相依靠着，屋前所有的大门都关得紧紧的，没有射出一线微光，整条街道看不到一个人影子。顺着冷落的街道往前走去，就到了城南门，城门口有两个新修的大地堡静静地趴在那里，地堡里也没有人，敌人在前一天就逃走了。雨点淅淅沥沥地打在地堡上、城边上，显得格外凄凉。

淋得浑身透湿的队伍一拥进南关之后，大家急于找地方休息下来，就分头奔向每家紧闭着的门口打起门来，霎时，街道上到处响起了一片擂门声和呼唤声：

"大爷大娘开开门哪，咱们是解放军。"

"大娘开门啦，咱八路军到啦。"

我们一班几个人，撞进了一间黑洞洞的外屋，用手电筒一照：屋里空空的，什么都没有。再往里走，才知道门在里面，但是却关得紧紧的。我们打了一阵门，屋子里没有一点动静。我们根据屋子前后的一些迹象判断，显然里面是有人住着的，于是我们决定再耐心敲门：

"老乡，我们是八路军，才开到这里休息的。"

"老乡们不要怕，我们是解放军。"

我们一边敲门，一边很耐心地解释，但仍然没有收到效果：屋子里毫无动静。这是怎么搞的呢？我们不禁奇怪起来。我们南渡黄河到中原新解放区作战，也已经有一年多了，一年多来由于我们正确地执行了新区政策，中原人民已和我们建立了血肉不可分的关系，我们开到哪里，敲着锣鼓、扛着大旗的农民队伍就出现在哪里，人民热烈地欢迎我们，把我们叫作"毛主席派来的救星"，我们所到之处无一例外，难道独独就是禹县老百姓的思想还没有打通？我们几个人站在门外，你看看我，我望望你，毫无办法。一阵冷风夹着雨点吹到透湿的身上，就像几百枚针扎着全身，禁不住全身打战。没奈何，只好又回到外屋，到别处去弄了点湿木柴来生起火来，也不管满屋子的烟熏得个个人眼泪直流，大家就脱下湿衣服，围着烤起火来。可是问题又来了：规定各班自己烧饭吃，我们没有柴火，没有锅灶，没有水缸，除了几条湿面粉袋以外，什么都没有，更没有铺地的麦草，觉也没法睡，离开了老乡们的帮助，真是寸步难行呵。大家围着火，正在七嘴八舌地讨论怎样想法烧饭吃，度过这个难度的晚上——突然，我们的身后响起了一个女人的声音：

"同志……你们在外边不方便，到里边俺家去做饭吧。"

大家闻声回过头去，只见一个约莫四十岁的中年妇人，站在我们的背后，身上穿得很破旧，脸上流露着慈祥的神色，亲切地注视着我们，手指着里面的院子，这时候我们才发现里面的屋子里有一线灯光射出来，亮亮地照在院子里，原来当我们在烤火的时候，里面的门已经打开了。

女主人把我们带到了里面的屋子里，又抱出了一大捧干柴，在堂屋中间升起了一盆好火，又提着我们几条湿漉漉的面粉袋，走到后面厨房里给我们做饭去了。干柴烈火，不一会儿就把屋子里烧得暖烘烘的，大家的额头上甚至开始冒出汗珠来。厨房里"的的笃笃"地响着擀面声和刀声，一阵阵的面香送了出来，大概一顿舒适的晚餐也不会很久了。我们虽然很高兴，但心上却有一块疙瘩解不开来：这个大娘的态度令人奇怪，最初她为什么硬是不肯开门呢？后来怎么又"转变"得这样快呢？这真是丈二和尚——叫人摸不着头脑哩。当吃面条的时候，我再也忍不住啦，我把碗一放，笑着问她：

"大娘，我问你，我们打门的时候，你为啥不开门呢？是不是怕我们？"

我一说，大家就哄地笑开了，一齐望着她。

"为啥不开门？还怕你们同志？嗳，同志别说笑话啦……"大娘望望我们，脸色显得很庄重，说到这里她好像又记起了什么似的，蹑足走到门口，轻轻把门掩上了，回过头来说：

"早知道是俺的队伍，还会不开门么？……唉，同志，你们早几天怎么不来呢？"她叹着气，轻轻地走到我们的桌前坐了下来：

"你们早几天怎么不来呢？你们早几天来了该多好呵，你们可知道咱这边坏了事啦……"

大娘垂着头喃喃着，手擦着眼睛，竟然低声抽泣了起来……

原来早几天前的一个黑夜（旧历是二月初十日），禹县城外"啪啪"地响了一阵枪声，接着城里也开来了一支队伍。那时候已是半夜光景，乡亲们早就睡了，这支队伍走进城里之后，便都四散着走到每家门口，擂着门喊了起来：

"大爷大娘，李县长[1]跟八路军进城啦，反动派赶走啦！"

"快起来到南关福音堂开会去哇！"

"大爷大娘快起来开门，咱们是八路军！"

一会儿，大街小巷到处响起了一片呼喊声，有的是河南土腔，有的好像是在装"蛮腔"[2]，东也喊"大娘"，西也喊"大爷"，这一阵突然的呼唤声把睡梦中的人们惊醒了，他们睡眼惺忪地从床上坐起，一听门外一片声音在喊着："李县长回来啦，八路军进城啦……"再仔

---

[1] 李县长即禹县人民政府县长。

[2] 豫省叫南方口音为"蛮腔"，华东野战军中多南方人，河南人听到"蛮腔"，便知道是"真八路"来了。

细一听，四处都在这样喊，不禁喜出望外。人们匆忙从床上起来，心想真是天天望天晴，今天可望到头啦，打从李县长退出禹县，"刮民党"窜回禹县之后，乡亲们好像又被推进了地狱里，真是不能提了，今儿来要款，明儿来抓人，逼得人没路走，谁不是扳着指头熬日子，巴望着李县长早日回来。现在可是熬到头了……心里一高兴，手脚也就快多了，一忽儿就穿好衣服，推门奔了出去。这时街道上尽是才从家里走出来赶去开会的人，络绎不绝地向南关福音堂涌去，谁不打从心里欢喜着，恨不得几步就跨到福音堂会场上，去看看那些同志们。这时街旁暗角里一段一段的都有人拿枪站着岗，黑乎乎的也看不清，反正总是"解放军"同志。人们一路上说说笑笑，涌到了福音堂，福音堂场子上不多久人就挤得黑压压的了。大家在人群中撞来碰去地四处找寻着李县长，可是找来找去没有找到。后来人们发现福音堂前高台上，有一个人站在那里指手画脚地咋呼着，指画着什么，黑暗里也看不清究竟是谁，于是又一窝蜂地向那里拥去，有几个年轻人特别起劲，一直抢在最前头，虎虎地挤到前面不远，突然，像给人打了一拳似的，几个人不约而同地都突然像木头似的怔住不动了，一眨眼工夫，不知是谁猛地扭过身子，抖着声音向后面大喊着：

"乡亲们不好啦！俺们被人骗啦！快跑呀！"

大伙闻声往前一看，也都吓得面无人色，于是一声发喊，好像一棍子捣进蜂窝里似的，满场上的人都跑开了，喊的喊，哭的哭，小孩被踏在脚底下，女人跌倒在地上，人群大乱了……

"不准跑！不准跑！谁跑就枪毙谁！"站在高台上的那个人，发疯似的挥着两手，像鬼一样号叫着。

"叭——叭——"枪声恐怖地响了，枪口在黑暗中冒着火光。

四周里呼啦地突然冲出许多人来，大喊着，高举着枪托，迎头拦住了向外涌去的人群，狠命地朝乱钻着的人头上敲着，撞着，有的"格勒格勒"地拉着枪机，朝着人群做着预备射击的姿势，发疯似的叫着："谁跑打死谁！谁跑打死谁！"于是，渐渐地，人群又像赶鸭子似的哄哄地被许多枪杆一边打一边走地赶拢到场子上。但是人们是再也不能安静下来了，他们恐怖地望着高台上，只见台上的那个人，穿着一件黑长袍，瘦长的猴子脸上杀气腾腾，手上举着把小手枪，在那里大喊着："把人赶拢来！把人赶拢来！"随着他的鬼叫声，场子上便又爆发了一阵阵的打骂声和哭号声，人群终于哄哄地被挤成了一个大堆，外边围起了一圈子的人，个个像凶神一样地端着枪，枪口朝着里面。

　　原来站在高台上咋呼的不是别人，正是禹县人民的死对头，被禹县人民称作"阎王县长"的黄汝璋。黄汝璋是一九四七年十月才到的任，当"阎王县长"赶到禹县的时候，人民解放战争形势已发生了根本的变化：人民解放军已开始了大举反攻，刘邓、陈粟、陈谢三支反攻大军先后南渡黄河，进入了中原，中原的国民党匪帮在解放军大举反攻的声势下，已是"树倒猢狲散"地乱成一团，各自逃命，黄汝璋眼看着人民解放军排山倒海似的压将过来，不可抗御；眼看着匪帮们的天下大势已去，已无可挽回，于是他带着他的土匪"自卫队"，拼命地抓捕爱国分子，一批批地拉到北关大桥边杀害，有的用枪崩，有的竟用铡刀铡，桥边的沙滩口血渍斑斑，颍河上不时漂浮着一具具无头的尸体。在解放军快到禹县的一个黑夜，一支乌黑的队伍静悄悄地走出北关到了大桥上，原来黄汝璋把牢里最后剩下的四十五个共产党员和爱国分子，用铡刀铡死，"扑通扑通"地抛入了颍河，这只恶狗便夹着尾巴星夜逃走了——唉，想不到这个阴险的"阎王县长"，今天竟伪装成八路军布下了这样的一个圈套，把乡亲们都骗了进来。老乡们预感到灾难到来。

可怕的灾难终于开始了：黄汝璋在台上大声命令边上把人群中的青年壮丁都捆起来，于是，匪徒们又冲进了人群里，用枪柄撞着，用脚踢着，许多青年人拼死反抗，与匪兵们剧烈地殴打了起来，有的青年人虽然被几个匪兵按住了，还是骂不绝口，有的女人号哭着，死命拉住自己的丈夫和儿子，便被匪徒一掌推倒在地上，一会儿场子边上就捆起了五六十个青年人，满场上大喊小叫，一片嘈杂声。

黄汝璋往前挪了几步，手叉在腰眼里，贼眼溜溜地看着底下，开始大声说："今天你们再骂也没有用，你们的命都在我手掌心，要强也强不了……八路进城以后，你们这些人就给迷了心，我今天就给你们来吃一服清凉剂，给你们清一清心……今天我在这里讲清楚，以后如果谁还敢再私通八路……"说到这里，黄汝璋的三角眼凶狠地往上一翻，猛地转过身来用小手枪点着被捆在场边上的一群青年人，慢声慢气地说："你们看着，这就是你们的样子！"说罢，黄汝璋即挥手命令将所有捆着的青年人一起押往北乡活埋，并叮嘱边上说："谁也不准起尸首，谁起尸首就杀谁的头，不准少一个尸体！"

仿佛做了一场噩梦一样，女人小孩们被跄跄踉踉地逐了回来，那几十个青年人，一路上骂不绝口地被押出城去，当晚就全部在北乡木良庙、小庙一带被活埋了，被难家属因为黄汝璋有言在先，只好让他们的亲人暂时抛尸荒野，也不敢去挖回来。自此之后，被骗了一次的禹县人民每当日落，便家家关门闭户，城关四周就好像死去了一样，他们再也不肯轻易把门打开了。但是，人们并没有睡去，他们每夜流着泪，在祈望着解放军早日回来，每夜在门缝里偷偷张望着，谛听着，听城外可有进击的枪声响起？听门外走动着的可真正是自己的队伍来到？……

"真是把人想坏啦，哪一天不巴望咱队伍早日回来呵。"大娘重重地叹着气，"队伍一进南关俺就听见了，俺把耳朵贴着门，心里扑扑地跳，又是害怕，又是喜欢，听着街上"的的达达"的尽是人声，俺心里嘀咕：可是解放军来了？门缝里又望不清，又不敢开门，真是叫人拿不定主儿，听你们在咱门上打了一阵，俺没搭腔，又折回去了，俺想这队伍哪有这么好说话？要是'刮民党'土匪队，不早就摘了你的门？口音都和和善善的，不是解放军还有谁？等你们在外边烤火，俺就下定决心出来瞧瞧——可不是咱队伍来了？"

说到这里，还挂着几粒眼泪的脸抬了起来，露出衷心的笑容，深深地看着我们。

堂屋中间的火堆也像女主人的心一样，愉快地跳动着，满屋里升腾着我们湿衣服上蒸发出来的水汽。门外一个同志兴冲冲地走了进来，告诉我们说：各班都已经找到房子安顿了下来，老乡们都像亲人一样地接待着他们。

第二天，出了满天的好太阳，昨晚上冷落得像古庙一样的禹县城好像变了一个样子。但是熟闹的街路上却是一阵阵的哭声不绝，原来是被害的家属们正成群结队地穿出北关，出发去寻找他们被害亲人的尸体。后来，他们在小庄一个地方挖出了六个大坑，坑里一层层地叠满了人，尸首都由绳子一道道地紧捆着，嘴上塞着棉花，眼睛鼻子上全是干涸了的血渍，有的头壳都破裂了一大块，头发、脑浆、血和泥土粘成紫黑色的一团，大概是因为生前反抗，因而被打死后推下去掩埋的。尸体中有的紧握着拳头，有的张口怒目，显出无限愤怒的样子。在一个大坑里还挖出了一个大肚子女人和一个十二三岁的小孩，和许多死尸叠在一起。寻找亲人尸体的人群中，有南关王老四的女人，跌跌撞撞地一边哭，一边走，找寻着她相依为命的亲人，后来在木良庙前大坑里的一堆死尸中找到了被害的丈夫。王老四是南关一个卖馍的小贩，左邻右舍一致称道的忠厚人，那晚上摸到作坊里去看面发酵，走在半路上给匪兵没头没脑地拖了就走，也一起被活埋了。王老四手脚全部被绳子紧绑着，颈脖上系着四道绳子，陷在皮肉里有一指多深，看样子是生前用绳子先勒死，然后推下泥土的。她一面死去活来地痛哭着，一面用剪子把丈夫颈上和身上的绳子一根根剪断，哭着哭着，一会儿两眼翻白，往后一仰，哭晕在地上。

围在王老四女人边上的一大群乡亲们，都沉重地垂下了头来，有几个女人走上去抱住她，在她的背上接连捶打着，轻声地喊："老四嫂，老四嫂……"王老四的女人软绵绵地倒在旁人的手臂上，头下垂着，嘴上微微地喘着气，眼泪、口涎一齐顺着嘴角流下来……人群依然愤怒地沉默着，看着这一切，他们在心里说：冤有头，债有主，血债终有一天要清算的。

在那次禹县血案之后，我们的部队就在附近住了下来，以后禹县也终于渐渐成了巩固的解放区，而"阎王县长"却是率领着他的"阴兵阴将"，长期奔窜在北乡的崇山峻岭"打游击"，到处抢劫为生，再也不敢窜回禹县 [①]。

采访了禹县血案回来后，同志们谈起惨案的真相，都感到万分悲愤，唉，前有襄城血案，后有禹县屠杀，国民党匪帮所欠人民的血债难道还计算得清么？大家都说：匪帮们这种惨无人性的屠杀，绝不是一时一地的偶发事件，而是国民党匪帮在豫西军事上、政治上宣告失败以后一种有计划的暴戾的挣扎，这种屠杀也正是蒋介石集团反革命本质最真实的暴露，在战争的生死决斗里，匪帮们张牙舞爪的吃人面目赤裸裸地揭开在人民的面前了。

---

① 禹县血案主凶黄汝璋已于一九五一年四月间在重庆伏法。

为击碎蒋家大牢狱而战

当部队进入中原地区战争形势起了根本变化之后，中原人民与国民党匪帮之间的生死斗争也随着尖锐起来了：人民要起来解放自己，结束在帝国主义、封建主义压迫下的黑暗年月，匪帮们则依旧要保持他们的杀人犯统治，继续把人民踩在脚下，这就构成了当时紧张的斗争形势。这是一次最后的也是最残酷的斗争，在这斗争中人民不可免地大量地流了血，遭受了匪帮们毒辣的屠杀，类似襄城、禹县的血案几乎在中原到处出现着，这说明了什么呢？我想，这不是说明敌人的强大，而是说明人民的觉醒，说明人民大革命高潮业已到来。不论是襄城、禹县，以及平汉路两侧的许多地方，我们看到人民虽然连续不断地遭受了严重的挫折，但是他们的革命情绪始终高涨，因为南下的人民解放军坚决地支持了中原人民的解放斗争，给中原三千万人民照亮了解放之路，给他们以勇气和信心。当时中原人民这种高涨的革命情绪是到处可见的。

我们来到了河南大灾荒主要灾区之一的临颍城时，我们就遇到了这样的事情：我们的文工团在城里演出了黄泛区的真实悲剧《血泪仇》，四乡农民从数十里外赶来观看，这个《血泪仇》的真实剧情，使他们很自然地把自己与国民党匪帮的千仇万恨联系了起来，有不少农民在戏场上放声痛哭，有时候已经不像是在演戏，而仿佛是在举行群众诉苦大会。有几次，戏演到中途，几乎无法再演下去，人们抢着拳头悲愤地喊着，轰轰地议论着：

"咱受的苦比王仁厚还多得多。"

"咱穷人队伍这回可来到啦！"

当舞台上出现了陕北解放区人民的丰衣足食，以及主角王仁厚在解放区人民的帮助下创家立业的热闹场面时，人们从悲沉的情绪中又激奋起来，全场掀起了情不自禁的激情欢呼和鼓掌，因为人们醒悟了：苦难的年代将要永成过去，今天共产党和解放军已经到了临颍，也就是说太阳已经升起在临颍上空，正像舞台上的王仁厚一样，他们也已经跨在苦尽甘来的转折点上了。我们几个同志被许多观众热烈地簇拥着，人们把最感激的热情的语言赠送给我们，小贩不肯收我们买东西的钱，我们一直被送到了门口。那种感人的情景是叫人永远难忘的。

一月三十日，临颍城里举行庆祝解放的大会。我们吃过晚饭，便兴冲冲地从驻地城东的司庄赶进城里去。老远就望见黄昏的临颍城上空红光烛天，城里面传来一片滚沸的锣鼓声。走进城里，但见大街上光耀夺目，家家户户门口挂着红灯，各式各样的队伍敲锣击鼓地正赶往西门广场上集合；有的队伍举着上写"打倒蒋介石""欢迎解放军"的各式小旗；有的提着各种形状的灯笼，还有旱船、高跷、狮子、大头鬼……西门广场上搭着一个大高台，台上高挂几盏光辉夺目的大汽油灯。在台的四周，则是一片拥挤的人群和灯火，以及雷鸣似的无数锣鼓乐器的敲击声，好像连地面都在震动着。不一会儿，人群便排成队伍向全城出发游行了。大街上不消说，人早就堵满了两边在等候，队伍一出现，各店门口便放起了爆竹，人群里掀起了喊声：

"庆祝临颍解放！"

"打倒蒋介石！"

"欢迎解放军！"

噼啪，噼啪……

旱船、高跷、龙灯一面行进，一面开始了演出，其中城西关的市民有一个幽默的节目：一个市民化妆成一个反动政府的官员，高高地坐在由八个人抬着的一把太师椅上面，用夜壶当茶壶，沿途上呷着茶，拍案大喝着：

"我就是老蒋，你们小百姓快点出壮丁出款，迟一天就要枪毙杀头！……"

这个"老蒋"被抬到哪里，人群里便飞出雨点似的果皮和花生壳，不停地朝着"老蒋"的身上砸过去，于是"老蒋"惶恐地抱着头躲闪着，向人群乞怜地打着拱；人们一边砸，一边笑骂着：

"打死你这个蒋介石！""打死你这个王八蛋！"

在队伍里还有一只十分鲜艳的旱船，吸引着观众的注意，在旱船里演唱的是城里以编唱小调著名的小贩陈发成，他不识字，但心灵巧，随口就能唱出很好听的小调，这个天才艺人用几天时间在肚子里编了一个调子，现在他扮着船娘，一边扭，一边欢唱着：

解放军
到了咱临颍城
公卖又公买
从不吓唬人
军队和百姓
亲如一家人
不准吸老海
不准嫖白门 ①

---

① 临颍人叫妓院为"白门"。其实当时人民解放军新区政策中并无废除"白门"的规定，不过当时由于我们部队严明纪律的影响，我们所到之处，群众中赌博、嫖"白门"、吸老海等不正当行径都自动地销声匿迹，因此有些群众就误以为我军有这个规定了。

解放军

到了咱临颍城

节省了口粮

救济咱黎民

有的发一斗

有的几十斤

穷人好欢喜

到了咱的救命人

大街上热烈的鞭炮声、欢呼声和鼓掌声，迎接着旱船从人群里一摆一摇地游过来。显然地，陈发成的创作集中地表露了当时临颍人民对于人民解放军新区政策的衷心拥戴，这是发自临颍人民心底的歌声。

庆祝游行在继续着，我们出城返回驻地时，还听见城里在翻天覆地的轰鸣着，闹声里冲出一声声响亮的爆炸声，城垣上空仍然红光四射，照得城外也很清亮。和我们一起走着的几个老乡兴奋地告诉我们：临颍城已好多年没有这样闹过了，过去谁也没这个兴头，解放军一来，人们不知哪儿来了这股年轻劲儿了。

当时在平汉路沿线的许多新解放城市，都像临颍一样，表现了一种充满着希望的欣欣向荣的新生气象，虽然当时战争还在这里剧烈地进行，人们还要和解放军一起和敌人进行艰苦的搏斗，人们还要经历一段战争的痛苦，但是平汉路上的人民都有一个共同的感觉，这就是：日子是有望头了。虽然天边没有完全大亮，但是天边的朝霞告诉人们：太阳是在迅速地从地面上升着，黑夜是就要终结了。

部队自从外线出击，进入了国民党统治区之后，在许多具体接触中，全体指战员获得了不少实际的教育，而黄泛区的旷古大悲剧，河南大灾荒的凄惨故事，以及襄城血案、禹县大屠杀等国民党匪帮的血腥罪行，对于我们更是活生生的极有效的一课。我们部队中的许多同志多年生活在解放区里，过去没有可能具体接触这些事实，对于"蒋介石杀人犯统治"的理解，一般说还是比较抽象的，进入中原以来的所见所闻，才使我们更具体、更深刻地领会了：被蒋介石杀人集团统治着的竟是一个这样黑暗恐怖的大牢狱！也才使我们更具体地懂得了所谓"人民解放军""人民解放战争"这几个字里所包含着的是怎样巨大的翻天覆地的历史变迁！也才使我们更感到了我们的外线出击，进入中原，是担负着一种何等神圣而光荣的历史任务！正如中国人民解放军宣言上所说：

"本军全体指挥员、战斗员同志们！我们现在担负了我国革命历史上最重要最光荣的任务，我们应当积极努力，完成自己的任务。我伟大祖国哪一天能由黑暗转入光明，我亲爱同胞哪一天能过人的生活，能按自己的愿望选择自己的政府，依靠我们的努力来决定。……"

这些可贵的教育，巨大地鼓舞着我们为迅速击碎这个蒋家大牢狱而英勇奋战。

解放洛阳古城

一九四八年三月十日

在东车站战场上

洛阳战役是陈谢部队和华野部队又一次的协同作战。陈谢部队担任的是城西和城南的攻击，我们担任的是城北和城东的攻击。九日晚上，部队开始了扫清洛阳外围的战斗。

十日清晨，我离开桃源庄，走到了某师的阵地洛阳城东北的北窑。这时部队正在攻击着前面的东车站，一片猛烈的爆炸声从不远处传来，炮弹接二连三地落在我们小窑洞周围，轰轰地炸裂着。这一带地区敌人临逃时埋了许多地雷，特别是较隐蔽的便于部队运动的道路上埋得更多。狡猾的敌人无法阻挡我们的前进，于是恶毒地施出了一切毒计，想给我们的部队以意外的杀伤。我沿着一条泥路走去寻找攻击东车站的三营指挥所，一步步小心翼翼地踏着前面战士的脚迹前进着，路上每一块砖头和一撮泥土我们都不能不予以十分的注意。当时有的地雷已被发现，上面撒了白粉做记号，我们可以从旁边绕过去，但有许多却未被发现。有的地方白粉圈一个紧挨着一个，简直无法插足，于是我们只好转道从高地上向车站屈身前进。高地上地雷少，但是在东车站敌人的射击圈里，子弹"比比"地在地面上飞舞着，大家就一个个拉长距离，曲着身子迅速朝着枪炮声轰响成一片的东车站上奔去，子弹从我们的身边飞过，"噗噗"地打在泥地上，溅起了小泥块。好不容易我们在东车站边一间低矮的小破屋里找到了攻击东车站的三营指挥所。

这里战场上的一切看得更清楚了：这东车站是一片凸出地面约三十余米的高地，在通向高地的路口上，一排砍倒的大树被敌人作为鹿寨，紧紧地堆在路口上；与鹿寨并排的是一道铁丝电网，卫护着后面一个个"地乌龟"。"地乌龟"的射击孔都黑森森地对着这边。高地四周有四个大碉堡，以上下数层的交叉火力控制周围的地面，那时候，三营已经从这里冲上高地，突破了第一道工事，占领了大水塔、车站大楼、修械所，敌人被迫进了三个大碉堡里顽抗着。车站高地门板架在鹿寨钢丝网上，这是部队越过障碍通向高地的唯一要道，有的战士在踏过门板冲上高坡的时候，被敌人击倒了，门板上边留着斑斑的血水。这时已冲上高坡的战士利用着刚才攻占的敌人的地堡工事，监视着被困的敌人，向炮楼里射击着，炮楼里的残敌也零零落落地向我们还击。

枪声渐渐疏落了，炮击停止了，阵地上的喊话停止了，只有燃烧的房屋和工事在静静地冒着烟，一切都陷入突然的异样的沉寂中。战场上这种恶战以后的不自然的沉寂，常常使空气显得更加紧张，因为谁都知道，一个战斗没有结束以前，这种短暂的沉寂只是一场更紧张的厮杀的前奏。

这时候我们的阵地里在举行着一个会议，因为师部命令要我们迅速解决当面的残敌。于万金营长集合了各连的特等射手，把敌人的三个炮楼的射击孔仔细地编了号，分了工，命令他们总攻一开始，每人就负责以密集火力封锁分到的那个枪眼，要保证敌人发射不出强大火力。另外又把自己的轻重火器集中组织起来，一到攻击开始，便保证要以突然的猛烈火力压倒敌人，掩护突击队冲锋。

我们的攻击首先是以集中的炮击开始的。攻击令下达后，所有的炮和机枪便开始发射了，地面剧烈地震动着，冲起了无数的烟柱，对面的三个炮楼被卷在一阵突然爆裂的火星和硝烟之中，砖石炸裂得向四处乱迸，有一个炮楼角哗啦的一声，倒下了一大片。这时候，没有人迹的阵地上猛然从地下跳出了好多人来，一个个侧着身，端着枪，一下冲进浓烟里，急急地奔了过去。冲在前头的是二排长共产党员王洪贵和副排长共产党员岳文风，只见他们左手夹住一挺轻机枪的枪身，右手扣着枪机，一面跑一面对着前面的炮楼横扫着。眼看突击队伍快冲到了炮楼跟前，只见炮楼上突然掷下来一扎扎黑色的东西，有的枪眼里猛地伸出一根长竹竿，头上扎着一个小包，冒着烟，向队伍里死命地掷过来。当战士们发觉敌人在向我们投排子榴弹和小包炸药的时候，大家已经来不及散开了，地面上爆发了几声巨大的爆炸声，腾起了一阵浓烟，冲锋队伍被炸散了，好几个战士在一阵浓烟里栽倒在地上，有的跌倒在地上不动了，有的还在地上爬着，拼命挣扎着，从身边掏出榴弹朝炮楼上掷去，有的举着手仰头向上射击着。炮楼上一扎又一扎的排子榴弹继续掷下来，落在地面上，不绝地隆隆爆炸着，火药的白烟一团团地从地面上冲起，好像整个地皮都在烧了起来，滚滚的白烟把牺牲在地上的战士们都盖住了。

这时候我们的阵地上开始了第二次冲锋，八连副政治指导员夹了一挺轻机枪，带着突击队又向着炮楼冲去。正在这时候，一个大炮楼底里轰轰地冲出来一大股敌人，于是突击队的火力一齐向着那里打去，前面敌人栽倒了几个，后面的便一齐乱纷纷地钻进了后面的地道里，正当最后的几个敌人拼死命地向地洞里钻去，唐副政指等几个人已冲到洞口，端起机枪对准地道里"绞"了一梭子——像一棍子捣进蜜蜂窠里似的，只听见地道里面呜呜哇哇地号叫着。

"赶快跑出来！"唐副政指和几个战士平端着枪，站在地洞口，大喊着："赶快跑出来，缴枪不杀！"

地洞里杂乱地喊叫着，洞口开始冒出一个个的人头来，有的人未出来，先露出高举着的两手，慌张地拍着掌；有的把泥污的帽子倒转过来，帽檐压着后脑壳。人一个跟一个地爬出来，霎时在洞口站了一大群。

一个炮楼就这样解决了。但车站边上另外两个炮楼上边在不绝地打着枪。我们根据当时的情况判断，敌人的抵抗是完全绝望的，因为他们和城里匪军的联系已完全被我们切断，这时进行政治攻势，很可能争取他们投降。于万金营长从俘虏中叫出一个穿军官衣服的到营指挥所，命令他去劝说另两个炮楼上顽抗的敌人，要他们赶快投降，免得无谓牺牲，如果他们仍要继续抵抗，那么解放军就要无情地把他们全部消灭。这个俘虏军官一听吓得脸无人色，怎么也不肯去，他害怕炮楼上的敌人会开枪打死他。我们便对他说："现在就是给你一个立功赎罪的机会，如果敌人果真投降了，那是一个很大的功劳；为了挽救几百个国民党军士兵的生命，你应该勇敢地担负起这个光荣使命。我们现在立即命令我们的部队暂时停止射击，敌人也不会打你的，现在他们自己也明白除了投降之外，是没有第二条活路可走了的。"经我们这一番说服之后，这个俘虏军官勉强答应了。营指挥所发出命令后，我们阵地上的枪声渐渐地停止了，敌人的机枪也不再猛烈射击，战场上比刚才静了许多。这个军官一面惊慌地向着我们最前面的工事爬去，一面担心地望着前面正喷着烟的敌军炮楼是不是会向他射击。他还没有爬到一百米远，就迅速地从一个打烂了的工事里钻了进去，向着前面的炮楼喊了起来：

"上面的弟兄们听着，我是工兵营的，我劝你们还是下来吧！我们和城里的联络早被切断了，我们不可能再冲出去，我们工兵营已经被解放，解放军待我们很宽大，我们再打下去就是白白送死……"

喊声一句句地从那个破工事里传出来，在这相距不到二百米的阵地上，两边都听得十分清晰。这一喊，炮楼上的射击停止了，阵地上几乎是完全安静了下来，只听见这个军官一声一声地大喊着。过了不多久，被炮火打得已倾塌了一大块的炮楼射击孔里伸出了一只手来，摇着一块白布，敌人表示向我们投降了，于是，营指挥所立刻派出了一个班，由一个副指导员带着到前面去监视敌人投降，同时通知各连阵地继续严密监视炮楼，提高警惕，防止敌人的假投降。一会儿，投降的敌人开始从炮楼里走出来，个个被烟火熏得满身乌黑，好像是一群从煤窑里爬出来的挖煤工人，为首是一个匪军军官模样的人，两只眼睛畏葸地张望着，一个个跨出门口，就把枪"啪啦，啪啦"地掷到地上，于是有的举着手，有的弓着腰，以各种的姿势走上来，没有人喊口令，就习惯地排起队来。

两个炮楼的残敌都投降了。

东车站的战斗胜利结束了。我离开了指挥所，越过鹿寨、铁丝网，走到了铁路的高地上。高地上的几个大碉堡都正在烈焰腾空地燃烧着，一团团的浓烟烈火弥漫，夹杂着火药味、燃烧的焦味、血腥味，凝聚成一种战场上所特有的恶臭。站在高地上纵目四顾，我不得不惊叹我们的敌人这种可惊的努力，他们为着把这块东车站高地成为防御洛阳的坚固外围阵地之一，他们是这样挖空心思地改变着这里的一切，只见这周围三百米的高地上，已经被挖得像蜜蜂窝一样，工事连着工事，地堡通着地堡，几个小地堡围绕着一个大地堡——这就是子母堡。工事都是纵深配备，一层连一层，冲破第一层，就可以退守第二层再战，每层工事外边的副防御设备如壕沟、地雷、电网、鹿寨、拒马等，竟达六道之多。这些上上下下、左左右右的火力点，组成一片交叉的其密无比的火力网，疾扫过车站附近的所有道路。像洛阳所有的工事一样，这些错综复杂的工事是美国军事顾问团和蒋匪国防部派专人设计精心构筑的，它像一个大蜘蛛网一样千丝万缕地缠绕着洛阳城，把匪帮们紧紧地保护起来。二〇六师师长邱行湘把这些工事称为"金城汤池""马奇诺防线"，我们的敌人曾经是怎样的自鸣得意，但是现在，这所谓"马奇诺防线"的一角是已经被我们粉碎了，一个紧挨一个的地堡有许多都被炮弹击得稀烂，地堡的枪眼里冒出一团团的浓烟。我们继续沿着铁道走去，三营的战士带着刚才投降的二〇六师工兵营的士兵一群群地在四周挖掘地雷，一个叫冯朝兴的俘虏告诉我：在这块高地上，他们工兵营曾奉命埋了三百多个地雷，附近都被挖得像才翻过的芋头地一样。在冯朝兴的身边已堆起数十个才挖起来的像南瓜似的扁圆形的踏雷。有许多地方的地雷还未被挖起来，只在上面做了一些简单的记号。

　　敌人们的阴谋诡计，并不能阻止我们的前进，他们挖空心思构筑的坚固外围工事，都被迅速地摧毁了。我们对洛阳四关的攻击都像东车站一样，一步步地胜利推进着：陈谢部队向西关的周公庙发起了攻击。周公庙是被敌人称作"洛阳门户"的要塞，由敌军的一个团守着。周公庙的工事更是复杂无比，敌人称之为"最新式的袋形双层集团工事"，它背靠西关，南依洛水，北面是宽广的开阔地，西面是敌军的屯兵站西工，"袋形工事"的前沿是很密的鹿寨，和排列成三角形的地雷阵，其后便是在一片高低不平的地面上的隐蔽碉堡群。碉堡分作上下三层，上层是两个主堡，第二层是密密的工事和双层地堡，第三层是地下曲折两里长的暗道。工事外面还有一道两丈深的外壕。这些一层层的前沿工事保护着周公庙，构成一片袋形火网，简直是插翅也难飞过的。但是陈谢部队在猛烈的炮火掩护下，冲过一千多米宽的开阔地，粉碎了"袋形工事"，接着经过一夜的恶战，占领了周公庙，俘虏了一千余敌人，逼近了西门。

十一日上午，夺取南关的部队扫清了南关两边的大王庙集团地堡，也攻占了南关。

各路部队都进抵了洛阳城下。

我们的部队攻占东车站后，就奉命在原地暂时休息，我便趁隙赶到八连去了解情况。这时三营的三个连都住在这个已给炮弹轰去了屋顶的大厦里。我们踏进屋子，战士们躺得满地都是，个个依然是满身污泥，在呼呼酣睡着，只有一些班排干部疲劳地坐在地上整理着零乱地堆在一块的缴获的武器、弹药等。我们到八连连部找到了政治指导员贾玉满。连长牺牲了，他也挂了彩，打伤骨头的膀子用三角巾扎着，营部叫他到医院去，他硬不肯走，在卫生队敷了点药，便跑回来了。"我怎么放得下心啊！连里问题一大堆，总不能看部队拖垮啊！"贾玉满摇着吊着的断膀子说。在这座大楼上三营曾和敌人进行了极为壮烈的争夺战，一个房间一个房间进行了搏杀，最后残敌被压缩到一个大厅里，全部举手投了降。在这次战斗里，他们也付出了很大的代价。贾玉满陪着我们在大楼上下走了一转，许多门板上弹痕像蜜蜂窝一样，到处都有血迹。在那个敌人最后投降的大厅里，还躺着不少敌青年军的伤兵，哦哦地哼叫不绝。在这里，我们的战士们是表现着怎样伟大的人道主义，他们对这些几小时前还凶狠地拿着枪射击他们的敌人表现了何等的宽厚，俘虏们的伤口都已经被包扎好，战士们匀出了一些饭菜给他们吃，他们负了伤不能动，便盛着放到他们面前（读者们应该注意，在前方不比后方，战士们的这些饭菜都是炊事员们冒着怎样大的危险从后面送上来的），又给他们搜集了一些毯子盖着取暖。

"你们为啥要替老蒋卖命呢？你们都是学生，难道不知道这个道理？……"有一个战士在和一个敌军伤兵拉着呱。

"唉，唉，同志，要走也走不了嘛！"那伤兵懊丧地叹着气，"尽是骗人骗鬼的，说受训三个月就保送去读书，一个三个月，两个三个月，我们都梦想着读大学，谁知道就给拉到这里来当炮灰，唉，现在后悔也晚啦！……"那伤兵说着拿两手抱着头扑在地上，低低地呜咽着。

贾玉满带着我们一边走，一边告诉我们这次连队执行政策纪律都很好，他指着躺在地上休息的战士说：好多人鞋子陷在泥里了，几天来就赤着脚作战，不拿缴获的鞋子，战斗情绪都很高。

"特别是二排这次表现最好，应该表扬一下。"贾玉满看见我拿笔在记录着，便转身特别着重地对我说，"我们正好在吃饭的时候接到了命令，要我们去歼灭炮楼上最后的一股残敌，二排长王洪贵和全排的战士听说有战斗任务，大伙便一齐把单饼丢到桌上，说要歼灭了敌人以后再回来吃，便呼呼啦啦地出发了，最有趣的是二排副岳文风，哈，你们可认得二排副？"

"我认得。"我点点头，一面继续记着。

"我们原来是决定把他留下的，"贾玉满继续说，"哪知道他一听说没有他的战斗任务，竟像小孩子一样哭了起来，闹着一定要参加，叫人真没法，后来还是参加了突击。"贾玉满说着脸上充满了快乐的神情，望望满地上酣睡着的战士们。我看战士们都睡得那样甜，人人满身泥污，横七竖八地挤睡在地板上，脸色消瘦而疲惫，有的赤着脚，有的连榴弹袋和子弹带都还系在身上，没有解下来，就这样呼呼地酣睡着，连不时从北门传来的炮弹爆炸声也惊不醒他们，其中有一些战士膀子上或头上都扎着绷带和纱布，白色的纱布早就失去本色，染满在上面的是泥土、污水、血迹的混合色。贾玉满告诉我：这些轻伤号都是自动要求留下来的老战士，战斗结束后他们看看连里人少了，于是都不愿意离开连队，就这样全留了下来，怎么劝说他们也没有用。

我们离开车站大楼回来时，贾玉满送我们出来，最后，他恳求地说：

"希望你们转告教导员，咱连伤亡不算大，还能打，不要老让我们靠边休息，得给咱连任务啊！"

原来这个顽强的独膀子指导员讲了半天，就是这么一句话。

天黑了，又渐渐沥沥地下起雨来，外边乌黑乌黑的。这种天气作战是困难的。我们在小屋子里聊着天，突然间，就在东门方向一声巨响，屋子震了一下，接着响起了一片枪炮声，"轰喳"，"轰喳"……地面不绝地震动着，乌黑的门外一闪一闪地亮着炮火的白光。

"开始总攻啦！总攻啦！"外面有人兴奋地在喊着，奔跑着。我们走到门外，只见东门那面连续的炮击声震天动地，枪声像一大锅滚沸的开水似的沸腾着，城里已经烧起火来，火光冲破了乌黑的雨夜，照得满天通红，亮光里可以看到雨还在丝丝地下着。

最后的一击

昨天晚上，震天动地的枪炮声整整响了一夜，前面传来消息：兄弟部队已从东门突进城里。现在，天色已微微透白，雨也停了，从渐渐远去的枪炮声听来，战事是在向城西北角压去了。门外"踢踢踏踏"的脚步声不绝，拥挤的人马正从门口经过，向城里奔去。门外，雨虽然已经停了，但天色仍然昏暗，远望东门那边一夜的大火已渐渐熄灭下去了，只有上空还笼罩着一片淡淡的红光，一团团的残烟在从地面上升起来，又慢慢地被微风吹散开去。可以听见城西北角的枪声仍然很稠密地响着。

我随着赶进城去的部队，踏着满地的泥泞向城里急急走去。走了一会儿，当我们已经望到东北门的时候，我们的面前出现了一片光荡荡的大瓦砾场，瓦砾场那一边就是城门，这一边是街房，中间大概有一百多米宽长的面积，上面全是瓦砾、泥块和一些碎木片，只有中间有个小土堆，其余一无障碍。瓦砾场两边都站满了人，站在我们周围的是许多要进城去的人，有送饭的炊事员，有通讯员，还有各式部队人员。在瓦砾场对面城门口工事边上也站着许多人，他们是要出城来的。两边都紧张地注视着前面这片光荡荡的平地。平地上没有一个人影子，从远处不时地"啪啦，啪啦"射过子弹来，有时"噗，噗"地打在泥块、砖石上，冲起一团团的烟火。原来这时附近九龙台高地和两边城墙上还有少许敌人，他们在以火力封锁着这条进城的要道，只要空地上的枪声稍停，两边的人便一个个俯着身子紧张地奔跑起来，城门口的人拼命地往这边跑来，这边的人也飞快地往城门口奔去，两边没有跑的人都急促地喊着："快跑！快点跑！"——我突然记起这大概就是桃源庄老乡们告诉我的国民党匪军拆毁房屋的所在了，我一问边上的人，果真不错。原来这瓦砾场在几天前还都是城边上热闹的市街和住宅区，后来蒋匪青年军二〇六师下令把洛阳四关及车站四周连绵十数里、纵宽一二百米鳞次栉比的近万幢民房，彻底予以平毁，这就造成了洛阳人民的一次大惨剧，被扒掉房屋的许多居民因此而流离失所，生计无着，有不少人被逼得发疯和自尽。我目击着这一片瓦砾场，不禁记起我在一九四七年春遇到过的同样的一件惨事来。那时候我们还在山东作战，莱芜大捷后，我军收复了胶济路沿线的广大城镇，这些城镇中有许多都遭遇了洛阳这样的惨剧。我到了其中的一个小县城——长山，进犯渤海解放区的国民党匪军七十三军侵占了这座小城之后，便将长山城关四周三百米以内的民房全部扒尽，并以这些民房的砖石、木头为材料，在这座纵横仅一里半的小土城周围筑起了达二百五十多个的大小碉堡。那时正是寒冬腊月，冰雪载道，被逐出家屋的长山人民只好四处流亡，不少人不堪冻饿，倒毙在冰雪里。我随部队行抵长山时，只见城周围除了一个紧挨一个的炮楼之外，尽是断瓦碎石，人迹稀少，全城仿佛就是个大荒冢、大杀场，这种凄凉的景色，怎不叫人悲愤万分。今天，我们又在洛阳城下看到这样的惨案。可是匪帮们这样做又有什么用呢？难道这样的历史教训还不够多么？这样做的结果，只是使他们日益陷入人民仇恨的包围中，而一旦人民解放军兵临城下，匪帮们就会立刻发觉，这些层层叠叠的工事、碉堡，并不是自己的"护命符"，而是作茧自缚，把自己安排在死亡的罗网中罢了，最后这些辛勤构筑的工事、碉堡，都成了他们的葬身之地。

九龙台上的射击稍停之后，我们也拔脚飞奔越过开阔地，走进了城门。

我们朝着城里走去。昨晚上部队突进城后曾在这一带展开了激烈的战斗，街道上到处都是累累的弹痕，被敌军纵火焚烧的民房还在冒着一簇簇的残烟，满街的部队正在向城西北运动；这时城西北传来了稠密的枪声。我们走到十字街头，看见街心大时钟柱上还贴着几张匪青年军二〇六师的战报，其中有一张糨糊还没有干，上面写着：

"共匪仅三十余人窜入东门，已消灭十余人。"

下面他们又用红笔写了几个拳头大的字：

"大家要沉着！沉着！一万个沉着！"

但是从大街上匪军们各种东西丢弃满地的情景看来，显然土匪们是一点沉着的影子都没有了。战士们说：当我军昨晚突进东门之后，匪徒们便像一篮子倒在斜坡上的鸭蛋似的乱滚着，向城中心乱哄哄地逃去。我沿着大街走去，果然到处可见匪徒们亡命逃窜的痕迹，他们最先是丢箱子等笨重东西，然后又丢弹药、枪支，到后来，连这种严寒天相依为命的棉被都丢得到处皆是。我们愈往城西北走去，沿途上丢弃的东西就愈来愈多，真是无所不有。

这时候，匪军残部都猬集在城西北角洛阳中学阵地里。这是被匪军们称作"马奇诺防线"的核心阵地，二〇六师师长邱行湘曾经花了很多的时间和人力，修造这座洛阳匪军的最后堡垒。这座堡垒是以五幢高大的洋房为核心，楼下挖着许多很深的连炮弹也无法击穿的地洞，大洞里还套以小洞。洋房的窗口都被用作机枪阵地，火力可以控制几百米以外的地方。核心阵地外面是一个坚固的围子，围子上下掩体地洞挖得像蜂窝一样，四角里还安着几个大地堡。围子外面是深宽都有两丈多的十分陡峭的外壕，壕底是刺柴和竹钉，人跌进去以后就休想再爬起来。壕外又是纵横密布的地雷阵，再外面才是一片毫无藏身之所的开阔地。要通过这一片平地而不被从核心阵地里喷出来的密集火力所击倒，那是非常困难的事。——这就是"核心阵地"的一个大概的轮廓。

各路部队攻入城里之后，便继续向城西北角推进，把"核心阵地"包围了起来。形势是十分明显的了，虽然"核心阵地"有着极其坚固复杂的工事和有利的地形，以及过于拥挤的部队和过多的大炮、机枪，但是究竟只有这么一块周围五百多米的弹丸之地，全部的"马奇诺防线"都被冲破了，这弹丸之地怎么能挡得住我们的前进？

我们一面准备攻击，一面为了尽可能挽救二〇六师的残部免做内战炮灰，我们便写了一封劝降信，派了两个俘虏送过去，同时又把它拍发给新华广播电台，转播给邱行湘及其部下，要他们投降。我们的劝降信在二〇六师的士兵和下级军官中发生了作用，黑夜里，阵地上不时有三三两两的敌人拼死地冲出来，向我们投降。从他们口里，也使我们知道了匪首邱行湘还在痴心地等待着援兵的到来，他并且纠集了残兵和所有的冲锋武器，组成了一支"勇敢队"，要他们带头向外突围。他自己和另一些特务亲信则组成"督战队"，以重机枪在后面压阵。总之，这个法西斯匪徒是决心要把他的部下全部葬送在炮火中的了。

劝降无效之后，我们决定向这个"核心阵地"发起最后的攻击。

因为"核心阵地"的四周全是开阔地，不将敌人的全部火力压倒，我们部队是很难冲上去的。我们便决定以数万发炮弹作为总攻的第一击。大街上各式炮队络绎不绝地在行进着，从四面八方拥向城西北角集中。在炮阵地的前面筑起一道用以隐蔽的土墙，从土墙孔里望出去，"核心阵地"的一切都看得清清楚楚。

黄昏的暮色渐渐地笼罩了洛阳城西北的战场一角，经过一天激烈的射击之后，阵地上现在沉寂了下来！就在这个沉寂的后面，我们的阵地上降临了最紧张的时刻。一粒发亮的东西，拖着一条发光的尾巴飞速地从地面上升了起来，一直钻到半空里，一闪一闪地发着耀眼的光，接着又一粒升了上去，就在这时候隐约听得阵地各处都在喊了起来："预备——放，快打！"登时，四面八方的阵地上，"砰，砰，砰"地响起了一片炮弹出口声，空中"刺刺"地响着无数炮弹穿过的声音，接着"核心阵地"在一阵突然的猛炸里震动了，腾起了一圈圈的浓烟，阵地上的掩体、地堡被炸得泥块乱迸乱跳。霎时就被一阵浓密的烟雾埋住了。

"轰哐，轰哐……"的炮弹爆炸声在继续着。天色渐渐暗下来，"核心阵地"上因炮击燃烧起来的火更显得明亮了。在一股股冲天黑烟的顶上，闪着光的炮弹，不断地穿进黑烟落下去，在阵地上爆炸，"核心阵地"好像是爆竹店失了火，连续的爆炸声愈来愈密，阵地外围许多地堡、工事被成千上万的炮弹打塌了，土堆上一阵阵地冒着烟。上空一片弥漫的黑烟像一层层的黑纱似的把五座大楼严密地披罩了起来，烟里卷着火舌，再也看不清什么了。

不一会儿炮击停止了，代之而起的是连珠似的枪声和榴弹爆炸声，在"核心阵地"里面响了起来。我们的步兵突进围子里去了。这时候五座大楼在猛烈地燃烧着，火舌从窗口里冒出来，直冲乌黑的天空，照得这纵横三百米的阵地上红通通的。只听见围子里密集的射击声像一口滚油锅似的在沸腾着。

天将拂晓的时候，指挥部里响起了电话，才知道前面战斗已经结束，大家一听到这个消息，都喜得跳了起来，便一齐向着"核心阵地"上奔去。阵地上的一切已在曙光里渐渐地显露出来。泥泞的开阔地上，战士一队又一队地兴奋地奔走着，手臂上还缠着夜间作战联络用的白布，肩膀上歪挂着全是烂泥的"加拿大"、汤姆冲锋枪，有的押着一队队的俘虏，有的扛着各种缴获的物资。到处都是兴奋地奔跑着的人群。远望"核心阵地"仍然红光耀天，人声沸腾，只是枪声已经停息了。我们加紧脚步向前面走去，抵达"核心阵地"的外围时，只见阵地四周炮弹坑密密层层，一个紧挨着一个，在一个周围不到六米远的地方，我数了一下，竟有十二个炮弹坑，大大小小的弹片到处可以拾到，有的山炮和化学迫击炮的炮身也被打得七洞八穿，歪倒在阵地上。在被打塌的工事土坑里，到处横陈着敌军的尸体。我们继续向着突破口上拥去，准备到"核心阵地"里面去看一下。突破口就是昨晚上用炸药在围子上炸塌的一个大窟窿，围子外面是外壕，现在这突破口就是走进"核心阵地"去的唯一的口子，人们一群群地从这里拥进去，洞里面一群群满脸乌黑的俘虏，被从洞口押送出来。走进围子里去要跨过外壕上的一块板，许多走进突破口去的人在板上被挤落到二丈多深的外壕里，用绳子拉着才拖了上来。挤进突破口后，只见围子里面白蒙蒙的浓烟弥漫，几乎睁不开眼睛，火药味、尸味、焦味熏得人要呕吐。我们定了定神，戴起了口罩，才继续朝围子里走去。五幢大楼都还在烧着，愈往里走臭味与烟火也愈浓，使人呼吸都感到困难。瓦砾堆上到处是榴弹把子、弹壳、未炸的六〇炮弹和迫击炮弹、子弹箱、鞋子以及敌军尸体。我们继续向里面走去，只见前面一堆冒烟的瓦砾堆上，一大堆人围着两个人在那里指手画脚地谈论着，上去一看，原来是华东战斗英雄郭继胜和他们团里年轻的副团长，在讲述着昨晚突进"核心阵地"的经过。郭继胜的棉衣撕裂了一大块，棉花吊在外面，另一个的膀子用三角巾吊着，看样子是带了轻伤，一夜艰苦战斗的痕迹都原封保留在他们身上。这时，兵团司令员陈士榘将军和一群首长也从泥泞的突破口上爬进来了，大衣上也沾了许多泥，一走进突破口，也都不禁揉着眼。我们走出围子口，来到西北角的敌军炮兵阵地上。在昨天晚上毁灭性的炮击里，敌人的炮火全部被我们压倒了，炮手们被打得全部躲进了坚固地堡里，没有一点间隙让他们爬出来装上一颗炮弹，向我们还击。现在，我们的战士正在指挥着才俘虏的敌军炮兵搬运满地的榴弹炮、战防炮、化学迫击炮等。我向一个正在找寻榴弹炮上的方向盘和瞄准镜的敌军炮手，要他告诉我昨夜的情景。他连忙立正，向我举手敬了个礼，说：

"报告官长，凭良心说，我们的弟兄都是冤枉死的，我们谁也不愿意打。我们是从南门退下来的，到这里后，我们炮兵营弟兄都想解放，不想打啦，姓邱的（指邱行湘）却说要抵抗到底，说是增援的十八军快到了，再撑两天就得救，他自己钻在地洞里发号令，要我们送死。昨天一个弟兄喊了声'我们缴枪不打了'，就被官长一枪打死了，那姓邱的真不是人啊。"

天渐渐地愈来愈亮，战场上也愈来愈热闹，人们一群群地从市区向着城西北拥来，前来参观这个二〇六师最后覆没的"墓地"。战场上尘土飞扬，轰轰声大作，一辆辆新缴的汽车拉着新缴的大炮，排着队从烟雾里穿出来，在向着市中心驶去。和汽车队伍同时在向市区行进的是撤离战场的部队和漫长的俘虏行列。"核心阵地"通向市区的每条道路上，都拥挤着人、车、马，有的出去，有的进来，来来往往的，川流不息。

这时天边响起了马达声，两架敌机从远处云层里穿出来，慌慌忙忙地在向这边飞来，一忽儿就飞到了上空，随即飞上飞下地打起转来，却没有轰炸和扫射——大概他们是因为南京国防部不知道二〇六师的下落，特地奉命前来侦察的。他探视着地面上的一切动静，看样子战斗是停止进行了，那么结果是怎样了呢？这两架敌机一圈又一圈迷惘地在空中绕着，巡察着地面上的一切，好像还想从地面上发现一点什么奇迹出来似的，约莫过了半个钟头，其中的一架突然机身一侧，扑飞了下来：

"啪，啪……"一阵子机枪弹击在地面上，爆起了一粒粒的火星。

我们的敌人是最后地绝望了！他们痛苦地发觉：他们在中原战场上又一次可怕地失败了。

一个"党卫军"士兵的悲哀

一九四八年三月十五日

　　在烟雾弥漫的洛阳城西北"核心阵地"战场上，战士们押着漫长的俘虏队伍，从开阔地上走出来。人们无须到战场上去，只要看一眼这群正在离开战场的乱七八糟的俘虏行列，就可以想象战斗是在怎样剧烈的情形下进行的。这些原都穿戴着最时新的美国装束的青年军士兵，现在竟是变得这样狼狈难看。要在他们身上找到一件干净漂亮的东西是困难的。他们仿佛都是才从泥塘里爬起来似的，个个浑身上下沾满污泥，有的光着头赤着脚，在泥地上一颠一滑地走着；有的上身只穿一件单衣，用一条脏棉被围着；有的浑身透湿，衣服都还在不停地往下滴水，看样子是才从"核心阵地"地下室的水洼里爬出来的；有的人衣服给火烧焦了，一眼看去，很容易把披在他身上的衣服错看成是一块从哪里拾来的破布。他们的脸色都黑而发青，显露着极度的疲惫，哆嗦着慢慢地移动着脚步，从开阔地上走出来。他们一面走，一面四顾着周围尸体、弹片等狼藉满地的战场，又不时回头望望后面还在冒着余火的"核心阵地"。他们仿佛不是在这里作了几天战，而是第一次经过这里似的，不断地环顾着周围的每一个角落，察看着被打坏在地上的大炮，察看着一具具难看的仆倒在地上的二〇六师士兵的尸体，他们一边看，一边低声指手画脚地叽咕着，脸色也渐渐地显得开朗了，看看满地被邱行湘逼着战死的"勇敢队"弟兄可怖的尸体，他们显然是在为自己的命运而感到庆幸，现在，像噩梦一样的黑夜是已经过去了，太阳正在慢慢地升上来；惊天动地的枪炮声已经停息，大火也在渐渐熄灭下去；巨大的恐怖已告结束，一切正在逐渐恢复正常；他们回头望望"核心阵地"已经愈走愈远，前面就是洛阳大街，远处不断地传来一阵阵的欢笑声——他们衷心地感到：自己是从死亡的圈子里被解救出来了。

我跟一群俘虏到了洛阳师范的院子里。我和一些俘虏作了些简单的谈话，他们告诉了我一些青年军的简单历史：原来青年军是一九四四年开始组织起来的，那时候国民党匪军在中原战场和湘桂战场上接连地大败，日寇长驱直入，当时全国爱国青年义愤填膺，一致谴责蒋介石集团积极反共、消极抗日的反动政策，要求抗日，蒋介石便利用了青年们这种比较单纯的爱国要求，提出了"十万知识青年从军"的欺骗口号，当时其真正动机，就是要利用这些爱国的知识青年，在美国主子的帮助下，建立其今后进行反共反人民战争的法西斯"党卫军"（而今天的事实也已经得到了证实），但当时许多爱国青年不知道蒋贼的这个阴谋，因而都被骗参加了青年军及其他法西斯军队。最初青年军组成九个师，日寇投降后，蒋介石效法法西斯的祖宗希特勒和墨索里尼组织"黑衫军"的办法，提出了所谓"预备军官制"，把青年军进一步党化为自己的法西斯"党卫军"，在部队中实施各种法西斯特务教育和严密的特务编制，并予以特殊的装备和待遇，以"官费保送升学"等幌子诱骗穷苦青年学生为四大家族卖命。当时部队编成三个军，二〇六师就是一九四五年元旦在汉中成立的，部队成分大部是甘、宁、豫、晋、冀等地的青年学生和小公务员。蒋介石发动全国内战之后，便把他这支心腹"党卫军"也投入了内战战场。

看着这群炮火余生的国民党青年军士兵，我不禁想起在山东战场上碰见过的这种类似的情形来。在解放战争前线，像这种以被胁骗的青年学生知识分子为主而组成的国民党进犯军，我已经先后碰到了三次：第一次是一九四七年一月在鲁南会战时碰到的国民党匪军第一快速纵队。这支从头到脚全副美国装备的机械化部队，全部是青年学生所组成。这支部队抗战时据说是在印缅战场上的，当时却被蒋介石驱入了主要内战战场山东，和马励武指挥的匪整编二十六师，一起气势汹汹地向山东解放区首府临沂进犯，最后终于与二十六师一起，全部被我军歼灭于鲁南兰陵附近的大平原上，被俘的士兵以后很多参加了解放军的特种兵部队。第二次是在一九四七年四月间敌人向沂蒙山区发动"重点进攻"的时候。"重点进攻"的敌军中的整编八十三师四十四旅，也是这样的一支部队。四十四旅最早也是在印缅战场上的，日寇投降后改称为"驻日占领军"，以这个幌子在广州等地骗取了许多幻想去观光三岛风光的青年学生，结果这支"驻日占领军"并没有"驻日"，而是被作为蒋介石"重点进攻"的赌注，投入了山东战场。四月三十日，四十四旅第一团在临（临沂）蒙（蒙阴）公路的大磨石沟被我军包围而全部投降，结束了"驻日占领军"的命运，第一团被解放的士兵后来也有很多成为人民解放军的好战士。现在，我们又在洛阳第三次遇到这样的一支部队，而由于法西斯匪徒二〇六师师长邱行湘拒绝我们的投降劝告，拼死抵抗，这支部队也终于没有逃过全师覆没的命运，连邱行湘自己也被我们像狗似的从地洞里拖出来，当了俘虏。

"我们都是被骗进青年军的，我们做梦也没有想到会被送到战场上来的。"许多青年军士兵都告诉了我这样一句话。他们告诉我：最初他们走进那些部队去的愿望，有的是想受训四个月之后，可以免费保送进中学、大学，继续求学深造；有的是为参加抗日战争的民族意识所激动而投笔从戎的；有的则是为生计所迫，没有出路而受骗的。来到了这里之后，一切骗局渐渐地都明白了，所有的梦想也都像水泡一样地破灭了，于是，有的同学失望之余，便冒险逃跑了，有的则怀着一丝渺茫的幻想，在万分矛盾的心情中留了下来，从此便像踏进烂泥坑里一样地愈陷愈深，整天糊里糊涂地跟着特务教官们咒骂着自己毫无所知的共产党，整天像读《圣经》一样地诵读着"一个主义，一个领袖，一个党"的法西斯教条，就这样整天在这种法西斯教育的云雾里翻着筋斗。除此之外，则是整天出操，做苦工"锻炼"，把一群热情的纯洁的青年学生，一个个折磨成了糊里糊涂的精神病患者。

这些年轻的"党卫军"士兵除了装满了一脑袋糊里糊涂的法西斯教条之外，他们又在过着怎样的一种精神生活呢？说起来这更是十分可悲的。记得一九四七年初，在鲁南歼灭快速纵队的战场上，以及眼前歼灭青年军二○六师的"核心阵地"壕沟里，我看到同样的一种情形：战地上到处散乱着许多小巧的镜子、梳子、女人照片、桃色三部曲、清宫艳史、日记、信件等。这些信件、日记都是那些"党卫军"士兵精神生活的真实记录，也是对于蒋介石匪帮戕害青年这种滔天罪恶的最现实的控诉。特别是翻开每一本日记，都可以从上面看到这些被折磨得心理变态的青年学生痛苦的呻吟和呼喊。在一个地堡角里，我拾到一个害着"怀乡病"的士兵的日记，他在日记中间的一页上用很大的字抄着流亡曲的词："爹娘啊！爹娘啊！哪年，哪月，才能够回到我那可爱的故乡。……"有一个下级军官在他的一本小笔记本的第一页上抄着四郎探母的词："我好比，笼中鸟，有翅难展；我好比，虎离山，受了孤单……"字迹潦草，深切的怨恨与痛苦充满字里行间。

在"核心阵地"上散乱满地的许多日记中，我带回了其中的一本。这本日记的作者是青年军二○六师一团一营二连一排的机枪手。日记中没有找到作者的姓名，但可查出他是晋南安邑人，原来是在安邑乡村简师读书的，一九四七年十月才被骗进入青年军。从他的日记里看来，这个师范生在政治上是十分糊涂和幼稚的，受了相当深的国民党旧教育和"正统"观念的影响，缺乏一种判别政治事件的能力，但是，因为他被骗入青年军——这座充满着黑暗、卑劣、下贱的流动的集中营——的时间并不很久，还保持着一些对于黑暗和折磨的很自然的反抗和不满情绪，他的日记中交织着悲哀的呼号，因此从这本日记里还可以粗略地看到这座黑暗、罪恶的集中营怎样吞噬了这个青年学生——千万被害青年学生中的一个——以及受难者那种痛苦的心理过程，因此也可以帮助我们了解国民党匪帮杀害我们民族后代的罪恶，是如何的不可饶恕！基于这个动机，我就把这本日记中的某些内容摘录在这里。

正如许多青年军士兵一样，这个乡村师范学生被骗到了二〇六师之后，所谓"青年军"的骗局被揭穿了，一切美丽的梦想都破灭了，面临的是无尽"艰难痛苦的洋罪"（日记中语），许多同学都开了小差。他在一九四八年九月三日的日记上写道：

"吾于去年十月间别校离乡，抛弃了全家亲爱的老幼，投笔从戎，直达洛阳西工，到达营房后，目触到处破烂不堪，免不掉整理环境，接着又是新兵入伍教练。正系寒冬来临之际，在这两个阶段，意志不坚的同学即不辞而别了，和我一块来的同学三人亦受不住这整日地做苦工，意志动摇，坚意返里，余切劝之下，终未见效。……回想从军一年来受尽了艰难痛苦的洋罪，于是脑海里苦恼无边了，欲想半途而辍，和昔日退伍的同学走向一路了……"

但由于特务的严密监视，或者是由于这个师范生还保留着一丝的幻想，没有跳出这个火坑，在万分矛盾中他留了下来，从此，他也就日益陷于痛苦的深渊中，辗转反侧，在他以后连篇的日记中几乎都充满着他这种痛苦的哀号：

"昨晚肚腹难过，至明疾病来临，病之由来很是明显，这是痛苦生活的驱使，环境所致之，说起来伤心泪堕。……病愈来愈重，陷吾于精疲力尽，头昏目眩，把我折磨得更伤感忧郁。……"

"余陷于患难无依之境，念及故乡美丽的家庭，发生无限惆怅。……进城购药及找王景福乡友，归途遇算命先生，遂即摇卦，结果说前途渺茫，不可推测。……"

"自剿匪抵洛，衣食居住困苦极了，气候突寒，有的一身单衣，难以御寒，食粮不敷，同学们遂即至田野搜集玉蜀黍煎煮充饥，这样不过旬日，营房附近玉蜀黍地都已取尽，吾视此情形，颇感难受。……"

"我军驻电灯公司，我们机枪组晚上睡在原野荒凉的伏地堡里，里面窄小，难以就寝，更深夜半，寒风吹来，冻栗不堪，余翻来覆去，安睡不着，想起家中美满生活，使人心悸伤情，本军里的困苦我已折磨一年有余，说起来是谈不完的苦恼。……"

这个在青年军里受尽折磨的师范生，在九月十日的日记上歪歪斜斜地写了这样几句：

"除了亲生父母外，我是再找不到诚心怜我的人了，写至此，不由伤心泪堕，是吾认识了社会之真相。"

这些"党卫军"士兵在无法解脱的精神上和物质上的痛苦中，也就和其他的国民党部队的士兵一样，渐渐地走上了酗酒、赌博、狎妓的道路。这位机枪手的日记中也有不少处说到他如何去酗酒胡闹，以及如何在戏院中与国民党的伤兵聚众打架，以致打死三个伤兵，打伤数十人；如何在站岗时调戏妇女等事实。在十二月六日的日记上，他描写他们的聚赌：

"昨天发饷了，昼夜寝室里寂然无声，都成群打伙地四散于偏僻安谧的地方，大肆开辟热烈的赌场，卧坐在这些窄小的伏地堡里，或肮脏的破园里，总是使人想不到，看不见，奇形怪状什么样子都有，也不管身体染遍了污秽尘埃，瞪目注视着赌器，恨不得把嗓子喊破。……"

中原战场形势的日益不利，逼使蒋介石不得不把他有限的后备兵力也一齐投入第一线去作战，当出发的命令传到二〇六师的时候，仿佛一个晴天霹雳，震惊了这群"党卫军"士兵，这个机枪手当时是何等苦恼欲绝，他在日记上痛苦地写道：

"半夜里我正在站卫兵的时候，忽传令兵到我班，说翌日出发，吾闻知后不知如何难受，苦恼到什么程度，使人心里充满伤脑筋的悲感，难以再往下叙。……"

就这样，这个机枪手苦恼地和他的伙伴们，一齐被蒋介石逼着向豫西内战战场进发了：

"自开始长途行军以来，每天带着全副武装，背着重大的背包，一天至少得六七十里，有时候在情况逼迫里要走一百数十里，不管到达目的地是夜二点也好，总之才放下背包，就要拿起工作器具，每班至少做一个伏地堡与三个散兵坑，做至天明亦要做成，行军整天再疲乏也要勉强完成。……"

"本师偕同友军第十师及四十师等师，每至一处，因人数太众，水不够用，都是争先恐后地抢水，谁能取得泥水都算有办法，往往浑水都拿不来，行军竟日，至晚吃不下饭，还要做工事，那种难过可受不了呀！……"

"天气酷热，火似的阳光热气腾腾，弥漫在我们周围，我们携带着沉重的东西，压得要命，汗流如雨，渴到万分的人以致头昏眼花，不省人事，栽倒路旁者亦非寥寥，目睹甚为伤情。有时某一同学突然发现有一水洼，水浑恶肮脏不待言，而当时抢水的人哄然如会场，可想知人渴到什么程度。……"

"晚间宿营以条草为褥，薄衣做被，有背包而不能解，有军毯而不能铺，天明醒时，露水潮气将衣服浸湿如洗，竟日生活在生死存亡关键，思之令人痛心疾首。……"

这个整日"痛心疾首"的机枪手提心吊胆地跟着他的部队，就这样狼狈地和我军神出鬼没地在豫西等地打着转，而最后，第一团终于被我军团团包围于豫西临汝附近的唐沟，几乎全团覆没，他所在的第一连连长被打死，官兵伤亡过半，他胆战心惊地在日记上写道：

"……这要算吾一生最艰难危殆的过程，是从军以来未尝过的激烈战争，回忆起来，痛心疾首，难以再往下叙。……本连因为在唐沟作战伤亡惨重，官兵伤亡达半，派一排郭排长代理连长，又独立大队拨来数十人，这样使吾人近来意志消沉，行为散漫，前途危殆，实难卒述。……"

这个机枪手"前途危殆"的估计是说对了，不久之后，我军直指洛阳城下，这支"党卫军"终于面临了最后覆没的前夕。当我们还未进洛阳之前，匪首邱行湘实施了对洛阳人民的大毁坏，企图以此来阻挡我军的前进，这个机枪手在十二月十六日、十七日最后的两篇日记中也写到此事：

"我军推测敌人有攻洛阳之企图，西关壕外一片房屋有碍军事，今天上午全城老百姓总动员，麇集于西关，成千成万的人民手持镢锨，展开了防共毁房的工作，一旦之间，将人民艰难创造的心血事业与热闹繁华之街道，成为荒郊荒野，断梁残壁的景象，至为凄惨。兹值三九寒天，这些无家可归的难民流落到何方？他们的冻馁谁周济呢？下午我站城门口卫后的时候，看见拆房毁屋的老百姓，都带着一副忧愁惆怅的脸孔，叹息着从我面前走过，一群群地在忙着搬东西，东西未搬完，即拥来许多士兵上屋揭瓦毁梁，以致房主的东西全压到在土里。……"

"昨晚情况有些紧张，闻新安县失守，匪军距城十余里，五团退至周公庙，本团三营移防城里，翌日数千民众被逼着举铣荷锨，陆续出城推房，一会儿只听得轰轰隆隆，房宇倾倒声音，使人心醉痛楚。部队在紧张地做工事，老百姓由保长带着在推墙毁屋，洛阳是紧张了。……"

日记至此为止，便没有再写下去了，原因十分明白，这个机枪手又一次和他的伙伴一起被法西斯匪徒逼着痛苦地走进了战壕里，向我们举起了枪来。以后的情形怎样了呢？他是被邱行湘逼着战死了，抑是活着做了俘虏？记得当我们包围了"核心阵地"的时候，为着最后挽救被围的青年军士兵，我们曾展开了战场喊话。青年军士兵也再不顾特务"督战队"的监视枪杀，一群又一群地冒死从阵地上偷跑了过来，我们的一个部队两天中就收容了三十多名。有时候他们一逃出阵地，就被特务发觉了，特务们就在后面用机枪扫射了起来，我们的战士也就立刻开火，掩护他们从阵地上逃过来。——这个机枪手是不是也这样和他的伙伴们一齐逃出虎穴来了呢？如果他是这样逃出来了，那他是应该庆幸的；如果他是不幸战死了，我不能不对蒋介石匪帮所加之于这个青年师范学生的罪恶行为，表示深切的愤慨。

蒋介石为着从事反人民内战，罪恶地驱使了无数的青年学生充当他的内战帮凶，拿着杀人的美国枪炮，从事进攻解放区、屠杀人民的罪恶勾当，而最后都像他的其他进犯匪军一样，一批又一批地在人民的铁拳下，遭到了悲惨的覆没。"你们太残酷了！"陈赓将军在战后悲愤地怒斥战犯邱行湘说："你们把纯洁无辜的青年学生，用无耻的手段骗来当炮灰，用特务统治和麻醉欺骗教育，把他们变为法西斯的'党卫军'，强迫他们到战壕里替你们送死，这是一种杀害青年的滔天罪行，我对在此次战役里被你们陷害的许多无辜青年学生，表示万分惋惜。"

邱行湘在陈赓将军正义的斥责下，狼狈地俯着头一言不发，这个杀人凶手该感到自己的罪恶深重了。

我军攻克洛阳，全歼守敌青年军二〇六师的伟大胜利，给当时中原的国民党匪帮以很大的震动，因为洛阳是当时豫西国民党的统治中心，解放洛阳，这就等于给了它迎头一棍，因而也就大大有助于豫西新解放区的巩固与扩大；同时洛阳在地理上为陕、晋、豫三省的要冲，是历代兵家必争之地，我军解放洛阳，这就斩断了郑州与西安这两个国民党内战基地之间的联系，增加了对这两个基地的直接威胁。

我军自外线出击进入中原战场以来，由于我军从此掌握了战争的主动权，因此声东击西，运动自如，一待时机成熟，就立即给敌人以歼灭性的打击，充分保持了机动作战；而兵力不足、战略上完全陷于被动的国民党匪军就只好东奔西突，打到头就赶紧护住头，打到脚就急忙护住脚，结果是东援西救，处处挨打，十分狼狈，在洛阳战役中，这种窘态也毕露无遗。当去年十二月下旬我们由豫、皖、苏猛然插到平汉路腹地上，解放"内战仓库"许昌等城市，大破平汉路的时候，中原震动，急得那时正集中全副精力在大别山进攻刘邓大军的蒋介石只好从大别山战场上抽调了胡琏兵团，要他们向北进犯漯河；又从西北战场上抽出胡宗南的裴昌会兵团，进到郑州和孙元良兵团会合，要他们一起南下进攻许昌；可是我们的部队这时候早就神出鬼没地转到了豫西；当他们调动了大批人马，辛辛苦苦地好容易打通了平汉路的南北交通，这时候西北战场上又一声巨雷，西北人民解放军在宜川接连歼灭蒋、胡匪五个整旅，西北内战指挥中心西安告急，胡宗南大叫救兵，于是马不停蹄地刚赶到平汉路上扑了个空的裴昌会兵团，又急忙掉头日夜兼程赶往西安自救；他们还没有赶到西安，我军解放洛阳的炮声又震动了豫西，从遥远的大别山进来的胡琏兵团和孙元良兵团又只好放弃平汉路，急忙赶来洛阳搭救被围的二〇六师。这一批在中原战场上狼奔豕突的"救火兵"，这里失火，就赶到这里救，那里失火，就赶往那里救，可是这批"救火兵"不仅没有把那里的火救熄，反而连自己也被火烧得焦头烂额；赶救洛阳的两个兵团狼狈地赶到离洛阳还很远的途中时，就被我们预布的阻击部队拦住不能前进了，于是当我们在洛阳围歼二〇六师的时候，东面的洛河边上也传来了阻击战的炮声。

三月十四日下午，我们歼灭了二〇六师，结束了洛阳战役之后，为着继续找寻战机，歼灭敌人有生力量，在战役结束后的第二天——三月十六日——一个大雪纷飞的晚上，我们最后撤离了洛阳城，阻击部队也撤出了战斗。当我们井然列队走出了西门，穿过西工营房的时候，洛阳东门的炮击声和枪声骤然地密集了，移近了，两架敌机在东门附近的上空呜呜地打着转，飞得很低，飞来飞去，显得很是紧张。不知东面什么地方烧起了火来，黑烟大团大团地飞腾起来，把远处的树木和房屋都遮住了。就在那黑烟里，枪声愈来愈密，愈来愈近，连步枪射击声也听到了。从这一切征象看来，显然辛辛苦苦地远从大别山赶来的匪帮们是在洛阳东门举行"入城式"了。我们一面走，一面笑着说：让他们赶快奔进城里去吧，趁着现在"核心阵地"上的一切都还没有改变——不论是满地密密麻麻的炮弹坑和被击毁得狼藉满地的工事，不论是烧塌了的五层大楼和烧得像段木炭似的二〇六师的官兵，不论是散发在阵地四周的解说我军敌军政策和新区政策的传单标语——让胡琏兵团、孙元良兵团的官兵们赶到二〇六师的"墓地"上，去看一看他们的伙伴们的这种从事反人民内战的下场吧。

部队撤离洛阳后，就转到了西南方的宜阳一带，而后又东返禹县；当我们的敌人正被我们弄得头昏眼花，乱成一团的时候，我们的部队却安定地开始了又一次战后的大整训。

戳破"空城计"

一九四八年五月

　　我军插进了国民党的腹地中原作战以来，敌人兵力不足、后方空虚的这一致命弱点，便赤裸裸地暴露在我们的面前了。他们兵力严重地不足，但是他们又不愿意放弃一些点线和地区，死死咬住许多城市不肯放，这就成了他们一个无法解决的矛盾。对于这个矛盾，最初他们采取了分兵把守的办法，抽出若干部队分散放在每一个据点里，结果给我军择肥而食，遭到了逐个歼灭的命运。到后期情形有了些变化，敌人由于有生力量不断遭我军歼灭的缘故，兵力不足愈加严重，因此迫使他们只好像诸葛亮摆"空城计"似的，把一些拼凑起来的地方土匪、老弱残兵，勉强放在那些据点里，看守着他们那份残破的家业，这些土匪有的是白天住在城里，晚上就溜到乡下；有的在据点四周的要道口上安上"眼线"，探望有无解放军前来，稍有风吹草动，立即回来通风报信，土匪们便夹起尾巴就跑，因此当我们扑到一个地方的时候，往往敌人早就溜之大吉了；但如果我们今天离开这里，那么他们明天立刻就会出现在城里，于是当时中原的这些地区，便出现了这样的情形：今天是我军驻扎着的解放区，明天就成了国民党土匪统治的黑暗世界；今天我们才写上"打倒蒋介石，建立新中国"的标语，明天我们的标语被刷掉了，墙上却出现了国民党的反革命标语；今天庄子上高高兴兴，太平无事，明天庄上又哭声盈耳，涌来了"遭殃军"。

我们要尽量地找寻战机，歼灭敌人，解放这些地区的人民，但是国民党反动派却仍然要保持他们业已摇摇欲坠的反动统治，于是双方就这样反复地在这些地区打着转，这种情形中原的老乡们称之为"推磨"和"拉锯"。这种"推磨"和"拉锯"，体现着当时的人民解放军和国民党匪帮在中原地区军事上和政治上的争夺战，是中原地区由悲惨的国民党统治区渐渐地成为人民解放区这一历史过渡期中所表现的特点之一。

在这种"推磨"和"拉锯"的地区，人民所遭受的灾难是深重的。

五月中旬，部队在南阳附近参加了宛东战役之后，又掉头北上，就在这时候，我第四次到了许昌——那时候的许昌，正是处在那种"推""拉"状况下的一座城市，自从我们在一九四七年十二月十五日首次解放了许昌以来，这里便成了反复的"拉锯地带"，每次我们在歼灭了敌人有生力量之后，便主动撤离了许昌，随着附近的敌人也就跟踪而进，再度把它置于自己罪恶的血掌下。这种反复的"拉锯"和"推磨"也正是当时平汉路两侧许多城市的情况。

我们的部队由桐柏山边向北推进着，准备投入进军中原以来的又一次大战役，当我们行抵许昌以南一百余里的一个地方时，前面传来消息：驻许昌城里的敌人因为不知道情况，至今还驻在城里没有逃走，于是我们决定来一次一百里路的长途奔袭，歼灭这股敌人。

我们急急地向许昌前进着。为了保证部队行动的秘密，我们沿途连向导也不找，就这样悄悄地在乌黑的夜色中踏着田野上的泥路，绕过一个个的庄子，穿过大树林，人不知鬼不觉地半夜里就赶到了城郊，远望许昌城垣黑色的影子沉默地兀立在夜色中，细碎的星光在天上闪烁着，给天空洒上了一层淡淡的微光，高大而乌黑的树林，黑黝黝的城郊的村庄，微微发着灰白色、像一条带子似的伸向许昌城的道路，一切都沉没在深夜的死寂中，连狗吠声都听不到。我们在城东北郊停了下来，大家还担心狡猾的敌人是不是已经溜了，于是在一个庄上找了一位老乡，探问城里的情况，问他城里可还有敌人没有？这个睡眼蒙眬的被我们从屋里叫出来的老乡，一见到是我们，不禁喜出望外，连忙说：

"同志可是问城里有没有'中央军'？——有，有，听说还有一个旅的队伍呢，才开到了四天，不过都是才抓来的新兵。"这老乡热心地告诉我们，"他们日里还在俺这边乡里抓人收款的呢，天黑了才回城里去的，同志们快上去啊！"

判明情况后，我们的部队便在夜色中朝城边上摸去了，好在许昌城郊的道路我们都是熟识的，部队便分路摸进了许昌的四关。

这是我在中原作战中所遇到的一次有趣的战斗，战斗从半夜两点钟开始，到六时结束，前后共计四小时，歼灭了敌人一个旅，而我们几乎没有什么伤亡。不亲临其境的人们是难以置信的，怎么可能呢？就是几千只小鸡子，把它一只只地抓起来，也得花上一天半天时间哟？何况是几千手执武器的敌人？又何况是坚守在这样一座坚牢的城墙上？但战斗竟是这样开始和这样结束了：部队突进四关后，城边上稀稀朗朗地响了几阵子枪声和"嗵""嗵"的几声榴弹爆炸声，隐约地冒起了一些火光，火光中夹杂着一些人惊慌的叫喊声，没有多久，声音便渐渐地远去了，后来城里面又响起了"噼里啪啦"的枪声，似乎战斗已发展到城里去了，但仍然歇一阵，响一阵。从前面的枪声听来，战斗是并不激烈的，根本不像是面对着一个旅的敌人在作战。这时候我和师部的一些同志就在郊外等候着，准备战斗向前发展后跟进城去。因为整夜奔走的疲劳，我不觉迷迷糊糊地倒在一堆草垛边睡着了，没有躺多久，蒙蒙眬眬地听到一个人在我的身边大喊：

"快起来走，伙计，战斗结束啦，快进城去！……"

我睁开眼来一看，果然队伍已集合起来在向城里的方向进发了，听听前面的枪声也已经停息了，难道战斗真这样快就结束了？难道一个旅的敌人就这样被歼灭了？这是难以令人相信的，但是我看看我们的队伍，却是千真万确的在朝着城里的方向前进。我一面跟着部队走着，一面心里却仍然疑惑不定。

这时天已渐渐亮了，周围的房屋、道路、树林等，都渐渐在曙光里显露出它的面目，在路上行走的人也都看得清楚了，我看见迎面一支黑黝黝的队伍在向这边走来，人很多，队伍排得很长，被脚踢起来的尘土扬得很高，渐渐地走近了我们的队伍，我仔细一看，这不是一群俘虏兵吗？队伍边上相距不几步，就有我们一个持枪的战士押着；俘虏队伍里很多俘虏兵都是农民的装束，穿着一身蓝土布褂裤和其他的各式衣服，而且也不像是匆忙中化装而成的样子，有的上身穿了一件新军装，但下身却是一条破旧的便衣裤子；有很多全身是农民装束，只头上戴了顶国民党军的"牛屎帽"；其中有少数人穿了全副新军装，却显然很不合身；俘虏们个个愁眉苦脸地低着头，有时又畏惧地抬起头望望我们，又立刻低下头去。从这些迹象看来，显然这是一支新兵队伍。俘虏过后，接着后面又拉来了好多辆大车，大车上面堆满枪支武器，我们上去仔细一看，不禁大为扫兴，原来车上很多是"湖北条子""老套筒"等"老爷货"，机枪也多是"土造"，这些武器就是在我们的连队里，也是早就被"开除"出去了的，怎么国民党部队里还有这些古董货呢？这是怎么一回事呢？

部队走进城里后，我赶去找到了一些参加战斗的同志，了解了一些昨晚上作战的经过，我又去问了一些俘虏和城里面的居民，才逐渐了解了事情的真相，原来昨晚上与我们作战的敌人暂编二十一旅，是一支由许多抓来不久的新兵组起来的队伍，成立到今天还不到半个月时间，新兵们连军衣都没有发全，人也还没有凑齐。许昌城里的一个居民告诉我：这批队伍"驻防"到许昌城里之后，还不断在城里抓人补充，已经编好的新兵这几天才开始出操，学"稍息"、"立正"、"齐步走"、"枪上肩"和"枪放下"，至于说到这枪呢——这个老乡不禁笑了起来——原来都是一些不知从哪里搜集拢来的"土家伙"，有的锈得连枪栓也扳不动，因为他们才开始训练，上头还不大放心，不肯全部发好枪。但就是这样一支队伍，蒋介石也只好把它送来看守平汉路上这么一座相当重要的城市了。可是蒋介石所摆的"空城计"结果怎样呢？当昨晚我军攻城的枪声骤然响起的时候，这一群新兵登时就吓得乱碰乱撞地逃散了，操场上尚未熟练的"枪上肩""枪放下"等动作也都忘个精光，于是我们迅速冲进了城门，迅速冲进了市街。这群新兵虽然忘掉了操场动作，但不知在什么时候他们却都已学会了这一手：当我们冲到跟前的时候，他们成群地把"土家伙"丢在地上，弓着腰，弯曲地举起两手，有帽子的把帽檐子拉到了脑后，大喊着：

"解放军同志别打枪啦，俺们都是被抓来的！"

"别打啦，俺们缴枪！"

"俺们都是庄户人啊！"

国民党许昌专员兼四十一旅旅长范任和副司令李万如、四十一旅六十一团团长张国赞等一伙人，眼看着他的这支兵马一下就完了蛋，大势已无可挽回，便带了一批亲信从北门突围，可是他们走不多远，正好碰上我们二营，迎头拦住，全数做了俘虏。就这样，前后四个小时，全城就枪声停止了，国民党匪军又一个旅的番号，在他们的内战赌本簿上被抹去了。在了解了上述真相以后，人们就不难相信四个小时歼灭一个旅是毫不为奇的了。

我沿着大街向市中心区走去。除了街道上丢散着一些弹药箱、鞋子、绑腿等的东西以外，几乎找不到什么经过战斗的痕迹。这时天已大亮了，初升的太阳照在屋脊上，两旁的店门打开了，人们在打扫着街道，挑着各种菜蔬的小贩从城外络绎不绝地走了进来，好奇地望望四周，一面愉快地向着菜市场上走去，一切都显得安谧如常，仿佛昨晚上的战斗不是在这里发生似的。有一些商店里的人还仿佛认得我们，站在门口向我们打招呼：

"同志，你们又来啦，太好啦！"

"同志，你们前个时候在哪儿呀？"

走了好一段路，我竟没有在这个歼敌一个旅的战场上看到大摊的血迹和死尸，一直走到东街上，才看到前面一家门口围着一大群人，上去一看，原来围在人窝中间的是一个负伤的国民党军士兵，脸色灰白地歪躺在地上，微微地哼着，大腿上满是血，地上也流了一大摊，一群围着的市民正在那儿嚷嚷不休地议论着。他们一发现我们，立即新围了拢来，有人大声对那伤兵说：

"解放军同志来啦，你把事情说给他们听吧！"

那伤兵闻声，微微昂起头来，脸上露出希望和乞求的神色，向我看了一眼，嘴巴抽动了几下，没有发出声音，眼泪却已流下来了。

"你快对这同志说呀！"边上的人性急地催他。这时，那伤兵从怀里掏出了一张小纸片来，抖颤颤地递给了我，我接过这张小纸片，只见上面写着两行小字：

"叶子余，河北河间人。"

这个伤兵未开始说话，边上几个好心的观众便争着向我介绍了起来，他们说：这个伤兵就叫叶子余，是一向在许昌城里做小贩的，几天前没头没脑地给二十一旅抓了去，不管三七二十一，就给当了兵，昨晚上解放军攻城时，他和许多新兵都吓得发抖，死也不敢打枪，有几个当即被当官的抓出去打死了，叶子余眼看没办法，只好跟着帮他们背子弹，后来又一齐跟他们逃了出来，半路上他想想自己不能睁着眼等死，抽空子把子弹箱一丢，拔脚就逃，可是没奔了几步，后面当官的追上来，一枪就把他打倒在地上，他们自己也就转身逃走了，"现在他躺在这里没法子想，解放军同志，还是你们帮他想个办法吧！"

那伤兵在旁边一面抽噎着，一面满脸泪水地望着我们说："同志，救救我落难之人！……"

我们同去的几个人和老乡们商议了一下，便把他抬送到我们的俘虏管理处去了。

走进俘虏管理处时，一眼瞥见边上一间小屋里关着满满一屋子的人，门口由一个战士守卫着。那战士告诉我，屋子里关着的是才抓来的一些二十一旅的散兵，他们打散后躲在老百姓家里，被老乡们抓住送来了。我走进小屋去，只见草堆上人一个挨一个地挤满了这个小屋，大概有二三十个人，有的躺着，有的靠着墙坐着，身上穿的大都是便衣，个个垂着头，愁容满面。我问坐在屋角边的一个穿黑褂的青年人：

"喂，你叫什么名字？你在二十一旅干什么的？"

那青年人听见有人喊他，惊慌地抬起头来，对我答道：

"俺姓石，石头的石，俺叫石福贵，俺是给二十一旅抓来的，俺家就是郾城大郭寨。"没说几句，这个青年人的眼圈红了，他用袖子擦着眼，继续告诉我，他是这样给抓来的：有一天的黑夜里，国民党军队突然包围了大郭寨，冲进庄子里，不问青红皂白，挨家拖走了二十几个青年人，可怜寨上的人真是祸从天降，哭叫连天地拖也拖不下来，他就是那晚上被抓的一个。他们二十几个人被抓后，就糊里糊涂地被送到许昌，剥下了衣服，一起被编进了二十一旅。后来，他们寨上的人曾赶到许昌来保，可是想尽办法，还是保不出去，现在还有好些寨上的乡亲在城里，带的钱花完了，就在街坊上要饭，他们说如果要不回儿子和丈夫，就宁可死在许昌，不肯回去。"这又有啥用？人家哪管你死活，抓了来你就休想再出去，咱寨上抓来的有的想逃，抓回来就给崩啦。"石福贵说到这里，恨恨地瞪着眼睛。

"你叫什么名字？"我问旁边的一个青年人。

"俺的大号叫王洪金，三画头的王，俺家在临颍五里头。"

"你是怎么到二十一旅去的？"

"唉，同志，不能提了，二月二十九，俺到临颍城里去赶集，才走到集头上，忽听得有人喊：'不好，快走！快走！'集上人全乱了，都往外跑，俺不知是啥，正想跑，背后的衣裳给人猛一把揪住了，我回头一看，啊呀不好，心想这回倒霉了，我说：'老总，求求你放了我，我家有女人、小孩……'唉，你听他说啥呀，眼睛像二郎神的，一瞪，'妈的×，老子叫你背一包盐，背到就叫你回来'。"

"俺想反正是跑不了啦，背盐就背盐吧，哪晓得背到许昌就不给走啦，唉，俺到如今连口信都没给家里捎去一个，俺女人不知道急成啥样呢！"

在王洪金边上的，是一个约莫十八九岁的青年人，两手抱着头，悲伤地扑在草地上，当他听到我和王洪金讲话的时候，微微抬起头来朝我看了一眼，又颓然躺了下去。

"你叫啥名字？是怎么来的？"我问他，他还未答腔，王洪金却替他答道："他叫王海忠，是和俺在一个班上的，他家在西华逍遥镇，人是在漯河给抓来的，那天他同他老父亲两人推柴到漯河去卖，走到街上，就给抓兵的抓住了，老父亲求了半天都没得用，可怜两个人出来卖柴，剩了老头子一个人哭着回去，唉，谁知道老人家回去以后怎样了呢，想得开还好，万一想不开呀，唉……"

说到这里，王洪金转过头去看看卧在地上的王海忠，这时他肩膀一耸一耸地正伤心地抽噎着，大概他是想起他那痛哭着跌跌冲冲地回家去、生死未卜的老父亲来了吧。

在王海忠旁边的，是一个年纪已经有三四十岁了的中年人，不等我开口，他就告诉我：他叫陈鸿生，是鄢陵城南吕梁庄上的人，三月初九晚上，一队国民党土匪来到了他们庄上，口称是"解放军"，庄上人粗心大意，结果土匪进来就把各家的前后门堵住，捉去了好多男人，他就是其中的一个，被捉的人就一齐被送到二十一旅当了兵。

这时，屋子里的人已全从草上坐了起来，都眼瞪瞪地望着我，准备轮到他的时候发言。显然，这屋里的每一个人都是有着一段类似的悲惨故事的。我不再逐个地询问下去，也不需要再逐个询问下去，因为就从这几个人的遭遇中，已足够说明二十一旅这个部队组成的大概经过了。

后来，我又在缴获一大堆敌军文件中，找到了国民党河南省主席刘茂恩四月六日给许昌专署"抢征壮丁紧急密令"一件，使得我们更进一步了解了其中的内幕，那"密令"内略称：

"饬本区许昌、鄢陵、临颖、郾城等四县限一个月内各抢征壮丁一千名，应不择手段，依限期（四月二十五日）送交省保安司令部检收，不得借任何理由减免或贻误。"

"密令"中又指示了许多"不择手段"的"抢征"办法。于是就在这纸"密令"下，王海忠、王洪金、石福贵、陈鸿生……无数这样的庄稼汉抱头痛哭着和家人分手了。无数的庄稼汉，他们被抓时，连带个口信回家都不可能，家中的父母妻儿还在等着他们。蒋介石接连被歼灭的内战部队就这样又被重建和补充了起来。

我们回到街上，街上正好走着一支俘虏队伍，有许多老百姓跟跟跄跄地跟在后面走着，问边上的市民，才知道他们都是四乡里赶来寻找被抓的丈夫和儿子的。看了这情景，我不禁记起郾城大郭寨深夜被包围着抓出来的石福贵来，不知道大郭寨赶来找寻丈夫、儿子的老乡们，现在是不是也正挤在这些人中间？不知道他们现在是否已经找到了他们的亲人？

俘虏队伍走到南街的时候，突然路边上有一个老头子不顾一切地冲进了队伍里，抱住一个年轻的俘虏兵，就放声痛哭了起来，押解的解放军同志上去询问，才知道那俘虏兵就是这老头的儿子。老头子说：他儿子是半个月前才给国民党抓来的，可怜他自己赶到许昌来，四处哀求，仍是保不出来；他恳求解放军同志释放他的儿子。那同志问清了情况，并在其他人中间得到了证实，最后便答应了老人的请求，父子两个欢天喜地地离开了队伍。当天晚上，在鄢陵被国民党匪帮包围了庄子捉来的八十余个壮丁，也都一起释放了。这些被抓来的士兵凡是得到证实的，后来我们都把他们陆续地遣散回乡了，其中也有些士兵坚决不肯走，要求参加我们的部队，报仇雪恨。

四进许昌的这个有趣的战斗，使得我对于蒋介石匪帮兵力不足、后方空虚的这一理解是更具体和更提高了一步，也使得我们对于毛主席以歼灭敌人有生力量为主，而不以夺取城市为主的这一英明战略方针的认识，也更进了一步。——不是么？我们的敌人在丧失了大批部队之后，他们已是陷在怎样的困境里了！当时我们的部队中曾经是有过这些同志的：他们对于我们若干地区和城市的暂时放弃，表现了万分的遗憾和懊丧；他们虽也承认大量歼灭敌人的有生力量对于夺取战争的最后胜利是十分重要的，但是当他们看到歼灭了敌人的七十四师之后，不久内战战场上又出现了一个七十四师；歼灭了一个五十一师之后，不久又出现了一个五十一师；当他们看到这些被歼的敌军番号都被蒋介石迅速重建起来的这一事实之后，他们又迷惘起来了，唉，哪一天才真正能把敌人消灭干净呢？哪一天才能收复失地、解放全中国呢？他们对于以歼灭敌人有生力量为主的战略原则又模糊起来了。对于这些同志，我们在许昌四个钟头歼灭敌人暂编二十一旅的事实，难道不是最有效的教育么？

不管蒋介石当时还是如何气焰逼人，不管蒋介石当时还盘踞着张家口、淮阴等城市和广大地区，但是从二十一旅的事实中告诉我们：蒋介石是已经确定地被我们击败了，可怕的最后覆亡的命运是一天天地在向他走近了，不管他们怎样地拼死挣扎，他们已陷入死亡的网里，不可能再挣脱了，而这，正是我们正确地执行了以歼灭敌人有生力量为主的战略方针而产生的结果，这难道还不明显吗？

开封风雨

一九四八年五月

许昌战后，我们在附近休息了一个时期，便开始向开封进军。

在进军途中，我们的前线司令部和政治部通过新华社的口语广播，向开封城国民党的军政人员发出了第一道命令，宣布了我们的各项政策。命令是这样的：

> 困守开封的国民党军全体官兵注意，国民党省、县、市政府机关全体人员注意，开封城内的一切公私商店、工厂、银行、仓库、邮电、交通等经济机关注意，河南大学及其他学校、医院、教堂、图书馆等文化机关注意，全开封各阶级、各行业的市民注意，现在开封城外的人民解放军前线司令部、政治部特向你们讲话：第一，本军无论在兵力上、火力上对于开封的守军都占绝对的优势，你们等候的援军亦被本军隔断，无法接近。你们的一切抵抗都是害人害己的、无意义的牺牲，你们如果顾念自己的安全，顾念全城同胞的生命财产，应该立刻放下武器，开城迎接本军入城，本军郑重负责，保护你们全体官兵的安全。只要你们立即这样做，使得开封城内外居民的生命财产和公私建筑少受损失，本军就认为你们护城有功，无论官兵一律优待。如果你们不这样做，而进行顽固的抵抗，本军当坚决予以消灭，直到你们全部放下武

器为止。如有故意破坏武器、物资和伤害人民生命财产者，本军一定彻查严惩。第二，无论在本军进城以前和进城以后，城内一切机关团体和各界人民，都要共同负责维持全城的秩序，不得有丝毫的破坏。所有国民党省、县、市各级政府机关官兵和警察，所有属于国民党政府的经济文化机关中的一切人员，都要照常安心供职，并且负责保护各级机关的一切资财、文件，听候本军处理，不得怠职毁坏，不得阴谋破坏。凡不持枪抵抗的一切官员、警察，本军一律不加俘虏逮捕。其他学校、教堂、医院和一切私人工厂、商店、住宅，本军一律保护，不准侵犯。希望所有热心公益的社会团体和公正人士，在本军进城后，与本军合作，共同维持本城秩序，免遭破坏。希望全体市民，一律安居乐业，切勿自相惊扰。

开封城的敌人没有接受我们的劝降忠告，六月十七日黄昏，我们外线出击以来继洛阳战役之后的又一次攻坚战便揭幕了。

隆隆炮声震醒了开封周围百余里地的村庄，通向开封的灰白色的沙路上，整日飞扬着尘土，陆续不绝的部队，以及来自豫皖苏解放区许多村庄上的上面盖着树枝茅草的大军、担架、骡子，在尘土里像流水似的向开封城流去，远望开封上空一片弥漫的黑烟，像雷雨前的乌云似的在上升着，扩大着，把远处天角弄得黑乎乎的一团，就在昏黑的上空，三五成群的敌机像几个黑点子在黑云里边窜上窜下，打着机枪，丢着炸弹，在那震撼地面的炮击声和密集的机枪声中，不时响起几声特别巨大的爆炸声。

十九日傍晚，我们从开封以南的庄子出发，向着正激战着的开封城走去。随着黑夜的降临，大路上、村庄上更加活跃起来，更有众多的各式队伍，沿着大路拥挤着在向开封城奔去，战场上熊熊大火的余光也隐隐照亮了这数十里外的道路和村落，黑影里传出了鞭挞骡马的呼喝声，大木轮子滚过的辘辘声，杂沓的脚步声，"跟上，跟上"的催促声，以及各种各样的声音，仿佛所有的村庄、大道、田野、人群，到处都在动，都在低抑紧张地叫唤，都在急促地奔走，都在流着汗，都在向着前面的冲天火光，向着正震天动地轰鸣着的开封城拥去。战争不仅是在开封城里进行着，也正在这附近的村庄上、大路上，正在这豫皖苏大平原上进行着，到处都是一样的紧张、热烈和兴奋，谁也不会说自己是在战争圈外的，谁都知道自己正投身在对于中原战局将起重大作用的伟大战役中。外线出击将近一年了，由于一年来我们执行了正确的战略方针，连续不断地予敌人的有生力量以打击，形势是如此迅速地在我们面前改观了，一年前当我们跨过陇海路进入豫皖苏平原上的时候，这里还曾是敌匪横行的世界，但是现在豫皖苏已建立起了人民的政权，成了相当巩固的解放区了；一年前敌人曾是何等疯狂地追逐在豫皖苏地区，扬言几个月内就要"肃清中原"，但是现在轮到我们真正一个个地"肃清"他们的时候了；听着开封前线天塌似的轰击声，看着这人民战争的伟大图景，我们不能不感到胜利的欢欣。

　　我们走到一个庄子上歇了下来。像沿途所有的庄子一样，这个庄子也是黑黢黢地挤满了人，担架横七竖八地摆满在空场子上，几乎连插脚的空隙都没有。这些担架队都是豫皖苏解放区的许多地方会集拢来的，这个庄上的一部分是豫皖苏解放区第五分区来的，挤坐在我们边上的是担架队的干部，他们告诉我说：这次战役中，他们五分区分配后勤任务的时候，原来只布置了九百副担架，谁知道五天里就拥来了一千五百多副，多出了六百多副担架；原来全区只布置了六百辆大车，可是只两个县就赶来了六百辆。

"群众的情绪高极了"，这个穿着蓝布裤子的青年人喜洋洋地对我说，用手指画着："我们的动员工作很容易做，只要跑去告诉老乡们：咱们部队要打开封啦。——这就行啦，群众没有一个不乐的，你要他出夫，出牲口、大车，都没有二话。"

我们在场子上坐了一会儿，由负责同志再一次对我们这群即将进入开封城的同志详细传达了进入城市的各项具体政策（大概是第四次或第五次传达了），主要精神就是要尽可能地把战争中必然会有的纷乱缩小到最小的程度，要尽可能迅速地在城内建立起革命秩序，切实保障人民生命财产的安全，要坚决保护私营工商业以及一切文教机关、公益事业、医院、教堂等，要严厉制止过去某些战役中曾发生过的不正当的市民拆毁、破坏、盗窃公共建筑等行为。

"这次开封战役对我们是又一次的考验，"最后他大声地说，"我们不仅要保证在军事上打一个漂亮仗，而且更重要的，我们还必须保证在政策上打一个大胜仗。"

我们继续朝开封城走去，渐渐地前面的火光愈走愈近，道路愈来愈亮，枪炮声也更加逼近了。我们越过了广阔的飞机场，到了南关，这里就是昨晚部队突进城去的地方，从城里打出来的炮弹，还不绝地落在附近爆炸。昨天晚上这里曾经是敌人大炮、飞机的集中轰击点，他们想以此阻止我们部队的前进，无数的炮弹和炸弹，在这房屋密集的南关，投下了无法扑灭的火种，南关许多地方便燃烧起来，靠近南门的一条街全部被炸平了，但我军攻城部队还是歼灭了敌军保安第一旅，冲进城去。现在，街道上满地都是弹片、瓦砾，许多地方根本就分不清哪里是街道，哪里是房屋，高大的天丰面粉公司的大厦在猛燃着，仿佛一座大火塔，火从一个个的窗洞里冲出来，冲到屋顶上，又合成一把大火炬，直伸半空。南关邮局大厦、难民新村、福音堂等很多地方也在烧着。一簇簇的大火在我们的眼前汇成了一个火海，远远近近全是通红一片，把这南关一角照得十分明亮。几架重轰炸机仍然在火的上空盘旋着，当轧轧紧近来时，就可以从星光中看到一个黑影子从上空急速地掠过去，接着便响起一声巨大的爆响，地面剧烈地抖了一下，燃烧着的屋宇也似乎震动了，往上迸飞出一些火星，接着在某一个地方又冒起了一簇新的火光。国民党匪帮就这样以炸弹做火种，几天来在开封城点燃起了这漫天大火，使这个文化古城遭遇了空前浩劫。但这样的轰炸对于在地面上运动着的队伍来说是引不起多大注意的，担架队、送弹药的大车、腰里插着手榴弹前来送饭的炊事员、肩膀上吊着"汤姆式"的通讯员……依然不断地在街道上行进着，大车隆隆地滚过街道，谁也没有因此停止下来，就是在飞机从头顶上丢下了照明弹，把街道一下照得十分明亮的时候，大家最多向墙边靠一下，抬头看看那一闪一闪地发着光的家伙，在微风里摇晃着，慢慢地从头上斜飞过去，不要一会儿，"走啊，走啊"，大家低声地打着招呼催促着，于是担架、大车、骡马、炮车……又轰轰隆隆地越过被炸得碎瓦满地的街道，向前进发了。

走进南门后，情形显得紧张多了，从响亮而清晰的枪炮声听来，战斗离这儿显然很近，子弹不断地嘶嘶飞过，人们拉长距离，沿着墙边谨慎地行走着。黑洞洞的街道两旁，挖着许多防空沟和掩体之类的工事，里面都蹲着人，炮弹和炸弹在附近不断爆炸，在这空洞静寂的街道上震起很大的声音，弹片在空气里嘶叫，常常听到附近房屋哗哗炸塌的声音。我们顺着一大把的军用电话线走去，在一条弄子里找到一个师的前方指挥所。这是一幢洋房下面的一个坚牢的地下室，四周都是大石块和水泥砌成，微弱的蜡烛灯光下只见屋里黑乎乎的，挤满了人；人都默默地坐在墙边上，听着谁在那里大声地打电话。另外几个人围着一支蜡烛在看地图，用手指画着什么。地面上，像夏天稻田里的青蛙一样叫嚣着的一片机枪声和炮击声，十分清楚地传到这里，仿佛只隔着几个院子似的，有时炮弹或炸弹落在不远处爆炸，地下室嘣地一跳，登时满屋烟灰，蜡烛火也几乎熄灭。边上一个同志告诉我：现在部队正在前面与敌人展开枪战，坚决把敌人往北赶，敌人顽抗得很厉害，战斗正在万分紧张中进行。

十九日晚上，大火烛天的开封城枪炮声彻夜未停，我们的部队沿着大街小巷勇猛进攻，到二十日早晨十时，已将敌人压缩到北门里面华北运动场和中山公园一带。中午部队又攻占了"河南省政府"，敌人最后都被逐到城西北角去了。

二十一日下午，城西北角炮声雷鸣，我们的部队开始围攻残敌的最后阵地古龙亭。古龙亭就是开封曾为汴京的时候北宋帝王们的金銮宝殿，宋太祖赵匡胤就是在这里登基的。这是一座离开了闹市而独立地雄踞在城西北平地上的雄伟的建筑，其面积如果包括前面的三个湖在内，大约有数百亩地，它也是全城一个制高点，就像一座小山似的，老远就可以望到它。走到龙亭去，首先得走过一个大石牌坊，然后是一里路长的"御道"，这"御道"两边是叫作杨家湖和潘家湖的两个大湖，过去那些文武百官们就是沿着这条"御道"每天大清早走到金銮殿上去朝拜"皇上"的。沿着夹在这两湖之间的狭长"御道"走了里把路，就到了一个大石门——这就是午朝门，由此进去是一个大平台；再沿着石级走去，又到了第二个平台；继续跨着一级级的石阶走上去，这样一直跨了四十八级，走得汗流浃背，这才抬头望见了七丈多高的龙亭正殿巍然耸立在自己的面前，这里就是宋太祖登基的所在了，现在这个历史遗骸虽然都已残破不堪，但是从那雕刻细致的青石头栏杆和那雕龙画凤的合抱大石柱看来，也还可以看出当年的显赫声势。聪明的国民党匪军六十六师师长李仲辛到了开封以后，就选择了这块险地，做了六十六师的师部，匪帮们真以为这该是理想中的安乐窝了。他们又在龙亭周围修筑起了许多工事，龙亭外边是鹿寨、外壕，并筑了三道围墙，周围又安上十二个大水泥地堡，监视着四角，龙亭的下边是炮兵阵地，有五十多门重炮，在龙亭地底下储藏了大批的炮弹，沿着台阶上去，布上了五层火力网。有着这样险要的形势，有着这样的火力配备，人们要沿着狭长的"御道"仰冲上去而不被火力所击倒，竟然登上四十八级台阶，夺下龙亭，这简直是难以想象的。

但是二十一日下午六点半，夺取龙亭的人民解放军终于以惊人的革命英雄主义，给人民解放战争又一次创造了"奇迹"：他们以二十几分钟时间攻取了龙亭。

战斗结束后，我随着络绎不绝的人群，赶到龙亭战场上去。这时黄昏的暮色已从四周升了上来，但龙亭方向却是光芒四射，异常光亮，龙亭后面正在烧着大火，熊熊的火光直冲半空，倒映在"御道"两旁的湖水上，连湖水似乎也都在烧起来了。这时"御道"上拥挤着往来不绝的部队，都在向着战场上拥去，这狭窄的"御道"上，以及"御道"两边，到处遗留着战士们冲锋踏过的足迹，有的地方遗留着一些绑腿、鞋子之类，也有一摊摊的血迹，刚才担任突击任务的战斗英雄韩耀亭副连长所率领的突击队和"郭继胜连"的突击队，就是从这里仰冲上去的。按照军事常识来说，这一条两边靠湖的狭长走道，无疑是一条绝路，敌人在这条路上架起了许多挺机枪，迎头把你拦住，同时对面龙亭高地上的敌人更是居高临下，这条走道完全暴露在它的射击火网下，随时可以把走道上的人击倒，但是战争的实际不是机械地按照着军事教科书进行的，我们战士们出奇地英勇和机智，往往创造了那些资产阶级的军事科学家们所无法置信的事实，出现了他们认为不可能出现的奇迹，仅仅二十几分钟，我们的部队在这绝对不利的地形下，冲上了龙亭，把成万的敌人全数扑灭，这不是奇迹是什么？在战后我曾和被俘的六十六师参谋长游凌云等谈到龙亭之战，他们都咋舌不止，说我们部队神速勇猛的动作，确实是惊人的，当我们的突击队竟然出现在这条他们认为必死无疑的"绝路"上、飞也似的冲上龙亭来的时候，敌人的机枪手有的竟惊讶得连枪都忘记打了，许多人都惊得目瞪口呆，那时游凌云和他的卫士正蹲在龙亭的石洞里，他突然听到外边枪声骤密，便带了卫士出来察看个究竟，刚走到院子门口，猛地从门外窜进四个人来，抓小鸡似的一把把游凌云抓住，他的卫士还有点镇定，想举起枪来射击，而游凌云自己是完全吓慌了，他连连摆手说："不许打，不许打，把枪缴给他们！"他自己首先从怀里掏出他的一把乌亮的自卫小手枪，缴给了我们的战士。当时我军攻占龙亭的这些情景，正是旧小说里所形容的所谓"神兵天降"，是出现得那样的突然和勇猛，以致使我们的敌人完全措手不及。

我穿过午朝门来到龙亭前面的平台上，国民党内战部队悽惨覆没的图景，又一次在我的眼前出现了，在龙亭的后面，大火在烧着，呼呼地响，火花不断地飞上来，又被吹散到四处的暗角里、平台上、石阶上，到处丢弃着大炮、炮弹、枪支，以及一个紧挨一个的国民党军的尸体，那时正是初夏季节，虽然被打死的时间还很短，但是尸体已都开始腐烂了，恶臭充满了周围。

在这个悽惨的龙亭战场上，也还有着另外的一个世界：战士们在龙亭背后发现了一个"世外桃源"，那是一个十分隐秘的石洞，转弯抹角地费了许多工夫才被发现的，洞是从龙亭底下挖进去的，黑森森的，大而又深，看来曾花了极大的工程。这是匪军六十六师师长李仲辛等高级军官们的住所。这真是一个万无一失的保险洞，不要说子弹根本飞不进此地，任何炮弹与炸弹也都炸不到它，李仲辛等辈并把这个石洞布置成了个安乐窝，洞里面装了电话、收音机以及绿色纱罩的案头电灯，当然不用说也有沙发床铺之类的必需品，又储藏了许多的饼干、罐头食品。当石洞外边正炮火连天的时候，住在这个石洞里的李仲辛等辈和他们的太太们，也还能在炮火下安然取乐，这真是最妙不过的打算了。当我们的战士冲到洞口，举枪大喊"洞里的人出来，缴枪不杀"的时候，洞里的十三个男女还不知道是什么一回事，等他们疑惑地走到洞口一看，才知道"大事不好了"。这个血肉横飞的内战战场上的"安乐窝"，是何等尖锐地标明着国民党匪帮们的滔天罪恶！

我们继续踏上了四十八级台阶，走到了龙亭正殿。我们眼前这座古老的金銮殿，现在已被炮弹轰得七倒八歪，在几小时前，我们的战士在这里接受了最后一批敌人的投降，大殿里火药味和血腥气扑鼻，说明这里曾是一个小小的战场。走到外边，南望开封城已万家灯火，闪闪烁烁的灯光照耀着全城，月亮也已升了上来，静静地停在半空中，以她那种特有的柔软的光辉，照着经历了几天恶战的开封城，燃烧了几天的满天黑烟也已渐渐消散，天地间好像突然变得清爽明亮了。

政策大捷

一九四八年六月

我军进入开封市区后，就发出了第一张布告，宣布了当时人民解放军的六项主要政策。这是永远值得开封人民纪念的一页历史文件。我们外线出击进入中原以来所取得的伟大胜利，与我们正确地执行人民解放军宣言中所提出的各项新区政策是分不开的，中原人民以一种异常的感激和欣喜，解决了各种严重的困难，而敌人则是迅速地被孤立了。同样地，我们在未完全正确执行政策的地区，也就使我们增加了若干原来可以避免的困难，因此在开封战役前，全军便从上到下地保证要正确地执行政策，保证政策上也打个大胜仗，大家已开始懂得，在政策上打一个大胜仗，其意义和影响甚至比军事上打一个胜仗还来得重大，而后来的事实也证明了这一点。

我们在开封的第一张布告的原文是这样的：

开封已经解放，本军奉令卫戍全市，为迅速有效建立民主社会秩序，保障各阶层人民民主自由生活，特暂行军事管制，并宣布下列六项办法。

（一）在军事管制时期，本部为全市最高权力机关，负责全市一切军事、行政、指挥管理事宜。并准由全市热心社会公益的社会团体和公正人士所组织之临时市政维持委员会，与本军合作，共同维持全城秩序。

（二）除依法逮捕战争罪犯刘茂恩一人外，凡不再持枪抵抗、继续残害人民、进行非法活动、破坏社会治安的一切国民党政府官员、警察，本部一律不加逮捕。所有本市国民党省、县、市各级政府机关官员和警察及所有属于国民党政府的经济、文化机关中的一切人员，均应服从本部命令，安心照常供职，负责保护各该机关的一切资材、文件，听候处理，不得隐藏破坏。

（三）凡一切私人经营之工商业（工厂、商店、银行、钱庄等），一切文化教育机关（学校、报馆、图书馆、博物馆、民教馆、农场、教堂等），一切有关社会公益事业机关（电话局、电报局、电灯厂、邮局、红十字会、医院、慈幼院、孤老院等），及一切公共建筑、名胜古迹（车站、仓库、公园、古庙、古墓、古碑、古塔、古林等），本部一律予以保护，严禁拆毁、迁移及偷窃，倘有违犯者，不论任何人都有权制止、逮捕、送交本部依法惩办。

（四）凡旅居本市之外国侨民，在遵守民主法令条件下，本部当同样予以保护。

（五）凡蒋匪之军用仓库物质资材，一律予以没收。如有遣散者，应向本部报告，听候处理。

（六）解散特务机关，严禁蒋匪特务分子继续任何反人民的非法行动及一切扰乱社会治安的偷盗抢劫等不法行为。所有旅社、公寓、茶馆、戏院，均不准隐藏特务匪徒，否则一经查出，当予严办。

上开各项，仰我全体市民切实遵照执行，一律安居乐业，切勿自相惊扰。凡属保护本市秩序有功者，本部当予奖励，倘有特务匪徒或不法分子造谣惑众，或企图暗杀、放火、组织暴动、阴谋捣乱、破坏本市治安者，准予向本部明密告发，决予查拿严惩不贷。

司令员　陈士渠

政治委员　唐亮

我沿着街道上走去，每一张布告的面前都围满着人群，他们一面看，一面议论不休。这时候每一个人民解放军同志走上去，人们亲切的眼光就会落在他的身上，这种眼光里，显然地，恐惧和不安是完全消失了。

部队在向着城外撤出去，炮车、骡马、人群陆续不绝地走过街道，人们感激地望着他们。

街道上，臂膀上围着红布的纠察队在维持秩序。

被蒋匪轰炸和纵火燃烧的火灾区还在冒着余烟，解放军战士领着一群群的居民，在那里泼水施救。

红十字会的人拿着小白旗子，嘴巴上扎了毛巾，鼻孔里塞了棉花，随着解放军战士，在街上把埋在瓦砾堆里的国民党匪军的尸体挖出来，然后一具具地抬出城去掩埋。

很多紧闭着的商店和住户的大门上，贴着解放军开封前线司令部、政治部的纸条，上面写着"主人不在，禁止入内"。门外有纠察队站岗看守着。

与出城的部队背道而行的，是一群群的商人和居民，他们背着各种包袱行李，从城外回来。

进来的，出去的，熙熙攘攘的人群拥挤在开封每一个城门的路口上。

在这个短促的历史变化的时刻里，人们的心理变化是异常曲折复杂的，他们从我军的政策文告和实际行动中，看到了来日的美丽远景，因而心头充满了欢喜和兴奋，但是长期黑暗生活的片面经验，以及国民党匪帮造谣诽谤的影响，又促使他们对新事物心存怀疑，仿佛一个长期生活在黑暗中的人，一旦走到阳光底下，只觉得眼花缭乱，于是有些人就表现得时忧时喜，迷惑不定。当时人民解放军的严明纪律，在开封人民中间流传了许多美谈，例如我们有一个连队从战场上撤下来休息，住在开封的农林试验场里，这时候试验场的果园里正结满了累累的桃子和杏子，真是芬香扑鼻，一日一夜未吃饭的战士们疲劳而饥饿地躺在树下休息，谁也没有伸手到树上摘一颗果子来充饥，他们像没有看见一样。又譬如我们有一个班进城的第一天，各人都宣布了自己背包里所有的东西，各战斗小组又选出了一个"纪律监视员"，有一次，他们住的空房子里丢着三瓶牙膏、三千"关金券"，次日走的时候，战士吕玉柱说："这牙膏昨天头朝南，今天还是头朝南。"又譬如我们的某团九连在作战时住在联合中学，三排战士景长安在学校里面拾到一条裤子，里面包着两千万元法币，没有多久，一个青年学生气急败坏地跑来，问战士们可见到他刚才遗失在这里的学费，景长安闻声赶来，问明情由，便把裤子和钱对清归还了他，那个学生感激地连说："我永远不忘记你们。"这些事迹，都被作为神话似的在开封人民中间传说着，称道着我军纪律严明。他们又欢喜把今天的事实拿来与过去国民党匪军纪律腐败的故事作对照。我和鼓楼街庆丰号的老板穆培庆谈了一段话，我发觉他就是这么一个人，他店里的电筒被国民党匪帮抢得只剩了三个，后来解放军来了，他看到我们部队态度和蔼，纪律严明，十分感动。

"但是我还不大相信，我想试一试他们。"穆培庆对我说，当时他把三个手电筒放在桌子上，因为他知道经常在夜间作战的战士们是最喜爱手电筒的。他摆了不久，果然我们的战士看见走来了，"老板，多少钱一个？"说着，顺手拿起来看了一看，称赞道，"哈，永备牌的，这电筒不孬。"穆培庆这时心想：我多要点价钱，看你是真要，还是想拿走，他便索价一个要十四万元（蒋币）。"嗨，太贵了。"那战士说着把电筒轻轻放到桌上，走了。不久又来了第二批，又是价钱讲不拢，咕哝着："太贵了，太贵了。"走了。后来又是第三批、第四批，都买不成了，手电筒依然安放在柜台上。

"同志，到后来我真相信了，你们真是共产党的好队伍。"穆培庆感动地对我说。他说自己感到于心有愧，因为当时手电筒的市价实际每个只要二万多蒋币就够的，后来他一定要把手电筒送给几个来买的战士，但结果都被战士们婉言谢绝了。

穆培庆这种心理在当时开封中上层人士中是颇为典型的，他们以旧眼光来看新事物，但是我们的战士纠正了他们的旧观点，战士们自觉地坚决执行城市政策纪律的这些传奇式的行为，终于使他们无可置疑地信服了。

在开封的几天中，许多大大小小的事件上都明显地表明着人民在政治上和思想上的巨大变化，人民解放军的正确政策，促使他们真正地觉醒了，我们走到开封街头，到处都感觉着这种变化：从事街头宣传的同志受到了人们发狂似的欢迎，一走出门口，就被人群包围了起来，我们虽然印了十万份以上的宣传品，两天内就被抢光了，到后来甚至出现了黑市，有些未抢到宣传品的人就拿钱去买来读。当时我们又在城里发了几十万斤救济粮，救济一些学校和灾民，有些学校师生领了救济粮后感激得流泪。在开封真光小学里面举行的"解放区书报展览"和"解放军胜利照片展览"，当时人们不顾敌机在头顶盘旋扫射，成群结队地拥来参观，仅一天内就来了一万五千多人。人们整日流连在堆满各种解放区图书的书桌面前，阅读着《目前形势和我们的任务》《在晋绥干部会议上的讲话》等毛主席的著作。他们思想的天地打开了。大批的书籍都迅速地被人们争购一空。

人民这种思想变化最显著的是表现在这一件事实上：二十四日，解放区华北大学、华东军政大学、豫皖苏建国学院、华野随营学校在鼓楼附近贴了一张联合招生广告，谁知道一张纸立即吸引了无数青年学生的注意，他们成群地奔来围看，有的就簇拥到报名处去报名，要求到解放区去，不几天在开封就自发地形成了一股投考解放区学校的热潮。一天，我走到了鼓楼附近的报名处，只见门口拥挤着许多的男女青年学生，有的提着大皮箱和整捆的洋装书，还有一些公务员和教职员模样的人，他们的脸上充满着兴奋和愉快，拥挤着向报名处走去。我好不容易穿过人群，才挤到了里面，里边的天井里、屋子里也都挤满着人，地上堆着一大堆各式的箱子行李，有的同学坐在台阶上脱下皮鞋，在换穿布鞋和草鞋，有几个同学围着一个解放军同志在学着打背包，有一个同学把一个才打好的歪七歪八的背包往背上一挂，一边学着跑步的姿势，在院子里跑了起来，一边问道：

"这样行了吧？这样行了吧？"

"行，行。"边上的人笑着回答。

在报名处，我看到一个同志和一个女学生在谈话：

"你要去解放区学习么？"

"是的，我要去，我想望得很久了。"

"解放区生活很艰苦呢！"

"我不怕，我愿意去锻炼自己。"

"你愿意去锻炼是好的，但你得考虑一下，这不是玩的。"

"我已经考虑过了。"这个女学生昂起头，眼睛里闪着光，坚定地看着对方。

那个同志沉默了一下，又说：

"你最好慎重地再考虑一下。"

"不，我已下了最大的决心，请你答应我。"这个女学生恳求道，"我愿意忍受一切艰苦的考验，我相信我是会经得起考验的。"

于是，这个顽强的女学生的要求被接受了，她提着自己的小行囊，快活地快步向屋子里的学生群奔了过去。当时这些人中间，也有许多职业青年，如邮局职员、工程师、店员、教员等，有很多学生是瞒着家里出来报名的，有两个学生报名后要我们代寄一封信给他们的爱人，信上说自己"追求光明去了，希望你也跟上来"。

这时候，招生处里面一间小客厅里正坐满着开封文化界的名流，其中有河南大学历史系主任嵇文甫、前经济系主任王毅斋、化学系主任李俊甫、教育系教授罗绳武、历史系教授赵丽生、体育系教授兼作家苏金伞、音乐家嵇振民等，屋子里挤得满满的，他们是要求前往解放区去工作的。他们在和一个政治部的同志漫谈着过去在开封如何受国民党特务的迫害，以及如何向往去解放区工作和学习。

"我们像是暴风雨里的一只小船，现在是到了渡口了。"王毅斋先生的声音里充满了激奋。

"现在让国民党特务再请我们去谈话吧。"嵇文甫幽默地插上一句，大家都笑了起来。

二十四日，嵇文甫先生等一行七十六人乘着解放军开封前线司令部的专车去往后方。前往解放区学习的第一批报名的学生二百余人，当晚也背着背包，兴高采烈地离开了开封。

我们在开封的几天接触中，大家有一个共同的感觉，这就是随着人民解放军大反攻的胜利，特别是共产党正确的土地政策、城市政策的伟大胜利，中国人民大革命的新的历史高潮是真正汹涌澎湃地掀起来了，正如毛主席在《目前形势和我们的任务》中所说，因为"现在人们看到了蒋介石统治的灭亡已经不可避免，因而将希望寄托在中国共产党与人民解放军身上，这是很自然的道理"。

豫东大歼灭战

一九四八年六月二十九日

　　我军解放开封的炮声，又一次把中原匪帮们的战略部署打乱了，蒋介石调动了中原战场上所能够调动的兵力，急急忙忙地奔去"救火"：八十三师从平汉路驻马店附近赶来，二十五师、七十二师、六十三师从苏北、淮南等战场上赶来。这批急如星火地向开封前进的"救火军"中有一个才组成十五天的区寿年兵团，它是从鲁西南战场上赶来的。这个才组成半月的敌军兵团中包括了战斗力相当强的两个师：一个是蒋介石的亲信部队整编七十五师，师长沈澄年是蒋介石的浙东同乡；一个是在泰安被歼后重建的四川军七十二师，还有一个川军新编二十一旅。正当他们精疲力竭地赶到开封东南的睢县与杞县一线的时候，我们的部队于二十五日晚上已开始悄悄地离开了开封城，神出鬼没地出现在他们的后面和左右，迅雷不及掩耳地一下把区兵团及其所属整七十五师、新编二十一旅、整七十二师等包围了起来，又迅速把敌人一小块、一小块地分割得四分五裂：将整七十五师切成几段分别包围于睢县西北的龙王店、常郎屯、榆厢铺、何桢、杨拐、邱屯等一大堆庄子里，将新编二十一旅拦腰两段包围于睢县以北的涧岗集、陈小楼，将七十二师包围于睢县以北的铁佛寺及其周围地区。这样就整个地把区寿年兵团罩在天罗地网里了。这批"救火兵"救火未成，而现在连自己也掉进火坑里爬不出来了。

六月二十八日夜，中原战场上的空前大歼灭战揭幕了。

要确切而详尽地把豫东大歼灭战错综复杂的战场情景，用不多的文字来很好地勾画出来，这是一件十分不容易的事情。战场就仿佛一个大蜘蛛网一样，人民解放军在这个大蜘蛛网中间横一道、竖一道，划成了无数个小圈子，把敌人一小撮、一小撮地安置在这些小圈子中间，再逐个地予以歼灭。这一群被包围的敌人与那一群同样被包围的敌人，中间只有很短的距离。前来增援的敌人与被包围的敌人中间，也只有很短的距离。有时候，这边包围圈里敌人的炮弹打得远了一些，甚至就落到了对面敌军包围圈里爆炸了。他们遥遥相对，但是无计可施，他们之间距离虽近，却是无法超越，因为在他们的中间人民解放军筑起了一道铜墙铁壁，把他们隔开了。大包围战就在这许多个小包围圈里进行着，入晚只看见东西百余里战线上到处是冲天的火光，到处是枪炮的轰鸣，彻夜震撼着这豫东平原。

战斗到七月一日，常郎屯的敌人七十五师第六旅全部，和陈小楼、涧岗集的敌人新编二十一旅全部被歼灭，龙王店南北两个屏障被打碎了，解放军便直指区兵团兵团部和七十五师师部所在地的龙王店。龙王店是睢杞公路北面的一个小集镇，只有百来户人家，区寿年兵团一发现我军行动的时候，立刻便在这里缩了拢来，并把七十二师、新编二十一旅和七十五师摆在他的周围，自己住在中心龙王店，并命令部队原地休息做工事。做了工事，部队就再也走不掉了。人民解放军仿佛是从地底下冒出来或是从天上掉下来似的，一下子四面八方突然拥了上来，把他们一小块、一小块分割包围了起来。区寿年眼巴巴地看着周围的陈小楼、常郎屯、邱屯等庄子，三天内一个又一个地给解放军拔掉了，七十五师第六旅旅部及所属十六、十八两个团和新编二十一旅全部被歼灭干净，第六旅旅长李邦华、副旅长沈天翔和新编二十一旅旅长李文密都做了俘虏；眼看着七十二师也被包围在不远的铁佛寺，整夜烧着求援的大火，可是援兵在哪里呢？国防部在报话机里天天喊，说"救火军"邱清泉兵团就会赶到，可是只听炮声响，却不见救兵来。

一九四八年七月一日是中国共产党成立二十八周年纪念日，我们在豫东战场上的人民解放军，向自己的党献出了最精彩的礼物——会攻区寿年兵团兵团部及整七十五师师部所在地龙王店。"歼灭区寿年兵团来庆祝党的生日"，这成了当时豫东战场上指战员们一句广泛的鼓动口号。黄昏时，总攻便开始了，最先是各式各样的炮火一齐向着龙王店集中轰击，不消几分钟，龙王店卷起了漫灭的火烟和尘雾，轰得敌人无法打出一炮来。九点半钟，步兵突击部队便越过了重重鹿寨、壕沟、土围等工事和地堡群，分头从西北面、西门、南门冲进了龙王店的市街，敌人在东西街放起火来，企图阻挡业已冲进来的解放军战士，许多房子"哔哔啵啵"地猛烧着，大火笼罩了整个龙王店，敌人的兵团部、师部和守备的十六旅四十六团的官兵们再也没法抵抗了，所有的电讯网都被炮火所摧毁，连埋在地下一尺多深的电话线也被炸断，修理电线的二十几个通讯兵全部被炮火炸伤，于是在前面抵抗的敌军找不到他们的指挥部了，师部、兵团部找不到他们的士兵了，不知道前面是否已被冲破，就这样，部队像决堤的大水似的垮下来了，大家都四散逃命，沈澄年换了套士兵衣服，随着败兵乘乱爬出了龙王店的土围子，兵团司令区寿年和兵团少将参谋长林曦祥认为坐了坦克逃命，解放军战士奈何他不得，也不会被流弹打死，比较保险，于是便爬进一辆坦克，命令坦克手向外拼死突围。坦克拼命地扫着机枪，像一匹发疯的野兽似的，向着用泥土堵塞着的围子东门一头撞去，围门被撞得砖瓦泥块哗啦啦地往下掉，连撞了四次仍然撞不开，而解放军战士已把坦克包围起来了，到处都喊着："活捉坦克呀，活捉坦克呀！"燃烧弹、炸药包不断地投在坦克的周围。坦克手眼看冲不出东门，又掉头向南门撞去，才爬到一半，又被战士们迎头逐了下来。这时有一个战士抱起一包炸药，一股劲冲到坦克后面，往坦克履带上一放，只听得"轰"的一声巨响，坦克跟着浓烟跳将起来，又往后一坐，就一头陷在泥里不动了，战士们便围了上来。这时候，坦克顶盖上突然探出一个人来，脸色发黄，高高的个子，穿着美式军官制服，惊慌地摆着手，喊着：

"请不要打了，我就是兵团司令区寿年。"

围歼区寿年兵团只是豫东大战中的一角，更加激烈的战斗是在阻击来自东西南北达二十七万之众的各路援兵。当区寿年兵团被围之后，宣传着"中原决战"的蒋介石是完全吓慌了，他一面派大批飞机日夜轰炸扫射，并亲自乘机飞临豫东战场上空督战，同时调动了在中原作战以来空前众多的增援部队，赶来拼命：西路援兵是国民党匪军"王牌"邱清泉兵团和八十三师，由杞县以东的桃林岗一线东犯；东路援兵是黄百韬兵团的整二十五师、第三快速纵队、交通警察第二总队，赶到睢县东北地区，与铁佛寺被围的七十二师仅隔十余里，他们的炮弹已经可以打到铁佛寺。除这两路援军以外，蒋介石又从郑州抽调孙震兵团之七十四军、第四十一师及骑兵第一旅东援；自豫南抽调胡琏兵团之整十八军（整十一师、整三师）及整二十八师、整二十师等部经上蔡等地渡河北援。二十七万救兵，就这样从东南西北四面八方杀气腾腾地奔向前来。我们的部队为了胜利围歼区寿年兵团，便抽出部分部队分头阻击赶来增援的敌军，于是在豫东战场上就展开了进入中原以来前所未有的大阻击战。

我们的部队于二日到三日，神速将东路援兵黄百韬兵团全部包围于睢县东北二十余里的帝邱店和附近的庄子，二日的晚上一夜激战，就将美帝国主义培养出来的伞兵总队改编的第三快速纵队全部歼灭干净，到五日为止，先后共歼灭四个团。我们的另一路部队在桃林岗阵地上坚决地拦住了西路援兵第五军和八十三师的去路，十天中就歼灭了他八千多人，使邱清泉眼看着七十二师被围在不远的铁佛寺，却无法前往搭救。渡沙河北援的整二十师、整二十八师以及其他各路援军，也都被解放军的阻击部队阻止前进了。

龙王店战斗结束后，我随着政治部解放官兵管理处的同志一齐押着兵团司令区寿年、七十五师师长沈澄年等一群几十个校官以上的俘虏，离开战场。

通往后面的大路上俘虏队伍陆续不断，都在向后押解。敌机不时地在上空出现，一听到飞机的"轰轰"声，我们的这支队伍登时就纷乱了，区寿年几次从我们给他代步的马上慌忙地下来，钻进了稠密的高粱地里，其余的俘官们也都四处乱躲乱藏。我们的战士又好气，又好笑，等飞机远去了，才一个个地喊出来，继续整队前行。沿路上战士们以自己的切身体验，告诉他们敌机是并不可怕的，安慰他们，但是飞机声一响，他们的队伍照旧又乱了。

我们这支杂乱的队伍轰动了沿途的村庄，原来这一带庄子区寿年兵团的七十五师等在被歼前曾经住过这里，像其他国民党匪军一样，他们在这一带烧杀淫掠，作恶多端，用自己的血手在人民中散布了仇恨的种子，而现在，这批凶手终于落在人民的手掌里了。当各庄群众知道这群俘虏就是不久前在庄上砍树、拉牛、抓人的那批"癞货"时，他们便愤怒地拥了出来，我们走到一个庄上停住时，老乡们就四处喊着："俘虏来啦，俘虏来啦，大家来找呀！"于是我们立即就被人们重重地包围了，许多双眼睛睁得像小胡桃似的怒视着被围在中间低着头的俘虏们，有不少老乡拼命从人群中挤上来，走到了俘虏的跟前，一面严肃地一个又一个地仔细察看，一面仇恨地责问着：

"你们把俺的牛拉到哪里去啦？"

"还俺们的孩子来！你们把俺孩子抓到哪里去啦？"

"你们这批没心肝的癞货，也有今天呀！"

"你们为什么烧掉俺家的房子？"

走到一个叫魏湾的集上，我们刚在街边坐下，人们就把我们围住了，我看到一个老头气吼吼地从人堆里硬挤了进来，一直冲到区寿年和沈澄年的跟前，用手抖抖地指着他们的鼻子说：

"我要和你们算账！你们把我家的牛拉走，又把我两个儿子拉走，可怜叫我年老的靠谁活下去呀！唉，你们狠心毁了我的家……"

老头狠狠地说着，竟一头撞了过去，好容易才把他拖住了。

区寿年和沈澄年脸色发白，头挂在胸前，搓着两手，默默地一言不发。这两个内战将军该感到往日为非作歹、与人民为敌的卑劣可耻了。

我们赶到解放官兵管理处的庄上，那里已押解到了将近五千个俘虏，这些都是豫东战役中被俘的蒋匪校尉级的军官，住满了附近的庄子。当我们进庄时，俘虏们早成群地拥挤在大门口，看到这群走来的新伙伴时，他们发出了各种欢呼：

"喂，老李，你也来啦！"

"哈啰，怎么样？没有被打死吗？"

"恭喜恭喜，总算留了一条命！"

当我们在场上停下时，他们就聚集拢来。上任才七天就被俘的兵团司令区寿年，在这里见到了他过去七天中没有来得及接见的僚属。很多俘虏军官在人群中碰见了多年未见的老朋友，大家互庆炮火余生。这些俘虏们已经毫不掩饰地表明，被俘对于他们好像已经不是一件什么不幸的事了。兵团参谋长林曦祥叹了口长气对我说："我们已在内战当中拖得太疲倦了，打气也不行了，命里注定要当俘虏，这还算是最便宜的哩。"

随着国民党匪帮在中原战场和全国各战场接连惨败，他们知道最后死亡的阴影正日益逼近，已绝对地无可逃遁，对于他们这些内战爪牙来说，无疑被俘是最好的出路了。我又和七十五师师长沈澄年谈了几次，这个蒋介石的老乡和亲信人物，几天前还率领了数万之众、凶恶地向我们进攻的国民党匪军中将师长，说到中途时竟眼泪直流，几乎失声哭了起来。沈澄年个子十分矮小，操着一口浙江余姚土话，沿途来他几乎一言不发，神情抑郁沮丧，后来他知道了我是他的同乡，于是几次要求我和他去谈谈，他从自己如何在龙王店被俘谈到这次战役，他说："现在大的战役都是蒋介石亲自指挥的，下边毫无机动余地，这就是这次战役失败的最大原因。"——这些国民党军的高级将领对于战争的胜负，往往只能从某一个人或某些具体的枝节上去找寻原因，而不懂得或不愿懂得使他们陷于失败的"最大原因"乃是他们反人民战争的反动本质。——他接着愤懑地骂了起来：

"那是什么指挥？乱七八糟，指挥个屁！愈是上边（指蒋介石）集中指挥，就失败得愈多愈快，因为上边既没有正确情报，对下边又是偏私不公，譬如说这次战事吧，我事先就发觉了陇海路南睢杞一带集结有贵军的主力，我便打电报报告国防部，可是在开封附近的邱清泉却向国防部报告，说贵军主力在他那边，说是已经给他拖住了，国防部便相信了他的鬼话，唉，你看气人不气人？后来我们被包围打了起来，急忙打电报给国防部要求增援，可是已经来不及了。"

说到这里，沈澄年十分伤心。

"我一想到这些，就万念俱灰，再也不想干这个师长了。"他眼泪盈眶，几乎哭了起来。

一会儿，他又继续说：

"现在老蒋是决心要在中原战场和贵军决一死战，因为他知道中原是战略上的必争之地，中原得失，关系着整个战局成败的。"

"现在蒋介石不是天天在叫'中原决战'，说是要在六个月内消灭黄河以南的我军吗？"我讽刺地问他。

"是的，这次豫东之战可说是他所说的'中原决战'的第一回合。"

"这一回合你们领教得如何呢？"我笑问沈澄年。

"第一回合我们就完全打败了！"他苦笑着说。

豫东战役到七月六日胜利结束，共歼灭了敌军五万余人。如果把开封战役的战绩合并起来算，那么前后半个月就歼灭了敌军近十万人。这是我们外线出击进入中原以来的一次最大的胜利，也是给中原敌人的一次最惨重的打击。我们撤出开封以后，又突然包围区寿年兵团这一迅速行动，是完全出于国民党匪帮意料之外的，他们总以为我们经过了开封战役的五天苦战之后，部队一定已经打伤了，一定得大大地进行休整补充之后，始能再战，于是他们也就毫无顾忌地紧紧盯了上来，再也料想不到解放军会有这么一着出奇制胜的妙棋，竟然不顾连续战斗的疲困，又突然包围了区寿年兵团，而且迅速地把它分割"吃"掉了。

战场上空，"一个头""三个头""五个头"的家伙在招魂似的"呜呜"地到处盘旋，寻找着他们业已"失踪"了的部队，有时撒下一阵阵像棉絮似的降落伞，下面系着弹药和食物，随风摇曳着，飘飘荡荡地落在我们的阵地上。

我们的部队在陆续地撤离战场。

战士们把落下来的弹药抬起来放在牲口驮子上，扛在肩膀上，把落下来的大饼拾起来，塞在口袋里，一面嚼着，一面大步地向战场外走去。

前面，炮还在轰着，枪声也很密集，我们的敌人在紧张地战斗着，他们把大炮瞄准轰击着已经没有人的庄子，炮弹一个个地落在空场子上，打在一堵堵破墙上和还在冒着残烟的瓦砾堆上，"咣咣"地荡起了空洞的回响。

记英雄郭继胜

一九四七年十二月二十五日

刚离开金刚寺战场，就看到华东战斗英雄郭继胜副营长从远处走来，腰里挂着一支驳壳枪，袖子上还扎着一块布，鞋子、袜子和绑腿连在一起的"战斗鞋"，被泥浆糊成了一个泥筒子。和许多刚从战场上下来的战士一样，几天来在地上爬滚所留下来的痕迹都还被保存着。他摇着高大的身躯，疲倦地举着步子，一步一步地走了过来。

"怎么样？又累坏了吧？"我问他。

"没有啥，这次打得很顺利。"郭继胜照例是皱眉眯眼地笑着，回头望望远处人马喧嚷的金刚寺战场，又重说了一遍："这次打得怪顺利，敌人不管打，一打就垮，陈谢部队到底是老大哥，配合得怪好，他们动作迅速。"说着又疲倦地眨着布满红丝的眼睛。我心里思忖：这一次的胜利，郭继胜不知又花了几天不眠不歇的代价。

我们谈着这次金刚寺战斗的情形，沿着大路向连部住着的庄子走去。他回忆着告诉我：去年今日，正是在鲁南兰陵附近歼灭国民党匪军第一快速纵队和整编二十六师的时候，那时候他还是连长，他一个连配合兄弟部队，缴了二十多门美造榴弹炮，一百多辆汽车，他们全连坐了美造十轮大卡，呼呼地疾驰在鲁南大平原上，更是声势浩荡，胜利也愈来愈大了。他望望后面人马奔走不绝的金刚寺战场，脸上露出了衷心的愉快，他说他希望能够见到刘邓和陈谢部队的战友，向他们学习一些指挥战斗的经验。我们一边谈着，一边走进了庄上。

郭继胜是这次金刚寺战斗的组织者之一，十二月二十五日那个大雪纷飞的夜里，他带领着"郭继胜英雄连"爆破组，以五分钟时间七道连续爆破，炸开了金刚寺外围层层叠叠的工事障碍，用炸药轰开了一条突击道路，而爆破员没有一个伤亡。我在巡视了深沟高垒的金刚寺战场之后，不能不深深地为郭继胜的机智和勇敢所感动。有战斗常识的人们知道，这是一件非凡的杰出的创作，困守金刚寺的狡黠的敌人用尽了一切毒计阻止我们的前进，他们在自己的周围挖了许多又宽又深的外壕，外壕底下是尖利的竹钉子，人跌在里面再也休想爬出来；外壕的外面还有厚厚的连成一片的鹿寨；要道口上是枪眼齐着地面的许多地堡，在那无数地堡工事的枪眼里，敌人整天地扣着枪机，凶恶的眼睛紧紧地瞅着我们，只要发现有一个人冒出阵地，雨点似的子弹立刻就射将过来。——就是在这样的情况下，我们要冲进去，把匪徒们一个个地抓出来，而我们却不付出多大的代价，难道这是简单的么？难道这是单纯地凭勇猛就能完成的么？战争要求我们的指挥员不仅要勇敢，而更重要的是要机智，讲战术，要以小的代价取得大的胜利，这就需要我们的指挥员打开脑筋，很好地开动思想机器，那种张飞式的"一冲主义"显然是不行的了，而郭继胜正就是把勇敢和机智很好地统一起来了的这种人物，因此每次战斗里，他都能较顺利地取得胜利。战士们告诉我：在这次战斗前，他整日整晚地不肯睡觉，硬叫他睡下了，一想到哪一个问题，半夜里就爬起来走了出去。他一次又一次地去向附近的老乡们询问这一带的各种情况，黑夜里又一次次地一个人爬到轻咳一声敌人就会听到的地方去察看地形。他每次都要把他执行作战任务的那块地方的地形，弄得清清楚楚，找出一条敌人子弹不易打到的或者为敌人所忽略的道路，才放心地让他的战士从这条路上打进去。黑夜里，他又带了爆破组突击队的战士一批批地爬去看，大家蹲在地沟里，咬着耳朵轻声讨论，他要战士们也都像他自己一样，把附近的地形都弄得一清二楚。白天，郭继胜又悄悄地爬了上去，敌人发觉了，便打炮打枪，追击炮弹"哐""哐"地炸得雪花冰块满天飞，常常把郭继胜埋在土里。营教导员不放心，叫营部通讯员爬上去把郭继胜拉回来，还没拉回来几步，他膀子一甩，又一个人摸上去了。特别是在战斗的时候，团首长对跟郭继胜的通讯员们都交代一个重要任务：战斗时要他们随时注意拉住副营长，不要放他往前瞎闯。但是通讯员们事后都哭丧着脸"反映"：他们没法子完成这个任务，枪一响，两头牛也拉不住他，他带着他的那挺"卡吉盖世"，和战士们一起一阵风似的上去了，郭继胜这样说："部队冲进去我总不放心嘛，我要跟进去看看。"对战士安危的责任感在催促着郭继胜，使他忘掉了自己的安危。

二十五日深夜，当郭继胜看到爆破组五分钟七道连续爆破炸开了金刚寺圩门、突击队跟着冲进金刚寺的时候，他再也忍不住了，便叫跟他的机枪组跟上，就随着冲进了烟雾弥漫的金刚寺北门。"卡吉盖世"是在鲁西滕县缴的一挺意大利造的轻重高射三用机枪，由一个机枪组带着专跟着郭继胜使用的。"卡吉盖世"发射的时候，有一种"庚庚"的特别尖厉的声音，战士们对这个声音已经都十分熟悉，在许多交杂的枪声中也能够分辨出来，一听到这尖厉的啸声，战士们就知道副营长已经到了那里，而那里也一定是战斗较为吃紧的地方。当"卡吉盖世"在金刚寺一片激烈的枪声中尖厉地响起的时候，战士们欢乐地传说着"副营长也进来了"，这种声音成为大家一种有力的鼓舞。

"老郭打仗这样用脑筋，奋不顾身，主要是因为他太爱他的战士和干部的缘故。"营教导员告诉我说，郭继胜是舍不得牺牲一个战士和干部的，出击中原，在鲁西南沙土集第一仗消灭了蒋匪五十七师，"郭继胜连"的一排长张忠融白天去前面看工事，不小心被敌人冷枪击中牺牲了，郭继胜很是伤心，他白天吃不下饭，晚上蒙在被子里哭泣，从此打仗他就更用脑筋，更不辞劳苦，他愿以自己的疲劳来换取战士们的少流血。由于长期过度的疲累，这个原有着强健身体的挖煤工人是一天天地衰弱下去了，他常常在工作的时候突然昏倒在地上，两眼翻白，不省人事，于是有许多次就不得不用担架抬了他行军。同志们常劝他："老郭，要保重身体啊，身体是革命的本钱。"他便笑笑说："不错，不错，不过将来是将来，今天的革命工作总得先做好。"

一个贫苦而诚实的苦力工人，不愿再受无穷的贫困生活的折磨，冲出了一无所有的破草舍，投入人民队伍，在共产党的教育和自己的努力下，成了一个觉醒的出色的战士，这就是郭继胜所经历过的亦即千万人民解放军战士所经历过的道路。郭继胜是山东临城人，从小挑煤为生，一九四一年七月参加了附近的人民游击队"黄河支队"，到一九四二年因环境恶劣，在游击队袁队长坚劝下回了家，又下煤窑挖了一年煤。到过山东的人，也许会知道山东的那种土煤窑，人坐在一只竹篮上，用绳子一直挂到很深的乌黑的地底下，就在那窒息的黑洞里挖了一篮又一篮的煤块，然后挂到钩子上，给洞口的人用绳子拉上去，这样工作十二小时甚至二十四小时之后，才浑身漆黑，失神地趴在竹篮子上，拉到地面上来，人就仿佛死而复苏一样。郭继胜就这样做了一年工之后，到一九四四年六月，又二次参加了部队。

国民党反动派发动反革命内战后，郭继胜和许多战友一样，为着保卫自己的家乡，走到了解放战争前线。对敌人的深深仇恨，使这个觉醒的挖煤工人在炮火里表现得十分勇敢，在有一次战斗里，他光着上身，抱着大刀，去砍敌人的铁丝网。在敌人的密集射击里，他一口气把铁丝网砍掉五丈宽，又拉开最后一道木寨，然后带着突击班冲了进去。在另一次战斗里，他单人爬上敌人的围墙，救出了被围的战友，摔了三百多个手榴弹，夺取五个院子，缴了七十多支步枪。在淮北的泗城战斗里，他以很少数的兵力，击退了敌人整夜不断的达二十二次的连续反冲锋，打得敌人的尸体躺得满院皆是。自己的机枪因为发射太多而烧得通红，手烧起了泡，射手的耳朵都震聋了，指导员连下了三次命令，才把他撤换下来休息。——三年多人民解放战争中，郭继胜一直是这样勇敢地战斗着的。

勇敢不是郭继胜的唯一特色，前面已经说过，他的特色是机智，以及与群众相结合的指挥艺术，这就使他成了一个智勇双全的指挥员。在每次战斗过后，郭继胜的嗓子一定是嘶哑的，这一则是因为连日连夜不眠不歇的结果，但主要还是战场上对敌人喊话喊哑了的。"可以争取少伤亡一个同志，我们就要想尽办法争取它"，这是郭继胜在战场上的重要信条之一，每当敌人被围之后，他总是要尽力地进行对敌喊话，讲解放军对俘虏的宽大政策，争取敌人放下武器。在山东峰县的一次战斗中，他对被围的国民党匪军一个连进行了二十分钟的喊话，而对面敌人仍然毫无动静，边上战士都发火了，急得跳起来说："连长，把他们干掉算球！"但是郭继胜仍然说服大家，耐心地喊着，终于屋子里走出了一个戴大帽子的匪军代表，敌人一个连向英雄心悦诚服地投降了。

郭继胜的英雄特色，集中地表现在泰安歼灭国民党匪军七十二军的战斗里。一九四七年四月二十四日的夜里，我们对被围泰安的国民党匪军七十二军发起总攻，郭继胜带着突击队二十分钟冲进了泰安西关。二十五日一整天，敌人有组织地拼死反扑着，想把我们已突进城的部队再逐出城去，郭继胜又连续击退了敌人二十余次反冲锋。整日不停的炮火几乎扫平了地面上的房屋，敌人知道现在是关系着他们整个部队生死存亡的争夺，不是他们把我们冲进城的少数部队赶出去，便是我们的部队站定脚跟，让后续部队源源不绝地攻进城来，最后把他们全部消灭。于是他们仗着人多势众，依然不顾一切地死命反扑着，阵地是十分危殆了。

"你有决心守住么？"营长跑来问郭继胜。

"这里只准有俺一连，不准有敌人。"郭继胜简单地回答道。

剧烈的战斗进行着，他们一天中有两次打完了手榴弹，郭继胜便和大家一起从敌人尸体上收集榴弹，又一个个地投向敌人，他说："没有手榴弹就用刺刀，无论谁的刺刀上都要见血。"于是他们又一次次地进行了白刃战，最后终于守住了阵地，使后续部队得以进来，全部歼灭了守敌七十二军。战后评功，他一个连里有六十七人立了战功。

就在泰安战斗之后，他荣获华东战斗英雄的称号，他所在的连队，亦命名为"郭继胜连"，从此他的名字被人们作为华东人民解放军指挥员的杰出代表，而受着无数人的尊敬。

最后一次碰到郭继胜是在洛阳城西最后歼灭国民党匪军青年军二〇六师的战场上，那是一九四八年三月十五日清晨。敌二〇六师师长、法西斯匪徒邱行湘凭借洛阳中学的"核心工事"做最后的顽抗，拒绝了我们的投降劝告。在劝降无效之后，我们于十四日晚上发动了最后的总攻，四面的炮弹像雨似的落到一片浓烟奔腾的洛阳中学敌军阵地里，就在这时候，郭继胜领着突击队，和其他兄弟部队同时突进了敌人的最后工事，终于歼灭了顽敌。战斗结束已是十五日清晨，我们踏着烟雾弥漫、火药味尸臭刺鼻的瓦砾堆，走进洛阳中学阵地的突破口，就在这里我最后一次看到了郭继胜同志，他正和他们年轻的副团长在巡视战场。和每次战斗中一样，高大的身躯上沾满污泥，棉大衣扯破了一大块，那青年副团长的膀子被一块炮弹片擦破了，用三角巾吊着，他舞动着没有受伤的一只膀子，向我们兴奋地讲述突破"核心阵地"的经过。大家都为这外线出击以来第一次较大规模攻坚战的巨大胜利而感到兴奋。

洛阳战场上相见之后，我便再也没有见到郭继胜。在后来首次解放开封战役里，听说他又以卓越的勇敢和机智，在最后夺取高地古龙亭、歼灭敌人的战斗中，立了功勋，我们都为他而兴奋。伟大的淮海战役揭幕了，我们的部队浩浩荡荡地沿着津浦路南下。郭继胜和无数人民解放军的指战员一样，为了早日取得胜利，早日结束国民党匪帮加于人民的灾难，大家抱定了为人民牺牲的最大决心，投入了淮海战场，我们曾想：这一战役里，郭继胜不知又将创造出几个杰作来呢？我们都期待着捷报的到来，谁知淮海战役的第一仗就传来了不幸的消息：在徐州以东围歼匪军黄百韬兵团时，郭继胜在董庄战斗中终于为人民流尽了最后一滴血，我们的英雄，我们共度过多少艰危的亲密的战友倒下了！用什么能形容我们当时那种巨大的悲痛呢？用什么能够弥补我们这种深深的创痛呢？郭继胜同志的牺牲悲痛地震撼了淮海战场上的人民解放军指战员，"郭继胜连"的许多战士痛哭失声，在十二月冰冻的淮海战场上，全团指战员举行悲痛的追悼会，含泪举手宣读了庄严的誓词："擦干眼泪，擦亮刺刀，我们要以全歼淮海战场上的敌人为营长报仇雪恨。"英雄所培养的战士也都是非凡的，在淮海战役中他们协同兄弟部队勇敢作战，最后终于全歼了杜聿明匪部，他们的誓言是实现了，但是，我们的英雄，亲密的战友，他从此和我们永别了！

由于淮海战役决定性的胜利，基本宣判了国民党反动统治的灭亡。淮海战役的胜利得来是不容易的，多少中国人民的好儿女，抛头颅，洒热血，卧野地，吞冰雪，不眠不歇，不畏炮火，不避艰难，才从凶恶的敌人手里夺到这个胜利的。这个胜利里有英雄郭继胜的血，有着无数人民英雄的血，今天回念过去战斗的年月，人民忘不了他们。

郭继胜同志永垂不朽！

走向胜利的第三年

一九四八年七月

豫东战役结束时，正是一九四八年七月，人民解放战争开始进入了第三个年头。

从我们去年七月跃出了山东的沂蒙山区、外线出击来到中原战场上，到现在也恰好一个年头了。

这一年来的变化是何等巨大！

正和各战场上的人民解放军一样，过去的一年，是我们由防御转入进攻的一年，是敌人由进攻转入防御的一年。

正和各战场上的人民解放军一样，过去的一年，也是我们艰难苦斗的一年：去年今日，我们冲出了数十万敌军"重点进攻"下的沂蒙山区，一部进入了胶东半岛，一部转进到鲁西南平原。我们才离开沂蒙山，数倍于我的敌军也就紧紧地在后面跟了上来，我们在前面走，他们在后面钉，敌人"追击"的子弹每天在我们的背后"啪啪"地响着。就这样我们整月地头上淋着雨，脚下蹚着水，边打边走，脚跑烂了，背包丢掉了，只剩下了一支沾满污泥的枪，涉过了鲁西南。而后我们又克制了常人所无法忍受的极度的疲劳和困难，咬紧牙关，猛地掉转头来，在郓城以南的沙土集，把"追赶"的五十七师包围，在短短的两天里把数万敌人全数歼灭了。我们从鲁西南跑到豫皖苏，又从豫皖苏跑到鲁西南，真是所谓马不停蹄，人不下鞍，在路上跟着队伍一边走，一边迷迷糊糊地打一会儿瞌睡，或者当部队停止时在路上歪着躺几分钟，这就是最大的休息。在那些新区里，我们不仅要与国民党匪军的正规军作战，我们还要与为数众多的国民党地方土匪部队和封建武装作战，他们是一群最狡猾、最残忍和最阴险的狐狸和"地头蛇"，他们是国民党血腥统治的基层队伍，歼灭他们曾是一个异常艰巨的斗争。十二月严寒的黑夜，我们咬紧着冷得发抖的牙齿，走过冰冻的黄泛区，插进了敌人的腹地平汉路上，与刘邓、陈谢部队会师，在敌人的肚子里展开了大破击战；接着又在平汉路上的西平附近，和陈谢部队协同作战，歼灭了敌军整三师。由于我们对平汉路的大军出击，因而整个地破坏了敌人在中原的战略部署，调动了正在大别山集中进攻着刘邓部队的国民党匪军。不久我们又进军豫西，发起了进军中原以来的第一次大攻坚战，一举而攻克洛阳，全歼敌青年军二〇六师。之后，我们又南下桐柏山，再次与刘邓、陈谢部队会合，展开了宛东战役；接着又掉头北上，开始了解放开封之战。……

　　一年来我们远离了山东和黄河北岸的老解放区，深入敌境作战，这里的绝大部分的土地上，还是第一次印上我们的脚迹，这里的绝大多数人民，还是第一次和我们相见，过去统治着这里的，是一群强盗兼骗子的国民党匪帮，他们在这块土地上栽着很深的毒根子，束缚着人民，奴役着人民，在这样一块土地上就不允许我们只是拿枪作战，我们这支战斗队伍就不能不同时成为做群众工作的队伍，发动群众和组织群众，帮助他们打开眼来，站起来解放自己，组织起他们来支援自己的军队，参加解放自己的战争。在这期间，我们又宣传和执行人民解放军宣言中所规定的各项新区政策和城市政策，以此来团结新区人民。我们端正了执行上述政策中曾产生过的一些偏向和错误，渐渐地由不熟悉而变成了熟悉，使得我们的队伍一年中不仅在军事上获得了辉煌的战绩，我们在政策上也打了大胜仗，没有我们政策上的胜利，一年来我们在中原是不会获得这样巨大的成就的。所以这些工作，都是艰巨而繁重的，都是经过了极大的努力之后逐渐取得成绩的。

为着更好地完成中国人民所交给我们的任务，为着适应胜利大发展形势的需要，我们在战争间隙又展开了新式整军运动，反对了部队中的各种不良思想和作风，进一步改善了官兵关系，加强了部队内部的团结，大大地提高了士气和战斗力，部队的面貌为之焕然一新，它成为我们外线出击一年中取得如此伟大胜利的决定性因素之一。

正如各战场上的人民解放军一样，过去一年来，我们的斗争是复杂而繁重的。斗争故事是叙述不完的。

在我们和中原人民的努力之下，一年来我们看着敌人在我们的面前倒下了，我们看着河山在我们的面前改观了，盘踞在这中原土地上的野兽和毒虫，已逐渐地被我们逐出和杀死，北起陇海路、南抵长江、东抵大别山以东巢湖至徐州一线、西抵汉水以西沙市至安康一线的中原解放区已经开始建立，三千万中原人民已开始从自己的土地上站立起来。这块广阔富庶的中原解放区，显然将同时成为我们继续把解放战争往南推进的前进基地。

我们深深懂得，过去一年的伟大胜利，首先是因为我们坚决执行了毛主席外线出击的正确战略方针而取得的。由于我们坚决执行了这个方针，纠正了有害于贯彻这个正确方针的各种思想，因此我们一方面破坏了蒋介石继续将战争引向解放区、企图彻底破坏解放区的反革命计划，从而使得解放区广泛地连成了一片，并恢复安定的秩序，保证了解放区完成土地改革，发展生产建设，加强支援前线；而在另一方面，我们又根本上撼动了国民党的反动统治，推广了中国人民大革命的规模和影响，立下了革命在全国胜利的基础。由于我们外线出击的伟大胜利，使得摇摇欲坠的国民党反动统治更无法统治下去了，蒋介石的法西斯宝座开始从根本上瓦解了，全国人民的革命勇气和信心，是大大加强起来了，中国人民解放战争和国民党统治区的民主运动汇合而成的中国人民革命的怒潮是更高地掀起来了。记得当我们南渡黄河，进入鲁西南的时候，中央社天天欢呼着"重点进攻"的胜利，把我们和刘邓部队的大举反攻叫作所谓"流窜"，连我们的有些同志也怀疑起反攻的胜利形势来了，但是今天，"随着时间的推移，蒋介石及其美国主子的腔调也发生了变化。现在是一切内外敌人都被他们的悲观情绪所统治的时候。他们唉声叹气，大叫危机，一点欢乐的影子也看不见了"（《目前形势和我们的任务》）。一年来他们的内战部队一百五十二万人被歼灭殆尽了，比第一年被歼的一百一十二万人又增加了百分之三十六。

我不禁记起了两年前我在苏北前线时所见到的一些情形来，那时候，匪帮们曾是何等飞扬跋扈，不可一世，一边是苏北解放区人民为着和平而一再委屈忍让，一边则是国民党匪帮们横暴地扯毁"停战令"，不断进犯苏北解放区，并积极部署大内战，大批内战部队由江南源源运到了苏北，他们把共产党为争取和平民主而做的忍让当作软弱可欺的表现，汤恩伯、陈诚之流公然提出了"三个月解决共军"，杀人成性的国民党匪徒是完全成为一匹发疯的野兽了，于是，两年前的七月十二日，国民党匪军向苏北解放区打响了反人民内战的罪恶的第一枪，我目击强盗们是如何杀气腾腾地挟着卡宾枪、"汤姆式"，向着解放区扑将前来，把和平安乐的苏北解放区一下变成了血肉横飞的内战战场。就从那时候起，我们被迫举起了自卫的刀枪，展开了死里求生的解放斗争。时间已经过去两年了，现实是无情的，历史并没有按照匪帮们的愿望推进，而是向着与他们的愿望相反的道路上前进的，现在，他们还有什么话好说呢？

在半年多以前，毛主席就说："中国人民的革命战争，现在已经达到了一个转折点。……中国人民解放军已经在中国这一块土地上扭转了美国帝国主义及蒋介石匪帮的反革命车轮，使之走向覆灭的道路，推进了自己的革命车轮，使之走向胜利的道路。这是一个历史的转折点。这是蒋介石二十年反革命统治由发展到消灭的转折点。这是一百多年以来帝国主义在中国的统治由发展到消灭的转折点。"（《目前形势和我们的任务》）

过去一年来的一切事变，正是沿着毛主席所指出的道路进行的。

我们主动撤出了豫东战场以后，又向东折返到了豫皖苏地区的涡河一带，进行战后的大整训。不久之后，继续向东进军，九月间在津浦路上与胜利坚持华东解放斗争的兄弟部队会合了。我们也正好是在去年的现在在沂蒙山边分手的，那时候，我们怀着对敌人的深深仇恨和坚持的胜利信心，淋着连绵不断的雨水，走出了沂蒙山，他们进入了胶东半岛，我们外线出击到了鲁西南；一年来，他们转战在黄河以南、陇海路以北、津浦路以东的广大地区，我们转战在中原战场。我们虽然是在东西两个战场上作战，但我们战斗的臂膀始终是紧紧地挽着的，我们战斗的步伐始终是一条声的，我们就好比是华东战场上的一把铁钳子，在东西两头夹将拢来，把蒋家匪帮们夹在中间。而在一年之后的今天，我们终于各带着一年来丰硕的胜利果实，快乐地在津浦路上会师了。

在解放战争中，我们已经历了几次大会师和许多次的小会师：一九四六年十二月，我们北撤的新四军和山东的八路军在鲁南会师，取得了鲁南大捷。一九四七年十二月，我们在平汉、陇海路上与中原野战军会师，取得了平汉路战役的大捷。……每一次的会师，都表明我们的胜利又向前推进了一步，我们的斗争又向前推进了一步，中国人民革命的历史车轮又向前滚进了一步！

而现在，当我们会师津浦路上之后，我们的部队又开始进军了。连续不断的步兵行列，各式各样的炮队和骡马队伍，担架队和各种运输队伍，都沿着津浦路向北移动着。

大炮在济南城下轰鸣，来自东西两大战场的人民解放军像潮水一样围住了济南孤城。

解放济南的隆隆炮声中，我们宣告开始了胜利斗争的第三年。

补记

战争教育了我

一九四七年七月，华东野战军主力部队由山东挺进河南，我也随之来到河南，在这里度过了一年多时间。由豫东到豫西，北至黄河边，南到桐柏山，几乎走遍了整个中原。中原在历史上就是兵家必争之地，解放战争中也不例外，一九四七年后，它成了双方大军云集的主战场。我参加了外线出击的历次战役，炮火连天的战地采访，既考验了我，也锻炼了我。

一年多的时间里，我走过了数百万生灵冤沉海底的黄泛区，又到了一年中曾饿死过数十万人的临颍城，我走过的每一个村庄，几乎都浸透着中国劳动人民的血泪。在中原一年战地采访中，使我深深感到，河南是多么集中地暴露了国民党血腥暴政的一切罪恶。

在三年多的战地采访中，我思想上经历了一个深刻的变化过程。开始，我是怀着对失去和平的惋惜心情，愤而走向战场，我从心底深处企盼和平。以后在采访中接触到大量的人和事，逐渐擦亮了眼睛，看到了这场战争的本质。战争是应当受到诅咒的，它造成人类的互相残杀和大量流血，成千上万的温馨家庭遭破坏，无数的物质财富被毁灭；战争又是值得歌颂的，如果它是为解放被压迫、被奴役者而战。在中原战场上采访中，河南人民对国民党残酷统治的仇恨和对把他们解放出来的人民解放军的热烈而坚决的拥护，使我惊骇，也促使我醒悟：这个血淋淋的旧世界，怎能容忍它继续存在下去？把它彻底推翻是理所当然的。

一九四六年中国全面内战爆发后，解放区对这场战争的说法，曾经有过一个历史的演变。最初称它为自卫战争，是被迫而起的自卫战争。确实，那时如果不起而抵抗国民党军队的大举进攻，解放区就要被摧毁，解放区的人民就要遭受屠杀。后来，随着战争的发展，又改称这场战争为解放战争，就是说它是为解放全中国人民的一场不可避免的战争。正因为如此，仅仅用了三年多的时间，人民解放军在战争中越打越强，而反动的国民党军队虽貌似强大却屡战屡败，最后被撵到一个小岛上去，在美帝国主义的呵护下苟延残喘。

历史告诉我们，一切妄图逆历史潮流而动的中外反动派，企图挑起新的战争，等待他们的也只能是这样的下场！

（注：此文摘自《风雨伴我行——一个老记者的回忆》，季音著，一九九七年河南人民出版社出版）

第三章

打过长江去
解放全中国

一九四九年四月二十日起，中国人民解放军第二、第三野战军发起渡江战役，百万雄师横渡长江，直捣国民党统治中心南京。随即，乘胜追击逃敌，进行了广德战役、上海战役，然后又进军湖南、江西、福建。整个渡江战役为时一个多月，共歼敌四十余万人，彻底粉碎了国民党反动派凭借长江天险实现"南北分治"的企图，加速了解放全国大陆的进程。

四月二十一日，华东野战军第八兵团第二十军，自江苏省江都县三江营至龙稍港强攻长江中心的扬中县。扬中守敌约三个团，由国民党军第五十一军第四十一师统一指挥。晚十点三十分，我军两个营的船队克服逆风逆浪的困难，胜利登岸。首批登陆的人民解放军两个营，在敌众我寡情况下英勇顽强，击退敌人一次又一次的进攻，守住了登陆点。二十二日凌晨，作者随第二批渡江的第二十军四个团登岸，我军随即发起全面进攻，守敌见大势已去，慌忙撤逃江南。素有"长江跳板"之称的扬中县获得解放。四月二十三日，第二十军全部渡过长江，随第二十三军南进，攻取江苏省丹阳县、武进县等地，切断了残敌逃亡上海的路线，完成了对南京的战略包围。

我军胜利渡江后，根据总前委部署，华野八兵团转赴南京，担任被解放的原国民党首都南京市和原江苏省省会镇江市的警备任务。四月二十三日深夜，作者随八兵团指挥部进入南京，转入新华社南京分社、《新华日报》（南京版）工作，胜利结束了为期三年多的战地采访，进入了对新解放大城市管理、建设采访的新战场。

多年以后，作者这样回忆道："一九四九年四月二十三日，人民解放军解放南京。我在当天夜晚随军进入这个国民党政府占据了二十二年的首都。出乎我的意料，这里没有多少战争的迹象，明亮的路灯照耀着沉睡的城市，周围显得异常宁静。踢踢踏踏的部队行进声惊动了附近的居民，一些市民走出门来观看，他们脸上毫无惊慌之色，而是微笑着向我们招手示意。巨大的历史变革，竟以极其平静的形式出现在我们面前。这座虎踞龙盘的石头城，基本上完整无损地完成了历史的交接。"

千军万马挺进江边

一九四九年二月

向南，向南，向南！……

二月初旬，当冰雪在淮海平原上融化殆尽的时候，从淮海战场上下来的人民解放军结束了他们的短期整训，开始了更伟大的历史大进军。无数路向南进军的解放军行列越过以徐州为中心的东西数百里的铁路线，踏着初融的雪水，像无数矛头向着长江边伸进。我们于二月十七日首抵徐州，宽阔的徐州马路上，一片飞扬的烟尘里，整日滚动着走不完的队伍，这里有战斗部队，有民兵担架队、南下干部队，也有炮车、马车，还有一长列的大卡车挤在人堆里揿着喇叭急叫，一切都向着车站轰轰地拥去，潮水一样的队伍从"欢送大军南下解放江南"各色旗帜下走进徐州车站，灯光闪烁的车站月台被各式的炮车、牲口、人群，挤成黑压压的一片。由天桥下望，只见灯光里万头攒动，车顶上也全挤满了人。从淮海战场上下来的第一天起，战士们就殷切地期望着这一天的到来，部队还在休整的时候，各连要求南下作战的请战书就一张接一张地送到各级司令部、政治部，他们希望早日南下歼灭江南的残余匪军，去解放江南。在解放军某团三连全连战士讨论南下作战的一次会议上，我看到一个叫杨德福的山东战士满脸通红虎地站起来，他说："不去把江南的穷人解放，俺家里的好日头也是保不住的，俺不能忘了过去大伙儿拼死牺牲是为了啥？……"

说着突然伸手咬破指头，血大滴地淌在全排表示决心请求南下作战的报告书上；紧接着战士杨孟成也跟着咬破手指盖血印，这张染满了战士们的鲜血的请战书，当天就从连部一级级地送了上去。在解放军二一四团二营我又看到这样的一张请战书：机枪连一百一十六个山东子弟悲愤地控诉国民党匪帮在他们家乡胶东高密县的残忍暴行，一县里几千父老姐妹惨遭匪军杀害，他们有的被集体活埋，有的用锄头刀子劈死、刺刀捅死、用火烧死、强奸而死……这群子弟只是如此悲愤地渴求着：

"亲爱的毛主席：我们全连一百一十六个同志都恨不能一步踏到江南，把国民党残余匪军一口吞吃。我们粮食丰富，思想一致，再不要延迟了，我们早去一天，江南人民就少受一天痛苦，快下命令，快打过去吧！请毛主席赶快批准吧！……"

多少万双焦灼的眼睛都望着江南呵！淮海战役负伤的战士们成群星夜赶回队来，"走得快点呀，好跟上队伍一齐南下！"他们这样相互地催促着。有的重伤未愈的伤员，医生不准出院，就偷偷跑出来。战斗英雄李士祥走在路上伤口发作昏倒在地，醒来又央求同志们用担架把他抬着回到部队，他说："我死也要参加渡江作战，看一看长江呀！"参加担架队、运输队的农民对他的妻子说："俺跟队伍打过江去解放江南，俺分到的地才能保得住。"后方机关干部、学生、知识分子都争先恐后报名参加南下工作团。解放区军民就是这样焦灼地等待着这一天的，而今天，在淮海战场上歼灭了杜聿明匪部之后，胜利的解放军终于进入了这曾经是国民党匪军进攻华东解放区的指挥中心徐州，战士们看着马路旁这一幢幢还留着国民党匪军高级机关字样的大厦，这傍山的徐州车站和涂满各处"剿匪戡乱"的反动标语，止不住胜利的兴奋；两年前蒋介石就在这里集合了他的数百万包括第五军、七十四师、机械化的第一快速纵队在内的精锐部队，向苏北、山东解放区发动了疯狂的进攻，但两年后的今天，我们却坐在这南下的火车上，开始了直捣匪巢的历史大进军。月台上、车厢里的战士们唱起歌来，一片宏大的歌声撞击着傍山的徐州车站：

> 向南，向南，向南！
> 我们的队伍向江南，
> 要去歼灭国民党匪军，
> 要去搭救受难的人民！……

队伍仍然在朝车站涌进来，我们的车子开动了，人群里又爆发了阵阵的喊声：

"喂！俺们在南京见啦！"

"上海再见啦！……"

车子驶出车站，便隆隆地向南急驶，回望沸腾闪亮的徐州车站外挂着的大布幔迎风招展：

"祝南下解放军旗开得胜，马到成功！"

而这时候，由新安镇、商邱等徐州两侧南下的无数路解放军行列也在这样极度的兴奋中向南日夜进军……

沸腾的长江边

无数路越过陇海路向长江边挺进的解放军进军行列使沿途的村镇沸腾了。这徐州以南津浦路两侧地区，国民党李延年匪军临逃前曾进行了残酷的破坏：烧毁了许多的庄子，炸毁了巨大的淮河、池河大桥，大肆劫杀淫掠，他们以制造灾难来阻挡解放军的前进；但当我们黑夜里跨下火车，踏上被匪军烧毁的瓦砾满道的固镇街，迎接我们的是无数闪闪的灯火和人群，新修的车站和路轨被照得一片通亮，人群里这样喊着："同志！土匪们一走，我们就日夜等着你们来呵！"他们用支援解放军渡江作战来给自己复仇，很多天前他们就开始了抢修工作，一切被破坏的桥梁和道路都被迅速修筑起来。我们踏着新修的桥梁和路轨，顺利地前进着，当我们进抵淮河边上时，淮河上的船夫撑出了新造的大木船，迅速地把我们渡过河去，而同时一座大浮桥也在淮河上搭了起来，于是望不见尽头的人马如履平地似的涉过了淮河，继续烟尘滚滚地前进……

这时部队前锋已越蚌埠进抵凤阳、定远、滁县一带，这一带地区原是苏皖解放区，在抗日战争时期是新四军罗炳辉将军痛创敌寇的敌后战场，一九四六年在国民党匪军的疯狂进攻下新四军主力才撤离这儿的，而三年之后，这支转战路西的子弟兵却以更大的胜利的声势回来了：美造十轮大卡拖引着美造榴弹炮的行列，巨大的坦克车一辆接一辆地沿公路轧轧前进，装备着各种新式武器的部队行列湮没在地平线的烟尘里。……各村子出奇地破碎，使得战士们难辨故乡的面貌。这一带在抗战时期实行了减租减息政策和生产运动之后，曾是一个丰饶的农村，国民党匪军侵占后进行了残酷的"扫荡"和"围剿"，无数善良农民惨遭活埋杀戮。滁县附近有些庄子仅剩一副"骨骼"，山头上竖立着一个个的炮楼。在二月前这里的人们还被匪军追逐在这些山头上，当时曾有一些农民冒死跋涉数百里，到山东找寻部队，苦求解放军打回去搭救他们，而现在部队终于回来了。

部队未到，各庄已卷入大骚动中。由凤阳往南，只见大道上全是赶来修路的农民，一眼望不到头，成千成万的铁耙跟泥土飞舞，所有队伍必经的小路都在修成宽坦大道。在这里，再也没有比"解放军来了"这句话轰动人的了，只要谁这么喊一声，庄里立刻会奔出成群的人来。记者随前哨部队前进，当我们在每一个庄头上出现，我们立即被村民们热情地围住了。一个农民对我说："徐州开火后，我们的眼睛就望着北边啦！炮声愈来愈近，我们知道队伍快来了。"

队伍不断地过来……驮着炮弹炮架的骡马群踢起了满天灰土，汽车马达声震响四野，各村口都挤满了看部队的村民，美式榴弹炮的漫长行列更使他们欢欣若狂，即使在黑夜前进，汽车灯光里我们看到村头仍然拥挤着人群。他们有的在部队的行列里想找到自己的儿子或兄弟，诉一诉三年的苦楚，要他们打过江去给他们复仇。战士们目击饱受灾难的故乡和父老，无不悲愤万分，提出了"坚决打过长江去，为路西人民复仇"的口号，士气分外高昂。

创造历史的奇迹

这时候，长江北岸高邮帮、兴化帮的船夫也纷纷撑着船向江边驶来，他们都是长江上乘风破浪的老把式，现在这些水上英雄又决心在这历史的大战役中立下大功，把解放军送过江去，在立功会上船夫王庆发表决心说："我一定完成任务，我知道只要打过江去，消灭土匪军，天下就会太平。"王庆发的简单真理也正是长江边上数百万人民的坚强的信念："只有打过长江去，歼灭国民党残余匪帮，天下才会太平。"于是，他们安置了老小，离别了家园，船从高邮湖、邵伯湖等大小河道四面八方汇集拢来了。

把这样成百成千条船编成一支整齐划一、行动迅速的战斗队伍显然是极其艰巨的。水手们都保持着数十年历代相传的旧习惯，一挤到河滨里就到处大声喊叫和吵闹，半天集会不拢。有的女人、小孩都挤在船上，晚上则四处是人声和火光。对于长大在北国平原上的解放军战士怎样在波涛汹涌的长江上沉着作战也是个难题，怎样把成千成万装运炮弹的骡马牲口平安运过长江？怎样使这些从未作过战的水手们不被机枪炮火所吓倒？怎样以我们的木船对付敌人的兵舰？怎样掌握潮汛？怎样在逆风逆水中依然前进？怎样在黑夜中联系辨别方向和登陆？怎样扫除水雷和地雷？……在长江中作战这一新情况给我们带来的新困难是太多了；但是在一切为了渡江歼敌的坚强的信念下，长江边上数百万军民创造历史的奇迹，抵达长江边的解放军和船夫们在江边上举行了规模巨大的水上作战演习，沿江大湖上军船云集，一到黑夜，数百里长江沿岸顿时活跃起来。记者随着坐满解放军战士的木船顺着大队从苏北口岸港附近驶到江面上，哗哗的长江水声掩盖了我们一切的声息，遥望对岸扬中敌军阵地湮没在一片黑暗中，时而飞舞来几声疏落的枪声。我们从这个港口驶到那个港口，从这条河到那条河，演习登陆作战。战士们在潮湿的泥地上爬伏着冲锋陷阵，一切和真的作战一样。有的战士废寝忘食地整日在河里学撑船打篙，学游泳，回来又展开热烈的讨论、想办法。某部炮兵团想出了几十种骡马上船的办法，六连六班战士王士同发明黑夜上船联络记号，某部发明了土造浮水衣、登陆联络用的各种特制笛子，发明了土造扫雷器；至于如何在船上筑工事，和船中弹后的抢救办法，大家提出了不下几十种。连长指导员天天出去找附近的老农民询问长江的潮汛和对岸的地形。黑夜演习回来的战士们白天又一班班地跑去，爬在江边圩堤后边察看长江和对岸敌军的工事构筑，找寻登陆的道路。一个爬在我旁边的战士轻笑着对我说："谁说长江无风三尺浪，你瞧长江不是越看越近了么？"战士们急于渡江作战的迫切愿望连波涛起伏的十余里宽的长江也在他们的眼下缩小了。

在大演习里船工们也改变了面貌，船编了号，选出了班排长，一声集合哨子，船立刻一艘艘箭似的从小港里驰出来，静悄悄排成了队伍，再没有人声和火光，一声"向后转"，几十上百条船随着篙子的点动，一下子都旋了过来，随着前进哨子，船又迅速向前疾驰。休息时水手们便蹲在船头上，提供情况，研究水道。一个过去曾跟新四军在苏北兴化水上作战过的水手说："船不要一只只上去，要乌泱泱地一片拥上去，敌人看了发慌，打枪巴是吃素（苏）的。"边上的水手又提出：枪打响了就要快往前拥。有的提出撑船时篙子要离开船身，篙头浸在水里，便没有响声。靠岸放跳板人先上去，用肩扛住，慢慢放，免得出声。有的说船上要装压舱泥，以免船身过分摇晃……他们以自己的智慧战胜困难。一个叫范长贵的扬州船夫拒绝他父亲叫他回去，他说："我要把队伍送过江去才回家。"这就是所有船夫们的声音。

"一定要打过江去！"千万个解放军战士也以这坚决的声音回答了船夫们的热望，各部解放军纷纷举行誓师大会，在扬州附近的一个誓师大会上，我又一次看到战士们举起的枪支像森林一样摇动着，喊出"打过长江去，解放全中国！"的声音。团政委在台上说："淮海战役以来，江南老百姓就等着我们，眼也等红了，前两天有一些人偷偷渡过长江来找我们，问我们为啥还不早点过去搭救他们？他们准备了粮草，准备了鞋子等我们去……"第二个说话的是坚持在这一带的口岸区戴区长，他控诉蒋匪军去年一月在这里的暴行：一个区被屠杀了一百六十多个老百姓和干部，奸淫烧杀，无所不为。他说："在解放军同志的努力下，口岸终究解放了，我代表口岸十万人民向部队致敬，并望同志们早日打过江去，我们十万人民誓为你们支援……"话未说完，雷鸣一样的声音翻江倒海似的从人群里掀了起来：

"回答人民的要求！"

"我们要为人民复仇！"

"坚决打过长江去！……"

在一片摇动的枪支里，二级人民英雄突击连长陶妙根，爆破英雄王金国、陈小牛，战斗英雄突击连长林宁……一个个急急地跳上台来，要求担任渡江突击任务。三营全营请求作战的保证书上写着："我们保证把胜利的红旗插到江南去！"

抢占长江跳板

一九四九年四月

　　四月二十一日，记者随同人民解放军某部，在苏北泰州以南渡过夹江，进入扬中以东的永安洲。对岸就是敌人数百里长江防线的前哨阵地，国民党军第四军扼守的"长江跳板"扬中。突出在长江激流中的这座孤岛，四面波涛滚滚，扼守在岛上的国民党军构筑了重重工事，监视着长江北岸我军的动静。不首先拔掉这个钉子，渡江部队就会受到侧翼火力的威胁，难以南渡。

　　永安洲每个庄子上挤满了准备渡江作战的部队。数不清的人马还在朝江边涌来。部队行进的白粉记号，打满了所有大小道路口。傍晚，江面上白蒙蒙的雾色四起，依然平静如常。我沿着江岸走去，江堤上爬满着突击部队的战士们，他们在一组组地开会，研究如何登陆作战。江边上挖满了各种工事，炮兵们已把炮拉到外边，准备掩护步兵渡江。

　　白昼逝去，夜幕下垂。天完全黑了。九点多钟，江堤上的芦苇和竹林"沙沙"地摇晃起来，刮起了东北风。风呼呼地越刮越大，江边的船都吹得晃来晃去。战士们都高兴极啦。"正盼着东北风，风果然来了。"一个水手喜得手舞足蹈地说："这一下好了，我保证五分钟就把船送到对岸。"

　　十一点钟左右，在黑暗中，第一批突击部队的船离开了江岸。战斗英雄林宁的突击船扯起满篷风，就箭似的驶去。在一片呼呼的风浪里，十几只船一条线似的紧紧跟上，迅速消失在夜色中。一会儿，对岸响起了机枪声，渐渐地，越来越密。忽然有人喊："登岸了！""登岸了！"果然，一颗白色登陆信号弹闪电似的从扬中方向直升半空，在天空中摇曳着，闪着耀眼的亮光。跟着又是几颗飞升上来。枪声密如连珠，江面完全沸腾了，照明弹把江水照得闪闪发亮。只见第二梯队的数十艘船也扯起满篷风，飞也似的朝扬中方向驶去。接着，团长的指挥船也跟了上去。……扬中的敌军烧起了一片大火，企图阻拦解放军前进。火越烧越大，把江面、堤埂映照得一片通红。火光里，只见满载着战士们的船影，一个跟一个地在江面上向南急驶。江岸边的榴弹炮、野炮、山炮都开始发射。炮弹呼啸着，一声又一声地在白天早就瞄准好的北岸敌军工事里爆炸，江面上震撼着一片爆炸声。白色的登陆信号弹不断从对岸飞升上来，说明部队已在更多地方突破扬中的敌军阵地。

当第一批船只返回北岸的时候，满身湿淋淋的船民，一跳到岸上，忘记了夜间作战不准喊叫的规定，挥着手大喊："上岸啦！上岸啦！同志们快跟上去，敌人垮啦！"

对岸的枪声依然响成一片，美国子弹的红色火星在黑夜的江面上飞来飞去。渐渐地，曳光弹的红色越飞越远，敌人显然已经后退。指挥所传来消息：两侧兄弟部队也抢渡过去了。欢呼声在江边响成一片。记者随着第二梯队的同志跳上才返回的船只。水手扯起风篷，转身又朝南岸驶去。当我们踏上扬中江岸，江边的村庄上硝烟弥漫，敌军已经南逃，沿路上横陈着敌军的尸体，很多是在逃跑中被击毙的。远处敌军又烧起了大火，就在火光里，我看到一面红旗，插在江边敌军工事的顶上，迎着长江的夜风招展。

二十二日拂晓，解放军某部胜利攻占了"长江跳板"扬中，接着乘胜跨过长江，协同在镇江、江阴、芜湖、安庆等地渡江的两组兄弟部队，同时向南疾追逃敌。

丹阳追击一日

一九四九年四月二十三日

记者随同攻占长江跳板——扬中的解放军，于二十三日越过扬中以南的长江支流夹江，追击南逃的匪军。最先走过的庄子上都鸦雀无声，路上散乱着匪军的遗物，到后来我们开始发觉麦丛里有人惊疑地探出头来，当他们看出我们真是解放军时，便从草堆里、沟渠里向我们笑着奔来。村庄的空气改变了，人愈来愈多，拥塞在村头，大家看到解放军同志们跑得满头大汗，便急忙烧起水来。夹江边王圩埭、姚福坤等几家都把开水挑到大路口，有的则把开水一碗碗凉在桌上。各庄上拥挤的人群和一片欢迎的爆竹声使部队的行进不得不迟缓下来，我们连连感激地喊："老乡们，谢谢啦！让我们早些追上敌人，为你们复仇！"但走过镇江、丹阳交界的田家村时，我们又给一群村民留住了。一个姓田的老农民激动地说："毛主席的队伍终究来了啊！在过年的时候各村村民还迷信地都把草头神（当地又叫灰堆宝宝）偷偷地请到家里祭拜，叩问新四军什么时候回来。结果菩萨的棍子轻轻动了四下，消息便飞遍了全庄，都说解放军四月里就要过来，果真你们四月里回来啦。"人群里腾起了一片欢声，许多人紧拉住我们怎么也不肯放，滔滔地诉着苦。他们说：自民国三十四年冬，江南新四军北撤后，这里就被打入黑地狱。国民党匪军不断地"清剿"，一次次劫去了他们的财物，男人们则以"通新四军"的罪名被抓去当兵或杀死，保释一个人，要贿赂二两金子或者三十石米。从去年腊月间起，每家就派人去做"江防工事"，谁家如派了小孩去，就得头上顶了石块跪在碎石上受罚。去年到现在已抽过八次壮丁，不出壮丁的就得出米十八石到二十四石，农民的米已大部被搞光了。四月十八日伪保甲长又开会，要每保出八个壮丁（句容是每保三十人），他们无米可出，于是青年人就只好黑夜白天逃到麦田里去……"同志，一言难尽啊！"有的女人说着就抽噎起来。

我们断续向丹阳追击前进，进入丹阳城新北门，木桥边的场子上传来了一片哭声，市民成群朝那里拥去，原来丹阳伪县长王公常在昨晚临逃时在这里活埋和枪杀了恽明根、王树荣等十六个无辜的老百姓。现在被害者的家属正去挖掘，场上已挖了四个泥坑，一具具血泥模糊的尸体，在一片哭声中被拖出来，尸体全用绳紧绑着，嘴里塞满棉花，脸上露出十分冤愤的样子。这群女人哀痛的哭声，使得旁边的人群和走过的解放军同志都垂下头来，有的还擦着眼睛。一个解放军战士上去悲愤地说："嫂子，不要哭，我们一定追上去把土匪捉回来给您报仇！"周围的人齐声愤恨地应和着："对，对，你们快追上去，别让他们逃了，那些祸根是一个也不能留下的！"这时候，望不见尽头的解放军追击部队正在一片暮色苍茫中穿过丹阳城，匆然地向金坛、溧阳方向追进。

五指山下的史诗

一九四九年九月

　　在北京中国人民政治协商会议第一次全体会议上，记者曾访问了人民解放军琼崖纵队第二副司令员马白山将军，他是琼崖纵队的创始人之一，和琼崖纵队司令冯白驹将军等一起在琼崖苦斗一二十年，五指山下，万泉河畔，踏遍了他们的足迹。他个子矮小精悍，黝黑瘦削的脸上深凹的两眼奕奕中有神，一望而知是从残酷斗争的烈火中锤炼过来的人，他的右手被一颗国民党子弹击中而残废，但一只左手仍能打枪和指挥作战，此次他从祖国最南端的海南岛化装着冲过数道敌人的封锁线，奔走四十余日，不远万里地来到北京参加人民政协会议。他花了三天的时间和记者畅谈了琼崖纵队在抗日战争和解放战争中坚持苦斗并发展壮大的历程，这一历程典型地说明了人民武装所经历的艰辛道路。

五指山

　　海南岛，这个位于亚热带的祖国最南端的岛屿是我们很多人十分陌生的地方，记得唐朝诗人李德裕曾写过"崖州何处去，生度鬼门关"的诗句。海南岛位于广东南部，北和雷州半岛隔一条琼州海峡，东临中国海，与菲律宾群岛遥相对立，西南临东京湾而望越南，是华南门户的屏障，是祖国海防线上一个重要前哨基地。岛的面积比台湾小，约三万四千平方公里，岛中部为五指山脉所分布，丛山峻岭，层层叠叠，最高的是梨母岭、生毛岭、五指山等高峰，终年笼罩着亚热带的白色云雾，这些隐没在云层里的高巅上从未到过人迹，满山是一片绵亘的大森林，生梅树、松树、橡胶树、椰子树……各式树木，密密层层，遮天蔽日。围绕在五指山四周的是直达海边的广袤数百里的大平原，亚热带的骄阳整日蒸晒着一片浓密的椰子林，那椰子叶编成的椰子屋零星地散布在平原上。在焦灼的阳光照射下海面上整日卷腾着热气，上升到半空，与凝聚在山顶的云雾连成白茫茫一片……

这个荒岛却是一个宝藏富裕的所在，矿藏密布全岛，产金处达十七处之多，已发现的有两个大产铁区，以及铜、铁、铝、铅、锡、煤、石油等，农作物是"一岁田三熟，冬种春熟，春种夏熟，秋种冬熟"（琼州府志）。特产有盐、椰子、咖啡、菠萝、树胶、槟榔、甘蔗、鱼、海绵。……

随着帝国主义和官僚买办资本掠夺的开始，海南岛开始走向半殖民地的悲惨道路，抗战期间日寇侵入海南岛后开始了大规模地掠夺，建立了大小工厂一百零五所，包括金属制炼、化学、电气等，抗日战争胜利后，战犯宋子文和掠夺使者司徒雷登又来到了这里，进一步想把这里筑成为美帝威胁亚洲和平的战备基地。

海南岛三百余万汉、黎、苗民族为着反抗被压迫奴役的命运，数十年来就在这丛山峻岭的五指山上与统治者进行着残酷英勇的斗争，在土地革命时期，这荒漠的地方就出现了最进步的组织：中国工农红军独立师，这一支领导着琼崖人民进行着反帝反封建斗争的革命武装于抗战初在团结抗日的总目标下走下山头，成立了抗日最坚决的琼崖人民自卫队独立师，这就是今天人民解放军琼崖纵队的前身。

三百杆破枪起家

一九三八年十二月，一支约有三百余人的破破烂烂的队伍，从五指山走下来，到了距海口五十里的琼山县云龙市，这支队伍没有一挺机枪，三百杆枪也都是破旧不堪，穿着各式零乱的衣服，长期的残酷斗争使得这些人的容颜格外黝黑而瘦削。不要说饱食暖衣的国民党匪军讪笑他们，人民对于这样一支队伍能否抗日，也是十分怀疑的。但是，这支队伍十二月五日在云龙市集合了拢来，竖起了"琼崖人民自卫队独立队"的旗号，队长是海南岛共产党领袖冯白驹同志，三百多支破枪高举着喊出了"坚决抗日"的口号。——声音虽然微弱，但在当时的琼崖却是多么可贵呵。

就在独立队成立后的两个月：一九三九年二月十二日，日寇在海口登陆了。这个孤岛整个震动了：人们看着国民党警备司令王毅带着七零八落的部队一枪未发，一窝蜂地向五指山深处逃逸，国民党政府人员更是"大难到来各自飞"，全作鸟兽散。在海口登陆的异族强盗板垣部队，拥着飞机、坦克、大炮，浩浩荡荡由海口沿公路向南前进。……人们噙着眼泪，看着那些用血汗豢养了他们几十年的国民党匪军，夹着尾巴逃得无影无踪，眼看这群异族统治者是这样飞扬跋扈地向着岛的中心区推进着。除了国民党匪帮沿途丢弃满地的枪弹和物件外，没有一颗子弹一声怒喊的阻挡，眼看五指山上，万泉河畔，就要踏遍日寇的铁蹄，人们是多么渴望有这么一个人，以海南岛民族固有的强悍勇敢的姿态昂然站出来，拦住这群异邦劫掠者的去路，大喝一声："站住！"

日寇板垣部队在直到离海口不远的潭口桥前面果然站住了，因为海南岛人民反抗日寇侵略者的第一颗愤怒的子弹从桥对面射了过来，接着一连串迎面而来的子弹尖厉地呼啸着，命令这群异族强盗第一次在海南岛的土地上惶恐地趴了下来，战斗开始了，被阻的日寇暴怒地向对面轰击着，一次次地冲过去，但是未冲击到桥上就被逐回来，一个个被射来的子弹血流满头地打翻在地上。日寇们从恐惧中清醒过来，他们开始知道在对面射击的敌人是可怕的，于是，他们又调上来一个团，以五十架飞机掩护，继续向潭口桥攻击，战斗更剧烈地进行着，炸弹的浓烟迷漫，各式炮弹子弹的炸裂声呼啸声轰成一片，日寇一群群地向火烟迷漫的潭口桥扑去。战斗一直继续到傍晚，对面枪声由疏落而停止了，日寇踏着满地伙伴的尸体，战战兢兢地爬过桥去，才发觉敌人早已走远了。

这以牺牲五个同志后换取的潭口桥伏击胜利，打击了想征服琼崖人民的东方强盗的凶焰，使浸沉在悲观失望里的琼崖人民一下振奋起来，大家仿佛在茫茫恐惧的大海中，找到了灯塔，这灯塔就是"独立队"。于是人们毫不犹豫地拾起了国民党匪军丢弃的枪弹，扛起了土枪土炮，纷纷投向独立队。一星期之后，这支三百人的队伍立即扩充成立了三个大队，两个月之后又增加了四个大队。这些武装起来的农民一面加紧学习如何瞄准射击，掷手榴弹，一面便出没椰子林中和日寇展开了游击战，于是，在罗板伏击里，他们从敌人手里缴到了第一挺机枪。这件大喜讯喜坏了所有的队员们，大家都奔来看这挺乌亮的三八式机枪：只要一拉扳机，子弹就"啪啪"像水似的泼出去的武器，这对于用老套筒步枪还算是好武器的独立队，是多么珍贵的奇宝呵。大家看着这件宝物，人人摩拳擦掌，发誓要去缴第二挺。一次，他们化装着混进永兴市，活捉了十八个敌军，于是缴到了第二挺机枪。这支三百杆破枪的队伍就这样渐渐地壮大了，并且在琼崖东北的琼山、文昌两县初建起根据地。

这支一开头就在潭口桥给了日寇致命一击的队伍的日渐扩大，使日寇清醒地懂得了日后即将成为他致命的劲敌，于是在六月间就开始了大扫荡，日寇的步兵骑兵密密层层地四面围拢来，但是，独立队早就接到了消息，悄悄地转移了，日寇扑了个空。第二次，日寇又突然地包围了，独立队一个大队来不及转移被困在包围里，全大队人伏在漫山的密草里，不饮不食，终于未被发觉，最后安然突围出来。

随着独立队竖起了抗日大旗之后，被国民党匪军遗弃的琼崖人民纷纷自动组织起来，保卫庄园，抗日游击战的野火漫山遍野，猛燃开来，鬼子一下乡，便四处响起一片枪声。这时，琼崖共产党便命令马白山将军去西边儋县一带领导人民抗日战争。马白山将军独身冲过敌人的封锁线，日夜奔走，终于从琼山走到岛西儋县。这个矮小精悍的琼崖人民独立队副队长的来到立刻使岛西抗日游击战争展开了一个新的局面，人民以独立队为核心，紧紧地围聚了拢来，成了一股坚强的抗日力量，悲观的乐观起来，动摇的坚强起来，胆怯的勇敢起来，抗日情绪也就随之日趋高涨，人人磨刀擦枪，要求和日寇作战，就在这种情况下，独立队联合了附近七个乡的武装农民队伍，展开了琼崖人民第一次和日寇的较大规模作战，他们包围了儋东敌人重要据点那大市，展开攻击，激战了两夜。附近农民扶老携幼挑茶送饭，抬担架，支援自己的队伍。战斗到第三天五百余日寇被吓得逃走了，歼灭了一个中队伪军，就这样琼崖人民第一次从敌人手中夺回了城市。从此以后，岛西的抗日局面渐渐打开了。这时在琼山根据地的东路独立队由冯白驹队长率领着也决定西来，可是在通过封锁线时，被日寇发觉了，在敌人的跟踪追击下走了半个月，绕到了美合，停了下来。

美合事件

一九四一年一月，国民党反动派想扑杀人民武装的大阴谋在全国演出了，国民党三战区顾祝同反动军队进攻新四军的罪恶的枪声震响着皖南茂林的时候，一直躲在五指山密林深谷里的国民党匪军也偷偷地走下山来。他们看着全岛人民，在共产党独立队领导下已轰轰烈烈地为人民做起事来，抗日的烽火漫山遍野地燃烧着，照亮了这幽暗了多少年的荒岛，匪帮们便着急起来，于是他们便以两个整团的兵力，突然袭击包围了才到美合不久的独立队，想一举而消灭琼崖人民武装。由于双方兵力优劣的悬殊，在一阵恶战之后，马白山将军率领了一个大队突出了重围；冯白驹将军率领三百余人和二三百伤病员则被围在山头上，突不出来。于是他们爬在山头上、树顶上、草丛里，从四处射击着想冲上山来的国民党匪军。子弹、榴弹打完了，便用石块掷，用刀斧砍，木棍打，终于又把匪军打得头破血流，赶了下去。可是数天之后，山上粮草吃完了，什么都吃尽了，已经有三四十个人饿死在山头上，但是枪却仍然紧紧地抓在饿得发软的手里，紧张地注视着山下的匪军动静。

夜里，进攻的匪军照例胆怯地后缩了，枪声停了一天的山上现在又静了下来，风吹着，刮得那椰子树、生梅树丛沙沙作响，大家饿得发慌，就嚼着椰子叶。这时有人发现下边草丛中传出微响，有几个人头伸了出来，才举枪发问，人头伸出手来轻声地喊着："我们来送饭的，不要开枪。"

接着草丛中果然爬出几个人来，手里都提着沉甸甸的篮子，揭开上边的布一看：呵！里面竟是满满的一篮白饭。这一发现，对于饿困在美合荒山上的人们，其欢愉是难以描述的。（马白山将军和记者说到这里，很是感动，他说：琼崖人民对于部队的全力援助，是他们永生不忘的，这也是琼崖纵队所以壮大得如此迅速的决定性因素。）山下人民这样冒死送饭的事情后来又不断地发生多次。

从美合国民党匪军包围中冲出来的马白山将军的部队，又沿路遭鬼子国民党匪军的两面夹攻，打到后来，剩了一百余人到了临高县，但是部队士气仍然很高，个个咬牙切齿，发誓要去搭救被困在美合山上的兄弟部队，经过几天的整理，队伍再度投入战斗，终于击退了包围美合的国民党匪军。这时冯白驹队长的部队便走下山来，两军会合。

美合事件是国民党反动派对琼崖人民大规模武装进攻的第一仗，匪帮们妄想一举扼杀独立队，但美合事件恰好考验了这支年轻的队伍，它证明人民武装的革命的野火是扑熄不了的。

从美合事件之后，琼崖人民和国民党反动派的残酷武装斗争便大规模地爆发了。

在日、蒋夹攻下

从美合突围出来以后，独立队便整队东返琼山根据地，可是"奉命进剿"的国民党匪军，又紧紧追了上来，于是他们一面作战，一面退，这样到了琼山根据地，可是匪军也追到了琼山，匪帮们穷追穷打，似乎非要消灭这支人民武装而后已。琼山人民对于这帮和日寇勾结夹攻人民的国民党匪帮，是已忍无可忍了，他们再也不要这样的"政府"和军队，他们需要有一个新的领导机构，来带领大家和匪帮们作斗争，就在人民这样的热望里，琼崖中国共产党便领导人民在琼山成立了第一个琼崖人民政府——琼崖东北临时政府，由冯白驹担任主席。这个政府当时是处在怎样复杂艰难的情况里啊！虽然天天有伤病员，可是这个政府总共只有三个医务所，并且都在地道和山野里，天天要爬山越岭地搬移，没有西药，只靠一些凭经验的农妇到山上去采集些山药草药，用作医疗伤病员。这个医务所的医生和看护，多是当地农妇，她们很多不识字，但她们勇敢，在战斗时她们冲到火线上，把伤员背下来。这个政府没有一个被服厂，机关部队生活都很苦，他们没有统一的制服，还穿着各式参军时带来的农民服装，有的破旧不堪。这个政府没有什么财政来源，经常不发饷，也不发菜金，全部要自己生产供给。这个政府没有军火制造厂，就依靠从敌人手里夺过来的枪弹才能作战……困难像座山似的压着这个政府。

但是，这些都不是最大的困难，当时最大的困难是夹着枪炮，声势汹汹地追到琼山边际想消灭他们的国民党匪军，以及和匪军密切配合着、不断前来侵犯的日寇；那时候，形势是十分明显了，躲在五指山上的国民党匪帮不打日本人，一面积极地进犯琼崖人民根据地，一面在五指山上屯兵积粮，养精蓄锐，想致琼崖人民的死命。人民也清醒地知道，当前只有一致奋起和国民党匪军进行生死决斗，砍断那些敢于前来进犯的强盗们的血爪，才能保卫自己的家园，于是，冯白驹司令员发出号召，号令全体军民紧急动员起来，和来犯的日寇与国民党匪军坚决打到底！

国民党匪军和日寇轮番地配合着向琼山根据地一次又一次地进攻，仗愈打愈烈：有一次国民党进犯军两个团在琼山大水村被包围了，接连恶战了五昼夜，枪炮声彻夜不停。附近的农民穿过了一片迷漫的白色烟雾，一批又一批地赶来送各式东西慰劳独立队。一次，部队即将发起冲锋，正紧张时，突然斜刺里奔出来几个农民，他们每人抱着大捆的稻草，好像不知道对面有匪军射击着似的，大踏步地向敌人的阵地前沿奔去，大家正在十分惊奇的当儿，敌人工事边的稻草堆突然燃烧起来了，一团团的浓烟雾时布满了四周，几乎睁不开眼睛，这时战士们才知道这几个勇敢的老乡的动机，于是他们一纵身跃进了一片浓烟里，在白色烟雾的掩护下，向着敌军工事奋力冲去……当独立队击毙了当时最反动的匪军团长李春农，击退了进犯大水村的匪军之后，匪军们溃退了。

可是才把国民党匪军逐退，日寇跟着又来了，他们对琼山根据地开始了更残酷的大规模"蚕食"。三千日寇以飞机配合，日夜以"奔袭""全围""拉网"等毒辣战术兜剿，猩红太阳徽的飞机擦树而过，马达声整日震扰着山林，由于飞得过低，有一次被战士用步枪击下来一架。

琼山人民又一次被推入灾难的大海里了，像才被逐走的国民党匪军一样，日寇们到处烧杀淫掠，琼山县六个乡变成了无人区，妇女、小孩成群结队，跟着独立队向山区撤退，不愿离开家园的老人们在野地里挖了地洞，洞口上铺上草叶树枝，像冬蛰的蛇虫似的躲了起来，没有逃走的，碰上匪军便被杀戮。村上人烟绝迹，路上的死尸任其发臭腐烂，无人掩埋。

但是琼崖人民是倔强的，沉重的灾难只使他们分外地勇敢，人们从被烧毁的村庄中走了来，人们从地洞中爬出来，人们从深山密林中钻出来，他们带着对于国民党匪军和日寇的千仇万恨来到独立队，母亲送儿子，老婆送丈夫，到处都出现这样雄伟悲壮的参军场面，不到多少天，独立队一下就增加了二千余这样的新战士，部队发展到了五个支队，这些新兵虽然作战的技术不熟，但是他们勇敢而顽强。（马白山将军和记者谈到这里时，很是激动，他又引一些新兵英勇作战的故事给我听，他兴奋地说："敌人想消灭我们，但我们的队伍却在这样的残酷斗争中发展壮大起来了。"）

在敌人集中力量疯狂进攻的面前，畏缩害怕是不对的，但是，不顾利害地盲目硬拼也同样是不对的，当时独立队一部留下与日寇纠缠，主力五个支队绕出了敌人的包围圈，向五指山方向挺进。

进军五指山

一九四三年七月，在五指山区的白沙县，爆发了震动海南岛的黎民大暴动事件。

五指山区白沙、琼中、保亭、乐东四县是黎苗民族最集中的地方。二十余万黎苗民族，大都散布在这一带。（解放后这四县即划为黎苗民族自治区。）自日寇在海口市登陆，国民党匪军逃到了五指山后，这群奉行着蒋介石大汉族主义者的强盗便开始了对黎苗民族兄弟的大屠杀，所到之处财物都被抢掠一空。他们为了便于屠杀和统治，强迫散居的苗民筑起篱笆把庄子围起来，有一次匪军把八百余村民诱骗到一个做好的篱笆围子里，伪说是开会，人到齐后，预藏四周的机枪一下拉出来射击，八百余苗民便在一阵阵惨不忍闻的号叫里纷纷倒在血泊中，没有打死的，匪军又用刀砍死。以后国民党匪军以同样的骗局把七百余苗民活活烧死。附近苗民遭此大屠杀之后，侥幸未死的便逃入深山野谷，三五成群，拿着土枪、利斧、石头与匪军展开了搏斗。这时候，五指山区的黎民也遭受着同样命运，强盗们抢掠他们的牲口和粮食，强拉成百的黎民给他们做苦役，偶一不称心，便痛加鞭挞，甚至用刺刀刺死。把成群的马牵到稻田里吃稻子，黎民们只好忍气吞声。

但是，燃烧在地壳层里的岩液终有一天要冲出地壳而轰然地泛滥于大地的。一九四三年七月，黎民们就在领袖王国贡等领导下，爆发了武装暴动，他们拿着土枪，拿着刀子、斧头、木棒，成千成百的人群以无比的仇恨，像怒潮似的向各地国民党匪军盘踞的村堡扑去，他们推倒墙垣，拔尽篱笆，怒不可遏地扫荡着一切，不少匪帮被拖出来，在如雨似的木棍刀斧下斩成肉泥。可是不久国民党琼崖公署专员吴道南，亲率大批匪军赶来"剿杀"了，于是，五指山的密林荒谷里，展开了一场其惨无比的大厮杀，拿着土枪刀斧的黎民一群群朝着机枪火网里愤怒地扑去，于是一群群地跌倒在血泊中，大屠杀的机枪声和黎民们的怒号声，摇撼着深山野谷。没有被杀死的黎民，看着满山坡卧在血泊中被杀死的兄弟，更怒不可遏，于是他们又第二批、第三批地冲过去……最后一批没有被杀死的黎民们，仇恨地退入五指山深处，可是国民党匪军又立刻跟踪追了上去，把他们围困在一个荒山上。匪军们几次诱骗他们投降，但几次回答他们的，是雨点似打将下来的土枪和石头，匪军们冲不上山去，只好退下来。

但是随着时间的过去，山上开始恐慌了：粮食完了，枪弹完了，很多人赖嚼草叶度日。暴动黎民困为缺乏组织，在这种艰难情况下，不少人动摇了，内部纷乱了，而敌人的进攻，则日益加剧。正在这千钧一发的危急关头，山下响起了激烈的枪声，渐渐地愈响愈烈，包围荒山的敌人队伍纷乱了，一支奇兵从他们背后插了进来。——说到这里，马白山将军笑着告诉我：那时就是他带了这支奇兵，日夜兼程赶到五指山下，解了这群将遭屠杀的黎民之围。

原来独立队五个支队从敌人"蚕食"圈里跳出来之后，便向着五指山挺进，受尽国民党反动政府残害的五指山区人民，见到独立队自然是悲喜交集，独立队所到之处，普遍受到人民的欢迎。这时，从白沙逃出来的黎民，便齐去找独立队，要求前去搭救。这样独立队一部就迅速插到白沙，将国民党陆军吴道南部击退。从此在人民的热情挽留下，部队住了下来，普遍展开群众工作，建立政权，五个支队以白沙为中心，初建了五块小根据地，经过了数年的努力，到后来这白沙、琼中、保亭、乐东四县就成了琼崖解放区的中心区，建立了县区乡村政权，由自己训练出来的干部来管理自己，它建立了农民协会等群众组织，实行了土地改革，贫苦无地农民都得了土地和农具，武装起来的黎苗人民组成了"保乡队"，来保卫自己已得的土地，这个曾是最荒凉贫穷落后的五指山区，在一旦取得了共产党的领导之后，就一变而为海南岛一块最光辉的土地，太阳穿过五指山上的云雾，射到了这满山密林覆盖着黝黯了多少年的荒山。

没有结束的战争

进军五指山的独立队驱散了国民党吴道南匪部，解救了即将遭屠杀的黎民之围之后，为着彻底拯救五指山人民于苦难，部队继续向五指山深处进军，国民党匪帮望风而溃，正是义旗直指五指山，人民欢欣若狂的时候，日寇投降的消息传到了海南岛。

没有疑问，接收海南岛日寇的投降是应该由一贯领导着琼崖人民抗日战争的独立队来负责，执行着"内战内行，外战外行"，勾结日寇，专事反共反人民政策的琼崖国民党匪军是没有这个资格的，可是，十月间，奉命前来劫收的国民党匪部四十六军却在海南岛登陆了。像全国许多地方匪帮们所演出的劫收丑剧一样，海南岛也无例外地被这批劫掠者抢得一塌糊涂，他们把各种重要机器物资偷运出去变卖，海港上每天晚上一船船的赃物在黑夜中离岸远驶，日寇经营的一百零五个工厂几乎全被抢光，连机器上的胶皮带也被剪做了鞋底，造纸机上的大毡被剪开做了军毯……

抗日战争结束了，但战争在海南岛没有结束，新的战争又掀起了，奉令劫收的国民党匪帮四十六军在十二月底就开始了对琼崖解放区的大规模进攻，匪军们把进攻的重点放在岛西琼崖人民政府的首脑机关，四面八方地向中心区轰击前进。七年抗日战争中基本上处于游击战争情况下的琼崖人民武装，面对着这全部美式装备的匪军主力四十六军，在实力上是显然地处于劣势地位的，但是，经过长期斗争考验的琼崖人民毫不害怕胆怯，他们能够以三百杆破枪起家，而在最后终于击败了强大的日寇和击退了国民党军的无数次进攻，他们自然更有信心在这一次像过去一样地击败国民党匪军。

空前剧烈的悲壮的战斗开始了。

琼崖人民是怀着十分悲壮的心情投入神圣的自卫战争的，在七年抗日战争中，他们在独立队领导下拼死与日寇作战，在无数次的战斗里他们所支付的代价是巨大的，据极不足的统计，琼崖人民遭日寇杀戮的约有二十五万四千五百余人，被焚房屋二十六万间，被毁村庄无数，他们含泪掩埋了被杀的亲人，走出了被焚烧的庄子，继续地顽强战斗，他们支付了如此代价是为了什么？——他们要击败日寇，争取和平幸福的生活，但是到后来，人民渐渐失望了，他们发现了又一个可憎的和平幸福生活的死敌，他们和日寇一模一样地烧杀抢掠，进攻人民好不容易辛勤建设起来的解放区，到一九四五年十二月，国民党匪军四十六军大规模进攻琼崖解放区开始，人民才最后地抛弃了对于和平的幻想，对于匪帮最后的一线希望，人民是完全清醒地知道了：只有把这群国民党匪帮，像消灭日寇伪军一样消灭之后，海南岛才可能有它真正的和平幸福的日子，就这样，琼崖人民又一次毫不犹豫地投入了人民解放战争……

用毛泽东战术思想武装起来的琼崖人民独立队，面对着数量上装备上都大大地超过自己的敌人，他们最先采用了游击战和运动战结合的战术，在歼灭了敌人有生力量之后，他们陆续撤离了一些地区，气焰万丈的国民党匪军则疯狂地前进着，以残酷的屠杀镇压群众，一个山头一个村庄地奔袭、包围、搜索，实行所谓"填方格"的战术，在所有村落上都驻上匪军，一村发现情况，各村匪军立即集中。

琼崖独立队当时的处境是十分紧张的，大家陷入从未有过的艰苦里，部队经常一天没有饭吃，一天能吃一顿稀饭就是最好的了，饿极了，大家就摘芭蕉头用水冲吃，或者就喝点水解饥。（说到这里时，马白山将军对我说：有一次他曾整整五天没有吃饭，饿得头昏眼花，连马背上也爬不上去了。我便问他：部队饿得这样，怎么还能作战呢？他笑笑又继续说了下去。）

琼崖人民就这样地在饥饿里倒下去了吗？就这样失败了吗？不，共产党人是用非凡的材料制成的，共产党的队伍也是用非凡的材料制成的，他们是创造奇迹的人，这时独立队战士们的士气仍然十分高涨，部队分散开来展开游击战，敌人分散时我则立即集中把其消灭。有一次，匪四十六军一小部分人坐火车往石六山，火车隆隆地开到途中，突然一声震天动地的巨响，铁轨下面飞沙走石地冲起一团黑烟，火车头在黑烟中轰然掀翻到轨道外，等韩练成匪部从昏沉中醒过来赶紧抓起枪来的时候，独立队战士们已生龙活虎地跃进车厢，匪军全部被歼。

与独立队同时与敌军作战着的，是一支队伍更加浩大的琼崖民兵，琼崖解放区将近有一万民兵，每个人都有一杆土枪，在匪军残忍屠杀下他们愤怒地站起来，把这些过去原是打山猪的土枪，现在对准了国民党匪军，当敌人扫荡时，女人、小孩便成群地向深山撤退，民兵们则都拿起枪来作战。他们都很有组织，都以自然村为单位，组织成中队、分队、班，每个民兵班有一个经过训练的爆炸手，专门安置地雷，当匪军们开始走进一个个撤退得空空的庄子里，路边、门口、树上、灶头，便一切地方开始不断地传出突然爆炸的巨响，不少匪军倒毙在这样的爆响里。

匪军们愚蠢地开始罪恶的报复，他们从事更其残忍的烧杀政策，许多庄子接连被烧三四次，匪军所至，人烟绝迹，鸡犬不鸣，逃出村庄的人们成了一群有组织的游牧民族，他们集中搭了草棚住在山头上，一有"情况"便立即迁移。平原地带的人们则挖地洞，敌人来时便钻入地洞，使其无处寻找。国民党匪军实行残酷烧杀政策的结果，却使自己堕入了人民仇恨的大海，到后来琼崖解放区一百万人中有数十万人都拿起武器来，参加了与匪军的正面作战……

这样恶战了八个月之后，独立队共缴枪五百多支，机枪十余挺，部队从没有被歼一次。韩练成是可耻地宣告失败了。

海南岛是人民的

蒋介石在海南岛发动了内战之后的第七个月，在全国范围发动了大规模的反人民内战，一些在抗日战争期间被小心地存放在保险箱里由美国爸爸装备起来的"精锐"之师源源调赴内战前线，向解放区进攻，也就在这样的情形下，海南岛的四十六军调到了山东战场（第一仗就全军覆没在山东莱芜战场），"遗缺"则由蔡劲军率领匪六个保安总队来担任。

蔡劲军"接任"后便继续地分期轮番向解放区进攻，同时又采用十年内战时期的老办法，广筑碉堡，层层垒垒，缩压包围圈，想把人民扼死在碉堡圈里；又派遣了大批特务，混入解放区进行破坏、暗杀、侦察、暴动、组织逃亡……在强占的解放区和边沿区，则实行残酷的屠杀和镇压，公布了有名的屠杀海南岛人民的"十杀条令"。匪保安第六团团长杨开东是当时有名的杀人魔王，单在文昌县一县就惨杀百余人。有一次，他要东交市全市人出来开会，不出来开会的查出后就打死，这时恰巧有一个姓李的妇女因为分娩没有出来，进去搜查的匪军当发觉有一个女人躺在床上没有出去开会，就把她一枪击死，拖到场外，她丈夫见景号啕痛哭，把抱着才出生的婴孩掷到杨匪开东的面前，晕了过去，全场人人流泪黯然。除了屠杀镇压之外，则是拼命地强取豪夺，疯狂地抽壮丁，被抽的壮丁用一百到一百二十块银洋可以赎回，又要边区的人出钱买枪组织"联防队"，步枪每支是银洋四十元，机枪是每挺六百元。……他们就这样日益贫困，流离失所。海南岛人民的灾难是深重的，但灾难也促使他们更坚定地和敌人进行搏斗，他们带着深重的对敌人的仇恨投身独立队，独立队几乎是惊人地壮大着，他们不断地展开游击战和运动战，歼灭敌人的有生力量，夺取武器装备自己，陆陆续续地又歼灭了敌人两个团。

与武装斗争同时，人民也采用了合法斗争的方法对付敌人，他要筑碉堡，我则以拖的办法组织群众反碉堡，使其拖着搞不起来；他要查户口，我则搅乱户籍，组织搬家，使其无法查；他要抽壮丁，我则组织壮丁，集体逃跑投奔独立队……

就这样，和韩练成一样，蔡劲军也终于可耻地失败了。接着第三个跟着蔡劲军来的"替身"，是韩匪汉英。

但是，这时候形势变了，国内战场解放军接连胜利的捷报也轰动了海南岛，人民欢欣莫名，匪帮惊惶异常，在胜利的鼓舞下独立队开始了出击，被敌占的若干解放区迅速地恢复和扩大，大军又向着五指山白沙、乐东、保亭三县根据地前进，敌人纷纷被逼进少数据点里，凭险死守，于是，部队也就由运动战而改变为攻坚。这时独立队的番号奉人民解放军总部的命令正式改为中国人民解放军琼崖纵队。

一九四九年春间，琼崖纵队展开了大规模的春季攻势，在琼西、琼南、琼北、琼东南四处发动进攻，琼西方面解放了儋县的大部分地区后，向西南伸展，四月五日包围了那大市附近重要据点南辰，恶战三天，蒋匪军儋县自卫总队第一、第二中队全部及儋县第六督导处办事处和白沙四个伪乡公所自卫队全部歼灭，歼敌二百五十四名。十六日，又在石碌铁矿区及其外围据点保桥活捉白沙伪自卫总队一百九十人，其中包括伪县长兼自卫总队长赵光刚和副总队长陈文才。二十六日起又在昌江县属的板板、热水及乐东县属的东方广坝等据点，歼灭了国民党匪军五十九师四七六团大部，缴了轻重机枪五十四挺，其他枪械更多。

琼南方面：四月三日解放军在崖县东北车站附近飞机场歼灭榆林要塞军一个排，二十日一度解放感恩县城，直吓得崖县的东忠、九所两个重要据点的敌军弃巢而逃。

琼北方面：地方兵团光复和歼灭敌文昌县之抱芳、东阁、头苑、大德、水北等五伪乡公所自卫武装，活捉百余名。

琼东南方面：二十六日，地方兵团将黎圯据点守敌和伪乡公所自卫队全歼，并解放万城附近的长坡、猿水等敌据点。

这一个规模巨大的攻势使琼崖解放区的形势完全为之一变，惊惶万状的残匪迅速地逃到海边和少数据点里，在缴获的伪行政院当时给伪立法院关于所谓"海南岛改省"的文中，匪帮们惊惶地喊着"治安无法确保"，"政令无法推行"，"目前岛上可到之处，北面仅一海口，南面仅一榆林"。这一攻势中约歼灭了敌人三个团，缴获了迫击炮、六〇炮八门，各式机枪一百二十余挺，长短枪二千支，掷弹筒、枪榴弹五十余个。六月十八日，胜利的琼崖纵队战士们扛着这些新缴的美式武器，走进一片红旗飞舞的庆功会会场，在会议中，冯白驹司令将"英勇善战""秋毫无犯""巩固团结"三面大红旗授给在此次战役中立功的三个功臣连队，他说：春季攻势的胜利是在解放军渡江南征的巨大胜利形势下，全琼崖人民热烈支援和全体指战员英勇奋战的结果。他号令，坚决、彻底、干净、全部消灭琼崖的国民党匪军，完成解放全琼崖的任务。森林似的臂膀摇动着，卷起了海啸似的吼声：

"打到海口去，活捉陈济棠！"

战士们用这斩钉截铁的声音回答了冯司令的号召。

自雷州半岛逃抵海南岛的残匪曾企图把这里作为"台湾第二"，从事可怜的经营，想挡一阵北岸的解放军。这样的形势下，琼崖纵队的处境显然又是十分艰巨的了，企图垂死挣扎的残匪对琼崖纵队进行了残酷的进攻，但是，琼崖纵队顽强而胜利地战斗着，一九四九年十二月二十九日，他们就在琼南昌江地区痛歼了残匪六十四军一五六师，歼灭其两个多营的兵力，匪师长张志岳亦被击中重伤，缴获了很多武器。同月四日，解放了新民县属（新设县，原琼山、澄迈各一部）残匪重要据点屯昌市，全歼了凭借强固工事顽抗的匪琼山保安第三营营部和一个连四个伪乡公所自卫队。乘胜拔除屯昌附近的大同匪据点。琼北方面于十二月二十九日攻入琼山县三江市。这两次战斗就活捉了残匪一百九十八人。

从艰苦斗争道路中长大的琼崖解放军是永不会被消灭的，当雷州半岛的解放军横跨琼州海峡踏上海南岛的时候，这一柄埋在敌人心腹里的利刃终于突然地从敌人的腹背里穿了出来，和渡海的解放军胜利会师，拖出了匪帮的五脏六腑和污血，把琼崖人民的死敌最后地杀死了。

第四章

迎接新中国的诞生

北京十日

一九四九年十月

一九四九年九月底，我曾在北京参加了人民政治协商会议和中央人民政府成立大典。大会自开始到结束前后恰好十天。这是翻天覆地的十天。这十天完成了中国人民数百年来特别是近百年抛头颅洒热血所奔赴的历史变革。这十天是人类历史上极端重大的一页，因为产生了一个今后将重大地影响全人类命运的伟大国家，就是中华人民共和国。这十天也就是这个国家开国历史的第一页。正如全国人民的心情一样，我们是在怎样的感动和狂欢中度过了这十天，我目击中国人民是以怎样的欢乐、坚定、响亮、富丽的笔触写下了这将永远辉耀后代的祖国创国史的第一页。正如陈毅将军所说：能参加这一历史盛举，真是"不虚此生"。能生于这个人民大翻身的伟大年代，目击祖先数千年的牛马生涯从此结束，数千年来的黑暗统治在我们手下轰然倒地，这确实是荣幸的，在这十天中，我们更是有着这样的感觉。为了给这段永远值得纪念的历史留下一些痕迹，我特把这十天中所见所闻再陆续写在这里。

在平沪列车上

九月十八日深夜，我们从下关过江，在浦口搭上平沪车北上。午夜的江风送来初秋的寒冷，但我们都满怀兴奋，不觉其冷，想到几天后自己就要置身在一个当时还难以想象的令人感奋的场面里，我们将亲见中国人民怎样揭开自己开国历史的第一页，难以描述的兴奋的焦急充塞我们心头。

火车驶出浦口隆隆向前急驰，于是熙攘不休的车厢里又安静了下来，电灯随着车身有节奏地摇撼着，人们有的伏在桌上，有的蜷曲在椅上，又酣睡起来，这小小的天地，顿然显得如此甜蜜而安谧。这个三等车厢有着很好的设备，软垫的座位上铺的是法兰绒，两个座位间是一个临窗的小桌子，窗有纱窗、玻璃窗等二三层——夜风在窗外轻轻逡巡，模糊的村落轮廓从窗外飞速逝去。记得在发起渡江战役前，我们也正是在这段铁路线上，黑夜里坐挤着无顶的铁篷车，跻过无数为国民党匪军破坏的路基桥梁随军由徐州南下，铁路两侧到处残留着匪军大破坏后的痕迹。但仅仅在六七个月之后，人民改变了一切，今天我们却坐到这样好的车厢里来了。和我们一起坐在车厢里的大部是上海遣散还乡生产的难民，他们多是国民党发动内战后逃离乡土的，现在战争已在这里过去，上海市政府把他们送回家来，除发给车票外还每人发二千元伙食。这些重返家园的农民是怎样的欣喜，当火车在一个站上停下来时，便都霍地坐起，揉揉睡眼向边上的人问："到哪里了？"于是又盘算着离家的路程。他们在国民党匪军进攻的炮声震耳的一个黑夜逃出庄子，从此便像断了线的纸鹞在四处乱飘，受尽了苦难，而今天他们竟然坐着自己的火车回来了。他们滔滔不休地谈论着回乡后怎样收拾田园，怎样买牲口，种庄稼。南平集的两个青年农民告诉我：他们那里就是淮海战役歼灭蒋匪黄维兵团的战场，现在那里已大部恢复了，庄稼都种下了，政府免除了公粮，他们有信心地对我说：

"这回回去得好好种庄稼了。"

火车越过徐州继续隆隆前进，到每一个站上停住时，都灯光齐明，叫卖的人声喧哗。这一带地区更引起了我们的无数回忆，这些车站和城镇的名字都是和我们战斗的艰难的日子联系着的，当蒋介石匪帮数百万大军对山东解放区进行残酷的"三光政策"和"重点进攻"的时候，我们就曾在这一带进行了艰苦的战斗，我们在黑夜急行军越过铁路、公路，日落而走，日出而息，兖州、济宁、滕县、泰安、曲阜，及至济南城下，哪一块枕木上没有踏过我们的足迹呵，哪一座城墙上没有洒过战士们的鲜血？正就是战士们的血换得了今天，使这些当年曾是何等荒凉的车站现在都复活了起来，使这些背井离乡的农民又回家团聚。

"好好建设自己的祖国吧！"这就是一切人们的声音。数十年的反动统治给国家留下了如此深重的灾难，当车经过天津附近，不少地区都被大水淹没了，庄稼漂在水面上，但就从天津车站上来的一个小学教员极乐观地对我说：这一带圩堤因过去从未好好修理，每年都要涨一次大水，"你放心吧！几年以后，这里再也不会这样了，政府一定会修理好的"。他是说得这样斩钉截铁，毫不含糊，勤劳的中国人民对于今天的困难和痛苦，再不是悲观和叹息了，谁也都说："好好干吧，会有办法的，困难会过去的。"人民的信任是有根据的：当火车越过明光和淮河时，我们看到被蒋匪李延年炸毁的淮河大铁桥、明光大铁桥的残骸躺在边上，火车就从边上新修的大桥上过去。这十余年来未通的平沪路解放一个月就通车了。在火车上，也再看不到过去路警的敲诈剥削，月台上鞭子在人头上挥舞的惨景……这一切在过去都是奇迹，但今天却是最平凡不过的了。就从这些事实中人们已找到了足够的信心：人民自己当了家，一切都会兴旺起来的。一个在天津上车做出口生意的商人告诉我，他们正在把梨、枣等土产大量送到海外，政府不抽出口税，并给予运输的便利，使他们得到很大的帮助和鼓励，由于这样便大量地从海外吸取了外汇，也发展了农村副业，解决了不少灾民的生活。

火车继续隆隆前进，望着两天来连绵不断地在窗外一闪而过的田野、屋宇、车站、农夫……这祖国的辽阔国土是如此诱人呵！不要以为这些破败的农舍，水淹的庄稼，瘦小的牛驴……像过去数百年的历史一样不可改变，历史已经变了，我们会从统治者手里夺回自己的国家，我们也会把国家建设好的，人民政治协商会议上，就是这个工作的伟大开端。我默默地想。

二十日中午，我们到了北京。

我们祖国多么辽阔广大

在平沪车上两昼夜，天天看着飞奔在窗外的田野毗连着田野，村落紧接着村落，记不住名字的车站和集镇，望不尽的树林、小河、山坡、公路、木桥……日夜像水流似的从窗外流过，祖国是辽阔而广大的。当我们苦战在山沟里，而铁路和碉堡都属于敌人，我们要黑夜里才能通过的时候，当铁路这边和那边仿佛是两个世界的时候，在那些时候我们没有过这样的感觉，那时候我们终年在百十余里地的圈子里打转，我们只记得几个敌占据点和集镇的名字，但是，今天胜利改变了一切，现在我坐在自己的火车上昼夜奔驰，每天有不同的土产在窗口出现，从滁县的竹篮子到天津的鸭梨；每天窗口变换着不同乡音的叫卖，由苏北腔而变为京腔；由河道纵横的南方而变为风沙迷漫的华北；而从旅客们衣服的逐渐增加也说明我们已走了很远的路程。……

这一千二百余公里的平沪路，在欧洲也许已穿越过几个国家的国境，但是在我们祖国，这里离开东北黑龙江边的国界还有一千六百公里。西距新疆边界则远达四千余公里。在欧洲流过七个国家的多瑙河，在中国却没有古老的黄河来得长——我们祖国是辽阔而广大的，在平沪车上，我们是这样新鲜而充实地感觉着。

到北京后，人民政协会秘书处对我们的招待十分周到。赶到北京来采访的各地记者很多，有来自长江流域各大城市的，有来自内蒙古、绥远的，有来自琼崖、香港等海外的，有来自东北、北朝鲜的，他们都是从遥远的国境上跋涉而来的，如果坐在一起吃饭，就要坐上好几桌；如果把各报的报名写出来，就要写上一大堆；如果要合计所有这些报纸的读者，不知将是一个怎样惊人庞大的数字！我们大都集中住在前门外西河沿两家旅馆里，和我们同住的还有很多才从香港等海外赶来的人，这些操着粤语、穿着南方服饰的人，生活在这北国异乡，却仍然保持着热情奔放的南方快乐性格，我们的小天地里整日充满着笑声和歌声，他们规定每天早晨要学唱歌，教唱歌的是一个具有很好歌喉的才从香港来的女音乐教员。一清早，大家就挤坐在小客厅里，随着她挥动的指挥棒而愉快地唱着。一天，大家唱起了：

> 我们祖国多么辽阔广大，
>
> 她有无数田野和森林，
>
> 我们没有见过别的国家，
>
> 可以这样自由呼吸……

每次听着这雄健的自信的歌声，我们禁不住感情的激动，在几年以前我们也曾唱过这个歌子，那时我们是怀着深深的羡慕和向往唱着这个歌子的，当时祖国在国民党匪帮统治的灾难里，苏联社会主义祖国的自由天地在那时对于我们是这样遥远，但是，今天我们终于挺胸突肚骄傲地大声唱出了这个歌，大家唱得这样洪亮、坚定而快乐，歌声震撼着小客厅，因为从此这个"我们"不再是苏联，而是真正的我们了。

吃中饭的时候，一个同志起来宣布：

"内蒙古送来了一百头牛和一百只羊给人民政协代表，今天吃的牛肉就是他们送的，我们要表示对他们的感谢……"话未完，客厅里哗哗地响起了感激的掌声，我们知道全国人民的眼睛都在望着人民政治协商会议，就连生活在内蒙古自治区大草原上看牧牛羊的蒙古族同胞也不例外，他们冒着千里风沙，送来这些可贵的礼物。

在人民政协会场的休息室里也挂满了来自全国各地的礼物，这就是几百面五光十色的锦旗，这些旗帜上画绣着各式民族图案，写着蒙古文、新疆文、藏文、汉文等各式文字，而再看会场上吧：各种不同的方言，各种不同的容颜和衣饰，戴着维吾尔族"多普"小便帽的新疆代表阿里木江和赛福鼎，以及有着黝黑肤色双目深凹的海南岛黎族代表王国兴和内蒙古代表们都带了翻译，他们自己只能依靠手势来表达自己的感情。有人说："自己国家里的人相互说话还要用翻译，可见我们国家之大了。"但是千百面锦旗，千百次讲话，以及每天雪片似的从全国各地飞来给人民政协的贺电中却只有一种言辞，一个声音，我环视休息室里所有锦旗上都这样写着：团结在毛泽东旗帜下前进！人民民主专政万岁！我们是你最忠诚的支持者！独立、民主、和平、统一、富强的新中国万岁！……在北上途中沿路村落车站上也都一样地写着这样的字句。当第一面五星红旗在北京天安门广场上升起时，我们听到全国各地也立刻呼啦啦地升起了红旗。当毛主席在人民政协会场上喊出了第一个声音，我们立即听到来自全国各地的排山倒海似的欢呼和掌声。我们深深感到：人民在推倒了帝国主义封建主义官僚资本主义的反动统治之后，祖国今天才真正地有历史以来所未有地统一了，四万万七千五百万双手越过天山山脉，越过喜马拉雅山、长白山、衡山、泰山，越过祖国的千山万水，伸向北京，紧紧握在一起，于是，我们也就愈加感到祖国的辽阔而可爱。

创国第一天

在火车上就有人向我介绍说：北京就仿佛是个大花园，这是真的，我在北海公园白塔上下望北京，只见一片绿荫披盖了全市，带我们游历的向导指着一大片在阳光下闪闪发亮的红墙绿瓦的屋宇对我们说"那就是故宫和中南海"，于是他向我们滔滔地背诵起这几百年封建王朝的变乱史，和一大串宫殿的黑暗秘闻。他熟练的叙说，就仿佛展示了一幅黑暗无比的图画。这用无数中国农民血汗建造的宫殿确是人类历史最黑暗的一角，数百余年来，中国人民为了推倒这黑暗的封建堡垒，不知曾流了多少次血？明末农民英雄李自成在崇祯十六年一个火把齐明杀声震天的夜里，就曾带着他的农民革命队伍愤怒地冲进这里，推翻了明朝的腐朽统治，但后来终于在内外敌人的夹攻下失败了。伟大的革命先驱孙中山曾推翻了这里的满清溥仪的没落王朝，但后来叛徒蒋介石的背叛使革命又失败了……先人们的革命一次次地失败了，血一次又一次地流在这红色的宫墙下，流在这刻龙凿凤的花砖铺地的宫廷台阶上。历史到了这二十世纪五十年代的今天，到了这毛泽东的年代，终究完全翻转过来了，今天这黑暗的角落迸射出了万丈光芒，就在那红砖绿瓦的屋顶上，我们遥望一面又一面的红旗迎风招展着，我们知道全国人民的优秀代表正四面八方向这里涌来；全国人民的眼睛望向这里，全世界人民的眼睛望向这里。我在蒙古白塔上纵望"大花园"的一片绿海上，伸出的无数红旗在上面飘动，隐隐可闻远处锣鼓声和欢呼声翻腾不绝。——北京人民在迎接庄严日子的到来。

这一天终于来到了，一九四九年九月二十一日，我将永远不忘记这个日子，这个旧中国灭亡、新中国诞生的历史的日子，这个黑暗终结、光明来临的伟大交接的日子，这个四万万七千五百万人大翻身、大欢喜的日子终于来临了；当晨光射出地平线，驱散了弥漫在万寿山的朝雾；当初升朝阳的金光射上了北京前门城楼，古老的北京城猛然站起来了，千万面红旗升起来了，无数锣鼓敲起来了……中午，我们虔诚地换了衣服，向中南海走去。来自全国各地的代表们都向中南海走去。汽车一辆接一辆地从新华门驶进中南海。据传"新华门"这个名称是从清朝康熙年间定的，这块在异族统治者手里竖起的金匾，今天却真正成了中国人民的历史写照，因为从此旧中国宣告死亡，新中国诞生了，不论是新华门雕梁画栋一片朱红油漆的闪光，不论是"中国人民政治协商会议第一届全体会议"的巨大横匾，以及上面六盏直径七尺的大圆纱灯，不论是两边照墙后八面高耸的大红旗，一切色彩和光焰都显现着自信和希望。穿过新华门大门，我们沿着中南海的环湖马路走去，这环湖的掩在绿树枝里的楼台亭榭，这一片翠绿的荷叶水草和微微流转的清澈湖水，以及伸出在绿树尖上的红旗，无不给人以无比的兴奋。我进入这个曾是封建帝王的"御花园"还是第一次，许多代表也都是首次，这条环湖的林荫道曾走过了几个历史朝代的人物，走过封建帝王和后妃们的脚步，走过袁世凯等封建军阀政客的脚步、国民党匪帮的脚步。在人民政协召开前，北京市政府工程队工人彻底翻修了这条马路，今天，我们欢愉地踏着这新铺的光坦柏油路，兴奋地走向人民政协会议会场怀仁堂。

　　我往勤政殿去绕了一转，和中南海里的许多宫殿一样，这里也是一个值得纪念的历史的遗迹，一九一五年（民国四年）窃国大盗袁世凯称"洪宪皇帝"在这里"登基"，但是他称帝不及三个月，人民的巨浪就冲翻了他的"宝座"，这个愚蠢的"洪宪皇帝"也就带着他的皇帝梦死去了，在历史上留下了一幕臭名远播的趣剧。看着这"勤政殿"，我不禁想起今天袁世凯的继承者蒋介石，历史对于一切人民公敌都是十分无情的，现在当我们在这里欢欣鼓舞地召开人民政协、互庆胜利、共商建国大计的时候，我们不难想象躲在台湾孤岛的蒋贼及其残余匪帮是陷在怎样沮丧的悲哀里。

　　人群络绎不绝地向怀仁堂走去，乐队在门口奏着进行曲，周围空气是如此严肃而兴奋，走过两道红旗宫灯高悬的大门才到了怀仁堂的正门垂花门，又是八面大红旗和大宫灯，门上垂挂着黑绿大彩球，这样便进了会场，在水银灯、太阳灯、宫灯照射下的整个会场显得如此庄严瑰丽，不论是周围绕着花草，上挂孙中山、毛主席画像的主席台，不论是全场六百六十二个座席，不论是悬灯结彩的休息室，一切都焕发着光彩。这以毛主席、朱德总司令第一、二号席位为中心的半圆形的座位席次，体现着中国人民的大团结；这六百余人中有着以毛泽东为首的二十八年来艰苦卓绝地领导着中国革命的中国共产党代表，有着二十二年来始终与敌人英勇奋战、今天仍然在执行着将革命战争进行到底任务的解放军代表，有着中华人民共和国的主体工人阶级农民阶级的代表，有着在共产党领导下曾经坚持民主斗争、热烈响应中共"五一"召开人民政协号召的民主党派进步人士的代表，有着过去饱受迫害和困苦、得不到学术研究自由连争取温饱都不可得的科学家、作家、艺术家以及学生代表，有着在国民党"大汉族主义"压迫下受尽苦难的少数民族代表，有着饱受帝国主义残害、"身在异邦，心在祖国"的国外华侨代表，有着尚呻吟在国民党残匪铁蹄下、向全场疾呼早日去解救他们的待解放区代表……这六百余名代表就是全国人民的化身，这环抱着主席台半圆形的座席就是今天中国人民民主统一战线的缩影。

乐队继续高奏着，会场上人愈来愈多，这里握手，那里点头，有时看到久别的老战友，便激情地拥抱起来，到处洋溢着会合的欢愉。在艰难的战斗的年月里大家各处一方，今天都胜利地会合了。会场大钟指到六点五十分，突然全场响起了掌声，哗哗地愈来愈密，四周的水银灯大放光明，我赶忙随着一大群人挤出休息室，可是所有的门都挤满了人，再也挤不出去，只见全场上所有的人都蓦地站了起来，个个激动万分，面向着会场右角，发狂似的鼓着掌，水银灯亮处，我看到右角上正有一个高大的人影向会场慢步走来，在水银灯的照射下，广阔的前额显得神采奕奕，头发平整地往后梳着，穿着一身宽大的草绿制服。他不住地微笑向狂热鼓掌的人群点头致谢，便走到中共代表第一号席位上，原来就是毛主席。不几分钟，掌声又起来了，在掌声里走进来的是满面慈祥地笑着的朱总司令；是夹着个小皮包，穿着整洁的黑旗袍笑容可掬的宋庆龄先生……七时，毛主席走上主席台，宣布"人民政治协商会议开幕"，立即，在一片掌声中乐队起奏，数十门礼炮连续不断地齐吼。这时，场外腾起了暴风雨，电光在屋外闪烁，雷声隆隆，急雨荡涤着几百年来为帝国主义、封建主义所侮辱的祖国大地，雷雨声和礼炮声轰成一片，分辨不清，直到毛主席走上主席台，宣读中华人民共和国的开国文献——开幕词时，云收雨停，满天星斗。这一个自然的偶合给伟大的历史时刻留下了不可磨灭的印象——在历史的暴风雨之后，晴朗的新中国诞生了。

在民族大家庭里

这次人民政协会，也是中国各民族弟兄有史以来第一次真正平等欢乐地在自己家庭里的大团聚，这样的团聚在历史上没有过。从无法计算的遥远的年代起，这些民族兄弟就生长在暗无天日的日子里，他们就遭受着封建王族、帝国主义、国民党大汉族主义的压迫虐杀。从遥远的年代起，为着反抗这种命运，他们就在崇山峻岭和草原上与这些异族统治者进行斗争，他们的斗争史是人类历史上最黑暗残忍的一页。海南岛黎族代表王国兴和中国人民解放军琼崖纵队副司令员马白山将军，告诉我一九四三年七月，海南岛白沙黎民大暴动的经过。王、马二位都是参与这一暴动的，王国兴是当时暴动的领导人之一。国民党匪帮在海南岛执行着极其残忍的消灭少数民族的政策：他们强迫散居在野林丛山的苗民集中居住，周围围上篱笆，伪称开会把苗民诱骗到四周已放好机枪的篱笆里，一阵枪响之后，全村人便倒卧血泊中，曾这样在一个庄上一次杀死了八百多人。有时又把苗人骗到一个庙里，便关上庙门，一阵大火人与屋宇俱成焦炭。匪帮到了那里，黎民苗民便是浩劫降临，烧、杀、淫、掠，不消多久，这个村落便在地球上消失了！于是匪帮未到，人们便扶老携幼，成群奔向五指山的深山冷噢里逃命，匪帮捉到未及逃走的苗人黎人，便杀掉以人头在要道上示众。但机枪大炮不能压倒强悍的黎族人民，七月间白沙黎民掀起了反对国民党大屠杀的大暴动，他们成群地拿着猎枪、石子、利刀，愤怒地呼啸着扑向国民党匪军，后来匪帮调来大批军队，将黎民包围在山头上，匪军们日夜以机枪大炮轰击，在山头挨饿数日的黎民终不屈服，正在国民党匪军企图把山上黎民全部用炮火杀绝的危急当儿，执行着毛主席保护少数民族政策的琼崖人民解放军一部，由马白山将军率领冲到白沙，将匪军逐退，搭救了暴动被围的黎民。而现在这曾流过无数黎苗民鲜血的五指山麓，在共产党领导下已成了巩固的解放区，在实行了土地改革之后，黎苗民族已摆脱了历史的悲苦命运。——这个矮身材、黑皮肤、深凹的两眼炯炯有光的琼崖十七万黎民代表王国兴，用愉悦的神色结束了他的谈话。

这些来自西藏高原、来自内蒙古大沙漠、来自台湾等地的各少数民族代表都背负着一段情节各异，但一样悲惨、残忍、黑暗的故事，因为他们都是从同一的历史悲剧里过来的。回族代表吴鸿宾说：西北回族人民数十年来遭受蒋、马匪帮的灾难是无法计算的，一九三九年、一九四〇年甘肃海（原）固（原）民变，回民与匪帮奋战达两年之久，蒋马匪帮以三个师的兵力围攻，被屠杀的回民达万余人。一九四二年汉回人民团结起来又一次在甘肃南部定西、榆中一带大暴动，蒋马匪帮动员了十万匪军进行大屠杀。而在西藏——藏族代表天宝（桑吉悦希）说：在他的家乡西康当坝，藏族人民为了反抗满清官僚及军阀的屠杀压迫，曾进行过无数次的大小流血斗争。一九三三年西康大吉寺一带的藏民曾卖掉家具财产购买武器，和虐杀藏民的军阀刘文辉部作战。新疆代表告诉我：新疆各族人民为了反对国民党匪帮的压迫，在一九三二年、一九四四年十一月在伊犁、塔山、阿城两次掀起了大暴动，反抗异族统治者。在少数民族中，二十万台湾高山族三百多年来遭受荷兰、西班牙、满清、日本、国民党匪帮的压迫，更是一幅其惨无比的图画，十余个种族在日本帝国主义几次大屠杀后，只剩了七个种族，残存的二十万高山民族被剥夺了做人的权利，他们被逐到深山密林里，度着禽兽似的原始生活。但苦难愈深，反抗也就愈烈，一九三〇年十月，雾社高山人民在丛山峻岭上用石子、刀斧、土枪和日寇的陆空军苦战一月，最后日寇用飞机漫山散发毒气，无数的人民因而被毒死在山顶上……

帝国主义、封建主义统治下的中国各少数民族所受的灾难，是人类史最黑暗残忍的一页，他们的灾难是中国人民灾难的一部分，他们的解放斗争也是中国人民解放斗争中的重要部分，这些长期与异族统治者苦战着的各民族兄弟们都知道自己的斗争不是孤立的，他们知道中国共产党领导着进行的中国人民革命的胜利中有着他们的一份，他们知道那时候，屠杀、压迫、民族仇视都将永成过去，他们将长远生活在和睦、友好、平等的民族大家庭里，他们的语言、文字、风俗、习惯、宗教信仰都将得到尊重，那时候，愚昧、落后将逐渐被消灭，他们将成为一个文明的民族，他们将以自己的勤劳生产建立起丰富美好的生活……

而这一天终于来到了！

今天，他们兴奋地从万里外，爬山涉水，来到北京人民政协会上，来到民族大家庭里，会见了这么多的兄弟，毛主席和他们握手，朱总司令和他们握手，大家都赶来亲热地慰问，他们受着最好的招待，天天坐在一起，讨论兴家立业的大事，话说不通，就用手代嘴巴。这些世世代代生活在苦难中的少数民族代表，今日一旦生活在这样融洽和睦的大家庭里，他们的感奋是无法描述的，这种感情集中地表现在会议第四天新疆代表向毛主席献衣帽的动人场面，这是令人难忘的一幕：新疆代表赛福鼎、阿里木江、涂治是从遥远的新疆伊犁动身，穿过蒙古沙漠，越过大草原，攀登过无数高山大水，奔波一万余公里才赶到北京的，他们背负着天山山脉下新疆的维吾尔、乌兹别克、哥萨克、蒙古、塔塔尔、柯尔克孜、塔吉克、锡伯、俄罗斯、索伦等族六百万各民族弟兄的希望和嘱咐，约近四百八十万的维吾尔族兄弟们，托他们把三件礼物带到北京，送给自己的领袖毛泽东。这三件礼物，一件是新疆语叫"卡藩"的外衣，另两件是两顶帽子，一顶新疆语叫"吐马克"，一顶叫"多普"。赛福鼎捧着这远涉万里带来的礼物，迎着全场各民族兄弟怒潮似的掌声十分激动，他不会说普通话，但是人们从他脸部的神情，从他激动地两手指胸的动作中，深深地看到这个新疆维吾尔族代表是在怎样衷情的激奋里，全场为这个民族兄弟发自内心的感情所感动，掌声如暴风急雨，历久不息。

这时，毛主席庄重地接过礼物，把"卡藩"披在身上，把"吐马克"和"多普"戴在头上，之后，便缓步走到台前站定，面对着鼓掌欢呼如雷鸣的全场，水银灯骤然大亮，电影机响了——留下这祖国大家庭各民族弟兄欣欣会合的历史镜头，让后代子孙知道吧，让他们知道他们的先人（不论是汉、回、藏、彝、苗、瑶族）在毛泽东的年代，怎样结束了帝国主义与国民党匪帮大汉族主义的屠杀、压迫、残害的日子，怎样终结了统治阶级制造的民族间相互仇视、报复、剥削的数百年相传的历史悲剧，真正欢欣地在大家庭里聚会的。

我们看到了毛主席

这次在北京人民政协会上，我们看到了毛主席，这是我们很多人很久以来的愿望，今天实现了。记得我们离开南京时，不少同志交代我这个任务："写信回来告诉我们毛主席的情形吧，寄张毛主席的照片回来吧……"那种叮咛再三的神情使我感动。到北京后，我发觉我们中间几乎所有人都肩负着这样一个神圣的任务和愿望而来的；千千万万人们心系念着自己的领袖，即使是有关毛主席的一点一滴，他们都视如珍宝。

第一次看到毛主席是在人民政协开幕典礼上。参与人民政协开幕盛典的每一个人无疑都将深记这个感人场面而不忘的；会场内外喜洋洋的人群往来不息，乐队奏着庄严的进行曲，傍晚时分，屋外已升起了黄昏的暮色，但会场上被各式灯光闪照得光彩夺目，当毛主席的身影刚在会场右角出现时，全场哗地全站了起来，四周突然大放光明，电影机打开了，照相机打开了，所有的走道、门，都一下被奔出来的人塞住了，可是周围屋子里的人还是朝会场奔出来；我被挤在休息室里，再也挤不出去，只听到会场上一片哗啦哗啦的掌声和欢呼，像六月的大雷雨打在屋瓦上。在一片雪亮的水银灯光里，我们看到毛主席一边向人群微笑点头还礼，一边迎着暴雷似的掌声缓步走来。毛主席的仪容和照片上那慈蔼的神情完全一样，只是看来更显得高大和健壮一些。他穿着一套宽大的深绿色制服，脚上着一双黄皮鞋，浓密的头发平整地往后梳着，丰润广阔的前额在灯光下更显得容光焕发。他一面走着，一面望望满座迎着他欢欣若狂的六百余名代表，脸上露出无限欣喜的神色，接着便慢慢地走到第一排第一号座位上。一会儿，在又一阵暴雷似的掌声通过了主席团名单后，毛主席和八十八个当选主席团的代表一齐向主席台上走去，大家尊敬地请毛主席走在第一个，走在毛主席后面的是朱总司令、刘少奇、宋庆龄、张澜……这时正是七点。毛主席缓步走到扩音机前，大声说：

"人民政治协商会议开幕了！"

立即，全场起立，乐队起奏，礼炮齐鸣，就在这各种声间的轰鸣交杂成一片的历史序曲里，毛主席掀开了中国四千年来全新的历史的第一页。毛主席宣读开幕词的神情是那样激动，四亿七千五百万人大翻身的喜悦集中在他的声音里讲了出来，当他说道：

"我们的工作将写在人类历史上，它将表明，占人类四分之一人口的中国人从此站立起来了……"

"我们的民族将再也不是一个被侮辱的民族了，我们已经站起来了，我们的革命已经获得全世界人民的同情和欢呼，我们的朋友遍于全世界……"

毛主席激动地一再举起手来，跟着他的手掀起来的是一阵又一阵排山倒海的欢呼和掌声，像钱塘江的秋潮，一浪高似一浪，冲击全场，这是来自海上、来自边疆、来自内地、来自祖国各地的欢呼，我们仿佛看到，站在主席台上的不再是毛主席，而是走过了三千年黑暗岁月而今天站起来了的中华民族的化身，是他在那里向全人类发出庄严的声音。

毛主席的座位桌上插着一块"中共代表席"的牌子，每次会议前数分钟，毛主席便到了会场，坐在这里呷着茶和谈笑，捧在他手里的茶杯是一只白搪瓷有盖的只消几百块钱就可买到的旧洋铁茶缸。他到会后，这座位周围就自然地成了全场的中心，大家走过他面前时常常向他鞠躬致敬，他也就立刻站起来，慈祥地望着你紧紧地和你握手问好。人们尊敬他，他也谦虚地尊敬大家。当代表们在台上讲话时，他便全神贯注地对照着讲话稿，随时地记录，认真地鼓掌，经常和坐在他边上的刘少奇同志和坐在他后面的民主同盟等民主党派代表交换意见。

九天会议九十余名代表的发言中，他们最后都诚挚地喊出了"毛泽东万岁"，每次全场也都以历久不息的热烈鼓掌来欢迎这个声音。在满壁锦旗的休息室里，我看到许多旗上绣着"庆祝新中国诞生，在毛泽东旗帜下前进"（北朝鲜全体华侨），"在毛泽东旗帜下前进"（民盟鄂支部汉口支部），"团结在毛泽东旗帜下前进"（农工民主党江西省委），"在毛主席旗帜下，为建立及巩固由工人阶级领导的、以工农联盟为基础的、人民民主专政的、独立自由民主统一富强的中华人民共和国而奋斗"（中共河南省委，河南军区，河南省政府）……人民把他最紧要的发自内心的衷心希望绣在旗上，千里迢迢地送到这里。中国人民在二十八年的反帝反封建反官僚资本的斗争中，切身体验了毛泽东的名字和自己的命运不可分，今天的胜利和毛泽东的名字不可分。穿插在几天会议中的许多动人的献旗献花的场面，也都是以毛主席为中心进行着，会场上乐队齐奏，掌声、欢呼声震耳，毛主席一次又一次地走上主席台，从四百万新疆民族代表的手里，从一千多万爱国华侨代表的手里，从北京一百万妇女儿童代表的手里，从数百万内蒙古人民代表的手里，从数百万回族代表的手里……一次又一次地接过鲜花，接过旗子，接过全国人民对他的祝福，会场上一阵又一阵地掀起欢呼。

这些来自各地的代表一个个走到扩音机前，新疆代表赛福鼎说："毛泽东主席给新疆人民开辟了幸福生活的大道，对这个恩惠，我们找不到适当礼物来报答，按照我们维吾尔族固有的民族习惯，向最敬爱的人献上民族帽子和民族外衣……"

内蒙古代表说："长期被压迫的蒙古民族和中国各民族一道从此站立起来了，内蒙古人民以无可比拟的心情，像热爱冬天的太阳一样，衷心热爱着你和拥护着你……"

华侨代表说："国外一千多万爱国华侨，以万分热切的心情向毛主席、朱总司令献花献旗，我们代表一千多万颗赤诚的心向毛主席致敬……我们虽然身在异邦，可是心在祖国，我们时时刻刻希望祖国同胞早一天得到解放，现在我们华侨的愿望终于达到了。"

…………

每一次说话终了，毛主席便认真地鼓掌，回敬人民对他的爱戴和祝福。

在十月一日中央人民政府成立盛会上，我们看到毛主席衣襟上挂着"主席"的红绸条，走上天安门城楼，这时天安门广场上一片红旗如林，人头似海，欢呼声传数里，遥望北京城四处红旗飞扬，锣鼓声震天，二十八年来为中国革命历尽无数艰辛的人民领袖毛主席今天目击这中国人民大翻身的景象，他止不住内心的无限欣喜。大会开始，他亲自扭动电门，第一次在祖国的蓝天升起中华人民共和国的国旗，接着检阅二十二年来在他和朱总司令的教养下长大的人民解放军。一队队的炮、坦克、机械化部队、骑兵和建立不久的人民海军……举着红旗，迈着正步，从他面前过去。当参加检阅的人民空军飞临上空时，毛主席兴奋地向天空鼓掌。

天已黄昏，广场四周万灯闪烁，光芒四射，明如白昼，三十万群众仍然像流水似的举着一片熊熊的火炬，举着各式旗帜，举着各式灯笼，像一支巨大的光流行进着，唱着：

"东方红，太阳升，中国出了个毛泽东……"

喊着：

"毛泽东万岁！"……

从他的面前走过，像永远走不完似的，一队又是一队，一队又是一队，喊着一个声音……

人民首都第一天

数百年来在无数劳动人民的白骨上建筑起来的封建帝王的古都和数十年来封建反动统治中心的北京城，从一九四九年九月二十七日下午九点钟起，翻开了全新的历史的第一页。我们将不会忘记这个庄严的时刻，在灯光辉煌的人民政治协商会议上，在全场数百双手坚强地举起之后，周恩来庄严地宣布："现在起，中华人民共和国国都定于北京。"人们是如此欢欣若狂，水银灯、日光灯和无数红绿宫灯突然大放光明，把会场照得光辉夺目，掌声像一勺冷水倒在热油锅里似的，翻腾在全场，台上台下一片响声，谁也不管拍痛了手掌，有的甚至兴奋得眼泪夺眶而出。照相机快门打开了，"开麦拉"打开了，这是历史的镜头呵！从十点第一秒钟起，占世界人口四分之一的中华人民共和国的首都，将如一座大的灯塔耸起在亚洲大陆，永远照耀全球。

我离开会场，第一次踏上祖国新都的大街。这六盏大宫灯辉煌的人民政协会大门，几天来一直是全市的中心，八面高耸天空的大红旗在迎风喇喇飘动，骑车子的走过这里都跳下车来，当电车驶过时，车窗上立刻挤满了人头。每天都有一队的人从四面八方敲锣打鼓地向这里涌来，正像小河汇集于大海一样，二十五日由三轮车夫、码头工人组成的二千多人的队伍，把门口挤得人山人海，狂歌欢舞。第二天晚上，又是一千多个学生手持火把，举着"中华人民共和国万岁""在毛泽东旗帜下前进"的大红旗把周围照得明如白昼。欢娱并未过去，北京人民正在准备着欢度有史以来的一次大喜事。我走到正在铺修的准备容纳十余万人的大广场，电灯闪亮的广场上，工人们还在紧张地挑砖砌墙，好多人爬在近百尺的高台上，他们正在竖立着一杆七丈多高的大旗杆，几天之后，这里将要在数十万人的仰望中，第一次升起中华人民共和国的新国旗。在白天，广场上更显得热闹而紧张，压路机吐着黑烟，轧轧地在马路上滚动，电灯工人爬在高墙上装置霓虹灯，粉刷工人把附近的大楼焕然一新。在星期六下午，五千多个学校师生、公务员，扛着大锹、扫帚等，从四处向广场涌来，参加劳动，他们一边挥着汗搬砖，一边兴奋地唱着"铲除了砖头石块，铺平了伟大广场，改造得这里变了样"。

北京人民正在用自己的汗建设首都，你只要随便问哪一个工人，他们都能告诉你："现在可是自己的首都了，还能不打扮得像样点！"

我踏着新铺的平坦马路走出广场，大楼上新装的霓虹灯耀人眼目，装在灯框里的是横幅巨大标语"中华人民共和国万岁！""中央人民政府万岁！"

马路上各式车辆川流不息，站在交通指挥岗下的人民警察，有秩序地指挥着车辆，流动警察的整齐行列，在街头巡逻，他们最近正在展开一个建立首都模范交通秩序的运动。一分局警察自动取消半个月的休息，每天下午打着锣鼓或者用扩音器播送交通规则。消防队员们也紧张了起来，他们最近特地详密调查了水源，订出消防工作计划，重新布置了消防警察和消防车辆，并细心地把消防车、机器、衣服、用具进行了一次详细检查。

二十八日清晨，我走向西长安街北口，初秋白蒙蒙的朝雾笼罩在马路上，清道夫推着新垃圾车从远处走来，这些清道总队的队员们，最近也正在展开一个运动，他们特地制了五十辆新车，要把几十年来留在北京的污秽全部扫荡干净。

一会儿，太阳出来了，朝阳的万丈光芒驱散了薄雾，穿过了云层，照射着人民首都的第一个早晨，北京城更显得光辉灿烂了。

十月一日

一九四九年十月一日，将永远异彩万丈地被记载在人类历史上，因为就在这一天亚洲四亿七千五百万的善良人民，在毛泽东同志领导下历尽艰苦之后，终于完成了自己的伟大事业，今天将在自己首都的天安门广场上大声地向全人类宣布自己的胜利。这天安门广场原是历代封建君主和国民党匪帮的"禁地"，这一片红砖绿瓦的巍峨宫殿，也都是无数人民的血汗建造起来的，多少年来，在这封建古都，人民为了挣脱奴隶的命运，"五四""一二·九"等，曾流了多少血和挨了多少鞭子，然而今天太阳终究照亮了这封建都城，人民在这天安门上挂起了自己领袖的巨像，挂起了"中华人民共和国万岁""中央人民政府万岁"的大标语；让八面大红旗插在天安门楼上，迎风招展，人群像决堤的怒潮一样，后浪推前浪，从中华门，从前门，从四面八方向广场涌来，从上午走到下午三点，还是源源不断。舞动在人头上是数不清的遮天蔽日的红旗，这上千上万不同形状不同署名的红旗都写着一个内容，这就是中华人民共和国万岁！人民深深知道包含在这句话里的丰富意义，为了今天，在昨天和前天不知多少先烈悲壮地流血倒下，后起者踏着鲜血，背负起先辈的遗志，一代又一代，就在这北京城，难道还能数计么！中国人民在有了共产党和毛泽东的领导之后，今天才挺胸站在自己首都的广场上，竖起自己的旗号，宣布人民共和国的成立。人民深深知道这是庄严的日子，他们在今天一清早便穿上新衣服，带好干粮，虔诚地赶来；三轮车夫停止踏车，学生停止上课，有的来自数十里外，成千铁路员工则坐了火车赶来。北京的数百建筑工人为了修建自己的广场，已日夜忙了一星期，现在他们也快乐地揩掉了汗和忘记了疲劳，举着小旗和红灯走进会场。

主席台在天安门城楼上，城楼中间是毛主席和中央人民政府六位副主席，挤满两旁的是政府委员和数百人民政协的代表。由天安门上下望会场，只见红旗如林，人头似海，直伸到中华门边。这时主席台上突然响起了掌声，接着整个广场人海卷起欢呼的狂涛。人们从望远镜里看到毛主席高大的身材和六位副主席一齐走到天安门主席台上，他深绿色制服上挂着红绸条，笑着不停地向广场上的群众挥手点头，许多人虽然望不见，但他们知道天安门上隐约的人群里有毛主席站着，而这时候毛主席亲切的声音，在全场响起了："同胞们，中华人民共和国中央人民政府今天成立了！"人海骚动了，排山倒海似的欢呼声，从四面八方滚来，压倒了全场扩音器的声音，一阵又一阵。在前一天的人民政协会上，人们也以这样的欢呼庆贺他当选中央人民政府的主席。因为人民知道这就是自己的胜利，中国人民在数十年的实际斗争体验中，懂得了毛泽东的名字和四亿七千五百万人的命运不可分。

大会开始，全场静立，百余人的大乐队奏起了国歌，毛主席走去扭动升旗的电门，于是中华人民共和国的大国旗穿出如林的红旗，迅速地沿着白色旗杆在三十万双欢悦的激动的眼睛里和怒潮澎湃的欢呼里上升，迎风起舞。会场右角传来了震天动地的炮声，接连八响，地层震动着，远处烟灰迷漫，这是历史的号炮，从此旧中国灭亡了，新中国诞生了！新中国的舵手毛泽东站在首都的天安门上，庄严地宣读公告，迎接他的又是惊天震地的欢呼，一浪高似一浪，这是来自全国的胜利的呼喊，来自喜马拉雅山，来自长白山上的大森林，来自黄河两岸，来自珠江流域和亚热带的琼崖，来自祖国辽阔的土地上，他们知道在毛泽东领导下的祖国，从此将是一个和睦的大家庭，千山万水的阻隔和种族习惯语言等的不同，不再是隔阂，在这个大家庭里，他们将摆脱悲苦的命运，建设自己的生活。

朱总司令、聂荣臻将军的吉普车迎着"朱总司令万岁"的欢呼驰出天安门，一会儿主席台上宣读阅兵命令，在乐队奏起的《解放军进行曲》的雄壮旋律里，中华人民共和国的保卫者的行列，在一面大红旗引导下穿过东门，在会场右角出现。在阅兵指挥官聂荣臻将军指挥车后边的是脑后飘着黑飘带的人民海军行列，接着是望不到尽头的全部美式武器的步兵，刺刀如林，在阳光下钢盔闪闪发光，接着是摩托兵团，拖着战防炮、火箭炮、高射炮、化学迫击炮、榴弹炮等各式巨炮的炮兵行列，像一座活动的小山似的装甲车行列，轻型坦克、中型重型坦克，队伍走到主席台前一声"向右看"千万双眼睛望向主席台。领队的高举起红旗，庄严正步前进。东西长安街上弥漫着坦克的黑烟，轧轧的齿轮声震动天地，有的坦克上写着"功臣号"等字样，有的部队则举着不同旗帜，这是战斗的记号，他们和所有人民解放军一样是从千锤百炼的考验里过来的，他们有的转战华北平原，在太原城下坚持六个月二十天的苦战；有的踏过零下四十度冰冻的松花江，爬越过无数冰山雪地从北满打到沈阳，进入山海关。在无数次壮烈的战斗里，夺过这些坦克和大炮，装备了自己，现在他们胜利地行进在首都的广场上……这时天上突然机声大作，主席台上一齐欢呼起来，毛主席和大家狂欢地向天上挥手，参加检阅的三架蚊式机已整齐地飞临上空，人海里无数双手拼命摇着；这三架过去天边又是整齐的三架，过来了三架又飞来三架，后边两架大的飞得很低，隐约可见机翼机身上的八一军徽，天上的马达声和地上的坦克声，隆隆地响成一片，一齐经过万头攒动的会场向西驰去，飞机驾驶员飞行得如此熟练，一架大的在首都上空矫健地往来翻飞着，撒下一团团的传单。这时一片烟尘里骑兵部队又开始从东门进来，在骑兵后边的是几门特别大的大炮。天已黄昏，但北京城里无数灯光照耀得光芒万丈，万盏红灯与无数火炬把天安门变成一片火海，火光烧红了天壁，歌声、口号声此起彼落，此落彼起。队伍开始游行，所有的马路都拥塞了。这时天上突然升起了无数彩色的火花，接着礼炮在四周连续爆响了，一串串红的黄的绿的白的火光，蹿上落下，落下蹿上，在天空交叉飞舞，无数红色的线，在上空织了一幅美丽无比的图案。这时地面上火炬与红灯汇成的巨大光流，正遍游全城，天上与地下一片光明，把一切暗影洗涤得干干净净，欢呼声震撼着北京城彻夜不息。

先烈们永垂不朽

没有你们，

不会有今天。

旧世界的金城，

是你们的沉重的尸体压垮的，

是你们的汹涌的血冲倒的，

你们永远活着，

你们的理想活着，

英勇的姿影活着，

——但旧世界却死了！

奠基典礼。天已近黄昏，电灯在中南海湖滨的绿树丛里闪闪发光，我们沿着湖滨马路走出新华门。东西长安街上，从各地赶来准备参加阅兵的机械化部队正在行进，坦克、装甲车、榴弹炮……奔卷着一片烟尘，轧轧声震响四周。马路两旁挤满着观众。

还未到天安门，很远就望见那里光芒四射，直冲半空，无数彩色电灯泡和霓虹灯像一条发光的彩带在夜空里绣出了天安门的轮廓。行抵天安门前，更觉置身如在画中，天安门边的大门和四围的巨厦上都镶满了电灯，灯光里可见成排的红旗在晚风里飞舞，平坦的广场上白色大旗杆高耸入云，两旁是一长列朱色的墙。人民政协开会期间北京的工人日夜赶工，和成千学生、公务员义务劳动，完全改变了天安门广场的旧面貌。今天，这黑暗的角落射出了万丈光辉，照耀全球，人民在这曾是封建堡垒的核心里竖起纪念碑，追念自己的先烈。

周恩来同志等最先到了广场，他在竖碑的地方察看着地形，接着毛主席和朱总司令也从汽车里走了下来，他们一下车就往竖碑的地方走去。大石碑还未刻好，这里只是先奠好一块基石，石碑周围都已被铲得十分平坦。汽车灯光闪闪不停，汽车陆续不断地驶进广场，代表们愈来愈多，几个青年代表搀扶着八十二岁的华侨代表司徒美堂先生，两个女服务生扶着何香凝先生最后走进广场。

毛主席背着两手，不停地在石碑边上踯躅着，望望石碑，又不时望望周围，周围的大楼顶上无数的各色电灯也正照射着这位人民领袖，照射着广场，电灯光里大大小小的红旗在风里喇喇抖动，天安门更如一座巨大的发光的山，在那山尖上正是一幅巨大的毛主席画像。天色愈来愈黑，因而天安门附近也就愈显得光耀夺目。他看看时候已晚，代表们已站好了队，就转身大声说：

"首席代表站到前面来！"

于是朱总司令、贺龙将军、刘伯承将军、陈毅将军、罗荣桓将军……都闻声走过，排成了一列，毛主席自己站在排头第一个，这些二十余年来忠心耿耿为人民解放事业而历尽艰险的人民杰出将领，中国人民的好儿子，现在站在纪念碑前，追念三年以来，在人民解放战争和人民革命中牺牲的人民英雄，及三十年以来在人民解放战争和人民革命中牺牲的人民英雄——永别的战友！

周恩来同志宣布：为国牺牲的人民英雄纪念碑奠基典礼开始。

于是，乐队奏起了国歌，又奏起了哀乐，大家脱下帽子，这以毛主席为首的四亿七千五百万人民的代表在人民解放战争和人民革命中为了人民为了祖国牺牲的人民英雄纪念碑前，怀着沉重的心情默默地垂下头来，天安门广场沉默了，整个北京城沉默了，只有低沉的旋律在空中缭绕……"喝水不忘掘井人"，胜利的中国人民忘不了为争取今天而在昨天悲壮地倒下去的无数兄弟呵！他们就是为了争取今天，在昨天和前天用自己的血肉给我们铺平了道路，我们是踏着这样的道路走过来的，今天，我们终于胜利了，我们宣布成立人民自己的国家，我们宣布从此自己处理自己的命运，我们升起自己的国旗，我们高歌狂舞，踢开三千年奴隶的枷锁，迎接自己幸福的日子……我们忘不了他们，这些，是他们给我们带来的呵，我们忘不了那一串串熟识的脸庞，忘不了那些北伐战争、十年土地革命、八年抗日和三年解放战争中倒下去的战友，忘不了那为坚持民主斗争而被囚入集中营和监牢里，被拖到雨花台上枪杀的无数兄弟们……

乐声终止，毛主席抬起头来，沉重地缓步走到扩音器前，朗声宣读碑文：

三年以来，在人民解放战争和人民革命中牺牲的人民英雄们永垂不朽！

三十年以来，在人民解放战争和人民革命中牺牲的人民英雄们永垂不朽！

由此上溯到一千八百四十年，从那时起，为了反对内外敌人，争取民族独立和人民自由幸福，在历次斗争中牺牲的人民英雄们永垂不朽！

毛主席洪亮的声音回荡开去，冲激着四周的红墙和大厦，冲激着整个北京城，一切似乎都荡起了低沉的回声："人民英雄们永垂不朽，人民英雄们永垂不朽……"这时，毛主席静静地走到石碑边，挖起一铲土丢到碑基边上，接着朱总司令等逐一上去铲土，一个跟一个，一个跟一个……周围依然十分沉寂，只听见乐队轻轻地奏着哀乐，以及铁锹撞击石块的声音，整个北京城在悼念的沉默里……

让我们把这块人民英雄纪念碑竖到千万人的心里去吧！竖到我们思想深处去吧！假如我们被胜利冲昏头脑的时候，假如我们麻痹糊涂松懈斗志的时候，假如贪图享乐腐化忘掉艰苦本色的时候………好好记取我们先人缔造祖国的艰难吧，好好地爱惜这份由无数先烈的鲜血创造起来的家业吧！

附录

一块不应被遗忘的土地
——重访上饶集中营旧址

（一）

　　火车在夜色里徐徐驶进了上饶车站。我们五个人早已守候在车门口，眺望着远处灯火点点的上饶市，一股难以抑制的激情涌满心头。上饶，我们终于回来看你了。

　　上饶，这个在抗日战争中期以"上饶集中营"而闻名的赣东小城，此刻是这样宁静，只有远处闪烁着一片白色光亮的地方，偶而传来轻微的隆隆声，那里兴许是一家什么工厂正在从事繁忙的生产吧。站台上静悄悄的。女播音员在用亲切的声音一再广播："旅客们，上饶车站到了！"

　　我们搭上接客的车子，沿着宽阔的马路向市内驶去。明亮的路灯照耀着安静的城市，周围几乎一点声音都没有。可是我的心却像汹涌的海涛，怎么也不能平静，时而望望车窗外一闪而过的一幢幢的建筑物，时而回头看看已被远远地抛在后边的上饶车站的高大身影。这周围的一切，是那么陌生，又是那么熟识。这就是四十年前那个凄凉的，破破烂烂的，挤满了国民党特务和大小官僚的上饶城吗？那白糊糊的远方，就是当年许多战友惨遭杀戮的集中营所在地吗？如今那里的一切变得怎样了？……眼前的现实和遥远的回忆交织在一起，使我简直陷入了梦幻般的境界里。

这是多么奇异的巧合呵！

四十年前，也是这样一个寒冬的夜晚，也是坐着这条铁路线上的火车，我们几个失去了自由的年轻人，一起从浙江金华被国民党宪兵八团的士兵押解到了上饶。不过，那时坐的是国民党反动派的囚车——一节肮脏不堪的货车，我们两个人被合戴一副冰凉的手铐，挤坐在车厢的一角，几个国民党宪兵的几支闪着光的枪对着我们。火车在黑夜里隆隆前进（因为害怕日本飞机轰炸，火车都在夜间行驶）。我们望着窗外黑沉沉的原野，心里是多么沉重呵。那时候，祖国正处在深重的灾难之中，日本帝国主义的铁蹄已经踏遍了大半个中国，就是眼前的这条残破的浙赣铁路，也只剩下了中间的一小截，铁路的两头——杭州与南昌，都已沦陷，成了侵略者的殖民地。可是蒋介石、顾祝同之流不去抗击深入国境的日本侵略者，却在一九四一年一月发动了"皖南事变"，把枪口对准了抗日的新四军，在全国掀起了一股血腥的反革命风暴。当我们在上饶郊外被押解下车的时候，天边刚微微露出乳白色，荒凉破落的上饶城周围，传来零零落落的爆竹声，原来那天恰好是春节。迎着凛冽的寒风，我们一行渡过信江，被押到了国民党军统特务机关的秘密黑牢"茅家岭监狱"。不久，就被投入了设立在附近周田村的"上饶集中营"……

我多么希望车子能开得慢一些，好让我仔细看看离别了四十年的上饶城，寻找到一些往日的痕迹。可是车子却迅速驶进了一座宽敞的大院——上饶地委招待所。在这里，我们又高兴地见到了几个集中营里的战友。想当年，我们都是些二十岁上下、天不怕地不怕的小青年，如今大都是双鬓似霜的老人了。一时间，真是相见不相识，我们只是紧紧地握着手，万语千言，不知从何说起。

这是一个多么难得的聚会呵，我们这一群当年集中营里的"囚徒"，今天竟然欢欣地重聚在上饶城的一座小楼上。尽管一千多里路的长途奔波是那么累乏，大家却一点睡意也没有，仿佛青年时代那股火一般炽烈的热情，又回到了我们身上。四十年地覆天翻的曲折和变乱，难道是几个小时就能说完的吗？大家没完没了地说着，谈着，直聊到窗外射进了曙光。

（二）

夜里，不知什么时候下起了雨，这南方的带着春天气息的雨，把小城笼罩在潮湿的雾霭里。我们清晨冒雨出发，去探访茅家岭和周田村。

我们一行来到信江边上。信江还是那样宽阔，清澈的江水奔流不息，只是当年我们被押解过江时走过的那座残破的浮桥不见了。就在浮桥的旧址上，出现了一座钢筋水泥、颇为壮观的信江大桥。跨过大桥，老远就望见东南方向傍山的一片绿树丛中伸出一块白色高碑，就像一尊庄严的白衣女神，俯视着雨蒙蒙的信江两岸。同行人告诉我，那就是上饶集中营烈士纪念碑，茅家岭监狱旧址就在它的附近。我们原以为很快就可以找到茅家岭的，但结果我们迷了路，这里周围的一切已完全改变得无法辨认。记得四十年前我们被押到茅家岭的时候，这里是一片黄土荒郊。这茅家岭监狱，原是一座叫作"葛仙庙"的庙宇。一九四〇年，国民党反动派掀起反共高潮，特务们赶走了守庙人，把它改成了一座囚禁"政治犯"的秘密监狱，以后就成了上饶集中营的一部分，它孤零零地站在一座荒丘上，老远就可以望见它。现在，这里已长起了一片密密的矮树林，仿佛是一扇绿色屏障。我们由本地人领着，穿过树林，一座挂着"茅家岭监狱旧址"木牌的建筑物，赫然出现在眼前。

"这是茅家岭监狱么？"一时间我们有些迷惘起来，它比我们记忆里的茅家岭要整齐干净得多了。后来我们才知道，这座"旧址"是重建的。上饶的同志说：解放初期，一位建设局的领导同志看了这座国民党留下的破牢房，说："还留着反动派的这堆肮脏垃圾干什么？"一声令下，就把它平毁了。这件事不久就反映到他的上级那里，"旧址"很快又按原状恢复起来。

我们在茅家岭监狱里巡看了一遍，内部的陈设确实保持着原状。一边是木栅子围成的两座男牢房，一边是一座女牢房，中间照旧陈列着两个中世纪式的刑具：四周挂满铁刺的木囚笼。这是专门用来惩罚牢内的"顽固分子"的，人关在里边既不能坐，也不能转动，不然就会被铁丝钩子刮得皮开肉绽，人在里边站不了多久，就会晕倒。牢房后边的一座小草房，是秘密审讯和毒打"囚犯"的地方，地上散乱地陈列着一些绳子、铁棍、木棒之类。在茅家岭最普通的用刑是"踩杠子""坐老虎凳""刺指甲""灌辣椒水""老鹰飞"（把人倒悬空中）等，这些中世纪式的野蛮毒刑，用的就是这些简单的棍棒之类，此刻看来似乎平平常常，并不可怕，参观者大都看了一眼，就走过去了。善良的人们哪里会知道，它们曾经喝过我们多少同志的鲜血，压碎过我们多少战士的脚骨。

我在两座男牢房前停留了一会儿，想仔细看看里边是不是旧时的模样？墙角边是不是还挂着那盏积满油垢和灰尘的乌黑的小油灯？我之所以特别惦记着那盏小油灯，是因为它与我在这里度过的漫漫长夜联系在一起的。我永远不会忘记一九四一年二月间的那些黑夜，就在这囚室的墙角上，挂着一盏小油灯，昏黄的灯光下，几乎每天都有人在残酷的毒刑和疾病里死去。老教授张实死去的那个夜晚，给我们留下了最难忘的印象。这位厦门大学的教授，倔强的共产党员，是一个真正可敬的人。有一次，他是和我一起被押去"审讯"的。他痛骂国民党特务，历数他们的罪状，被特务狠狠毒打了一顿。当他被人拖着刑伤的身体摇摇晃晃地出来的时候，他一边走一边还在痛骂："你们这些狗东西！……"他去世的那个晚上，就是壁角上的那盏小油灯，照着他瘦削的死灰似的脸，眼睛微闭着，痰在喉咙里咯咯地响，看来生命已经到了垂危时刻，但他仍然挣扎着，断断续续地叫："你们这帮特务，你们，你们这帮民族败类，我们中国要断送在你们手里……"这个可敬的老人就这样抗议到生命的最后一刻。他临终的呼号，撕裂了牢房里所有人的心。如今，作为历史遗址的茅家岭牢房里，都已经装上了电灯，黑暗是永远从这里被驱赶出去了。旧地重游，我不禁又想起了牢房里那盏小油灯，想起了摇摇欲灭的灯光下那张清瘦而倔强的使我永远不能忘怀的脸。

我们几个人在茅家岭周围仔细看了几遍，想找到一些当年茅家岭暴动留下的痕迹。一九四二年五月二十五日的茅家岭暴动，是我党监狱斗争史上的壮举。在这次赤手空拳与敌人的格斗里，有两个同志英勇献身，其中有一位王传馥同志，就在这男牢房前，拉响手榴弹，为大伙打开了道路，自己却献出了年轻的生命。这牢房前的土地上还能找到这位青年人留下的血迹么？这后壁的木门上，还留着我们用石块撞击的痕迹么？茅家岭的后山坡上，还能找到同志们冲出去的那条小路么？我们仔细寻觅，什么也没有找到，周围打扫得那么干净，牢房里都铺着厚厚的草，一些过于破烂的地方，都已被整修如新。

雨，不停地下着，越下越密。我们几个人低头肃立在上饶集中营烈士纪念碑前面，个个脸上湿漉漉的，也分不清是雨水还是泪水。这时候，我忽然想到，拆毁茅家岭监狱的那位同志实在太鲁莽了，为什么不把四十年前的一切原封保存下来呢？难道过去是可以被遗忘的吗？

（三）

离开了茅家岭，走不多远，在我们面前出现了一个风光颇为秀丽的生气勃勃的村庄。村边绕着一弯溪水，一群群鸡鸭在周围游荡。村子里全是密集的住房，有不少显然是新盖起来的，一色青灰的、米黄色的新砖墙。村子四周树木葱茏，树梢上飘着炊烟，远处传来了喧闹的吆喝声。时间已近中午，大概老表们从地里回来了。

走近村子，一眼就看到村子中央围着一群老乡，正在那里忙碌地宰猪。村里到处是准备过节的欢乐气氛，多处都在盖新房。一群孩子发现了我们这几个外来的客人，就奔了过来，围在我们身边，瞪着好奇的眼睛，好像在问："你们到这里来是干什么的呀？"

在灿烂的阳光下成长起来的人们，怎能相信，这个如此充满生机的村子，四十年前曾经是一个铁丝网和岗楼密布的法西斯集中营，曾经是一个杀人的屠场。我们站在周田村的中间，环顾四周，不禁思绪万千，心潮起伏。我们五个人，都曾经在这里囚禁过一年多。我们在这里坐过"老虎凳"，曾经被吊起来毒打，冬天里曾经被剥掉棉衣，整夜跪在场地上，曾经几次几乎被"回归热"夺去生命……如今密密层层的铁丝网哪里去了？那一排排的囚室哪里去了？驱赶着我们无休止跑步的广场哪里去了？……陪同我们前来的烈士纪念馆工作人员徐建中同志告诉我们，这周田村原是一个有着几十户人家的村庄。一九四一年"皖南事变"后，国民党特务撵走了所有居民，在这里建立了集中营。解放后，被赶走的农民回来了，平毁了这里的铁丝网和岗楼，又安下家来，现在是周田公社的一个大队所在地。我们在村子里走到东，走到西，好不容易才找到了几间集中营时期的旧房子，但都已翻修改造，成了农民的住房，很难找出旧时的痕迹。

使我们感到欣慰的是，在周田村边上的一块草坡上，还留着一株枯朽的大树，这是当年集中营里吊打革命者的一个特殊刑场。看着这株枯树，不禁勾起了许多往事。我仿佛又看到茅家岭暴动后牺牲的钟袁平同志，穿着撕烂了的衣服，满身血污地被绑着双手，从茅家岭方向过来，被绑到这株树上。我们仿佛又看到那个强壮而快活的新四军一团青年参谋郭胜，因为拒绝写"自首书"，整整一个晚上被吊在这株树上。四十年前那些月黑杀人夜，国民党特务往往深夜里突然冲进囚室，把我们的同志从睡梦中叫起，拖到这株大树下，一群早已潜伏在草丛里的像狼似的打手，一声呐喊，棍棒齐下，把你打得昏迷过去。在那些悲惨的黑夜，我们曾经多么难过地谛听着村外这株大树下可曾有我们同志壮烈的呼号声，我们曾经多么急切地期待着天明。

今天，出现在我们眼前的这株枯树，已经完全失去了当年的威风，它的形状是如此可憎，犹如一只干瘪的手伸向天空，树干由于枯朽而歪倒在一边，只有树顶上还残存着一些枝丫和枯叶，一阵风吹来，便抖索不止。让它作为历史的见证，永远留在这里吧。

（四）

汽车沿着闽赣公路奔驰着，我们由上饶赶往武夷山东麓的福建崇安县赤石镇，两年前那里建起了一座上饶集中营赤石暴动烈士陵园。一九四二年六月，日本侵略军沿浙赣路西犯，顾祝同的几十万军队不战而溃，上饶的国民党军政机关仓皇南逃，集中营也向福建迁移。我们行经赤石镇的时候，举行了集体暴动。在暴动时许多同志遭到屠杀，这个烈士陵园就是纪念这些牺牲的同志的。

赤石镇是一个只有百十户人家的傍水小镇。碧绿的崇溪从镇边流过，又向北蜿蜒流去，烈士陵园就在崇溪之滨风景秀丽的山岗上。我们几个人都是第一次重返赤石，真是山河依旧，景物全非。记得四十年前我们被长途押解来到赤石镇的时候，这里正陷在何等的慌乱之中，日寇长驱直入，国民党的败兵与难民似潮水般涌来，破烂的街道，贫穷的居民，一日数惊的生活，这就是赤石留给我们的印象。今天我们站在溪边的山岗上，远眺这个依山傍水的小镇，这里的风光竟是如此美丽动人，这是过去我们完全没有觉察到的。

同行的五个人中，有两个同志——陈平同志和黄迪菲同志，是当年赤石暴动的参加者。大家决定沿着赤石暴动走过的路，再去察看一番。他们两个在前面带路，虽然年岁大了，也还能看出当年的矫健。陈平同志一边走，一边给大家介绍当时暴动的情景：集中营六队的队伍，最初是怎样在崇溪河边坐着竹排先后过河的；队伍过河以后，特务和宪兵的船还没有完全渡过来，大家又是怎样焦急地在河边听候信号，准备行动；在这决定命运的时刻，负责指挥的王达钧同志又是怎样先问了一句："有黄烟没有？""没有！"这是暗语，说明敌人还没有察觉，于是一声高呼："同志们，冲呀！"八十多人的队伍顿时呼啦啦地以扇形展开，向前面武夷山飞奔而去。眼前的突变，使特务们全乱了套，那个平时威风凛凛的特务队长完全被吓瘫了，蹒跚地一边在我们后边哭丧着叫："你们不要跑呀！不要跑呀！"一边朝我们开枪。一些宪兵也在我们后边一面追，一面射击，子弹在我们四周呼呼响。谁还管它这些，我们草鞋掉了，就赤脚跑，跌倒了，爬起再跑。

只要钻进武夷山的深山密林里，就是我们的胜利。有些身体弱的同志，跑不动了，掉在后边，不幸被杀害……

我们一边说，一边朝山岗上攀登，几个年岁大的已经气喘吁吁，显然有些不支，大家就在草地上休息片刻。"真是老啦，想当年，这点山路又算得了什么。"黄迪菲同志笑着对我说。他是一千多度的深度近视眼，赤石暴动的时候，他看不清道路，一跤跌倒在地，再也摸不着那副一刻也不能离开的眼镜，追击的枪声越来越近，时间一秒钟也不能再耽误，他只好起来拔脚再跑，眼前白糊糊一片，但最后他居然奇迹般地登上了武夷山，甚至还跑在不少同志的前面。

陈平同志指着前面一片层层叠叠的大山说，突出重围登上武夷山以后，他们在山上又经历了一段艰苦的斗争。国民党军队在日寇进攻浙赣路的时候不战而溃，却动用了一个师近万人之众，气势汹汹，深入武夷山区，"围剿"赤石暴动出来的同志们。几十个赤手空拳、身体衰弱的越狱者，竟使成万的国民党正规军和反动民团如临大敌，在山上演出了无数可笑复可叹的丑剧。

我们沿着崇溪南行，去寻找赤石暴动后一大批同志遇难的虎山庙。虎山庙是一个傍山的独立小土庙，离赤石镇大约四五里路，周围没有居民，十分荒凉，庙后边有一块荒芜的草地。赤石暴动后的第二天，丧心病狂的国民党特务竟对上饶集中营里其他各队的同志下了毒手，就在这虎山庙旁的草地上，集体屠杀了七十五人。这天夜里，赤石镇外枪声不绝，当地居民听了无不悲痛万分。在那个外敌正踩躏着江南家乡的日子里，这帮"自己人"竟在这里干着这种伤天害理的勾当。

我们由当地一位老农民带着，走了几里曲折的田畔小路，寻到了虎山庙。这个六十多岁的农民，四十年前就住在赤石镇附近，知道赤石大屠杀的情形。他说，烈士们是黑夜里被特务偷偷从赤石镇押到这里来的，最初被绑着关在虎山庙里，然后分批拉到外边枪杀。第二天，保长拉了几个农民（他就是其中之一），由宪兵监督着，挖了两条大沟，把烈士们的遗体掩埋了。他们看到，被杀害的烈士有男有女，都是年轻人，还有十多岁的孩子，身上全绑得紧紧的。"都是些多好的小伙子呵！"老人说着说着，唏嘘了起来。

我们站在小庙前，面对着满眼衰草和一片黄土，也禁不住老泪纵横。山背后，微风吹来，发出了沙沙的声音，仿佛是一阵轻微的脚步声，莫不是烈士们闻讯赶来，和我们欢聚了？亲爱的同志，让我们紧紧地拥抱，畅叙四十年的离情吧。

告别赤石时，我们又去瞻仰了赤石暴动死难烈士陵园。陵园建设得庄严肃穆，遥遥对着赤石镇，前面是一弯碧清的崇溪，地址选择得再好没有了。尤其有意义的是，烈士陵园倚靠着高大奇伟的武夷山，这使它紧紧地和武夷山联结成了一体，为这儿的名山秀水增添了色彩。

武夷山，是战斗的象征，是闽浙赣人民的骄傲。当我们被囚在集中营的时候，每当早晨或傍晚，我们站在铁丝网边，遥望天际云雾迷蒙的怀玉山和武夷山，那雄伟挺拔的姿影，使我们神往，也给我们力量。

奇丽雄伟的武夷山，不就是上饶集中营里许多为驱除邪恶、创建新中国而英勇就义的革命烈士的形象吗？她永远是那样坚毅、沉着地屹立在祖国东南的大地上，任凭多大的暴雨狂风，她都纹丝不动，国民党反动派的屠刀，十年浩劫里反革命小丑的诋毁，都损伤不了她一根小草，人们将永远以崇敬的心情，仰望着她，纪念着她。

一九八二年六月"赤石暴动"四十周年

（原载《时代的报告》）

进"茅家岭大学"

（一）

一九四一年一月，是黑云翻滚的一月。

在皖南，顾祝同麾下的十余万长时间与日寇处于停战或半停战状态的军队，突然掉转枪口围攻新四军，制造了震惊中外的"皖南事变"。

在全国各地，国民党特务大肆逮捕共产党员和爱国人士，许多爱国青年宣告"失踪"。

"失踪"的命运也落到了我的头上。

一月二十五日黄昏，一群国民党特务包围了我们国际新闻社金华办事处，逮捕了办事处的负责人计惜英同志和我（办事处只有我们两个工作人员），还有路过金华在办事处寄宿的陈念平同志。这帮歹徒肆无忌惮地在屋子里翻箱倒柜，洗劫了一大堆东西。我与计惜英被戴上手铐，押过灯火阑珊的金华大街。

后来我们才知道，当晚特务还查抄了《浙江潮》与《浙江妇女》两家进步杂志，逮捕了林秋若（林琼）、李鸿年、李华（李士俊）、项堃等同志。这是国民党特务机关对金华进步文化界的一次有计划的大逮捕。

我们先在金华的宪兵队关了一夜，次日即西解上饶。到上饶时正好是春节，零落的鞭炮声分外凄凉。我们被关进宪兵八团监狱。

这是我生平第一次接触监狱。昏暗而肮脏的屋子里，关着许多囚犯，脚上钉着铁镣，走动的时候叮叮当当地响。最使我惊异的是，关在这里的人多数是宪兵团的下级军官和宪兵，他们因为违反了各种法西斯"纪律"，被投入监狱。惩处最严厉的是开小差被抓回来的人，一律判处死刑。躺在我边上的是一个塌鼻梁的汉子，他从宪兵里开小差出去已经七八年，混进了国民党军队，在那里已当上了营长，但终于被发觉，抓回来判了死刑，只等上头批下来就要执行。他脚上手上都上了大镣，囚室里一静下来，就听见他独个儿在那里引吭悲歌，他边哭边唱的那些词，我已经忘记，只有那浮肿的死灰似的脸和那呜呜咽咽的绝望的哀号声，我一直没有忘却。虽然只在宪兵团监狱里关了一天多，却使我目睹了国民党法西斯政治制度黑暗的一角。到了集中营以后，我对国民党宪兵的黑暗内幕有了更多的了解。一个当宪兵的浙江同乡，偷偷地给我诉说了许多宪兵内部骇人听闻的罪恶。

（二）

两天后，我们被押到茅家岭监狱。茅家岭是一个小村落的名字，离上饶城十余里，离三战区司令部、政治部的所在地仅五六里。村子小得可怜，不到二十根烟囱。可是我所指的茅家岭，不是指村子，而是指一座独立在荒郊的小庙，离村子一里路光景，石砌房子年岁已经不小，每次敌机轰炸上饶城郊，茅家岭在剧烈的震动下，木栅子咯咯作响。

茅家岭最初是国民党第三战区专门幽囚政治犯的一个秘密监狱，

对外是不公开的，直属于三战区的特务机关专员室管辖。慰劳皖南新四军的上海代表吴大琨先生是茅家岭的第一个"囚犯"。茅家岭有两个大囚房，一个女囚房，一个"优待室"。大囚房外围着密密的粗大木栅栏，特务团一个排担任守卫；还有一个管理员，是山西人，名叫卫俊立，绰号"狗头"，对我们的剥削无孔不入，他"发明"一种"夹底板"的斗量米，装满一斗，倒出来只有六七升，使我们每天吃不饱肚子。皖南事变以后，茅家岭随着整个三战区的反共高潮而紧张起来，人数激增，形式也半公开了，可是依旧没有恰当的名字。"集中营"在不远的周田村成立，特务们给了它一个名字："禁闭室"。我们给它一个名称"茅家岭大学"，一所锻炼与考验革命者意志的特殊的"大学"。

我在大牢房里关了几天之后，就逐渐习惯了这里的生活，并且知道，这个纵横不过几十平方米的牢房，竟是一个多么复杂的世界，这里有医生、教授、农民、艺术家、工人、火车站站长、技术人员、职员、商人……形形色色。他们绝大多数都是很好的人，其中有不少是优秀的共产党员（这是我后来知道的），有的并非共产党员，只是由于爱国和正义感，看不惯国民党的胡作非为，也成了这里的"政治犯"，有些人则完全是糊里糊涂地被抓来的。国民党的方针是"宁错抓一千，不放过一个"。这些人被抓来后特务也发觉抓错了，但既然抓进来了，就是他活该倒霉，也就一直关在这里。睡在我旁边的是上饶火车站副站长叶加清，他不是共产党员，也不信仰共产主义，只是因为特务在他住处发现了一封同乡的信（同乡是一个地下党员），并且观察他平时言行正派，不赌不嫖，忠于职守，于是就以"共党嫌疑"被抓了进来。被捕的时候，这位火车站副站长才结婚不久，他带到牢房里来的，还是结婚时用的红绸被子。在牢里他想念年轻的新婚妻子，但在特务审问的时候，他毫不屈服退让，责问特务凭什么把他抓进监牢？当然，他的责问不可能有任何作用，这个火车站副站长始终没有得到释放，以后又和我一起，从茅家岭押到了集中营。一九四二年六月，我越狱逃出集中营的时候，他还被关在那里。

茅家岭是个杀人的屠场，在这里，特务们恢复了中世纪的野蛮，什么"踩杠子"、"老虎凳"、"老鹰飞"（四肢分开，倒吊在半空）、钢针刺手指、"火攻"和"水攻"（即用火烙铁烧身和灌辣椒水），真是金、木、水、火、土，各种非人的毒刑一应俱全。茅家岭的刑场有两个，一个在特务专员室，一个在茅家岭外附草房里，以后又在周田增设了一个。他们在这里残酷地折磨"政治犯""思想犯"。牢里有一个从铁路上被捕的宿士平同志，受尽了种种酷刑，他脱下衣服，身上全是可怕的伤痕。在审讯中，我与计惜英同志也多次遭到毒打。他们对我这个当时仅十七岁的少年，不但毫无一点恻隐之心，而且更为残暴，先后几次使用了"踩杠子""老虎凳""老鹰飞"等毒刑，我几次晕倒在地。吃人的"老虎凳"，给我的膝关节留下了长期的刑伤。

木制铁丝笼，是茅家岭的一种特制刑具，我在别的监狱里还没有见过。它是以木料作框架，周围绕满有刺的铁丝，笼子的高度和宽度，和人的身材大体相似，一个人站在里边不能随意转动，不然就会把你钩得皮破血流，人在里边站久了，就难免晕倒。

木制囚笼，并非第三战区国民党特务机关的创造发明，早在满清王朝，许多监狱里就有木笼这种刑具，有的木笼还分上下数层，"囚犯纳其中，不能屈伸"，许多囚犯惨死在笼里。清康熙三年，有一个御史姚延启，在作了一些调查研究以后，曾向朝廷上奏，说"江南浙江等省有狱卒岢索不遂，创为木笼，犯人囚于其中，天时炎热，秽气熏蒸……多至监毙"。因此，清朝政府曾经多次下令，"禁木笼之制"，当然，这"禁木笼之制"也无非是一种统治者的姿态，实际上是禁止不了的。第三战区的茅家岭监狱，更发扬了这项"国粹"，木笼之外，更围以铁蒺藜，使这种刑具更为残忍。

在茅家岭，许多人都站过这种铁丝木笼，画家赖少其站过，茅家岭暴动中的英雄王传馥站过……其中，以新四军干部陈剑峰站笼子的情景最为悲惨。

陈剑峰是广东台山人，一个归国华侨，当时大约二十五六岁，是新四军连队指导员，皖南事变被俘后，他被关进集中营特训班，和我在一起。由于敌人的残酷折磨，使他神志失常。有一次，他只身冲进特训班特务队长的房间，一拳打穿了寝室的草墙，站在队长的床上，挥手大喊："是共产党员都站到这儿来！"于是，他被押送茅家岭，关进了铁丝笼，在笼里他拼命地挣扎，呼喊，铁蒺藜钩破了衣服，钩破了手、脸……全身鲜血直流，血与衣服沾在一起，成了一个血人。后来，经过大家的强烈抗议，狱头才把他放出了笼子。

（三）

一九四一年，正是国内外反共势力猖獗，日本军国主义加紧对蒋介石进行诱降活动的时期，日本人采取了大棒与胡萝卜齐下的办法——既欺骗利诱，又实行军事威逼，加紧对中国后方的轰炸。我们关在茅家岭的那些日子，只要是晴天，几乎天一亮，日本飞机的马达声便在天上隆隆震响。茅家岭附近都是国民党第三战区长官部的机关，目标很大。只要警报一响，茅家岭的"狗头"管理员、卫兵（除站岗的以外），都慌忙逃到外边钻防空洞了。我们这些囚徒们则在木栅子里恭听机枪在头顶上炸响，炸弹"嘘嘘"地落下来，在附近轰然爆炸，整个牢房为之摇动。等到高射炮声响了，我们知道，一场空袭又过去了。上饶的高射炮有一条"规律"：敌机临空时鸦雀无声，敌机走了才开始射击，因此当地的老百姓就称呼他们是"送行炮"。

日本人加紧诱降和逼降，国民党反共就越起劲。他们在金华逮捕了我们之后，又继续在浙江、江西一带大肆逮捕共产党员和进步人士。我们到茅家岭不到半个月，囚房人数增加了快一倍，而三三两两的"新犯"，还是跟着每天的黄昏薄暮一起走进茅家岭来。人多了，囚房还是这么大，于是地上、尿桶边也都铺满了席子，老年人挤得吃不消，半夜里坐起来喘气。为了使每个人都能睡下，就画地为牢，在铺板上打上竹钉子，作为"床界"，竹钉子梅花桩般林立着，人只能侧转着身在其中"睡"，稍一动弹，尖利的竹钉便会刺痛屁股。天未亮，无数的臭虫、跳蚤便把我们从睡梦中赶出来，我们都睁着眼，透过木栅子，眺望天井里一块四方的天渐渐变成白色，转成红色，我们就这样等到天明。

茅家岭那个姓卫的"狗头"管理员，是我们极度贫困中的一条大蛭，我们的菜，我们的饭，连"囚犯"死去的棺材，都变成了他身上的皮袄、皮鞋……一天，"狗头"贪污我们口粮的"夹底斗"被揭穿了，全牢房的人群情激愤，使这条平时何等疯狂的恶狗，也不得不夹起尾巴。

残酷的肉体摧残与营养的极端贫乏，带来了普遍的疾病，不到半月，人死了五六个，囚房笼罩在恐怖气氛里。一个江西老表白天哼呀哼的，头上扎了一方白布，脸色苍黄，第二天同他睡一条被窝的"瘦鬼"去摸摸他的身子，已经冰冷，就用一条破席把他拖了出去。

牢房里有一个胖胖的穿着一件大褂的中年人，名叫徐宝兰（真名叫徐禄溪），他是一个画家，当过美术教员，被捕前在他的家乡浙江江山县一带做抗日宣传工作。他为人温和，乐观，在牢里谈笑风生，和大家很合得来，对我们这些年轻的，更是充满了长者的关怀。听说他曾经受了不少苦刑，但他依然是乐呵呵的，毫不愁苦。有一天，他一直睡着没有起身，囚房里听不到了他的谈笑声，大家感到奇怪，过去一看，才发现他已经病倒了，没有几天，回归热夺去了他的生命。

在茅家岭牢房里，还有一个我国早期的木刻家，名叫林裕，他是我最难忘的战友和老师之一。林裕真名叫林夫，浙江平阳人，共产党员，他身体有残疾，两腿走路不方便，说话的声音沙哑而低沉。但他的心一点也不残疾，就像钢铁一样坚强，他三十年代在上海参加了革命文艺运动，以木刻这种艺术形式为武器，鼓舞人们与国民党的反革命势力作斗争。一九四〇年三月八日，不幸在平阳县被国民党特务逮捕，转辗押解到茅家岭监狱。入狱后，他整天坐在大牢房的一角，沉默寡言，从他那坚毅的眼光里，透露出坚韧不屈的意志。回归热也曾经折磨得他几乎死去，后来从死亡线上挣扎了过来。林裕经常给我安慰和鼓励，那沙哑的然而充满战友情谊的声音，使我终生难忘。一九四二年初夏，他被编到敌人称为"顽固队"的六队。在六队举行赤石暴动之前，秘密党支部派人征求他的意见，他毫不犹豫地立即赞同。这位同志问他："你的腿能行吗？"他笑着说："没有问题，你们不要管我！"我们知道，林裕双腿残废，平时连操场上跑步都很艰难，怎么能参加暴动，抢登武夷山呢？但他只为革命整体着想，不考虑自己的安危。果然，赤石暴动的枪声响起之后，林裕没有跑几步就掉下了，被后边赶上的国民党特务抓住，对他进行严刑拷打，然后枪杀在赤石河边。一天，集中营其他几队的同志被押解着经过赤石河边的时候，在河边的一棵树下，看到林裕同志血肉模糊地躺在那里，还没有最后断气。同志们看着这惨不忍睹的景象，个个都低下头来，眼上闪着泪花……

在牢房木栅子门口有一个瘦小的老人，那些天里也病倒了，他是厦门大学的教授，名叫张实，又名张元丁。老教授为人刚正不阿，是非分明，绝不含糊。有一次特务"审问"他的时候，他同特务大声吵了起来，怒声斥责特务，老教授变成了主持正义的审判官，狗特务反而成了被审判者。特务恼羞成怒，便动起刑来。老人挨了一顿毒打，审罢出来，另一个人扶着他（他腿已不能动了），老教授声泪俱下地大声痛斥特务。

"你们这些狗东西……中国要断送在你们手里！"

我们听了，都为之恻然。

老人一病就很重，在病床上愤怒地呼喊：

"你们这帮没良心的狗特务……害了我一个人没有关系……害了中国呵！……"

他的侄子是江山国民党县党部干事，在旁边服侍他。夜里老人终于死了，我们转侧在床上，再也无法入眠，听着"狗头"在门外吆喝着"拖出去"，听着那侄子嘤嘤哀泣。第二天他的侄子也病倒了，不几天也在一个夜里悄悄死去，那情景我至今仍历历在目：一盏油灯摇摇欲灭，他在床上不停地呻吟，痰在喉口咕咕地响，断断续续地叫着：

"啊，啊唷，我要死了！……唉，一定的，啊呀，我的妈呀！我要死了呀！……你们不要睡呀，你们听我说——呀！……啊，我是国民党员，想不到我，我死在国民党监牢里，想……想不到，死在国民党手里！……唉，唉，你们不要睡呀，你们听……听——我说呀！……"

那侄子一直惨号到深夜，我们确实都没有睡，我听到卫兵在门口彳亍着，我听到夜风在茅家岭的莽原上呼啸，我听到黑夜在屋外沉重地叹息。

两个月以后的一天早晨，我们一行十几个人被押出茅家岭监狱，爬上山坡，走往新的牢狱周田集中营。在昏暗的牢房里住久了，一旦走到外边，阳光刺得人睁不开眼，双腿是那么沉重。队伍里有几个病人，边走边呼呼地喘气。我回头望望茅家岭那座破庙，已渐渐隐没在一片烟雾里。

从那以后，我再也没有返回茅家岭。两个月的"大学生活"使我读到了毕生受益的一课，我从那些在屠刀下不低头的共产党员和其他爱国者身上，看到了中国的希望；而那帮特务丑类的种种恶行，使我更加坚信，旧世界必将灭亡。

一九四五年五月十日写于淮南解放区
一九七九年十月修改于北京

燃烧在黑夜的一支火炬
——记冯雪峰

我心中有一团火，

我要投出到黑夜去！

让它在那里燃烧，

而它越燃越炽烈！

——冯雪峰狱中诗

赣东北丘陵山区春天来得晚，已是一九四一年四月初了，集中营里还是冷得刺心。

一个天色阴沉的上午，我们正在宪兵的枪口下干苦力，抬泥巴，打土墙。忽见大门外抬进来一副担架，上面躺着一个病容满面的中年人，他穿着一件灰黑色的长大褂，头发、胡子都很长，脸上显得憔悴而忧郁。集中营里大多是年轻人，看到新来的伙伴不但年龄比我们大得多，而且那举止神情也似乎与众不同，深邃的眼神，不露锋芒的沉静，这就引起了我们的猜测：他是谁？

这个身体衰弱的中年人被编到特训班，正好和我在一起。他用很重的浙东口音告诉我们他叫冯福春，是从茅家岭监狱来的，患的是"回归热"（监狱里的流行病），已经有好些天了，监狱管理员卫俊立不但不给治，反而把他推出门外，一副担架抬到了集中营。他说话声音很低很轻，有气无力，说了一会儿就闭上了眼睛。

后来我们才知道，他就是我国"左联"的重要创建人之一，著名的文艺理论家与诗人冯雪峰。

（一）

冯雪峰是一九四一年二月十六日，在他的家乡浙江义乌县神坛村被国民党特务逮捕的。那时正是"皖南事变"后一个月，国民党反动派在全国大肆搜捕各地的共产党员和进步人士。一月二十五日一夜之间，他们在浙江金华搜捕了国际新闻社金华办事处、《浙江妇女》杂志社、《浙江潮》杂志社等进步文化社团的十多个革命同志。一位进步青年写信把这个消息告诉了冯雪峰。国民党特务当时正严密检查一切来往信件，凭着他们的反革命嗅觉，发现这封信有"共党嫌疑"，于是三个便衣特务星夜扑向神坛村。

冯雪峰同志已经知道形势恶化，早把一些文件和进步书籍隐藏起来。特务们扑了个空，什么东西也没有搜查到，就把冯雪峰押解到金华宪兵连，很快又转押到江西上饶的宪兵第四团团部。

特务们立即对他进行审讯。由于没有摸清冯雪峰的底细，审讯采取的是惯用的讹诈手法：

"你是共产党，还不快说！"

"不是。"

"你是新四军！什么时候去新四军的？"

"没有去过，我不是。"

"你和金华抓来的那些共产党是什么关系？"

"我不认识他们。"

"你不是共产党，至少也是共产党一边的人！"

"我是上海商务印书馆的编辑，搞历史的。"冯雪峰随口编了一个履历，并立即向敌人反击，"你们不应当无故抓人，我要求立即放我出去！"

"那好，你说你不是共产党，那就在报上登一个启事，说明你同共产党、新四军没有关系，我们就放你！"狡猾的特务改变策略，以退为进。

"笑话！我同共产党、新四军本来就没有关系，登这样的启事干什么？岂不可笑！"

冯雪峰一口回绝。

审讯再也继续不下去了。当然，特务是不会放过他的。没几天，冯雪峰就被押送茅家岭监狱。入狱不久，他染上了回归热，连续高烧不止。来到我们班以后，病情进一步恶化，被单独隔离到一个小房间里。

不料，回归热在特训班也蔓延开来，各班都出现了病人。病菌是不问阶级的，它也侵入了大小特务的家属区。刚开张不久的集中营里顿时凄凄惶惶，人心更加浮动。队长慌了手脚，从上饶防疫站请来了医生，配合新四军被俘的一位军医，共同急诊，确认是"回归热"。特训班的郭静唐等几个人，自动出来筹款，买来了几打特效药"606"，经过打针治疗，才把冯雪峰等一批危重病人，从死亡线上抢救了过来。

冯雪峰到集中营后，始终隐瞒了自己的真实身份，无论是填表格、写自传，都以一套事先准备好的假履历相对付，只有一次，差点露出了破绽。

那天，集中营的特务总教官肖芬，突然把冯雪峰叫去"谈话"。雪峰刚走进门，肖芬劈头一句就问："胡秋原你认识吗？"

"我认得。"冯雪峰沉着地回答。

"哈，你还说你不是共产党，胡秋原就是有名的共产党！"肖芬像是发现了什么重要秘密，显得十分得意。

冯雪峰听了，不禁暗暗发笑，这个特务显然还是一个总教官，连胡秋原是什么人也不知道，就告诉他："你说错了，胡秋原是国民党，不是共产党，以前他是陈铭枢一派的……"

总教官一听傻了眼，脸上红得像猪肝，但他还是强作镇定。

"你还有一个名字叫冯雪峰吗？"肖芬突然又提出了一个新问题。这使雪峰吃了一惊，但很快就镇定下来，沉着地回答："是的，我在胡秋原编的杂志上写过文章，就用的这个笔名。"其实，冯雪峰从来也没有在胡秋原的刊物上发表过文章。

肖芬只问了这几句，再也谈不下去了。十分明显，这个特务对冯雪峰过去在上海文化界的革命活动竟一无所知。但他怎么知道冯雪峰的名字的呢？是不是有人要胡秋原打电报来保冯雪峰呢？一九四三年，冯雪峰到了重庆以后，才知道其中的底细。董必武同志告诉雪峰，当时党中央曾经指示他设法营救雪峰，董老便通过关系，让胡秋原打电话去保过他，当然后来没有成功。董老当时不知道雪峰在集中营里用的是冯福春这个名字。

（二）

疾病不断地折磨着冯雪峰，他在治愈了回归热之后不久，又患了严重的肋骨结核病。有一天，因为干了一整天苦工，雪峰累得精疲力竭，回来后扑在高低不平的两块硬板上就睡着了，压坏了左胸的肋骨，逐渐红肿化脓，疼得厉害。特务们当然不会管你的死活，后来还是由特训班里的难友、原来是外科医生的毛鹏仙，用刻图章的刀动了手术，挤出脓。由于手术刀和代替纱布用的破布都没有条件严格消毒，结果感染了结核菌。在以后的一个长时间里，肋骨结核的疼痛一直折磨着雪峰，有时候脓血渗透外衣流了出来。就这样，毫无人性的特务还逼着他跑步。我们经常看到他一只手按着剧痛的胸口艰难地蹒跚着，勉强跟在队伍后面，有时支持不住，竟跌倒在地。

疾病摧毁了雪峰的健康，但摧毁不了他的革命意志。他到集中营特训班以后，很快与王闻识、钟袁平、项牲等党员（这三位同志后来都牺牲在狱中）分头建立了秘密联系，经常互相交换情况，研究对敌斗争策略。

一九四一年，是国际与国内反共势力最猖狂的时期（当时苏联反法西斯战争正处于最艰苦阶段），它必然也要反映到集中营里来。集中营里斗争形势紧张，敌人乘机造谣惑众，革命队伍内部也开始发生分歧。这时候，雪峰抄了一首鲁迅先生的诗，让项牲同志写在扇面上赠送给一位狱中战友：

> 灵台无计逃神矢，
> 风雨如磐黯故园。
> 寄意寒星荃不察，
> 我以我血荐轩辕。

冯雪峰同志用"我以我血荐轩辕"的精神来激励难友，表达他自己忠贞不渝的决心。

一九四一年五月间，特训班特务队长王寿山为了表现他管教"政治犯"有方，向集中营特务头子张超邀功，在特训班里办起了一张壁报，要冯雪峰等五人负责编辑。这件事能不能做？雪峰和几个党员进行了慎重的讨论研究，最后一致认为可以做，但必须坚持一条原则，即绝对不发表反共、攻击新四军和颂扬敌人，以及悔过自新一类的东西，相反，要利用这个墙报作为阵地，以巧妙隐晦的手法，教育和鼓舞同志们的斗志，讽刺打击敌人。于是，墙报很快出版了，上面有歌颂自由、抨击黑暗的诗，有含蓄地讽刺敌人的散文，还有漫画、科学知识小品，等等。我记得有这样一些作品：冯雪峰写的《普罗美修斯偷火到人间》一诗，是借希腊神话，暗示要把革命的火种带到集中营，为了人民的解放，应不惜牺牲自己的生命进行不屈的斗争；《逆水行舟》一文，是告诫大家在斗争中不能满足现状，要坚持斗争，继续前进，决不可停顿或退让；《以不变应万变》一文则是叮嘱大家在诡计多端的特务面前要坚持革命气节不动摇，沉着地应付各种各样的不测风云。有的文章巧妙地揭露了敌人的谣言。反动教官姜移山在一次讲话中，胡说"莫斯科已经失守，斯大林和希特勒和解了，中共失去了依靠"。陈念棣同志在墙报上写了一篇《世界往哪里去》的文章，理直气壮地回答道："莫斯科不是巴黎，斯大林决不是贝当。"同志们看了都很高兴。集中营别的队的同志闻讯也找机会过来看。愚蠢无知的特务队长王寿山看着花花绿绿的墙报，又见读者踊跃，十分得意，在其他特务队长面前神气活现，夸耀自己的"政绩"。一天，他特地邀请了特务头子张超等人观看。随同张超前来的，有特务总教官肖芬，他和特务总干事杜筱亭一个鼻孔出气，和特训班队长王寿山争权夺利。王寿山把特训班当成是自己升官发财的一块肥肉，绝对不许别人染指。杜筱亭是个空头总干事，没有实权，他老想插进手来分一点好处。他们比大老粗王寿山毕竟"高明"一些，当肖芬看到墙报上有赖少其同志的一幅画，画着一只雄鹰，在高空展翅飞翔，越过了铁丝网向远方飞去，署名《高飞》，就连连惊呼："不行，不行，这画有问题。"特务头子张超开始没有看出问题，经肖芬一说，才连连点头。这使王寿山十分狼狈，特务们一走，他就立即勒令墙报停刊，并且把几期墙报稿件统统烧掉，"毁尸灭迹"，免得肖芬和杜筱亭再来找麻烦。

一场闹剧结束了。国民党特务又采取了一种策略，在杜筱亭主使下，他们把冯雪峰等七个文化水平比较高的人，与大伙分开，单独成立了一个什么"文化组"，要他们写文章。我们就称这七个人是"上饶集中营七君子"。冯雪峰是"七君子"里的精神支柱，他常以文天祥的诗句"孔曰成仁，孟曰取义，读圣贤书，所为何事"，与其他六个同志共勉，坚持革命气节。要我们写文章吗？那好，我们自有办法对付。冯雪峰写了两首谁也看不懂的文言诗，送了上去。其他人也就如法炮制，郭静唐用古文写了篇"论科学救国"，叶亦辛（七君子之一）写了首歌颂东北义勇军的长诗，计惜英（七君子之一）写了篇言之无物的"论新闻"，如此等等。总干事拿到这些文章，翻来复去嗅不出一点名堂，哭笑不得。他本想用写文章的办法来考察冯雪峰等人的思想，进而迫害他们，结果这个图谋落空，最后这场把戏只好收场。

（三）

尽管冯雪峰严守秘密，不暴露自己的真实身份，但日子久了，有少数同志还是逐渐知道了他。最先认出冯雪峰的是郭静唐，他们是一九二二年在杭州浙江第一师范时的同学，三十年代在上海时也有过交往，此次在集中营里意外地相遇，双方都吃了一惊。当同志们知道了那个自称"冯福春"，脸色清癯，貌似一个中学教师的中年人，就是参加过长征，在党内担任过重要职务的冯雪峰，便对他分外尊重，有重要情况就及时向他反映，遇到问题也随时去向他汇报。

冯雪峰经常用聊天的方式，对少数几个信得过的同志讲党史，讲长征，讲个人的一些经历。每当苦役间隙，或者是下雨天和晚间，边上没有特务和坏蛋监视，他就娓娓地聊起了这类引人入胜的往事。他讲长征中打土豪分田地的情景，讲当年毛泽东如何用兵如神，雪山上的风暴严寒，草地上的泥泞艰难，陕北会师时的欢乐与兴奋……长征结束后，一九三六年四月下旬，他奉党中央之命，离开陕北瓦窑堡，到上海做地下工作。临行，毛泽东、周恩来、党中央总书记洛甫（张闻天）找他长谈，给了他四项任务，第一项任务是在上海建立秘密电台，用"李允生"的代号和党中央通报。这是周恩来副主席亲自交代的。到上海后，他找到鲁迅先生，得到鲁迅先生的极大帮助，鲁迅的弟弟周建人冒着风险租到了设立电台的房子。自从有了电台，上海与党中央的联系就大为加强了。

有一次，雪峰还谈到过去和史沫特莱的交往情况。他说，一九三六年他刚到上海不几天，就在鲁迅家里会见了史沫特莱。他和她整整谈了两个下午，除了谈抗日民族统一战线以外，更多的是谈红军长征的经过。史沫特莱是第一个向全世界报道红军长征消息的外国记者，她的这个报道，便是雪峰向她介绍红军长征经过后写成的。斯诺去延安，也是冯雪峰挂的钩。斯诺要去延安访问，最早是向宋庆龄先生提出的，通过雪峰向中央请示，周副主席代表中央表示欢迎，雪峰便将中央的意见请宋庆龄先生转告斯诺后，立即派董健吾到西安，用牧师身份和斯诺联系（事先约定请斯诺住在西安禁烟委员会等候），把斯诺送到预定地点。

这些无拘束的倾谈，犹如春雨滋润着土地，使同志们得到许多有益的启示。

（四）

冯雪峰虽然经常处在与大伙隔离的状况，但他对特训班同志们的斗争依然十分关心。

一九四二年一月间，他被囚在石底。这里是上饶集中营关押被俘新四军高级干部的一处秘密监狱。当时，特训班特务队长正在策划一个阴谋，企图强迫特训班同志集体自首。一个同志闻讯，偷偷写了一张条子托人送给冯雪峰，把这个重要消息告诉了他，询问他应当采取什么对策。冯雪峰与同囚在石底的王闻识同志进行了研究，立即写了一封回信，秘密送给特训班地下党组织，告诉他们，对特务的这个阴谋，"无论如何都要顶住，就是杀头也绝不能在自首书上签名"。

特训班同志在收到来信之前，就已经开展了反自首斗争。冯雪峰的信更鼓舞了他们的斗争信心与勇气。他们巧妙地采取了以攻为守的策略，由少数几个同志联名，给特务队长写报告，要求集中营当局履行"按期结业"的诺言，释放他们。原来，集中营刚开张的时候，特务队长曾经扯了一个弥天大谎，说什么"只要大家好好学习，半年后就可结业"，借以欺骗幼稚单纯的青年。这个联名报告递上去后，特务头子张超看了大为恼火，便责令队上把为首的两个同志立即捆绑起来，押往茅家岭监狱。强迫集体自首的图谋，也随之化为泡影。

当然，国民党特务并非都是饭桶，他们中间也不乏诡计多端之辈。在那次事件之后，斗争又出现了曲折、复杂的局面。

一天，特务队长突然宣布了一项决定，任命平时表现不错的几个好同志担任班长，和其他叛徒班长一样，负责带领本班的人出操和做苦工。这几个同志听了心中暗暗叫苦，但也无计可施。同志们中间立即议论开了："莫非他们已经自首叛变？""这几个家伙当面是人，背后是鬼，可要当心！"有的人见了他们就冷嘲热讽，或者躲得远远的，不予理睬。

这几个被迫当班长的同志苦闷极了，难道还有比被自己的同志误会是"叛徒"更痛苦的吗？有两个同志就去找到了他们信赖的冯雪峰，诉说自己的苦闷。雪峰一面安慰他们，同时立即告诉特训班同志，一定要注意巩固革命同志内部的团结，要理解和体谅那几位同志的苦衷，即使他们有些不够检点的小缺点，但要看大的方面，不要孤立和打击他们，否则正好中了敌人的圈套。

在冯雪峰的影响下，这个危险的裂痕很快弥合了。后来这几个同志，有的参加了茅家岭暴动与赤石暴动，有的英勇越狱，证明都是党的好儿女。当时受责难最多的宿士平同志，成了茅家岭暴动的领导小组成员，写下了我党监狱斗争史上光辉的一页。

在敌人的枪口下越狱逃跑不是一件轻而易举的事，需要极大的决心和勇气，尤其需要同志们的热情帮助和支持。冯雪峰在这方面表现了最可贵的阶级友爱。他自己身患重病，难以越狱，就千方百计帮助别的同志。赖少其同志要逃跑，雪峰积极支持他，把身边仅有的几十元钱送给他作路费，给他开了一张浙南的几个可靠朋友的地址，使他跑到浙南以后，可以找到地方隐蔽下来。在集中营中参加剧团、球队集体逃跑的少数同志，也曾同冯雪峰、郭静唐两人商量过，并由他们提供出去后联系的地点。曾和雪峰一起住过医务所的三位女同志，在集中营向福建转移前夕乘机逃跑，也得到雪峰的支持。冯雪峰先后大约帮助了七八位同志，实现了越狱。这在当时的条件下，是极不容易的。

石底秘密监狱里，囚禁着新四军组织部长李子芳、秘书处长黄诚等几个高级干部。冯雪峰告诉和黄诚等同志关在一起的陈子谷，要他们设法赶快逃跑出去，不能迟疑。因为他估计，敌人对这些"要犯"是早晚要下毒手的。可惜，石底的同志越狱没有成功，先后遇难。黄诚、李子芳两同志后来被特务惨无人道地用毒药杀害。

冯雪峰在狱中写过一首题为《短歌》的小诗，诗中叙述了他对越狱者的满腔热忱与深切的期望：

> 哦，玄色的飞鸟，
>
> 尽管飞吧，飞吧，
>
> 飞越远，
>
> 风越猛，
>
> 你越不要改路吧！

由此可以看出，他支持同志们越狱，为的是鼓励同志们继续革命，不要因路远风猛而"改路"。

但他对举行集体暴动，一度出现过犹豫。赤石暴动的组织者之一陈念棣同志，曾经让叶钦和同志去向冯雪峰征求意见。冯雪峰听后沉思良久，没有作出肯定的表示，他说，暴动成功固然很好，但恐怕会遭受很大的牺牲。这可能是唯一的一次，同志们没有完全听取冯雪峰的意见。茅家岭暴动和赤石暴动在一九四二年五月和六月先后发难了。暴动取得成功，政治上沉重地打击了国民党法西斯反动派，一批数量可观的同志逃出樊笼，回到了革命部队。

正如冯雪峰所忧虑的那样，暴动也付出了血的代价。在赤石暴动后，国民党第三战区司令长官顾祝同直接下令，一次集体屠杀七十余人，连同赤石暴动中和途中被害的，共牺牲了七十六位同志（不包括茅家岭暴动时牺牲的在内）。

在外敌入侵、大片国土沦丧的一九四二年，国民党反动派公然大批屠杀革命者，只能说明他们已完全沦落成了一伙民族的罪人，人民的死敌。

半个世纪过去了。今天回顾这页既表现了共产党人的英雄气概，又令人痛心地流了大量鲜血的历史悲剧，重温冯雪峰当时在这个问题上的犹豫与思索，不禁使我感慨万千。

（五）

诗人冯雪峰在集中营的艰难岁月里，不仅以他的坚持革命气节的实际行动"写诗"，而且他继续挥笔创作，写出了大量感人肺腑的诗篇。每当病假时刻，他经常独自一个人坐在墙角的床头，支撑着病体，在一小片土造纸上写个不停，一如青年时代那样，用诗来抒发自己的革命情怀，用诗来鞭挞社会的污浊与丑恶，也用诗来抚慰受伤的心灵。

《灵山歌》是他在狱中写的一首气势磅礴的长诗，他以饱满的热情和虔诚的敬意，歌颂了江西苏区革命先驱方志敏，诗中有这样寓意深刻的一段：

> 我们望得见灵山，
> 一座不屈的山！它显得多么伟美——
> 崎岖，峥嵘，一连串的高峰直矗到天际，
> 有时它蒙罩在梦一般的云里，
> 它自己也显得和云一样地奇伟。
> ……
> 这地方的人又指给我说："就在这灵山，

伟大的战斗者，重聚了大军，

坚执大义的血旗，——

披靡着东南整个的地区……"

……

从这山，我懂得了历史的悲剧不可免，

从这山，我懂得了我们为什么奔赴那悲剧而毫无惧色，而永不退屈！

从这山，我懂得了我们生来就为世界的理想的实现；

……

一座不屈的山！

我们这代人的姿影。

一个悲哀和一个圣迹。

然而一个号召和一个标记！

冯雪峰在这首诗的"注"里说："灵山在江西玉山与上饶县境，自玉山连绵上饶北部，有九十余里，原是有名的山，其雄伟挺拔之美，令人神往。又因为这地带即为一九二八年后工农民主革命军方志敏部的战区，而灵山常为其退守及生养之地，遂更有名，且为当地人民所隐蔽地爱慕。……我们朝夕举首以望，遥遥相对，而难友中即有属于方军旧部的当地的农民战士。"冯雪峰当时被囚居上饶集中营，"朝夕举首以往"，遥望着当年工农红军的旧战场，遥望着革命先驱者殉难的圣地，感触很多。《灵山歌》这首诗，就是抒发他当时内心活动的一首歌，在面对着随时可能降临的死亡，面对着国民党特务的迫害与疾病的煎熬，他决心以方志敏烈士为榜样，"奔赴那悲剧而毫无惧色，而永不退屈！"

冯雪峰在狱中还写了一首题为《火》的诗，诗中有这样一段灼手可热的诗句：

> 火！哦，如果是火！
> 你投掷在黑夜！
> 你燃烧在黑夜！
>
> 我心中有一团火，
> 我要投出到黑夜去！
> 让它在那里燃烧，
> 而它越燃越炽烈！

诗为心声。而实践又是诗的最好注解。在上饶集中营这座法西斯牢狱里，冯雪峰就是燃烧在漫漫黑夜里的一支不灭的火炬，它照亮了自己，也为同志们照亮了前进的路。他和集中营里其他许多忠贞的共产党人的斗争火炬汇合在一起，形成了一片革命的火海，最后终于埋葬了上饶集中营这座黑地狱。

（六）

一九四二年六月下旬，在日本侵略者进攻面前吓破了胆的三战区特务机关，把集中营迁到了福建建阳县城南三十里的徐市镇，在那里安顿了下来。冯雪峰当时已被编在著名的"顽固队"第三队。由于特务队长曾恭生的残酷折磨，不给治疗，冯雪峰的肋骨结核病更加严重，甚至到了不能动弹的程度，队长看到他整天躺在那里，"有碍内务整洁"，就把他送进了设立在一个破庙里的所谓"医务所"，再也不去过问。

这时，党仍在多方设法营救冯雪峰。十一月间，经郭静唐与宦乡等同志的几经交涉，也由于冯雪峰始终没有暴露自己的真实身份，集中营特务头子张超最后答应"保外就医"。这天，郭静唐兴冲冲地跑到医务所，好不容易找到了躺在大庙戏台边一个墙角里的冯雪峰，高兴地对他说："好了，我同宦乡保你出去，张超已经同意，三个月为期。"郭静唐说，他和宦乡两人联名，给张超写了一张"保结"，上边写明："三个月后病愈不回，唯保人是问。"郭静唐边说边神秘地笑，向他挤挤眼睛，意思很明白，什么三个月，去他的罢，再也不回来了。

就这样，冯雪峰被营救出了集中营。不久他就回到重庆，向党中央报告了他的情况，杰出的文化战士与诗人，又投入了新的战斗。

叶挺在他心中
——记叶钦和

（一）

在生活里，不幸有时可以转化为幸运。

我在上饶集中营度过了一年半囚徒生活，有幸在这里结识了好几个毕生受益的战友、长辈，他们如同燃烧在黑夜里的一簇簇火炬，给我照亮了人生的路。

叶钦和同志就是其中的一个。

上饶集中营的特训班里，有几位年长的难友，给我印象比较深的有三位：冯雪峰、郭静唐，另一位就是他——叶钦和。那时的所谓年长，实际上也就是三十多岁，只因为我们大都是二十岁上下的小青年，相形之下，他们就算年长了。这三个年长者性格各异。冯雪峰深沉而寡言，郭静唐老成干练，不露声色。叶钦和呢，却是一个乐天派，胖胖的脸上，老是挂着一丝善良、敦厚的微笑，也许这是南海大亚湾畔人的性格（他是广东惠阳人），他开朗、爽直而热情，即使是在集中营那种令人窒息的生活里，也很难从他的脸上看到愁容。

叶钦和是叶挺军长的堂侄，叫叶挺"询叔"（叶挺原名叫叶询）。早在大革命时期，他经叶挺介绍，认识了邓中夏、苏兆征同志，便在汕头参加了罢工委员会与纠察委员会，投身汹涌澎湃的革命大潮，很快参加了中国共产党。大革命失败后，叶钦和与党失去了联系。一九三七年夏天，叶挺在汉口奉命筹建新四军，他又赶到汉口，找到了堂叔，从此留了下来，成了叶挺的一个助手，由汉口到南昌，由南昌到岩寺，由岩寺到皖南云岭军部，他经历了新四军建军初期的风风雨雨。

他对叶挺有深厚的感情，这里固然有血缘因素，但主要的，是多年来在跟随叶挺的日子里，亲身感受这位北伐名将的高尚品格而激发的敬爱之情。皖南事变期间，他同其他随行人员一起，始终跟随在叶挺军长身边，从一月四日黄昏冒着滂沱大雨离开云岭北移，到一月十四日跟叶挺军长等人一起下山被扣，他经历了皖南事变惊心动魄的十天。这段不平凡的经历锻炼了他，也使他进一步理解了叶挺，从叶挺身上汲取了勇气与力量。

老叶在皖南事变中，曾经历了一个使他感慨万端的场面。一月七日早晨，新四军被围在高坦地区，国民党军步步进逼，正是情势万分危急的时刻，中共新四军军分会书记、副军长项英等三个高级将领竟然带了一小股人悄悄离开了正在浴血苦战中的部队，企图独自突围出去。叶挺不见了项英，派人四处找都找不到，急得直跺脚，叶钦和当时就在军长身旁，只听军长连连叹气："想不到平时什么都要管，什么都要经过他，现在情况这样严重，却丢下部队跑掉了。"他一面与饶漱石一起，把这个意外情况报告党中央，一面继续指挥部队，击退国民党军的围攻。

过了两天，即一月十日，项英等人未能跑出包围圈，由五团战士送回军部，几个人羞愧地耷拉着脑袋，走进叶挺的指挥所。叶钦和进去给他们沏了茶，他看到项英神情沮丧，已完全失去了昔日的神采。这一幕，使老叶受到深深的震动。

叶挺当时不是共产党员，但是他在紧急关头表现了一个真正的无产阶级革命战士的英雄气概与无私精神，服从党中央的指挥，临危不惧，坚守岗位，与部下共存亡。当形势最危急的时候，叶钦和听到有些同志跑来向叶挺建议，立即组织一支精干力量，保护军长先突围出去，但被叶挺严词拒绝了。他大声说："我不能丢开干部和战士不管，我们要共同战斗到底！"

这是多么响亮而有力的声音！这又是多么发人深思的对比呵！

一月十三日，也许是一月十四日，是叶钦和在皖南事变中最痛苦的一天。那天，军部已与作战部队失去联系，人们精疲力尽，弹尽粮绝，一部分干部撤退到一个山坡上，叶挺军长与饶漱石、李一氓、张元寿等几个高级干部聚在一起，商议如何突围。他们已接到了十二日由毛泽东、朱德、王稼祥署名发来的中央电报，指示他们，如果情况允许，部队要争取突围出去，然后分批东进或北进。电报中还说，在重庆与蒋介石的交涉靠不住，要他们注意与包围新四军的国民党部队的将领谈判。接到这个电报后，饶漱石即要叶挺下山去和国民党军队谈判，要他们腾出一条路，让新四军撤出皖南，到苏北敌后去。叶挺说："我们现在已是败兵之将，根本没有谈判的可能，唯一出路只有突围！"饶漱石坚持要叶挺下山，说，"这是党派你去的，不是你个人行动，我们这里几个人将来都可以为你证明"。项英离队以后，饶漱石已是党中央指定的政治上的负责人，实际上就是党代表，既然他坚持这个意见，叶挺当然不能不接受。"既然是党的决定，我就服从。"叶挺说，他先派了两个参谋拿了他的名片下山，一去杳无音信。不久，他自己带了叶钦和等十几个随行人员走下山去，结果不出叶挺所料，他一下山，就成了国民党军五十二师向上级请赏的猎获物。叶钦和当时看到叶挺脸上痛苦万状，不禁心如刀绞。

他们被押解到国民党第三战区副司令长官上官云相的驻地以后，叶钦和放心不下他的询叔，一天，偷偷溜进囚禁着叶挺的一间小屋，去探望军长。军长看到叶钦和，便一再询问其他被俘同志的情况怎样，有没有受苦？有什么困难？看来他最关心的不是他个人的安危，而是其他同志的处境。叶钦和知道，皖南事变中，使叶挺最痛心的，是九千部队指战员的伤亡损失。他曾经一再向国民党当局交涉，自己甘愿承担事变的全部责任，甚至被送上国民党的军事法庭，但必须无条件释放被俘的全部官兵，包括共产党员在内。临走时，军长语重心长地对叶钦和说："你受过党的教育，现在是考验我们的时候了，可千万不能辜负了党和新四军的教导。"

叶挺这番金石般的叮嘱，一直鸣响在叶钦和心头。

（二）

二月初，叶挺和他的随行人员一起被押解到上饶，叶挺被拘禁在国民党第三战区长官司令部附近的李村。叶钦和等人转移了几个地方，最后送到了上饶集中营特训班。从此，我们就生活在一起了，一起出操跑步，一起做苦役，一起蹲在广场烈日下，狼吞虎咽地吃掺杂着沙子的米饭。毕竟他年纪大了一些，加上身体比较胖，怎么也跟不上紧张而又劳累的生活节奏，以至经常弄得狼狈不堪。

无休止的跑步是特务队长折磨我们的恶作剧之一，我们偶有不慎，触怒了队长，便一声哨子响，喝令跑步，我们就没完没了地绕着广场兜圈子，跑呀，跑呀，经常一跑就是一小时，跑得天旋地转。这就苦了叶钦和，他跑不多久，就气喘吁吁地掉到队伍最后边，甚至"咕咚"栽倒在地。

"报告，跑不动啦"，他从地上挣扎着爬了起来，脸上挂着一丝苦笑。

沉重的劳役，对他来说也不轻松。垒墙、抬土、挖平山头，没完没了的重体力活，累得我们这些年轻人都腰酸腿疼，满手是泡，苦不堪言，但睡上一大觉，也就恢复过来了。而他却总是处于"入不敷出"的状态，老是弓着腰，恢复不了体力。有一回，我们被派去搬运大米，一麻袋大米二百斤，他背不动，就和另一个体弱的难友抬，抬了没几趟，"啊唷"一声，扭伤了腰，再也站立不起来，在医务所躺了几天。

即使这样，他依然乐呵呵的，并未因此而沮丧。在集中营严酷而极其复杂的环境中，十分需要鲁迅先生说的那种韧性的战斗精神，既不屈服于敌人的淫威，又不急躁妄动，轻率行事。特训班里有几个富有斗争经验的老同志都是这样做的，老叶也属于这一类。他就像一个善于扫除地雷的老兵，面对危险不胆怯，也不蛮干，而是沉着地巧妙地排除敌人设置在前进路上的一个个爆炸物，安然地越过了雷区。

秋天，集中营里开展"自新"活动，责令被囚者一律要坦白"悔过"。这是一场面对面的政治较量。特务队长找他谈话，要他交代本人和队里新四军被捕干部的真情。他苦笑着用他蹩脚的广东普通话告诉队长，他什么都不知道，他在新四军里只是个干杂务的，文化又低……他隐瞒了自己的全部历史，包括军部副官处三科科长的职务。其实，在军部他经常出入于叶挺军长与其他军首长的办公室，与各个重要部长多有接触，是最熟知军部情况的人之一。但他被捕以后，始终守口如瓶，既不说别人，也不说自己，遇事嘻嘻一笑，他那憨厚的带点儿天真的笑，帮助他掩盖了真面目。

队长对这个胖胖的广东人皱起眉头，听着那叽叽咕咕的广东官话似懂非懂，便问他：

"你说你文化低，啥都不懂，那你能干什么呀？"

"我烧饭做菜还能对付。"

"好吧，那你就到伙房去帮厨！"

队长这个决定，一则是想试探一下老叶，二则也有他的小算盘：厨房里多用几个被囚人员免费干活，就可以少雇用几个伙夫，这些人的工钱就进了自己腰包。本来，伙房已经从队里找了一个帮厨的，那是在当地抓来的一个江西老表，此人姓龚，既聋又跛，是个十足的残疾人，队长看他可靠，就让他到伙房帮忙。可是残疾人毕竟干活不利索，只好再添一个人去帮厨。

可笑的是，那个平日里一颠一跛、整天不说一句话的干瘦中年人，其实是江西地下党的一个老党员，他被捕以后，改名换姓，摇身一变，成了聋子和跛子，瞒过了特务耳目，被送到厨房当下手。后来，这个残疾人利用跟着事务长外出买菜的机会逃跑了，他撒开双腿飞奔，像一只兔子似的很快就钻进了丛林里，顿时无影无踪，气得事务长大喊"上当"。这是后话了。

老叶被派去帮厨，使他免除了沉重的苦役，也给我们带来了好处。一次开饭，我们出乎意料地打了一次"牙祭"，菜盆里多了几块香喷喷的红烧肉，这是坐牢以来从未有过的，大家喜出望外。后来得知，这是老叶自己掏钱去买了肉，亲自掌勺做出来的。集中营里有条规定：被捕入狱者，必须把身上的钱物全部交出，"存"在队部，要花钱得经队长审查批准，才能领取一点。老叶一次次地去向队长磨嘴皮，少不得赔笑脸，才领了一些钱，给大伙吃了一顿若干年以后仍然难忘的美味红烧肉。

帮厨毕竟比较自由些，听到的消息也多，他不断把这些信息告诉秘密党支部，又把支部的意见、决定传递给各班，他成了一个地下交通员。

队长对这个貌似忠厚的广东人还是不放心，不久，又让他回到班里。在集中营重新编队的时候，把他编进了著名的"顽固队"第六队，列为"顽固分子"一类。

一九四二年六月十七日傍晚，第六队在福建崇安县赤石镇的崇溪河畔集体暴动，几十位难友支撑着衰弱的身体向武夷山密林奔跑，宪兵特务在后紧紧追赶。或许由于过度紧张，或许由于体弱有病，有些难友眼看越跑越慢，有人甚至跌倒在田埂上……这时出现了一个奇迹：老叶竟然如飞地跑到了许多年轻人前面，跳出水田，跃过土包，平时那种慢条斯理、拖泥带水的形象不见了。这时，他瞧见广东老乡黄迪菲正在他身旁吃力地奔跑，脸色灰白，身子东倒西歪，眼看就要支撑不住。

"黄迪菲，你怎么啦，快点跑！"

"口……渴……死……啦。"黄迪菲上气不接下气，乏力地摇着头。

叶钦和急中生智，赶忙从口袋里掏出一支牙膏，递给黄迪菲。——这是在皖南事变中学到的一点新知识：当人们被围困在山头上又饥又渴的时候，牙膏是既能解渴又可充饥的宝贝。黄迪菲接过牙膏，吮吸了一大节，顿觉浑身清爽舒服，来了精神。他把牙膏很快传递给了在边上跑的另一个同志，就和叶钦和一起加快奔跑起来，最后攀上了武夷山高峰，到达了预定集合地点。

黄迪菲跌坐到草地上，习惯地用手指推了一下鼻梁，那里空空的，才发觉那副一刻也不能离开的一千多度的近视眼镜，已经不翼而飞了。

（三）

从集中营越狱出来的同志有个共同体会，越狱需要有置之死地而后生的勇气。但是越狱以后，如何混过国民党统治区的无数道关卡，千里迢迢重返革命队伍，却是一个更加艰辛的征程。

老叶从赤石暴动出来后，最初跟着大家在山上打游击，国民党调动大军围剿，就被迫分散活动。老叶和陈子谷、黄迪菲三个人为一个小组，出没在深山老林里，没有粮食，就吃野菜，吃了整整一个月的苦叶菜，饿得头昏眼花。最后他们决定下山，设法回部队去。可是回部队又谈何容易，这武夷山区距苏北千里之遥，在那战乱年代，奔上这段行程，犹如一叶小舟，去远涉恶浪滔天的重洋，前途是难以预卜的。他们经过河口、上饶、玉山、江山、衢州……一路上要过饭，干过苦力，被抓过壮丁，经历了无数惊险，吃尽了人间的苦楚。这三个广东人，黄迪菲是个丢掉了深度近视眼镜的半瞎子，陈子谷是个书生气很重的华侨知识分子，老叶成了他们的"家长"，年仅三十六岁的叶钦和，已变成了一个胡子及胸的干瘦老头，看上去少说也有五十多岁。他们干脆以父子相称，相依为命。好不容易到了上海，找不到党的关系，又流落街头。一天，老叶正在马路上踯躅，瞥见一辆三轮车从面前驶过，上面坐着一位面容清秀的年轻妇女，他一眼就看出，这不是军部的××同志吗？不觉心中大喜，连忙奔了上去呼喊这位妇女的名字，请车停一停。不料这位年轻妇女朝衣衫褴褛的老叶看了一眼，竟让三轮车工人快蹬，一会儿就走得无影无踪。老叶呆呆地站在马路上，失望到了极点，在上海流浪了几个月，好不容易在茫茫人海里碰上了一个熟人，却转眼又失去了。回到住处，他把这件伤心事告诉了黄迪菲，二人抱头而哭。后来听说，老叶并没有认错，那个年轻妇女确实是新四军军部的一位女同志，是组织上送到上海来治病的，她也认出那个形同乞丐的老头正是军部副官处的叶科长，但事出突然，敌伪占领下的上海情况极其复杂，谁能保证这不是坏人设下的圈套呢？于是她坚决甩掉了这个可疑的"老头"。一场误会，使老叶与黄迪菲又多吃了几个月的流浪之苦。

所幸一九四三年夏季，赤石暴动的组织者之一陈念棣同志在经历了近一年的流浪之后，回到了无锡老家。老叶找到了他，从此结束了浪迹沪滨的苦难生活。这年秋天，我们几个从集中营越狱出来的幸存者，欣喜地在上海相聚，并很快接上了组织关系。这年初冬，由陈念棣与老叶牵头，我们一行人在苏南偷渡过长江，回到了皖北新四军军部，投入了日思夜想的党的怀抱。

如今，老叶已经离世有年了，他亲切的容颜，仍不时显现在我记忆的屏幕上。时光可以流失，患难岁月中凝结的革命友情是永远难忘的。

一九九〇年二月于北京

越狱记

我们原是自由的鸟儿，飞去吧，

飞到那乌云后面明媚的山峦，

飞到那蓝色的海角……

——普希金《囚徒》

跳出囚笼

一九四一年一月七日，在皖南云岭附近爆发了一场血腥内战，八万余国民党军队伏击正在北上途中的九千余新四军子弟兵，大批新四军官兵倒在血泊里，七百余个干部被俘，他们被押解到国民党政府第三战区首脑机关所在地江西上饶，组成了上饶集中营。

在全国各地，国民党反动派发动了第二次反共高潮，军警、宪兵、特务大肆逮捕共产党员和爱国人士，许多爱国青年宣告"失踪"。

"失踪"的命运也落到了我的头上。

一月二十五日黄昏，国民党特务机关对金华进步文化界进行了一次有计划的大逮捕。一群国民党特务包围了我们国际新闻社金华办事处，逮捕了办事处的负责人计惜英同志和我（办事处只有我们两个工作人员），还有路过金华在办事处寄宿的陈念平同志。这帮歹徒肆无忌惮地在屋子里翻箱倒柜，洗劫了一大堆东西。我与计惜英被戴上手铐，押过灯火阑珊的金华大街。

后来我们才知道，当晚特务还查抄了《浙江潮》与《浙江妇女》两家进步杂志，逮捕了林秋若（林琼）、李鸿年、李华（李士俊）、项姓等同志。

我们先在金华的宪兵队被关了一夜，次日即西解上饶。到上饶时正好是春节，零落的鞭炮声分外凄凉。我们被关进宪兵八团监狱。

我，一个年轻的浙江上虞的地下党员，被投入这座惨无人道的大牢狱。

一九四二年六月，日本侵略军沿浙赣路大举进犯，上饶危在旦夕，国民党军政机关纷纷向福建逃难，集中营也随着向闽北撤退。经过五个多月地狱般折磨侥幸活下来的"囚徒"们随着国民党的溃兵，来到闽赣交界的铅山县石塘镇。

这是个只有几十户人家的小镇。镇里的居民早已被统统赶走，囚徒们被关进一座座密闭的房子里，我所在的集中营第三队，被关进一座空无一人的小工厂楼上。

北边上饶方向不断传来隆隆炮声，看来日本人还在继续进攻，石塘镇不是安全处所，集中营头子决定把囚徒队伍继续押往闽北。

六月十四日，是个不平静的日子。

明天一早队伍即将出发，前面就是横亘在闽赣两省之间层峦叠嶂的武夷山，越过高高的分水岭，就进入了福建崇安县境。这是一块神秘的、曾经被"赤化"多年的土地，十年内战时期这里建立过苏维埃政权，至今崇山峻岭间还出没着一支红军遗留下来的游击武装，保卫老苏区的乡亲们免受国民党暴政的蹂躏。谁也弄不清这支队伍有多少人枪，什么时候会突然从山坳里冲将出来。

在即将走上这段难以预测的神秘之路的前夕，集中营里的各种人都在心中盘算、揣测着各自的命运。

特务队长神情异常，他们脱下军装，换上便衣，把短枪藏在里边，预防不测。

押队的宪兵紧张地擦净枪支，备足弹药，以便在紧急关头，迎战突然出现在山头上的红军游击队，或者向逃跑的囚徒射击。

我萌发了一个念头：趁机越狱，逃跑！

黑夜来临。拥挤地睡在小楼楼板上的人群里，传出了鼾声，我没有睡，连一丝睡意都没有，心头如汹涌的潮水，难以平静。我的胸口针扎似的隐隐作痛，不由得又想起了白天和一路监押的特务队长发生的一场"冲突"：

在镇边的一条小河里洗澡时我才匆匆擦洗一遍，集合哨子就响了，当我狼狈地走进早已排列整齐的队伍，后边传来一声大喝：

"为什么不遵守规定时间？"

"我把绑腿忘在河边了。"

队长走到我跟前，发现我没有以立正姿势回答他的话，这是对长官的大不敬。

"给我站好！"又是一声吼叫。

我依然两腿叉开。

身材矮壮的队长当胸就是一拳，我踉跄了几步，站住了，两腿依然叉开。

著名的"魔王队长"暴怒了，又是拳打又是脚踢，把我踢倒在地。我挣扎着爬了起来，依然两腿叉开，站在那里，只感到浑身的血在往上涌。

整个队伍寂然无声。这是可怕的沉默。气咻咻的队长看天气已近黄昏，怕出意外，他狠狠朝我瞪了一眼，把队伍带回住地。

此刻，队长那双煞白的眼睛又出现在我面前。这是一双吃人的眼睛，喝血的眼睛。我知道，他绝不会放过我的。也许是明天，也许是后天，我必须在这只恶狼扑来之前就逃出这死亡之窟，绝不能再犹豫了。

关进这座小楼以后，我已多次仔细地察看了周围，楼梯被封锁得严严实实，不可能逾越。唯一的出口是窗子。这是幢旧式二层楼房，窗口离地面不算很高，窗外不远处就是一条直通石塘镇圩子的大路，路口有宪兵在站着岗。最糟糕的是，窗口从白天到晚上，一刻不停地有个叛徒班长在坐守着。

我真是恨透了这条死守着窗口的忠实走狗。三队里有几个叛徒班长，他们原先都是新四军的连队基层干部，但一到集中营以后，就跪倒在特务队长面前，由人变成了狗。此刻坐守在窗口的这个叛徒班长，原是新四军一个连队的事务长，在皖南事变中，他趁乱发洋财，偷掠了许多瓶西药盘尼西林（西药盘尼西林在抗战年代是很稀罕的）和银圆，藏在背包里。到集中营以后，他很快就和特务们站到了一起。他的全部生活目的就是两条，一是保住性命，二是保住背包里的西药和银圆。为了这两条，他什么坏事都干得出来。

特务队长派叛徒班长死守着窗口，说明他们已经注意到这里是个危险的缺口。

怎么办？

看来逃跑很困难。一个念头在脑际闪过：找个伴一起逃吧，这也许会好得多。

我推了一下睡在我左侧的冯立平，他正打着鼾，睡得很香，只微微挪了下身子，又呼呼大睡。他的确是过于劳累了。从上饶到石塘的一路上，我俩合抬一大筐伙房用具，满筐沉重的锅碗瓢勺，压得我肩膀红肿，满头大汗，狼狈不堪。正走着，倏然间，我感到肩头的担子越来越轻，一回头，才发现冯立平已悄悄地把担子的重量几乎全部移到了他那头。到了住地，我的草鞋烂了，脚上打起了泡，他瞅见了，一声不吭从背包里拿来一双新布草鞋，递给了我。要知道，在那个物质条件极端艰难的环境里，这是一份多么珍贵的礼物。冯立平是个沉默寡言的人，这个浙江慈溪县出生的青年比我大四岁，但比我成熟、坚强得多，他不是用语言，而是用比语言强千百倍的、像上面所说的那种默默的实际行动，赢得了我对他的尊敬和信任，成了我的一个大哥哥，处处卫护着我，激励着我。我推不醒鼾睡中的"大哥"，又不敢喊出声来，急得额头上直冒汗。（冯立平一九三八年参加新四军，一九三九年冬参加中国共产党，担任过新四军教导队文化干事，连队副指导员。一九四二年秋，在集中营里被残忍折磨而死。）

这时，我发现睡在我另一侧的楼永庆没有入睡，在那里不时翻着身，传出轻轻的叹息。我捅了他一下，用别人不可能听到的低声，对着他的耳朵告诉他：

"永庆，我决心今晚从窗口逃跑……咱们一块跑吧。"

他没有吱声，停了一会儿，对着我的耳朵说：

"跑吧！……我眼睛不行，夜里走不了路……"

我这才想起，他是个深度近视眼，如果丢了眼镜，无异是个瞎子，夜间越狱对他来说是十分困难的，我只好作罢。楼永庆是浙江余姚人，著名作家楼适夷的侄子，新四军连队的一个文化教员，皖南事变中被俘。他在对敌斗争中立场坚定，作风正派，是个可以信赖的好同志，他不能跟我跑，完全可以谅解。

不管怎么样，我还是下决心跑。我一直盯住窗口，那条该死的狗竟如木桩似的钉在那里，一动不动。时间在悄悄地逝去，此刻也许已是深夜了，万一天亮了怎么办？我的眼睛由于盯得过久而发酸，两手渗出了湿腻腻的汗。

突然，叛徒站了起来，望了望熟睡着的人们，竟"咯咯"地走下楼去，看来是上厕所去了。

我一跃而起，窜到窗口，摔灭了豆油灯，室内一片漆黑。我按照事先的计划，立即把绑腿带的一头绑到窗边的柱子上，随即爬上窗子，抓住绑腿带准备往下滑。

一个黑影从我身后窜出，没有等我看清楚，已经飞上窗口，一跃而下。我这才意识到，有人和我选择了同一条路。我赶紧登上窗口往下溜，不料一下去，绑腿带就扯断了，摔倒在楼下草地上。那个黑影早已一溜烟似的跑得无影无踪。这一切都是在短短的几分钟里发生的。

"有人逃跑！有人逃跑啦！"叛徒班长举着一盏刚点亮的豆油灯，扒在窗口大喊。

"去你妈的，快把灯灭了，你晃得老子啥也瞧不见。"在大路上放哨的宪兵朝着窗口大骂。

几个人发疯似的从工厂大门口冲了出来，走在最前头的是三队队长曾恭生，他高高举着一支盒子枪，气喘吁吁地连嚷带跑："快！快！别让跑了！"

这一切我看得清清楚楚，因为这时我还藏在离大路不远的草丛里，不能再跑了，幸亏草很茂密，把我包得严严实实。我摸到了一块不小的石头，心想这是我此刻能自卫的唯一武器了。

那几个人向草丛里扫了一眼，不知什么缘故，没有走过来搜寻，也许是那个黑影急速远去的脚步声吸引了他们。曾恭生气咻咻地喊：

"准是往圩子口跑了，快往那儿追！快！"一群人连同宪兵呼啦啦地沿着大路向圩子口追去了。事不宜迟，我立即跳起来，当然不能走大路，就翻身跳进附近的一个小院子，不知从哪里来的一股神力，我竟很不费劲地翻过了一堵又一堵的墙，迅速跑到了高高的圩墙边。离此不远的圩门口，传来了嚷嚷声，我就爬上圩墙，不顾一切地往下纵身一跳，"啪嗒！"我的脚肚子整个陷进稀泥里，谢天谢地，原来圩外边是水稻田。

我拔出双脚，就往外跑，跑了很久，感到脚上一阵阵刺痛，一看原来自己是一双光脚板，脚上的草鞋已经留在稻田的稀泥里。我忍住痛，继续沿着一条山间小路，向山上奔去。

此刻正是黎明前的黑暗，没有月亮，无数星星在天上闪烁。我侧耳细听，后边没有了追赶声，想必已经跑出石塘镇很远。我估计，队长曾恭生为了防止关在楼上的人再出意外，未必会在黑夜里穷追不舍，何况大队伍再过几小时就要出发呢。

我在路边坐下休息。山坳里静极了，一些不知名的虫在草丛里鸣奏，更增添了夜的安谧。我终于获得了自由！一种难以名状的轻松感流遍全身，我尽情呼吸着山间清凉的空气，完全忘掉了刚才剧烈奔跑的疲困。

那黑影是谁？此刻他跑到哪里去了？我想起几小时前跳出窗口那戏剧性的一幕，不由得深深惦念这位勇敢的同志，不正是他把追兵引向了圩门口，才使我得以脱身。

夜走青竹坑

天色微明，我又继续上路，朝着东北方向的大山区前进，与集中营的南迁路线背道而行。这里是闽赣交界的武夷山东端，远眺几百里的高山大峰，雄伟奇丽，郁郁葱葱。在集中营里就听说，这闽北武夷山里的青竹坑、磨盘岭、范家坳一带，都是老苏区，那里有当年红军留下的游击武装在活动。现在放在我面前的只有一条路：上山找游击队去。

黎明的山区静悄悄，朝雾弥漫，路上行人绝迹。走了一程，瞥见前方路边有一个人影坐在那里，离得远看不清楚。我走近一看，不禁大喜。

"庞斗华！"我喊了一声，奔过去抱住了他。我们两个紧紧地搂在一起，半晌说不出话来。

原来跃出窗口的黑影就是他！

我和庞斗华在集中营特训班的时候就在一起，以后集中营重新编队，我们又一起编到了著名的"顽固队"第三队。他是在皖南事变中被俘的新四军干部，押到集中营以后，一次和特务队长争吵，被毒打了一顿，关进茅家岭监狱。先是来个"下马威"，押进国民党特务创造发明的特殊刑具"铁丝笼"，站了几小时，然后送进大牢房，一关就是两个月。在茅家岭监狱，他积极参加狱中的绝食斗争，又吃了不少苦头。这个出身江苏常熟（现为张家港）"书香门第"的名门子弟，抗战前浙江大学化学系毕业的高才生，竟没有被长年累月的饥困与苦刑所压倒，在昨晚的越狱中表现得这样勇敢而果断。

"你的跳窗动作好快呀，"我笑着说，"没有跌坏吧？"

"嘿，我过去是学校里的篮球运动员呢！……不过，我的腰摔坏了。"他指指腰部，脸上浮起一丝痛楚的笑。庞斗华的腰伤在以后一段长时间里一直折磨着他。

庞斗华比我年长十二岁，在各方面都比我成熟与老练，此刻他已经换上了一套在集中营里秘藏下来的黑色褂裤，俨然像个乡村学校的老师。他在集中营通过江西地下党员的介绍，已略知武夷山游击队和赣东北地下党的概况，并记下了几个联络点地址。

"那我们快走吧！"我催他。

"你这副模样能走吗？"他指指我身上，笑了起来，原来我还穿着集中营的囚服——土黄色的粗布军装，一顶黄色军帽，还是一副"囚徒"行装。

我们决定先去设法弄一套便服，然后奔青竹坑去找地下党的关系。

走了一程，望见前面山坳里有个小村落。在狱中的时候，江西地下党的同志曾叮嘱过我们，在山区找党的关系，尽量不要进大村子，更不可进那有白粉墙的房子，要找那孤立在村外的破草房，先摸清楚情况再进。我们遵照这个意见，趁着此刻天还未大亮，周围山林尽是白茫茫的雾，在离村子还有二三里地的一个山坡边，敲开了一间旧草房的门。

开门的是个中年妇女，她开始对我们这两个天不明就来敲门的不速之客，感到惊讶和疑惑。庞斗华委婉地给她说，我们是被乡保长抓去的壮丁，现在从队伍里开小差出来，回到南方老家，想买点吃的，再问个路。这也是江西地下党同志告诉我们的，江西农民吃尽了国民党抓壮丁的苦头，你只要向老表说抓壮丁的苦处，最能得到群众的同情与帮助。庞斗华的一席话果然灵验，她把我们让进了屋里。

一看就知道，这是户贫苦农民，室内除了一些简单的家具，几乎空无所有。

正说话间，从室内走出一个约莫三十多岁的中年农民，他显然已经听到了庞斗华的自我介绍，但他仍以疑惑的眼光打量我们，似乎要从我们身上找到另一些东西。

"你们是抓壮丁跑出来的么？……嗯，说话倒是外地人口音。"他以似信非信的口气说，特别注意到我的狼狈相：光着脚，腿上裤子上全是泥巴，衣服好几处都扯破了，说是当兵的又不像当兵的。他看着看着，不觉微微露出了一点笑容。我趁机就说：

"老表，你帮我弄套旧衣服好吗？我这套军装送你……"

想不到主人很快点头答应了，那妇女从里边拿出一套蓝布褂裤，洗得倒还干净，只是已很破，尤其糟糕的是，裤子露出了几处破口，但没有办法，我只好把它换上，庞斗华在旁边看了直笑。

那老表又让那妇女从屋里拿出两双草鞋，还有一包冷米饭，要我们拿着在路上吃。

"你们快些赶路吧，天明了不方便。"老表把我们送到门口，叮嘱我们，"路上可要小心啰，这几天这里风声很紧，说是抓什么人，唉，这个世道。"

天已开始大亮，我们不敢进村，就拣一条小道直奔山上，拣一个树荫浓密的僻静处隐藏起来，刚才那位农民的神态叫人捉摸不透，他说的"这几天此处风声很紧"的话，几天以后我们才逐渐领会到。

接连几天，我们都是昼伏夜行，肚子饿了，就在夜间下山找间独立的农舍，进去要点饭吃。幸亏庞斗华身边藏着几元钱，开始几天都给主人付了点饭费。一天，我们来到一个农家，主人特别慷慨，端出了一满桶江西红米饭，还有一碗有肉的咸菜。我们饿极了，狼吞虎咽地把看来是他一家人吃的饭，连同一碗咸菜，全部吃得底朝天，主人在旁看了也大为吃惊。我们非常惭愧，把剩下的最后一元钱付给了他。

俗话说："山区的天，少女的脸，说变就变。"这话确有几分道理。在闽赣山区尤其是这样。一天傍晚，我们正沿着一条山道赶路，刚才还是晚霞满天，天气挺好，不一会儿天上乌云骤起，接着暴雨如注。附近没一处可以躲雨，我们很快被淋成了落汤鸡，好不容易在路边找到一个土洞，两个人便钻进洞里，浑身冷得打战，我们就像一对热恋的恋人，紧紧地搂在一起，用体温相互驱寒。洞外雨下个不停，湿衣服贴在我们身上，仿佛整个世界已变成一团冰块。

幸好次日天就放晴了，我们跑到山上，脱下湿衣服晾着，俩人光身钻进草丛躲起来，简直变成了山林野人。人们常说的"饥寒交迫"，这回我们算真的尝到了其中滋味。

下午，换上干衣服，我们继续起程。

走了一会儿，看到小路边有座破败不堪的小庙，庙里没有神像和烟火，四周肮脏不堪，空无人迹。我们关上庙门，决定休息一会儿，同时利用空隙打两双草鞋。我在集中营里学会了一手打草鞋的手艺，一路上已搜集了一捆稻草。脚上的草鞋早已稀烂，没有草鞋怎能赶路？

刚打完一双草鞋，猛听得庙门外响起一片擂门声，夹杂着各种人的叫嚷：

"开门，快开门！"

"人在里边，快进去抓住！"

我们闻声霍地跳起，情况紧急，不容片刻犹豫，看到庙后有堵破墙，立即跳墙而跑，一口气朝山上飞奔，直到背后听不到追赶声。我懊恼极了，刚打好的草鞋，连同一捆稻草，都丢在了破庙里。

几天来路上的种种迹象，使我们想起了刚进山那天，那位老表说的"路上可要小心啰，这几天这里风声很紧"的话，看来真是如此。

闽赣交界的武夷山区，奇峰挺秀，叠叠层层，山间又不时出现小块盆地，道道山溪由高到低，一泻而下，大雨过后，小溪成了大溪，四周可闻哗哗的流水声。

次日黎明即向青竹坑进发。我们仍然走山间小道，曲曲弯弯，走到下午三四点，问老表，说大约还有十几里路。

山下出现一条平坦的公路，向着同一个方向。

老表告诉我们，去青竹坑走这条路要近得多，三五里地也就到了。

"快到青竹坑了，咱们就抄这条近路快一点走，我看不一定会出问题。"我向庞斗华建议。他沉思了一下，点点头。我俩迅速从山上插到了公路上，几天来一直在大山密林里转来转去，爬山涉水，脚上不知拉了多少伤口。一下踏上平坦、宽阔的公路，走在上面不知有多舒坦。我们迈开大步，朝着老表所指的方向，朝青竹坑奔去。

我俩朝青竹坑方向走了一程，从山上远望山下的村子里，灯光闪闪，人影憧憧，还响起了军号声。

看来这里驻有国民党军队，不能再往前走。又绕道走到另一座山头上，情况依然差不多，各村子里都有军队在活动。

待到天色放明，我们隐蔽下来，继续察看山下的动静。果然，下边一个山村里驻扎着国民党军队，士兵们密密地排成队列在出早操，口令声、军号声响成一片，远处各条路口上，都有士兵在放哨。

我们在山上整整转了两天，根本无法前进，想找个吃饭的地方都很困难。

青竹坑这一带全被国民党军队包围了。

后来才知道，我们从石塘越狱后的第三天，即六月十七日，集中营的"顽固队"第六队，在行经崇安赤石镇的时候举行了集体暴动，几十个同志奔上了高山密林，国民党第三战区紧急调动近一个师的兵力围剿武夷山。在日本军队面前节节败退的国民党军队，在青竹坑等地重演了十年内战时期"围剿"工农红军的一幕丑剧。

我们只好往回走到甘溪镇，在街头见一处大院门口，贴着一张"收容战地流亡学生"的布告，署名是"第三战区政治部流亡学生工作团"。

我俩商量了一下，决心一不做，二不休，去闯一闯。

"虎口"栖身

"第三战区政治部"，这是个颇带点血腥味的名称，横行闽、浙、赣的特务大本营专员室，以及庞大的集中营，都在它直接管辖之下。到它下边的一个部门去栖身，不等于自投虎口吗？

但我们没有别的路可走。我们只能用古人的一句话来自勉："不入虎穴，焉得虎子。"对于一个猎人来说，虎穴既意味着危险，也意味着收获。

我们毅然走进大院，找到了报名处，向办事人员讲述了一遍从金华的学校被炸到流亡出来的经过。我们的叙述没有引起怀疑。在填写个人经历表的时候，庞斗华一笔清丽的蝇头小楷，又一次受到人们的称赞。办事人员当场就认可了我们的流亡学生身份，同意收容。

第二天，团部传话，召见庞斗华。我们吓了一跳，是不是露了马脚？我忐忑不安地在外边等候着。一会儿，他春风满面地回来了，告诉我，团长看中了他的书法，要委任他为团部文书，他已同意。"上士文书，这官儿可不小呀！"他对我挤挤眼睛，狡狯地笑着。

这样，我们总算有了暂时的落脚之地。我和流亡学生们在一起，生活虽然还是清苦的，但毕竟吃饱了肚子，睡好了觉。庞斗华不知从哪里给我弄来了一套衣服，让我换下了那套浸润着老苏区革命情谊的破褂子，使我不再是原来那副狼狈相了。

庞斗华平时在团部办公，他不时偷空溜出来，有时捎来一些鸡蛋之类的食物，偷偷塞给我；有时就出来聊一会儿天，或许是他怕我一个人在外寂寞吧。我们以叔侄相称，他仿佛真正成了我的叔父。

流亡学生收容团在甘溪停留了几天，收容了一批人，不久就向福建方向进发。队伍沿着闽赣公路前进。这是一条熟悉的路，是洒过集中营战友血汗的路，半个月前，我们就是从这条路上艰难地跋涉到铅山石塘镇的。今天重新踏上这条崎岖不平的公路，不由得想起已经南去的集中营队伍里的众多战友，不知他们现在何方？是否依然颠沛在苦难的路上？

三战区的逃难大军，大都以建阳为目的地，小小的建阳古城，顿时变得拥挤不堪。政治部机关在城里住不下，就安排在建阳南郊一带。我俩跟随着流亡学生团，也就来到了南郊外。行进在南郊途中，眼前几次闪过似乎熟识的面孔，这使我们提高了警惕。

果然，我们撞上了冤家。

远处走来一个年轻宪兵，瘦高的身材，圆乎乎的脸，袖子上套着"宪兵"字样的红袖章，脚蹬大皮鞋，踏得咯咯响。我一眼就认出，这是在集中营特训班里站过岗的年轻宪兵，是我的浙江同乡，在他值班的时候，我们经常偷空闲扯，从家乡"闻着臭吃着香"的臭豆腐，谈到每年五月家乡漫山遍野又红又甜的杨梅，思乡之情使我们有了某些共同语言。谈得深了，我就向他探听一些消息，他也发起牢骚来，诉说自己是被骗进来的，踏进宪兵队，从此就别想再离开。正是从这些宪兵的嘴里，使我知道了这支国民党法西斯党卫军的重重黑幕。

那宪兵显然也已认出了我，逃走是来不及了，我索性加快步子，奔了上去，主动打招呼：

"老兄，你好啊，现在在哪里驻防呀？"

他给我说了一通，问我：

"你出来啦，那好呀！"

"出来啦，现在我在此地做事。"我含糊地说。

我们争取主动，连续向他发问，使他没时间盘问我们，到最后，我们就说：此刻我们正在办一件事，回头一定去看他。

那宪兵看来很高兴，连连说，希望到他那里玩，看不出来对我们有多大怀疑；或许他多少有些迷惑，不过事不关己，又不在自己岗位上，何必多管闲事。

和那位宪兵分手后，我与庞斗华立即快步离开大路，走到一个小亭子里，紧急商量对策。庞斗华说，我们不能再继续跟着往前走了，看样子，集中营也在这个方向（后来证实，集中营迁到了建阳以南的徐市镇，正是在这条路上），我们弄不好，又要撞进集中营去了，即使路上碰到一个特务，后果也不堪设想，必须赶紧离开，一分钟也不能再耽误。

我们急忙走出流亡学生团住地，折返建阳城，好在庞斗华利用做文书工作之便，早就偷偷填好了两张通行证藏在身边，便通行无阻地进了建阳城。

来到江西的大批逃难队伍，把这座闽北古城弄得乌烟瘴气，四处乱糟糟。住宅里住满了各式各样的政府机关与团体，到处都贴着各种文告，有寻找亲人的，机关联络失散人员的，等等。在一处白粉墙上，贴着一张通知，是金华的《东南日报》，宣布已经迁到建阳某地，即日开始复刊。

我心头一动，想起这家报社里有个朋友叫陈向平，在金华时曾经打过交道，是一位可信的同志。我俩现在身无分文，不妨前去找他弄点路费。庞斗华此时也正为缺钱而发愁，一听就立即赞同，只叮嘱我要小心行事，不可莽撞。

我按照地址，找到了报社，通报进去，不一会儿陈向平果然出来了。使我奇怪的是，他见到我后，显得神色慌张，当我说明来意，他支支吾吾地说，他要到里边去取钱，说罢掉头就走。我在外等着，左等右等不见出来，我只好悻悻地离开。（解放后，我在上海与在商务印书馆工作的陈向平同志见面时，他一再表示歉意，他是个地下党员，在那白色恐怖弥漫的四十年代，在国民党统治下的闽浙赣一带，"失踪"的命运随时可能降到共产党员和其他爱国人士头上，我过于唐突的造访，使他误以为祸事临头，赶快溜之大吉，这是完全可以谅解的。）

幸好天无绝人之路，我同样凭着在电线杆上的一张启事，找到了刚逃难到建阳的中国银行浙江分行，见到了银行办事员、曾经是国新社通讯员的孙宝琦，他是我在国新社工作时相识的朋友。与《东南日报》那位同志不同，孙宝琦对我们表示了充分的信任与极大的热情，他详细询问了有关集中营的种种情况，并且慷慨地赠给我们一笔钱作路费。临走，他告诉我，金华的另一个国新社通讯员陈湘，改名陈子夙，现在永安的《大成日报》谋职。听了这个消息我们不禁大喜。陈湘是我在金华时的一个好朋友，他的老家就在面临台湾海峡的闽南惠安县，说不定在那里可以找到一条从海上返回苏北的路。

一路上，我和庞斗华作了无数次讨论，却始终未能找出一个良策，就是如何返回苏北敌后根据地？这个问题在我们跳出石塘镇那个囚房之后，就摆到了面前。抗日战争犬牙交错的形势，使陆上交通线已处于支离破碎，何况我们两个又是四处追捕的"逃犯"！遥望江南家乡，关山重重，有家归不得的乡愁，使我俩深深苦恼。

走哪条路才能顺利回到浙江老家？回到新四军？孙宝琦提供的这个线索，如同在昏暗中射来一线阳光。当晚我们作出决定，立即离开了建阳，继续南下，经建瓯、南平、沙县，直奔沙溪上游的永安。我们顺着西南方向，几乎走了半个福建，我不记得到底走了多少天，脚上起过几回泡。今天回忆起来，使我感到惊奇的是，两个面黄肌瘦、举步维艰的人，何况庞斗华还有腰伤，居然走完了这段漫长的路，顺利抵达了永安城。

归途波澜

在人生的旅途中，大概没有比真挚的友谊更可贵的了。

谢天谢地，我们这艘漂泊在大海里的小舟，在永安又一次得到了友谊之手的救援。

在永安，我们很快就找到了陈湘。使人吃惊的是，他所在的单位，办的竟是国民党福建省党部的一张机关报，无疑又走入"虎口"了。但黑窝里也有好人，陈湘就是一个。他不避危险，把我俩安置在他的住所，一起商量了今后的行动路线，最后决定，立即到他的家乡闽南惠安去，在那里设法搭海船去浙江舟山的沈家门，到浙江后再转上海，这样去苏北就方便多了。

在谈话中，他吐露出了内心的痛苦，说他再也不能忍受国民党统治区这种受压迫受侮辱的生活，希望能跟我们一同到解放区去（一九四三年，陈湘和我们几个从集中营越狱出来的同志一起，由上海到了皖北新四军军部）。

从永安南下惠安，又徒步跋涉了好几天路程，到达惠安时，季节已经入秋。惠安是个被称为"地瓜县"的穷县，到那里后才知道，这几年兵荒马乱，海匪猖獗，人们不敢驾船出海，天天空望着浊浪翻滚的台湾海峡，不见有海船出航的消息。没有办法，经陈湘的朋友介绍，庞斗华暂时到本地的私立侨光中学教书，任英文与数学老师。斗华外文与数理化功底扎实，当地很难找到这样好的老师，他受到了校方师生的热烈欢迎。

我经朋友介绍，到了离惠安不远的仙游县竹庄小学担任高年级级任老师。竹庄地处丘陵山区，与外界很少交往，这是一所私立学校，校长是个挂名国民党员的开明人士，他们热情地接待了我这个外地人，而我也给这个闭塞的乡村小学吹来了一股新风，赤着脚，说着难懂的莆田话的孩子们，兴高采烈地唱起了过去从未听到过的《黄水谣》一类的抗日歌曲。

我俩的生活初步安定了。这儿离建阳集中营已经很远，我们再也不用担心特务队长的追捕，也不会再挨叛徒班长的棍棒与拳脚。但我们老觉得一切如在梦中，过去的一切似乎已经非常遥远，又仿佛就在眼前，尤其是对集中营战友的绵绵思念之情，与日俱增，紧紧地揪住了我们的心，多么希望能够听到一点同志们的消息啊。

中秋节到了。这是逃出集中营后的第一个中秋。根据庞斗华的建议，我们过了一个特殊形式的节日。那天，烧了几个菜，还买了蜡烛与香纸，斗华让我写了一篇"祭文"，内容是悼念集中营的牺牲者，怀念还在苦斗中的战友们。我们关上房门，点起香烛，室内烛光融融，香烟缭绕，先由我朗读并焚烧祭文，接着一起跪倒在桌前，遥向北方，恭恭敬敬地叩了几个头。礼未行毕，再也关不住感情的闸门，两个人竟趴在地上呜呜大哭起来。假如人世间真有灵魂的话，此刻我们多么希望集中营的烈士们能够听到我们的呼唤声。

秋去冬来，闽南的冬天虽然不飘雪，却也大地萧索，寒风呼啸。我与庞斗华改名换姓（他改名曹煜，我改名施明），隐蔽在闽南一隅，时间已过去几个月，眼看海船无期，有家难归，心中实在着急。

我俩都为病痛所苦。他腰伤发作，疼痛难忍。我到了竹庄后，患了疟疾，病倒在床上。我这个人感情软弱，远不如斗华坚强。一个人困居山乡，不免陷在深深的孤独与苦闷之中。年轻的时候喜欢学写新诗，我就用写诗来抒发苦闷，自我慰藉，求得心理的平衡。我写了许多诗，其中有一首，题目叫《冬蛰者》：

> 冬蛰的蛇是聪明的
> 谁说，孤立在寒冬旷野上
> 抖索着的松柏
> 是勇敢的呢
> 潜伏着吧，伙伴呵
> 不要为不幸的遭遇而伤心
> 冰雪的统治不会长久
> 它只是为哺育将来的
> 更新的一代而存在的呵
> 只要希望的火花不灭
> 潜伏着，一声不响
> ——要作为一粒强烈的火种
> 而埋藏着呵，伙伴
> 当探春的花朵在枝头绽放
> 冰雪的统治，将在
> 胜利者的哗笑里迅速死亡
> 探出潮湿的土壤
> 伙伴呵，你将以何等的喜悦
> 去拥抱初升的朝阳呢

诗是很幼稚的，它真实地记录了我当时的心迹。

我还很欣赏俄国诗人普希金的《致西伯利亚》，把其中的一段，抄在本子上，借以自勉——

> "不幸"的忠实姐妹
> 是那黑暗地底的希望
> 它鼓励着勇气和喜乐
> 要来的是良时一旦

我与庞斗华期待着的"良时"，到一九四三年四月间，开始来到了。陈湘辞掉了报社的事，从永安回到惠安老家。我们决定，既然走海路已无希望，就改走陆路进入浙江，虽然路途遥远，但我俩经过半年多休息，体力已有恢复，也积蓄了一些教学收入，在经济上无大问题。

我永远不会忘记四月十三日这一天，竹庄小学大群的师生来到木兰溪旁为我送行。我日思夜想地急于返回家乡，回到苏北去，又忽然觉得依依不舍，多么好的孩子！多么好的仙游人！多么美好的竹庄！师生们在岸上喊："施老师再见，一路平安！"（莆田话把"施"字读成了"李"的谐音）小船刚刚离岸，突然一阵咚咚响，一包包的东西像雨点似的朝船上掷来，一会儿就在小舱里堆起了一大堆。我事先就劝过老师和同学们，千万不要给我买什么东西。当年仙游人一般都相当贫苦，我目睹孩子们每天上学时，拎一个草饭包，里面全是白薯（当地人叫"地瓜"），这是他们的主粮，只有个别家境好些的，有可数的几粒大米，外加几片咸菜，长年都是如此。孩子们光着脚，由于营养不良，个子大都长得瘦小，但他们学习勤奋，上进心强，能吃苦。我看了一下舱里堆得满满的东西，大都是各种食品和本地的土特产，不觉一阵心酸。船已经离岸，这种真诚的突然袭击方式，使我无法再把东西退还他们。

清澈的木兰溪的水载着小舟渐渐远去，岸边竹庄师生们的身影变得越来越小，我的眼睛模糊了，只能默默地在心里为他们的未来祝福。

（顺便说一句，竹庄小学的高年级学生，以后有好几个参加了地下共产党，在解放战争年代，他们拉起一支革命武装，在反抗国民党暴政的斗争中，表现得异常英勇。）

我与庞斗华、陈湘等一行三人，在四月下旬到了福州，在当地买了些木梳、筷子一类福建特产作掩护，化装成商人，跟着一伙商贩，沿海北上。沿途上又遇到了多次险情。特别是在过了浙江温州，进入所谓"阴阳界"，即国民党统治区与敌伪统治区之间的中间地带，我们差一点被伪军抓走。其实这"阴阳界"上并不可怕，过往商贩来往不绝，毫无战争气氛，只要向两边的岗哨递上"派司"（即银圆），即可通行无阻。我们最后也是凭着"派司"的威力，才过了难关。

到了宁波，我们同样靠着"派司"，买到了两张真正的"派司"——身份证。

经过近一个月的跋涉，终于到达上海。

我们两个"逃犯"，逃出了充满白色恐怖、没有自由可言的国民党特务统治的世界，又踏进了同样没有自由可言的到处是太阳旗与日本宪兵的殖民地世界——上海。

斗华，你在哪里？

我与生死之交的战友庞斗华在沪滨依依分手了。我暂留在上海，他返回常熟塘桥老家（现属张家港市）。斗华踏进家门，出现在眼前的是一幅凄惨景象：在他离家之后，母亲、妻子和大儿子在战乱中相继去世，家里只有七十四岁的老父亲和六岁的孙子，爷孙俩相依为命。

庞斗华的父亲庞律和，是当地一位有名望的老塾师，擅长诗画书法，一九三八年他的独生子庞斗华参加新四军以后，他写了很多想念儿子的诗。在一首《春晚感怀》的诗里，他描述了自己倚门盼儿归的凄凉情景：

> 万木枝枝放绿荫，身藏百鸟奏歌音。
> 原来夏浅胜春日，关塞烟迷泪湿襟。
> 天涯眼望寄书稀，老态频增力渐微。
> 身似春蚕将作茧，痴情无语立柴扉。

一九四三年五月，斗华突然归来，老人悲喜交集，又赋诗道：

> 五载离家得返乡，家遭颠沛太心伤。
> 归无老母妻儿死，涕泪交流恸断肠。

斗华陷在极大的矛盾之中：立即返回解放区吧，家里一老一小，如何忍心一走？暂不返回部队吧，闽赣道上千里奔波，所为何来？最后，他接受父亲的一再忠告，与当地一位小学教师孙爱渠结了婚。新婚一个月，他想念部队，想念战友，无法排解远离革命队伍的痛苦，意志坚强的斗华，硬下心肠，告别了父亲和新婚的妻子，从苏南重返皖北新四军军部。如果说，从铅山石塘镇跳楼越狱需要决心的话，那么，丢下新婚才一个月的年轻妻子和六岁的儿子，重返战场，也许需要更大的勇气。

这就是庞斗华！

斗华回到皖北解放区后，先后在淮南半塔中学、天长中学等处教书。解放战争爆发后，他随后方机关撤退到东北，在大连担任甘井子化工厂厂长兼总工程师，他的专长得到了用武之地。一九四八年，他不知为何事，搭船从大连返回仍在战乱中的山东解放区，在一次夜间外出中，被放哨的民兵误伤致死，年仅三十七岁。

这是迄今知道的全部情况。他死在山东何县何村？他的遗体安葬在哪里？斗华的妻儿与战友们四处打听，都没有下落。

斗华的妻子孙爱渠在前两年也去世了。她和斗华只生活了一个月，却整整等待了四十多年，等得一头青丝变成了满头白发，却不见丈夫归来。斗华，你在哪里？

"回 家"

一九四三年初冬，传来一个好消息：从赤石暴动中冲出来的集中营难友陈念棣已回到无锡老家。陈念棣是集中营里的秘密党支部书记，也是我狱中的引路人，他回来了，事情就好办了。

几天后，陈念棣从无锡来到上海，还带来了黄迪菲等两个从集中营越狱出来的同志。连同好友陈湘我们共五个人一起在上海相聚了。

今后的路怎么走？大家一致决定：回新四军去！如今新四军已经在淮南、苏北敌后根据地发展壮大，必须回部队去。

经过上海地下党同志的帮助，我们很快知道了去淮南敌后根据地的路线和关系。阳光明媚的一天，我们五个人化装成商贩，悄悄地离开了太阳旗统治下的上海，来到南京附近的江宁农村。因为事先已通过地下党取得联系，很快找到了在那里坚持敌后斗争的江宁县委。次日夜晚，县委派人护送我们紧张地通过铁路线，搭上一条小船，躲过在江面上来回游弋的日舰探照灯光，渡过了黑沉沉的长江。

登上对岸后，天已微明，在交通员的带领下，继续往北走了一程，同行人告诉我们，此地已是淮南敌后抗日根据地的边沿区，离新四军军部所在地已不远。天已大明，远眺一个个村庄，在朝雾中升起缕缕炊烟，晨风吹来，清爽无比，一夜的疲困一扫而空。

我们五个人激动地拥抱在一起，难以描述的激情涌满心头。啊，终于又呼吸到了自由的空气，我们"回家"啦。

当时，新四军军部和中共华中局已从苏北盐阜区转移到天长县一带，军部设在一个叫葛家巷的村子。我到新四军军部报到后，先被送到新四军二师教导队（原抗大八分校）学习，参加了整风运动。在华中局干部科重新分配我的工作时，担任新华社华中分社社长的范长江同志（他是我在国新社金华办事处做地下工作时的老领导）听说我已回到新四军军部，便提出要调我到新华社工作。

新华社华中分社负责领导华中敌后苏中、苏北等几个根据地的新闻报道，任务很重，但机构高度精简，全社不足二十人。范长江同志任社长，编辑室主任梅益、副主任姚溱，他们都是我党在国内享有盛名的文化人。逃出"死亡窟"、回到革命队伍，又能够在这样一支队伍中工作，对我来说真是喜上加喜。组织通知我后，我立即背着简单的行李到分社所在的黄花塘村附近的大王庄报到。这是一个只有十几户人家的小村子，分社工作人员都分住在老乡家里，范长江和夫人沈谱住的是两间小草房，一间办公，一间是卧室。范长江热情地接待了我。我向他叙述了计惜英与我从被捕到先后越狱的经过。他听得很专注，还不时询问一些情况。他说，桂林国新社总社听说我俩被捕后曾经多方设法营救，找了不少关系，最终未能成功。

我又告诉长江，国新社还有一个叫徐师梁的记者，也被抓进了上饶集中营，他没有和我关在一起，后来，他参加了茅家岭暴动，牺牲了。长江听了十分悲痛。他说："徐师梁是个好同志，他是国新社派到皖南采访的，最初他是《豫东大众报》的创办人，笔名'老百姓'……真是可惜啊！"

说到这时，范长江同志气愤地说："国民党反动派公然欺骗舆论，竟然把残害新四军和共产党人的黑监狱说成是什么'战区青年训导团东南分团'，这分明是一个人间地狱般的法西斯'集中营'。"他谆谆告诉我："你刚到解放区，对新的环境恐怕还不适应，我们决定让你到分社资料室工作，先熟悉一下环境再说。你要抓紧把这一段鲜为人知的经历写下来，揭露蒋介石反动派的真面目。这笔账，是一定要算的！"

就这样，我正式加入了党领导的新闻工作者的队伍，开始了新的征程。

黑夜终于过去，曙光来临，严寒将化为春风，狂风暴雨打不倒稚嫩的小草，何况是挺拔的大树，胜利毕竟属于不屈的人们。

二〇一六年二月于北京

历史档案

编者按： 为帮助读者更全面、准确地了解上饶集中营斗争的情况，特在这里选刊三份国民党政府的有关历史档案，供读者参考。

国民政府内政部
关于东南分团处决学员情况的呈文

（民国三十一年八月十七日）

渝警四秘字第六六号

案据战时青年训导团三十一年八月六日战青秘字六二一号呈称："顷据本团东南分团电称：'查本分团出发行抵崇安赤石镇，业经电报在案。六月三日复奉令向建阳方面前进，二十六日行抵建阳县徐市镇。现驻地粗定，正积极办公，筹备开课。惟在赤石赴下梅途中过渡时，船少人多，警卫兵力单薄，秩序维持至为不易，而第六中队学员成份概属奸党过去干部，最称强顽，平时蓄意暴动，幸经防范未遂，此次竟欲伺隙劫械全体逃跑。当即一面对其他各队极力弹压，一面对逃跑分子以紧急处置，计当场枪毙六名，逮捕十二名，续捕四名，尚□□中有十六名，其他尚未波及。嗣奉司令长官顾谕，以闽北奸党分子活跃，现驻地又系过去游击根据地，警卫兵力单薄，亟应考核思想言行冥顽不化分子予以处决。等因遵即慎密考核，根据编训以来考评成绩最劣而有如下情形者：（一）前赤匪奉派五团在崇铅建一带活动之尚未转变干部；（二）参加匪军二万五千里逃窜尚未自新者；（三）不满现状蓄意鼓动风潮企图潜逃者；（四）思想中毒过深短期无法转变者，计共男女学员七十五名造册呈报，拟请秘密处决，以遏乱萌。长官部照准。当于事前严密戒备，并派要员率领警卫队距崇安赤石镇十里外之铁岭地方，分批秘密执行，已殓视掩埋。对于编训学员，责成加强管理。拟请成立警卫部队，以充实防卫。除赤石潜逃及奉准处决学员清册另文详报外，理合将本分团出发及到达日期奉命处理经过谨电报闻，伏乞鉴核'等语。除另电复外，理合据实报请核转行政院鉴核备查"等情。据此，理合报请钧院鉴核令遵，谨呈

行政院　　院　长　蒋
　　　　　　副院长　孔

内政部长　周钟岳

战区青年训导团东南分团文件
《奸伪分子赤石暴动实录》

（民国三十二年三月）

前　言

三十年一月间，皖南事件发生后，新四军奉命解散，所有被俘奸

伪分子概由三战区主办战区青年训导团东南分团（即前战区军官队）予以收容，并为拯救计，复先后编为六队施以集训，冀以三民主义真理启迪愚昧，导入正途，兼以保存与培养我国家之元气。讵料受训分子大部分受奸党理论麻醉，中毒甚深，非但毫无悔悟，且暗中仍秘密联络，积极阴谋活动。迨至三十一年夏，浙东战事逼进赣东，该团自上饶周田迁移闽境，于开拔建阳途中，行经赤石街地方，该批奸伪分子竟趁戒备疏忽时，实行暴动，逃向闽北与该地带奸伪省委组织合流。

暴动前的酝酿

自从战区军官队改编为战区青年训导团东南分团后，特单独编组第六队，其成分大部均受奸党宣传教育甚深之奸伪分子，故其对三民主义教育之接受效果甚少，类多固执成见。同时受茅家岭暴动之影响，故各奸伪对于"暴动"二字幻想早已存在。但当时奸党活动尚欠严密，组织亦不健全，缺乏领导者之领导，仅是各个分散，力量未能集中，直至浙东战争发生，此项暴动企图较前更为积极。该第六队每班均有奸党小组之建立，准备在战争紧张，全体迁移时，有所行动。其初步表现为迁动时，各个对命令多有未能服从者。

暴动经过

东南分团迁往铅山石塘时，各奸伪已准备行动，但以时机尚未成熟，因此更积极严密组织，秘密小组之活动更加强，各组情报之流通也较前更多。此时奸伪在领导上分军政两方面，军事领导者为前新四军教导队军事教官王羲亭（即前新四军特训班学员王大钧），在暴动时负责军事指导，政治领导者为前新四军特训班学员陈念棣（前新四军教导队政治指导员），分别负责奸党的军事活动及政治上一切指挥。在奸伪组织上有小组长，切实负责小组组员行动之责，即各班按其所受教育之程度不同，以及军政经验之差异，适当分配每个奸伪之工作。同时每人准备绳索一条，拟在行动时将各长官以及班长等捆绑起来，并且准备夺取担任守卫宪兵之武器掩护全队行动，实行暴动脱离东南分团。

随着战事紧张，东南分团准备自石塘迁往福建建阳时，各奸伪均已决心准备暴动。当部队行经赤石街时，乘大家疲劳，宪兵警戒疏忽与渡江之机会，由王大钧负责军事指挥，突然通知各小组长大家准备行动。其准备口号，为《义勇军进行曲》前段"拉拉……"行动口号为喊"有"一声。故当部队继续行动渡过河时，随当地有利地形，大喊"有"一声，即开始动作。

尾　声

暴动时原拟夺取宪兵武器以掩护行动，因临时通知暴动，事前准备尚欠严密，各组之行动未得协同一致，故暴动时仅各个行动，不能按照原计划进行，仅有少数部分之临时集中，约三十余人，逃向闽北，现为闽北奸党方面所收容。其余大部分均各个分散，逃窜各处。

战时青年训导团东南分团公函

（民国三十四年十月十四日）

训仁字第 150 号

　　查本分团现已奉令结束。经召开考验会决定本四期教育不能结训学生计有郭大光等四十名。遵照中央团部申铣①电示，凡思想顽固不能结训者均移交当地司法机关办理，兹将本期未能结训学生郭大光等四十名暨该生等案卷四十卷一本一并送交贵处验收。其中有最冥顽份子郭大光中毒甚深，应严加拘押，以防意外。又何元淡、林同等五名身患重病，请暂送卫生院诊治。特函达查照办理并复为荷

此致

崇安司法处

　　附学生四十名案宗四十卷考核册一本

主　任　卢　旭

副主任　张　超

---

①　申铣，即九月十六日。

后记
POSTSCRIPT

　　这本集子的文章都是我在解放战争中采写的。新中国成立后，我就把它们放在一边，未再予以处理。在庆祝新中国成立七十周年的日子里，我的孩子们把这些曾经发表过的报道翻了出来，读了不少之后，他们对我说，这些材料很珍贵，应当争取出版，像这样的读物，当代年轻人很值得读一读。我事后仔细考虑，觉得他们言之有理，就把书稿整理成册，送到人民日报出版社。

　　解放战争是一场伟大的战争，一场伟大的革命，它打垮了腐朽透顶的国民党反动政府，建立了中华人民共和国，中国人民从此走上了社会主义光辉大道。

　　解放战争中，我的工作岗位在人民解放军华东野战军，活动地区主要是江苏、安徽、山东、河南四个省，这些省的人民在国民党反动政府统治时期受尽了苦难。举个例子，河南在过去流传过一首民谣："河南四荒，水旱蝗汤。"这里所说的"汤"就是汤恩伯，汤恩伯是国民党派到河南省的"大员"，他欺压百姓，以各种名目收取赋税，把农民逼上死路，人们一说到汤恩伯，无不切齿痛恨。抗日战争期间，反动又无能的国民党当局为了挡住日本侵略军的前进路，竟不顾人民死活炸毁黄河堤坝，滚滚黄河水顷刻间排山倒海似的涌出，淹没了豫东的几个县，几十万群众在半夜里被淹死，侥幸逃命的从此四处流浪，乞讨度日，这就是震惊中外的黄泛区事件。一九四七年冬，我随解放军夜渡黄泛区，在灾区许县蒲口集，无意中发现了一本用黄草纸写的小书，名曰《芸窗积异》，作者是一个从这次大灾难中逃出来的教书先生，叫戴鸿安。书中详细记录了这次灾难的经过，痛斥蒋介石，这本书是很珍贵的资料，我当时就被深深地触动了，写了一篇报道。这次，我把它编辑在这本书里。

我的这本书如果有可取之处的话，即是一个"真"字，即真实。我写到的有关解放战争的各种事件，都是我的亲身经历。解放军解放了河南的一些县城之后，有些国民党政府的官员不甘心于自己的失败，竟利用余威，以各种方式屠杀与解放军合作的群众，造成了许多惨案，这在当时的河南相当普遍。我采访的其中的三件惨案都是惨不忍睹。被害者的亲属们痛哭流涕地向我哭诉事件的经过，拉着我到被害地，把遗体一个个挖出来，哭声震天，铁石心肠也要流下眼泪。一九四九年春，我随军突击渡过长江，经过丹阳县郊区，看到一个惊人的场面：一群人挖出了一个很大的土坑，里面埋了许多被国民党特务杀害的人，理由是他们接近解放军。人们都在寻找各自被害的亲人。有的找到了自己的丈夫或兄弟，边哭边擦拭遗体上的泥土；周围看的人很多，有的叹息，有的低声哭泣。国民党反动派及其爪牙在临近灭亡的时候是何等的疯狂和残暴！

战争锻炼人，战争也教育人。我参加工作数十年，干劲儿最大、心情最愉快的是解放战争时期，近四年的战斗生活使我终生难忘。当时，我是人民解放军华东野战军新华社前线总分社机动记者，社长是康矛召同志，副社长是邓岗同志和丁九同志。这三位领导同志给了我极大的帮助，尤其是丁九同志，是与我很要好的朋友、好同志，我永远记得这三个好心人。

在这本书出版、编辑的过程中，人民日报社编委会的领导和人民日报出版社给予了热情、有力的支持，责任编辑提出了不少宝贵的建议，我的老战友——著名战地摄影记者邹建东的孩子邹毅提供了珍贵的照片，在这里，我向他们一并表示诚挚的谢意。

季 音

二〇二三年四月

参考书目

《陈粟大军征战记》编委会编：《陈粟大军征战记》，新华出版社
1987 年 5 月版

刘志清：《战神粟裕》，解放军出版社 2016 年 2 月版

陈士榘：《天翻地覆三年间——解放战争回忆录》，中共中央党校出
版社 1995 年 9 月版

刘统：《决战：华东解放战争 1945—1949》，上海人民出版社 2017
年 1 月版

王树增：《解放战争（上、下）》，人民文学出版社 2009 年 8 月版

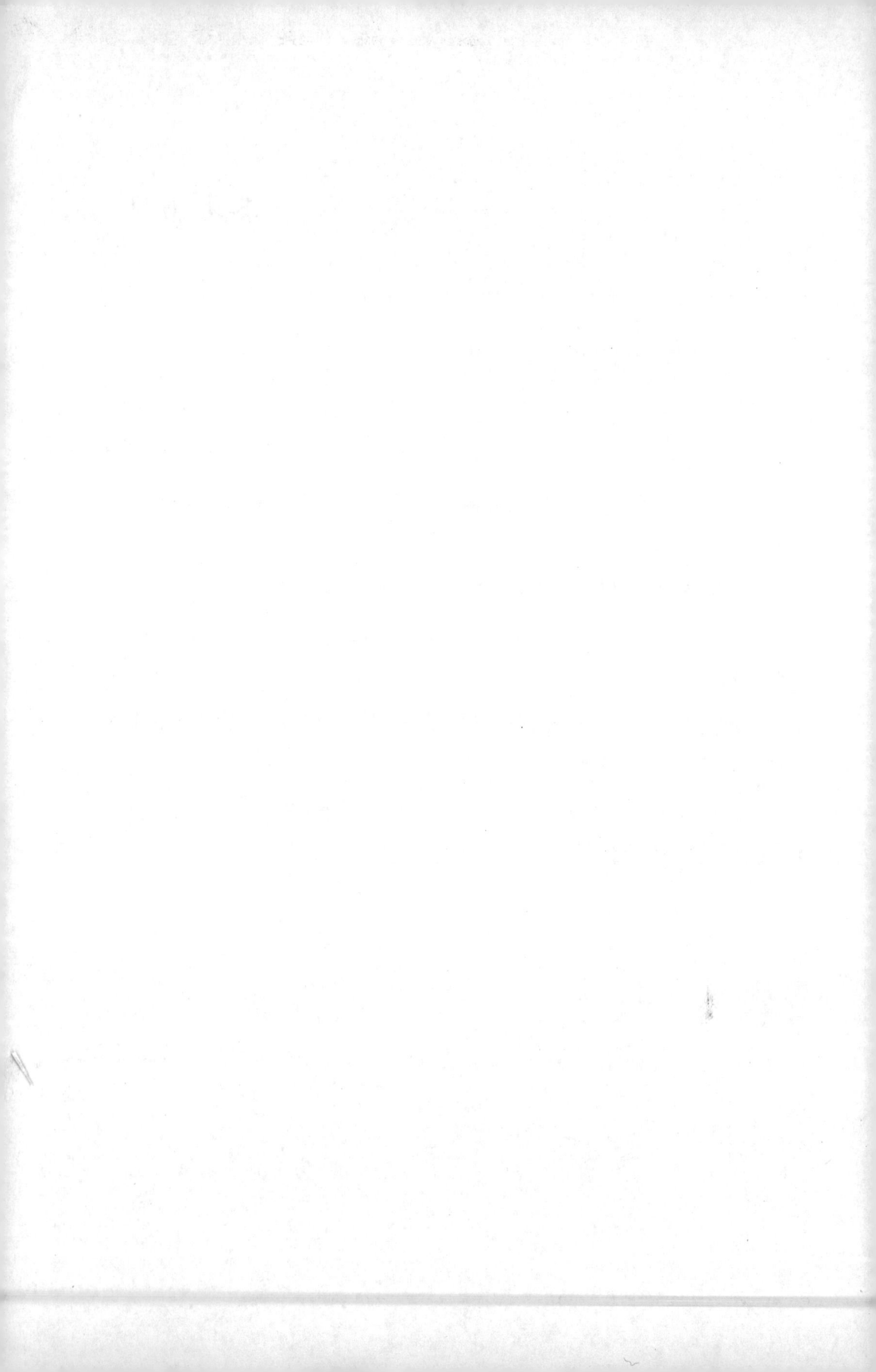